NERI POZZA
LE TAVOLE D'ORO

Titolo originale:
Straw Dogs of the Universe

ISBN 978-88-545-2907-6

www.neripozza.it

YE CHUN

CANI DI PAGLIA NELL'UNIVERSO

traduzione dall'inglese di
Maddalena Togliani

NERI POZZA EDITORE

Per coloro che mi hanno preceduta

1.
Verso la terra degli esseri perduti
1876

La bambina era in piedi davanti al parapetto, il vento e il sale sul viso. C'erano solo cielo e mare in quel momento, neppure un gabbiano o il guizzo di un pesce: il cielo era azzurro e luminoso, il mare luccicava senza nascondere la sua fredda indifferenza. La notte precedente una tempesta aveva scaraventato giú dalle cuccette lei e gli altri passeggeri nella stiva, facendoli rotolare avanti e indietro sul pavimento umido. Attraverso l'oblò aveva visto uno spicchio di cielo, rischiarato dai lampi e senza stelle. L'acqua schiumosa era entrata a fiotti dal boccaporto: qualche spruzzo le era finito in bocca mescolandosi al sapore della bile.

Anche se era in mare per la prima volta, Sixiang, dieci anni, conosceva bene il carattere capriccioso dell'acqua. L'estate precedente un tifone aveva colpito il suo villaggio, Yunteng, il fiume era straripato e il livello aveva continuato a salire. Sua nonna aveva vacillato, incapace di scegliere cosa mettere in salvo nel mastello: le tavolette ancestrali, la statuetta di Guanyin o le ciotole e i bicchieri antichi riservati ai defunti, gli ultimi oggetti di valore che non avevano ancora barattato con del cibo. Era stata la madre di Sixiang ad afferrare il barattolo di riso, le cinque patate dolci e i due pesci salati, a prendere le tele cerate per coprirsi e i bastoni da trasporto da usare come remi. Aveva chiesto alla nonna di lasciare tutto il resto: «Non potremo mangiare quelle cose quando avremo fame».

Sixiang e sua madre si erano rannicchiate in una tinozza, sua nonna in un'altra. Vorticando nella corrente fangosa con i compaesani e il bestiame, avevano cercato di schivare rami, detriti e mobili da cortile. Prima di sera l'acqua aveva sovrastato le palme piú alte e cancellato case intere, lasciando visibili solo porzioni di tetti non piú grandi di volte sepolcrali. Sotto la tela cerata, Sixiang si stringeva al petto della madre, squassato dai battiti del cuore. L'acqua lambiva e sciabordava, ruggiva e sibilava. Il buio le aveva avvolte come una pelliccia.

Dopo la terza notte, Sixiang si era svegliata in una fresca mattina di pioggia leggera. Sua madre stava spingendo via dalla tinozza qualcosa con il bastone. Un corpo galleggiava a faccia in giú nell'acqua, i lunghi capelli sciolti che si allargavano come ali esauste. La corrente aveva sollevato la camicia scura dell'annegata scoprendole la parte bassa della schiena, pallida come un sole scialbo. La madre di Sixiang, le mascelle contratte, aveva cercato di spingere la tinozza lontano dal corpo, ma quello le seguiva con la testa che sbatteva contro il catino, la chioma ad avvolgerlo come una rete. Dopo parecchie manovre inutili la madre aveva posato il bastone, si era stretta le ginocchia al petto, aveva chinato il capo ed era scoppiata in singhiozzi. La nonna di Sixiang si trovava nel suo catino un po' piú avanti, vicino al tetto di casa loro che ora sembrava la groppa ossuta di un vecchio bufalo. Stava recitando *Amituofo* con labbra tremanti.

Sixiang aveva sentito raccontare storie sui fantasmi dell'acqua, di come si insinuassero tra i vivi e se ne impossessassero. Aveva preso il bastone e lo aveva tuffato di nuovo nell'acqua. «La spingo via io, mamma» aveva detto. «Guarda, non c'è piú».

Sua madre aveva alzato lo sguardo, annuito e ripreso il bastone.

Ora non c'era la madre con Sixiang, né nessun altro parente. Madam aveva chiesto a lei e alle quattro ragazze del gruppo di chiamarla *loumou**, perché, diceva, si sareb-

* Mamma. (*N.d.T.*)

be presa cura di loro come una madre finché non fossero arrivate a Montagna d'Oro stabilendosi presso le nuove famiglie. Madam si era cambiata la camicetta di seta con una di cotone ruvido prima di salire sulla barca. Non aveva neanche piú la cipria e il belletto: il viso era senza trucco. «All'arrivo, degli uomini bianchi vi chiederanno chi siete» aveva spiegato, fissando a turno le ragazze. «Se non dite che siete figlie mie, vi chiuderanno in una stanza buia piú sporca di questa stiva».

La stiva conteneva centinaia di uomini cinesi e una trentina di donne o ragazze pigiate nella parte piú oscura e puzzolente, lontano dall'oblò che era l'unica fonte di aria fresca. Le ragazze erano divise in vari gruppi, ciascuno diretto da una *madam*. Il gruppo di Sixiang era composto dalla piccola Ah Fang, di un anno e mezzo piú giovane di lei; da due adolescenti che erano rapidamente diventate inseparabili e non facevano che sussurrare l'una all'orecchio dell'altra; e da Ah Hong, la piú vecchia, che non aveva smesso di piangere da quando Sixiang l'aveva vista diversi giorni prima nella cabina della barca, prima che le portassero a Hong Kong per imbarcarle sulla nave a vapore. Con mani e piedi ancora legati, Ah Hong aveva dovuto sollevare entrambe le braccia per asciugarsi le lacrime. Vedendola, Sixiang aveva dimenticato per un istante i propri singhiozzi e si era calmata mentre veniva condotta nella cabina, che credeva contenesse solo sacchi di riso profumato.

Il gruppo occupava due esigue cuccette nella stiva: Madam, Sixiang e la piccola Ah Fang quella inferiore, le ragazze piú grandi quella superiore. Tutte tranne Madam erano state assalite dal mal di mare, e per i primi tre giorni di viaggio Sixiang era rimasta rannicchiata sul materasso con lo stomaco in subbuglio. Si alzava solo pochi istanti per vomitare nel secchio che continuava a riempirsi fino al bordo.

Si alzava anche per i pasti, che agognava. Nonostante la nausea, la fame si ripresentava. Ne servivano due al giorno: il mattino porridge di riso, la sera riso al vapore, entrambi conditi con poche fettine di pesce salato e qualche foglia di verza saltata. Sixiang masticava con cura, attenta a ogni boccone. Invece Ah Hong, la ragazza che piangeva, mangiava poco, e il resto del suo cibo se lo spartivano le due adolescenti. «Siete fortunate» diceva Madam, lanciando un'occhiata ad Ah Hong. «Fino a pochi anni fa i passeggeri dovevano portarsi il cibo per sé a bordo. E se non ne avevano abbastanza, morivano di fame».

Sixiang e la piccola Ah Fang si sdraiavano una di fronte all'altra nella cuccetta, e quando non stavano troppo male parlavano della vita prima dell'alluvione. Piatto preferito: anatra arrosto per Sixiang, maiale marinato alla griglia per Ah Fang, anche se erano anni che non ne mangiavano piú. Ah Fang era stata comprata da Madam lo stesso giorno di Sixiang, in un villaggio un po' piú a sud, e sembrava una lepre spaventata quando era stata trascinata nella cabina della barca. Ma di notte, ogni volta che Sixiang cercava la madre nel sonno e toccava invece la sua piccola spalla ossuta, la trovava profondamente addormentata, come se non avesse un pensiero al mondo.

Con prudenza, Sixiang affrontò il discorso di come era finita lí. «E tua mamma?» chiese ad Ah Fang con voce disinvolta, come se fosse una domanda normalissima.

«Mia mamma cosa?»

«Perché ti ha venduta?»

«È morta».

«Tuo papà?»

«Morto anche lui. I tuoi?»

«La mamma non è morta» rispose Sixiang. «Il papà non lo so... Penso non sia morto neanche lui». Sixiang decise di tagliare corto, perché era chiaramente la piú fortunata delle due.

Quella notte, quando era scoppiata la tempesta, Sixiang e Ah Fang si erano tenute per mano mentre venivano sballottate sul pavimento bagnato. Piú tardi, dopo che furono risalite nella cuccetta, Sixiang aveva cominciato a canticchiare tra sé un motivo che sua madre le cantava la sera. Ah Fang le aveva chiesto di alzare un po' la voce, cosí avrebbe potuto sentirlo anche lei. Sixiang l'aveva accontentata e si era messa a darle dei colpetti sulla schiena, come faceva sua madre con lei. Si erano addormentate cosí.

La mattina, svegliandosi tra la confusione della stiva e un azzurro placido che si riversava dall'oblò, si sentivano entrambe meglio di stomaco. Dopo colazione seguirono Madam oltre le cuccette degli uomini e lungo la scaletta scivolosa fino al ponte di terza classe. Era piú piccolo e affollato di quello principale, di sopra, a cui era loro proibito accedere, essendo riservato ai passeggeri di prima e seconda classe. Sixiang rimase ferma per un attimo, stordita dal sole. Poi, una mano in quella di Madam e l'altra che stringeva quella di Ah Fang, sgusciò tra la folla fino a un'apertura lungo il parapetto. Liberò le mani per afferrare la sbarra fredda di metallo e, sollevando il viso al vento, respirò.

Da qualunque parte guardasse c'erano solo cielo e mare, e in tutte le direzioni una riga sottile tra le due distese di azzurro. In lontananza un vuoto, una riva fantasma dove la terra svaniva, i paesini scomparivano.

Quando il villaggio di Yunteng era emerso infine dalle acque, casa loro era ridotta a una cantina sgocciolante con un pesce morto sul pavimento. I chicchi di riso che avevano portato in salvo nella tinozza si potevano contare a uno a uno. Avevano tagliato una patata dolce in tre per tre pasti, cuocendola con un cucchiaio di riso in un pentolino d'acqua in modo che la pietanza sembrasse decuplicata. Ma lo stomaco non si lasciava gabbare.

In cortile avevano una palma fontana, che la famiglia aveva piantato quando Sixiang era piccola. Ne avevano prelevato i semi e li avevano cotti come chicchi di riso. Avevano serbato per ultimo il cuore della palma per rimandare al massimo il taglio dell'albero, ma un mattino quando erano uscite di casa della palma restava solo il troncone.

Nei sogni di Sixiang i chicchi di riso si trasformavano in sassolini e l'anatra arrosto prendeva fuoco non appena lei cercava di prenderli, come un fantasma famelico condannato al digiuno eterno. Quando si svegliava nel cuore della notte per i morsi della fame, a volte vedeva sua madre che fissava con volto inespressivo il soffitto, con lo stesso sguardo del pesce morto trovato sul pavimento, come se l'anima della donna annegata che sbatteva contro la tinozza fosse entrata in lei.

La nonna aveva chiesto a Sixiang e a sua madre di inginocchiarsi con lei dinanzi all'altare, i cui scaffali di legno erano deformati dopo giorni interi nell'acqua. Le tavolette di legno con incisi i nomi degli antenati erano coperte di crepe con la vernice che si staccava, sbilenche sul ripiano irregolare come un piccolo cimitero in rovina. La nonna aveva dato tre bastoncini di incenso a Sixiang e tre a sua madre. Si erano inchinate e avevano pregato. La statuetta di Guanyin in bronzo teneva il suo sguardo onnisciente fisso su di loro.

Gli abitanti del villaggio se ne stavano andando. Alcuni portavano i propri averi in spalla legati a un bastone o spingevano carriole con a bordo i vecchi e i piccoli oltre la Porta del Drago. Alcuni se ne andavano senza niente, dopo avere mangiato gli ultimi generi commestibili e speso le ultime monete per seppellire i morti. Alcuni lasciavano i defunti coperti da stuoie d'erba, troppo deboli per scavare tombe. Si dirigevano a nord verso le zone montuose per chiedere l'elemosina. Sixiang si era recata al fiume ormai ridotto all'obbedienza, sperando di pescare qualcosa con un verme, ma l'acqua puzzava di morte e marciume. Il verme le si contorceva in mano. Aveva staccato un pezzetto di coda e se l'era ficcato in bocca. Sapeva di fango, ma questo non le aveva impedito di mangiare il resto. Era tornata a casa, aveva cercato altri vermi in cortile e li aveva portati in cucina, dove la mamma e la nonna stavano facendo bollire erbacce per ricavarne una minestra verde. Aveva chiesto loro di assaggiarli.

«Non possiamo mangiare quella roba» aveva decretato sua nonna. «Non siamo dei selvaggi».

Sua madre aveva distolto lo sguardo, come se il semplice fatto di dire no richiedesse uno sforzo troppo grande.

Loro non potevano andarsene. Alla madre e alla nonna di Sixiang avevano fasciato i piedi all'età di sei anni, e non erano in grado di camminare molto. Avevano provato a fasciarli anche a Sixiang, a sei anni, piegandole le dita sotto le piante malgrado le sue urla. Ma ogni notte lei si svegliava e si toglieva le strette fasce. Dopo un po' sua madre aveva smesso, e anche la nonna, sebbene fosse preoccupata per il futuro della nipote, che con quei piedi lunghi sarebbe finita in sposa a un contadino dei piú poveri. Ora Sixiang si rendeva conto di essere l'unica della famiglia a poter percorrere lunghe distanze. E a mangiare i vermi, se vi era costretta.

Mentre il villaggio si svuotava, un uomo con un cappello di bambú da pescatore era approdato a bordo di una barca a remi sulla riva. Una donna con una camicetta di seta era uscita dalla cabina, il viso incipriato, la fronte rasata fino in alto. Sixiang stava cercando di catturare una rana o un granchio sulla sponda. La donna l'aveva scrutata prima di rientrare nella cabina. Ne era emersa con una ciotola di riso fumante e le aveva fatto segno di avvicinarsi. «Qui, piccola, mangia questo». Le aveva porto la ciotola e un paio di bacchette.

Sixiang non mangiava un chicco di riso da tre mesi. Aveva preso la scodella con mani tremanti e si era ficcata un boccone in bocca. Si era fermata solo dopo il terzo. Poi aveva alzato lo sguardo sulla donna: «Mia madre? Mia nonna?»

«Non preoccuparti». La donna aveva sorriso. «Mangia. Ce n'è ancora». Era tornata nella cabina ed era uscita con una ciotola piú grande di riso al vapore. «Portami dalla tua famiglia» aveva detto. Nell'altra mano stringeva un piccolo sacco di iuta. A giudicare dalla forma e dal piacevole fruscio che produceva, Sixiang aveva capito che conteneva riso, abbastanza per un mese se lo avessero razionato. Aveva pensato che forse quella donna era la dea Guanyin in vesti umane, giunta in risposta alle loro preghiere.

A differenza di Sixiang, sua madre aveva capito subito che non si trattava di Guanyin. Mentre la figlia saltava e gridava dalla soglia, dicendo: «Riso! Questa buona signora ci ha portato del riso!», sui suoi occhi calava un'ombra triste. Quando infine si erano sedute a mangiare il riso, cercando di non divorarlo con troppa ingordigia davanti alla sconosciuta, la mamma si sforzava di non piangere.

La donna era seduta di fronte a loro, sorseggiando l'acqua che la nonna aveva versato dal bollitore; avevano finito il tè, si era scusata. La sconosciuta aveva sospirato. «La vita è troppo dura, qui» aveva decretato. «Ho visto tanti morti lungo il fiume, gente di ogni età, non solo vecchi ma anche giovani nel fiore degli anni. E il peggio sono i bambini». Altro sospiro. «Vogliamo tutti che i nostri figli vivano, no? Vogliamo che abbiano una vita migliore della nostra. So che siete d'accordo. Amate la vostra bambina, non ho dubbi». Aveva guardato Sixiang. «Com'è dolce! Quando le ho dato una ciotola di riso al fiume, il suo primo pensiero sono state la mamma e la nonna». Aveva preso la mano di Sixiang e l'aveva accarezzata. «Merita una vita migliore. Conoscerete di sicuro Montagna d'Oro, la terra dell'abbondanza e della ricchezza. Io sto quasi sempre lí, e vi assicuro che nessuno muore di fame. Vi do la mia parola: le troverò una buona famiglia che la tratterà come una figlia».

Sixiang si era sentita il cuore avvinto in una morsa quando la mano della donna aveva stretto la sua. Fin da quando era piccola, la nonna la chiamava *peibenhuo* quando era arrabbiata con lei per qualche motivo, come quando aveva fatto cadere una teiera bollente a terra. «Peibenhuo che non sei altro!» Una cosa da vendere sottocosto, che invece di portare ricchezza alla famiglia gliene faceva perdere. Nel corso degli anni, Sixiang aveva chiesto molte volte alla madre se la nonna intendesse davvero venderla, un giorno. E le risposte variavano, le era parso, a seconda dell'umore. Spesso diceva che era solo un modo di dire: «Non dare ascolto alla nonna. È arrabbiata. Quali parole buone potrebbero uscire dalla bocca di una donna in collera?» Ma a volte le parole di sua madre sembravano infuse della stessa rabbia che si annidava nella nonna: «Sí, se ti comporti male sarai venduta a una suocera proprio come tua nonna, e a un marito come tuo padre che ti lascerà e non farà mai ritorno». In momenti come quello, Sixiang se la prendeva quasi con sé stessa per non aver saputo quando porre la domanda, come se il suo futuro fosse dipeso dalla capacità di scegliere il momento piú opportuno.

Ma ora non si trattava di saper cogliere l'attimo. Quella donna ben vestita, ben nutrita, apparsa dal nulla stava offrendo loro il sacco di riso che aveva posato sul tavolo, piú sei monete d'argento per sopravvivere alla carestia, e una bella vita per Sixiang, lontano da quel villaggio disseminato di cadaveri. Avrebbero viaggiato in barca fino a Hong Kong, dove sarebbero salite a bordo di una nave a vapore diretta a Montagna d'Oro. La nonna aveva guardato la nipote dall'altro lato del tavolo, come per stimarne il valore, un brillio negli occhi che avrebbe potuto essere avidità, o speranza, o un lampo di paura. Sixiang si era sottratta alla stretta della donna e aveva affondato il viso nell'incavo del collo di sua madre. «Non vendermi» aveva sussurrato.

Ma sua madre non aveva replicato. L'aveva presa tra le braccia, l'aveva tenuta stretta e le aveva dato dei colpetti sulla schiena come quando era piccola.

La donna aveva chiesto loro di preparare uno stuoino arrotolabile e qualche indumento per Sixiang. «So che è difficile, ma è la cosa migliore per tutti». Vedendo che nessuno si muoveva, aveva insistito: «La barca sta aspettando. La nave parte dopodomani. È doloroso, lo so, ma fidatevi, mi prenderò cura di lei e farò in modo che vada a stare in una buona famiglia».

La madre le aveva dato una spintarella. «Vieni con me» aveva detto, alzandosi. Aveva condotto Sixiang nella loro stanza e aperto il baule di legno in fondo al letto che avevano condiviso da quando era nata. Dentro c'erano indumenti e biancheria, quasi tutti vecchi e lisi; quelli buoni erano stati scambiati molto tempo addietro con del cibo. Sua madre aveva sollevato un angolo delle lenzuola, infilato la mano in fondo e preso un oggetto piatto, grande quanto la sua mano, avvolto in un fazzoletto di seta. Aveva aperto i lembi e mostrato una foto: il ritratto del padre di Sixiang. Una volta, ricordava Sixiang, stava in una cornice sul comodino accanto al letto, ma un paio di anni prima era scomparsa misteriosamente. Quando aveva chiesto che fine avesse fatto, la madre aveva semplicemente risposto: «Persa». Suo padre aveva spedito la fotografia a casa con una delle sue prime lettere, ed era arrivata proprio il giorno in cui era nata. «È perché tuo padre voleva essere qui per la tua nascita» le aveva detto la nonna. Le aveva detto anche che nella stessa lettera suo padre aveva scelto il nome per lei: Sixiang, che significava «ricorda casa tua», perché non dimenticasse mai da dove veniva. In ogni ricorrenza prima della carestia, la nonna aveva messo una sedia in piú a tavola, con una ciotola di riso davanti e una porzione di ogni cibo, per il padre, che aveva dato il nome a Sixiang e che lei non aveva mai visto eccetto in foto.

Sua madre aveva aperto la mano di Sixiang e le aveva consegnato la foto. Il volto sembrava quasi quello di un ragazzino, ben piú giovane di sua madre adesso, e forse non molto piú vecchio di lei.

«Sixiang, va' a Montagna d'Oro con quella donna. Lí troverai tuo padre, si prenderà cura di te».

Sixiang aveva cercato di restituirle la foto. «Non costringermi a partire. Voglio restare qui, a casa».

Ma la madre aveva richiuso le dita di Sixiang sulla foto. «Ascoltami. Non potremo tirare avanti cosí per molto, lo sai anche tu. Va' a Montagna d'Oro e trova tuo padre. Portalo a casa con te. Io vi aspetterò. E vi aspetterà anche la nonna».

«Ma come? Come faccio?»

«Troverai il modo. Stai crescendo in fretta. Sei forte, piú forte di me». La madre aveva preso il viso della figlia tra le mani, guardandola negli occhi come per inculcarvi quella certezza.

Da vicino, Sixiang aveva scorto qualcosa che aveva evitato di vedere fino a quel momento: le guance scavate di sua madre, le labbra ceree; gli occhi, anche se fissavano i suoi, erano annebbiati e grigi. Avrebbe avuto bisogno di quel sacco di riso.

Sixiang sapeva che Montagna d'Oro non era tutta d'oro né era una montagna. Era il luogo dove scompariva la gente, dov'erano andati suo nonno e suo padre, e non erano piú tornati. Immaginava voragini buie lungo i fianchi delle alture nascoste sotto tappeti erbosi o strati sottili di pietrisco. Chi vi finiva dentro non ne usciva piú.

Ma sapeva anche che c'erano lavanderie in cui uomini come suo nonno stavano chini, come le donne lí da loro, a sfregare e strofinare. E strade di ferro costruite da gente come suo padre, destinate a carri che sputavano fuoco. Sapeva che c'erano persone di ogni tipo, con la pelle che andava dal bianco dell'osso al nero del carbone, alcune mangiavano carne di manzo cruda, altre parlavano lingue che parevano i richiami degli uccelli.

Forse laggiú i cinesi erano braccati come conigli dai *gweilo*, gli uomini bianchi, che tagliavano loro le trecce e gliele attorcigliavano attorno al collo come cappi. Prozio Di aveva raccontato storie del genere dopo che dei banditi avevano attaccato il loro villaggio l'anno precedente, accanendosi contro chi aveva legami con Montagna d'Oro. Durante i saccheggi, il dente d'oro di Prozio Di gli era stato strappato, e il dito di sua moglie era stato mozzato perché non riusciva a sfilarsi l'anello d'oro. Da allora Prozio Di aveva cominciato a sedersi sotto il baniano secolare dalle radici aeree simili a capelli scompigliati e a parlare, mentre uomini e bambini si radunavano attorno a lui per immaginare il mondo al di là dei flutti.

Prozio Di era l'unico nel suo gruppo di sei a essere sopravvissuto a un attacco dei gweilo, ad avere trovato l'oro e ad averlo portato a casa. Agli altri avevano sparato, oppure erano stati derubati o impiccati. «Per sopravvivere» diceva «devi prendere il tuo destino tra le mani. Anche quando ti sembra di avere tutto contro, puoi girare il cartello del destino in un'altra direzione e ingannare Yanluo Wang,* in modo che dia la caccia a un altro al posto tuo».

Ma poi, forse ricordando l'attacco dei briganti e la perdita dell'oro, abbassava il capo e singhiozzava finché la moglie, col volto impassibile, non veniva a prenderlo per portarlo a casa.

Sixiang non sapeva come conciliare quei racconti terrificanti con le storie di luoghi favolosi, sempre a opera di Prozio Di, o con i pochi particolari che sua nonna e sua madre riuscivano a raccogliere dalle lettere spedite al villaggio dai mariti emigrati. Ma nell'immaginazione di Sixiang, le voragini buie continuavano a esistere in quella terra lontana. Non sapeva se suo nonno e suo padre erano precipitati nello stesso buco riuscendo a incontrarsi o erano finiti in due buchi diversi rimanendo due estranei.

Come Sixiang, anche suo padre era nato dopo la partenza del genitore. Sedici anni dopo, lui aveva chiesto nell'ultima lettera alla nonna di Sixiang di trovare una moglie al figlio e, quando si fosse sposato, di mandarlo a San Francisco per aiutarlo nella lavanderia. Aveva spedito del denaro per il matrimonio e aveva promesso di mandarne ancora per il viaggio con la lettera successiva, ma la missiva e i soldi non erano mai arrivati.

La nonna aveva consultato la *shenpo* in un villaggio a est, una medium nota in quella regione di Xinhui. Aveva raccontato a Sixiang che la shenpo aveva gettato in aria il riso che lei aveva portato con sé, cantilenando versi e rovesciando gli occhi all'indietro. La nonna aveva sperato che non riuscisse a trovare lo spirito del marito nel mondo dei morti perché era ancora vivo, ma la medium aveva tremato e parlato con voce maschile. Era la voce del nonno di Sixiang, vecchia e triste. La nonna aveva avvertito un brivido lungo la schiena, come se il marito ormai defunto l'avesse toccata con le sue dita fredde. Le aveva chiesto di mettere una tavoletta per lui sull'altare di famiglia e di bruciare l'incenso due volte al giorno, perché la sua ani-

* Dio cinese di origine buddhista, giudice dell'inferno. (*N.d.T.*)

ma potesse attraversare l'oceano e riposare in pace con gli altri antenati.

«Cosa ti è successo? Come sei morto?» aveva chiesto la nonna al marito nel corpo della shenpo. Aveva trascorso solo sei mesi con lui prima che partisse e aveva aspettato il suo ritorno per gli ultimi sedici anni.

«Adesso non importa. È finita. Sono pronto per tornare a casa» aveva detto la voce.

La nonna di Sixiang si era sentita meglio dopo avergli messo la tavoletta sull'altare accanto a quelle degli antenati. Aveva stabilito un rituale: al mattino bruciava dell'incenso per lui e gli serviva una tazza di tè, la sera un bicchiere di vino e una ciotola di riso a ogni pasto. Ma il brivido freddo, disse a Sixiang, se l'era ricordato a lungo.

Lei non voleva che il figlio andasse laggiú, ma lui aveva già deciso. Senza chiederglielo, aveva firmato un contratto con una società ferroviaria di Montagna d'Oro; l'appaltatore si era spostato da un villaggio all'altro vendendo sogni favolosi ai ragazzi e accordando prestiti per il viaggio. Un giorno, il futuro padre di Sixiang era tornato a casa e si era prostrato per tre volte davanti a lei sul pavimento di mattoni, dicendo che era un figlio indegno e che le aveva disobbedito, ma si sarebbe fatto perdonare. Avrebbe spedito dei soldi a casa, in modo che la famiglia potesse tornare ad avere una vita piú agiata.

La nonna di Sixiang aveva ribattuto che non voleva denaro, e preferiva che restasse a casa con lei. Ma ormai la decisione era stata presa.

Con i soldi che il padre di Sixiang aveva spedito a casa, la famiglia aveva potuto ricomprare alcuni *mu* di terreno – il prezzo della terra continuava a salire – e ingaggiare di nuovo qualche bracciante. Ma quello che la nonna di Sixiang aveva temuto di piú si era avverato: suo figlio era scomparso nello stesso modo del marito, e stavolta dopo soli sette anni. Niente piú lettere né denaro, solo un uomo ingoiato da una terra fuori dalla portata di lei e della sua immaginazione.

Quando il denaro aveva smesso di arrivare, avevano dovuto risolversi a vendere i campi un mu dopo l'altro e a licenziare i braccianti, tenendone solo uno. Loro tre avevano tirato avanti durante un anno di carestia vendendo tutto quel che potevano. Erano sopravvissute ai banditi che avevano rubato tutto l'oro di Prozio Di, senza trovare nemmeno un gioiello nascosto in casa di Sixiang o indosso alle donne. I fuorilegge avevano rovistato perfino nella porcilaia, rimasta vuota da quando l'ultimo maiale era stato ammazzato per mangiarlo. Erano tornati in casa a dare un'occhiata a Sixiang, stretta tra le braccia di sua madre, ma avevano deciso che non valeva la pena di rapire una ragazzina scheletrica che non avrebbe fruttato l'ombra di un riscatto.

Dalla scomparsa dell'uomo di casa, la madre e la nonna di Sixiang avevano cominciato a intrecciare ventagli e cesti con le foglie della loro palma. Fabbricavano anche scarpe e ricamavano federe e fazzoletti, che il loro bracciante vendeva al mercato. Per i primi due anni avevano continuato ad aspettare sul fiume la barca del postino una volta al mese. Poi aveva cominciato ad andarci solo la nonna, che portava la nipote con sé, aspettando invano, mese dopo mese, ai margini della cerchia delle mogli e madri speranzose.

Quando Sixiang aveva chiesto alla nonna perché non avesse consultato la shenpo anche per suo padre, lei le aveva dato uno schiaffo e aveva sputato per terra: «Non dirlo mai piú, e non azzardarti a pensare che tuo padre sia morto, perché non lo è!»

Dopo, quando Sixiang aveva cominciato a pensare ai buchi neri in cui poteva essere caduto suo padre sulle montagne al di là dell'oceano, avrebbe ricordato le parole della nonna, e il bruciore di quelle dita furiose sul viso.

La madre di Sixiang aveva parlato poco di suo padre. Un anno, quando era piovuto dopo la Festa di Qixi,* aveva detto che la pioggia erano le lacrime della tessitrice. «Per-

* Festività che ricorre il settimo giorno del settimo mese del calendario lunare, l'unico momento dell'anno in cui due amanti mitologici, la tessitrice Zhinü e il pastore Niulang, possono ricongiungersi attraversando un ponte formato da uno stormo di gazze. (*N.d.T.*)

ché suo marito, il pastore, non si è presentato sul ponte di gazze».

«Perché non c'è andato?» aveva chiesto Sixiang.

«Perché è come tuo padre» aveva risposto lei pigramente e aveva lasciato cadere l'argomento.

Adesso, però, Sixiang pensava che sua madre volesse ancora bene a suo padre. Altrimenti non avrebbe conservato la sua foto, non le avrebbe chiesto di trovarlo a Montagna d'Oro e di riportarlo a casa. Ma come diamine poteva riuscirci?

La prima notte senza mal di mare, Sixiang estrasse la foto di suo padre dalla tasca interna della camicia che la madre le aveva cucito in fretta e furia prima della partenza. Aprí il fazzoletto di seta, e alla luce fioca della lampada a olio appesa al soffitto della stiva socchiuse gli occhi per studiare l'immagine. Il volto di suo padre era inespressivo, gli occhi e la bocca formavano due linee orizzontali, che non mostravano traccia di un sorriso, ma neanche di paura o nervosismo. Seduto su una sedia intagliata con lo schienale alto, i gomiti posati su un tavolinetto accanto a un vaso di narcisi bianchi, indossava una giacca di cotone cinese, un cappello occidentale a corona circolare con la falda, e un paio di stivali di pelle a metà polpaccio dall'aria vissuta ma robusta. Aveva i piedi ben piantati a terra, alla stessa larghezza delle spalle.

Sembrava piú vivo che mai. Forse non era caduto in un buco nero, allora. Forse gli era successo qualcosa che gli impediva di scrivere altre lettere o di mandare denaro a casa. Forse, se Sixiang avesse guardato la foto ogni giorno e pregato, sarebbe apparso sulla riva di Montagna d'Oro all'arrivo della nave, con i suoi piedi grandi e forti, agitando la mano. Lei gli avrebbe chiesto di tornare a casa insieme. Gli avrebbe detto che sua madre e sua nonna li aspettavano. E non le sarebbe pesato trascorrere un altro mese sull'oceano, se era per tornare a casa.

Il quinto giorno, quando tutto il gruppo si trovava sul ponte – anche le altre tre ragazze ora stavano abbastanza bene da lasciare le cuccette – affiorarono dal mare diverse forme blu scuro. Una saltò in aria, facendo roteare le pinne e il corpo gigantesco. Un'altra sbatté la pinna della coda sull'acqua, provocando alti spruzzi.

«Sono balene» disse Madam, «i pesci piú grandi del mondo».

«Mangiano le persone?» chiese la piccola Ah Fang.

«Certo» rispose Madam. «Mangiano di tutto».

«Meglio evitare di cadere in acqua, allora» disse una delle adolescenti. La sua amica ridacchiò e le sussurrò qualcosa all'orecchio.

Quando tornarono alle cuccette, Sixiang e Ah Fang non poterono evitare di interrogarsi sulle abitudini alimentari delle balene. Quanto fossero acuminati i denti, quanto fosse robusto il loro intestino. Potevano ingoiare un maiale intero, una mucca intera? Sixiang in principio le aveva prese per creature felici e innocenti, ma aveva imparato a non fidarsi della prima impressione, proprio come con Madam, che all'inizio le era parsa tanto buona. Ora cercò di non rabbrividire al pensiero degli animali pericolosi che andavano a caccia là fuori, da cui li separava soltanto uno scafo sottile.

Il sesto giorno di viaggio, dopo che il gruppo di Sixiang era salito sul ponte dalla stiva soffocante, la ragazza che piangeva, Ah Hong, si fece largo tra la calca per arrivare al parapetto. Un istante dopo passò una gamba oltre la sbarra di metallo, un'ombra scura e improvvisa contro il cielo pallido. Ma Madam le afferrò il braccio appena in tempo e la tirò giú. Prese Ah Hong per le spalle, la fissò per un lungo istante e poi la abbracciò dicendo: «Lo so, lo so come ti senti».

Quando Ah Hong ricominciò a piangere, le altre ragazze la imitarono. Sixiang cercò di trattenere le lacrime per qualche secondo e poi si arrese al richiamo della tristezza. Quella notte, prima di abbandonarsi al primo sonno profondo da quando era salita a bordo, capí in modo confuso che tutto poteva essere tollerato e, se proprio diventava un fardello eccessivo, c'era sempre l'oceano senza fondo.

Sua madre l'aveva accompagnata alla barca quel pomeriggio. Avanzava esitante sui piedi piccoli, come se perdesse le forze a ogni passo, svuotandosi. Sixiang continuava a piangere e le stringeva il braccio per sostenerla. La donna che presto Sixiang avrebbe chiamato Madam portava il suo stuoino arrotolato. Il barcaiolo sedeva a prua e fumava la pipa. Si era alzato per prendere lo stuoino e l'aveva posato sulla panca alle sue spalle. La donna aveva aperto un borsellino che portava in cintura, aveva preso sei monete d'argento e le aveva messe in mano a Sixiang: «Dalle alla tua mamma. Ti vuole bene e desidera solo il meglio per te».

Ma invece di prenderle, la madre aveva chiuso le dita di Sixiang sulle monete, come aveva fatto con la foto. «Tienile tu» aveva detto. Poi, rivolgendosi alla donna e guardandola negli occhi, aveva aggiunto: «E tu lasciagliele». Aveva distolto lo sguardo solo dopo che l'altra aveva annuito.

La donna e l'uomo avevano dovuto caricare di peso Sixiang in barca. Sua madre era rimasta sulla riva, senza aiutarla, limitandosi a dire: «Ricorda quello che ti ho detto. Ricordati che sei forte».

Mentre la barca si allontanava dalla sponda, e i flutti che le separavano si allungavano, la madre aveva alzato un braccio per salutarla. Sopra di lei, le nubi bianche si stavano disintegrando lentamente; alle sue spalle il sentiero di terra indurita dal sole settembrino conduceva alla casa dove Sixiang aveva vissuto per tutta la vita. Sua madre aveva continuato a restare ferma sulla riva, agitando la mano, tenendosi in equilibrio sulle gambe malferme e i piedi deformi, finché la barca non ebbe imboccato la curva del fiume. Allora era scomparsa. E lo stesso era accaduto alla casa di Sixiang e al suo villaggio, Yunteng.

Quando Sixiang ebbe perso il conto dei giorni trascorsi in mare, la piccola Ah Fang si ammalò. Vomitò sul proprio stuoino e anche sul suo. Il suo viso bruciava, le labbra erano secche, il respiro pesante come se stesse tirando l'aratro. Una notte, Sixiang si svegliò da un sonno agitato e vide

Ah Fang con gli occhi e la bocca immobili e spalancati, che non emetteva piú suono.

Sotto la lampada a olio, Madam le pulí il viso e i capelli con un panno bagnato, e Ah Fang sembrò quasi ridiventare l'orfana che dormiva profondamente e non cercava nessuno nel cuore della notte. Madam avvolse Ah Fang nel suo stuoino sporco di vomito e alle prime luci dell'alba, con l'aiuto di qualche uomo tra i passeggeri, la portò sul ponte. Lí, dopo averle legato una vecchia catena attorno ai piedi per farla andare a fondo, la calarono in acqua.

Presto Ah Fang sarebbe finita nel ventre di una balena, che l'avrebbe fagocitata spezzandole le ossa. E se invece la balena fosse stata un semplice mezzo di trasporto acquatico? Forse avrebbe riportato la bambina in Cina, da brava gente che l'avrebbe accolta come una di famiglia. Oppure Ah Fang sarebbe rinata piccola, con una madre e un padre che non l'avrebbero lasciata orfana. Ma Sixiang non credeva che le balene ne fossero capaci. Sperava almeno che non straziassero il suo corpo.

La nave continuava ad avanzare, giorno e notte, alba e tramonto. Lo stuoino di Sixiang era sporco del vomito di Ah Fang, e la puzza le entrava nel naso quando lo scafo si agitava e si sollevava. Le due ragazze piú grandi la tenevano a distanza, quasi temendo che prendesse la stessa malattia e, come Ah Fang, finisse nell'oceano senza fondo.

Nel dormiveglia Sixiang si girò verso Madam, che le aveva lasciato tenere le sei monete d'argento e le aveva dato dei buffetti quasi affettuosi sulla spalla dopo la morte di Ah Fang. Esitante, posò una mano sul braccio della donna, che però la spinse via anche nel sonno.

Fu Ah Hong a scendere dalla cuccetta superiore per coricarsi con lei. Le permise di nascondere il viso tra le sue braccia e la strinse dolcemente. Forse Ah Hong pensava che Sixiang covasse la morte dentro di sé: forse, dopo il tentativo fallito di saltare nell'oceano, pensava che sarebbe stato meglio morire della malattia di Ah Fang. Ma Ah Hong aveva cominciato a mangiare la sua porzione di cibo, e a lamentarsi come le altre due adolescenti del fatto che il *congee* della colazione era liquido quanto la risciacquatura del riso, e la cena piú scialba del cibo per maiali. Forse la morte, dopo che le era stata negata, aveva perso la facoltà di spaventarla e attirarla, e lei riusciva a essere piú coraggiosa e generosa delle altre.

«Dove pensi che sia Ah Fang adesso?» chiese Sixiang ad Ah Hong. «Lontana com'è da tutti, come farà a rinascere?»

L'altra ci pensò per un momento, e poi, con una traccia di risata nella voce, disse: «Forse rinascerà balena. Sembrano felici, no?»

Nella mente, Sixiang vide di nuovo gli archi blu scuro, la famiglia di balene che si divertivano spensierate. Non si era sbagliata, allora, a credere che fossero felici.

Quando, un paio di settimane dopo, Sixiang pensò di avere scorto una balena, Madam le disse che stava guardando Montagna d'Oro. Fissò la sagoma scura finché non si riempí di colline e alberi. Poi, quando oltrepassarono un varco tra due rupi scoscese, scorse casette, omini e cavalli. Si toccò la tasca interna per assicurarsi che contenesse ancora la fotografia di suo padre, insieme alle sei monete d'argento che tintinnavano come campanelli lontani quando si muoveva in un certo modo. Aveva osservato la foto ogni giorno, quando nessuno la guardava. Forse suo padre sarebbe stato tra gli uomini in attesa sul molo, che si stava avvicinando in fretta. Ma Sixiang sapeva che nulla era stato facile fino a quel momento, e nulla lo sarebbe stato ora. Sapeva che presto i bianchi le avrebbero fatto delle domande, costringendola a mentire sulla sua identità, e che la famiglia che la comprava avrebbe potuto essere crudele. Ci sarebbero state erba e terra sotto i suoi piedi, ma anche buchi neri in cui rischiava di precipitare.

Uno stormo enorme di gabbiani si avvicinò dalla riva. Rimasero sospesi in volo sopra la nave e piansero come orfani inconsolabili.

2.
La Sierra
1867

Quella caduta fu forse il momento piú lungo della sua vita. Mentre ruzzolava giú dalla montagna, rotolando e rimbalzando sulla neve che lo sferzava, Guifeng pensò al suo villaggio di Yunteng, e alla ragazza chiamata Feiyan che correva rapida sulla riva del fiume. Aveva superato tutti gli altri bambini del villaggio, e lui, un anno di meno e piú basso di lei di mezza testa, immaginava che un giorno sarebbe diventato alto e l'avrebbe battuta. Sarebbe arrivato per primo a quell'albero di *yulan*, solo per voltare la testa e guardarla correre come sospinta dal vento, il corpo concentrato in una danza semplice, rapida e ostinata. Ora, con la neve che lo trascinava giú, il vento che gli soffiava e fischiava attorno, conobbe la velocità, la velocità mozzafiato cui aveva aspirato da bambino.

Aveva diciotto anni e dall'età di dodici amava Feiyan, la ragazza famosa dapprima per le gambe veloci, poi per la sua sventura e la scomparsa. Il vecchio al quale era stata data in sposa era stato trovato morto nella loro capanna, e lei era sparita. Si diceva che fosse stata rapita dai banditi o venduta dai trafficanti di esseri umani. Cos'altro sarebbe potuto succedere a una ragazza giovane e graziosa come lei? Guifeng pensava che non l'avrebbe piú rivista, finché invece non la scorse il suo primo giorno a Montagna d'Oro.

Gli sembrò che fosse il destino a mostrargliela proprio quel giorno, quando lui e gli altri uomini appena arrivati erano stati radunati e condotti in fila indiana a Chinatown, il quartiere cinese, con il bagaglio appeso a un bastone in spalla, i piedi non ancora abituati alla terraferma dopo due mesi di rollio in mare. Come la stiva della nave, il quartiere sembrava popolato solo da uomini cinesi, finché non passarono da un vicolo con le donne che sostavano accanto a porte socchiuse, sotto lanterne rosse che sembravano spente nella luce pomeridiana. Una di quelle donne era Feiyan.

Senza un sorriso fece scorrere lo sguardo sulla fila di uomini come se ispezionasse un esercito disordinato; gli occhi severi si fermarono su Guifeng per un secondo appena e, se lo riconobbe, non lo mostrò. Ma quando Guifeng voltò il capo per guardarla, per assicurarsi che fosse proprio lei, Feiyan lo stava osservando. I suoi occhi persero la durezza di poco prima, il viso si addolcí.

Era accaduto due anni prima. Guifeng non aveva ancora trovato il coraggio di tornare in quel vicolo a cercarla. Ma mentre cadeva a velocità bruciante tra vento, aria e neve, ripensò a lei al villaggio. Nessuna tristezza: lei correva e basta.

Gli pareva che corrispondesse al *wuwei* di cui aveva parlato Daoshi, che stando a lui non significava non azione, bensí azione secondo il Tao, facile, priva di costrizioni o di sforzi. Cosí aveva corso Feiyan, con facilità e gioia, riempiendo il dodicenne Guifeng di una voglia che, lo sapeva, non si limitava al desiderio infantile. Era qualcosa di benefico, come se il suo cuore si aprisse, sbocciasse.

Quando due anni dopo era stata data in moglie a quel vecchio dietro la montagna, Yunteng senza di lei era diventato immobile. Il villaggio sembrava una tomba con la sua inerzia, lo stesso cielo, gli stessi campi, la stessa terra, le case di terra e i giorni tutti uguali. Guifeng immaginava cosa le avrebbe fatto il vecchio. Osservava gli anziani del suo villaggio dalla bocca che puzzava: cosa ci faceva un uomo senza denti e senza capelli con una ragazza giovane che correva piú veloce di lui, tutta ritmo e grazia?

Il mal d'amore di Guifeng non era guarito col tempo, ma si era trasformato in un desiderio, piú facilmente sopportabile, del mondo fuori dal suo villaggio. A quattordici anni, diversi mesi dopo che Feiyan si era sposata, aveva scritto una lettera a suo padre esprimendogli il desiderio di raggiungerlo a Montagna d'Oro. «Non prima dei sedici anni» aveva risposto suo padre. «Qui la vita è dura, ma potrai aiutarmi nella lavanderia quando sarai piú grande». La lavanderia, nell'immaginazione di Guifeng, non assomigliava al lavoro umiliante e noioso che facevano le donne in riva al fiume. La lavanderia americana doveva essere un'attività piú virile e industriale, altrimenti suo padre non l'avrebbe svolta, e non avrebbe mandato abbastanza denaro per mantenere tutta la famiglia anno dopo anno.

A sedici anni Guifeng si sposò secondo il desiderio del padre, con colei che la madre aveva scelto per lui: una ragazza con i piedi piccoli e il bacino largo che riusciva a malapena a camminare, figurarsi correre. La lettera successiva di suo padre si faceva attendere, ma Guifeng sognava da troppo tempo di andarsene per lasciarsi dissuadere dalla madre. Dopo due mesi di rollio in nave, che gli erano parsi un lungo sonno agitato, era giunto a San Francisco, o Big City, come la chiamavano tutti. Vi aveva trascorso solo due ore, prima al tempio di Tin How per ringraziare per il buon esito del viaggio, poi all'associazione del suo clan, Kong Chow, per iscriversi. Poi era stato condotto in nave a Sacramento, Second City, e da lí a bordo di un carro merci fino alla Sierra. Una catena di montagne non d'oro ma d'argento, con le cime innevate la cui altezza e il candore lo facevano rabbrividire. Guifeng era stato ingaggiato per costruire la ferrovia che vi sarebbe passata sopra, attorno e attraverso.

Guifeng soffriva di vertigini, anche se era stato chiamato come la montagna della sua regione, il monte Guifeng, che era il piú alto di Xinhui ma, in confronto alla Sierra, pareva una collinetta. Quando era piccolo, suo nonno lo aveva portato sulla montagna per la Festa di Chongyang. Era inciampato su un gradino rischiando di precipitare in un burrone, e da allora sognava di cadere; negli incubi gli scalini di pietra si trasformavano in un precipizio o il terreno cedeva, lasciando il posto a un pozzo senza fondo. Ora la Sierra, con le cime innevate nascoste tra le nubi, si estendeva per chilometri davanti a lui. Il rapporto di grandezza era cambiato. Tra le migliaia di cinesi portati lí per rosicchiare il duro granito, lui era solo una formica, non piú grande dei molti puntini luminosi delle stelle sotto le quali montarono le tende di tela.

Era entrato a far parte di una squadra di trenta uomini, tutti della regione di Siyi, che parlavano dialetti simili. Un caposquadra, soprannominato Chang'er per via dei lunghi lobi, traduceva gli ordini del capocantiere bianco che si spostava a cavallo e chiamava tutti John. Un cuoco, Li Shu, preparava i cibi di casa loro sul braciere all'aperto, pesce e pollame giunti in carro merce da Sacramento. Guifeng adesso mangiava piú carne in un giorno che in una settimana intera a casa, ma il costo dei pasti gli veniva detratto dallo stipendio, pari a trenta dollari al mese se lavorava dall'alba al tramonto ogni giorno meno la domenica. Un'altra parte della paga sarebbe andata all'azienda per i sette mesi successivi, per rimborsare il prestito di settantacinque dollari per il viaggio piú interessi. Finché il debito non fosse stato saldato non avrebbe potuto mettere da parte del denaro né mandare soldi a casa. Aveva anche dovuto comprarsi a credito un paio di stivali di cuoio, perché gli altri operai lo avevano avvertito: le babbucce di cotone fatte a mano da sua moglie non sarebbero durate una settimana per quel tipo di lavoro.

Guifeng divideva una tenda fornita dall'azienda con il caposquadra Chang'er, il figlio di Chang'er, Ah Fook, e Daoshi,* che aveva quasi trent'anni e, come Chang'er, viveva a Montagna d'Oro da piú di dieci. Lo chiamavano Daoshi perché si era occupato degli altari al tempio di Big City prima di diventare operaio. Guifeng non sapeva se fosse davvero un sacerdote taoista, ma in ogni caso amava citare Laozi e Zhuangzi. Solo Guifeng, Ah Fook e pochi

* Soprannome che significa «sacerdote taoista». (*N.d.T.*)

altri giunti sulla stessa nave erano nuovi nella Sierra. Il resto della squadra aveva cominciato a costruire la strada di ferro l'anno precedente, quando i lavoratori cinesi erano stati ingaggiati in prova. Adesso il novanta per cento della forza lavoro della Central Pacific era cinese.

Il loro compito ora era ricavare una cengia per costruire una massicciata lungo il promontorio di Cape Horn, che quattrocento metri piú in basso sprofondava in un torrente. Con una corda legata in vita, Guifeng fu calato lungo la parete quasi verticale. Cercò di concentrare lo sguardo sulla roccia che aveva davanti, le pieghe e venature che si ingigantivano mentre con mani e piedi cercava un appiglio. Si sentiva come un alberello che attecchisce sulla roccia, ma era certo che una folata di vento avrebbe potuto soffiarlo via se la corda, per un motivo o per l'altro, si fosse spezzata.

Daoshi venne calato con lui. Insieme dovevano trapanare dei fori nella roccia, inserirvi polvere nera e accendere la miccia prima di venire tirati su. Guifeng si offrí di usare il martello per non dover pensare all'abisso, ma i suoi primi colpi furono deboli e sbilenchi. Daoshi, però, non commentò. Disse invece qualcosa d'altro, una citazione di Laozi: «天地不仁, 以万物为刍狗».

Guifeng gli chiese cosa significasse.

«Significa che il cielo e la terra non scelgono. Per loro siamo tutti cani di paglia».

«Cani di paglia?»

«I cani di paglia che facevano i nostri antenati per i sacrifici. I cani veri costavano troppo, quindi usavano quelli di paglia. Un cane di paglia era un sacrificio apprezzato, ma dopo veniva bruciato o gettato via. Buono o cattivo, cielo e terra non accordano e non negano il proprio favore. Ai loro occhi, è tutto uguale. Siamo tutti cani di paglia. Mi chiedo cosa pensino il cielo e la terra adesso di noi. Quello che stiamo facendo alla montagna è diverso dal soffiare via granelli di polvere? Approvano? Disapprovano?»

Guifeng diede un'altra martellata, piú decisa, ma la punta di metallo entrò di un centimetro appena. «A me non pare polvere» disse.

«E i nostri corpi non sono di paglia» disse Daoshi.

Quando cambiarono posizione, le gambe di Guifeng tremarono ancora, protette dal vuoto da un semplice spuntone di roccia. Si accorse anche di un dolore alle mani che, contratte com'erano sul cuneo di metallo, avevano sofferto per le scosse provocate dalle martellate di Daoshi.

«Ti servono dei guanti» decretò Daoshi. «Sarebbe bello se i nostri corpi non sentissero il dolore, come la paglia».

Quando gli altri li tirarono su, i palmi di Guifeng sanguinavano. Un'aquila lo sorvolò, incurante della gravità, salendo nell'azzurro illuminato dal sole che era freddo e brillante, accoglieva niente e tutto. Guifeng si gettò sul terreno non appena vi mise piede, mentre le esplosioni si moltiplicavano sotto di lui, scuotendolo come paglia vuota.

Una settimana dopo ci scappò il morto. Si bloccò una carrucola, e un uomo fu proiettato in alto, nella nube di fumo scuro, prima di precipitare con i frammenti di roccia nel torrente sottostante. Nessuno voleva scendere di nuovo lungo la parete, ma il capocantiere li minacciò urlando di trattenere la paga di quel giorno. Il caposquadra Chang'er sputò, imprecò e si lasciò calare giú. Uno dopo l'altro ripresero il lavoro. Quando Guifeng scese a sua volta, appoggiò la fronte alla superficie di roccia piatta che aveva intrappolato millenni di sole e di ghiaccio. Gli era capitato di vedere fossili di felce impressi su una roccia che aveva trapanato e fatto esplodere. La stessa fine sarebbe potuta toccare anche a lui, portando alla luce parti fossilizzate del suo corpo nei secoli a venire.

Quella sera si sedettero attorno al fuoco parlando a bassa voce della morte del compagno. Lo avevano sepolto al tramonto. Diversi suoi amici e i compagni di tenda erano scesi lungo la parete, ne avevano avvolto i resti nel suo stuoino e lo avevano issato fino a un luogo di sepoltura. Mentre costruivano la ferrovia vi creavano accanto anche dei cimiteri, segnando ogni tomba con nomi e date incisi sulla pietra per le associazioni dei clan, che a un certo punto sarebbero venute a prelevare le ossa per rispedirle a casa via mare. Daoshi aveva bruciato l'incenso e cantato versi per facilitare il viaggio dell'anima del defunto, benché tutti sapessero che chi subiva una morte violenta non si placava tanto in fretta.

Chang'er aspirò il fumo della pipa prima di cominciare a raccontare una storia. Parlò di quando faceva il minatore. Un suo compagno di tenda era uscito per urinare e aveva visto un uomo che attizzava le braci. «Un uomo, ma attenzione: al posto della faccia aveva una massa sanguinolenta. Però il mio amico, Ah Xing, lo riconobbe ugualmente. Era Ah Deng, che se n'era andato pochi giorni prima con la sua parte d'oro, non una fortuna ma abbastanza per costruire una casa a due piani in patria, e comprare qualche mu di terra. Ah Xing tornò di corsa nella tenda, urlando di avere visto il fantasma di Ah Deng, che gli aveva detto che una banda di gweilo gli aveva sparato e lo aveva derubato lungo il ruscello.

«Uscimmo a guardare, ma non c'era nulla da vedere, se non la notte buia. Quando tornammo dentro, Ah Xing stava affilando il suo coltello da macellaio. "Cosa stai facendo?" gli chiedemmo. "Vendetta" rispose. "Dovreste venire tutti con me". "Come?" gli chiedemmo, scuotendo il capo. "Come possiamo combattere i fucili con i coltelli?" Ah Xing sputò per terra e ci diede dei codardi. Non rispondemmo perché avevamo la sensazione che non fosse piú Ah Xing a parlare, non con quella voce gutturale da fumatore di pipa accanito che era Ah Deng. Ah Xing non fumava. Lo ritrovammo il mattino successivo, morto, accanto al ruscello dove cercavamo l'oro».

Chang'er fece una pausa per riaccendere la pipa nel fuoco. Fu una lunga pausa. «Spero che non dobbiate mai vedere quello che abbiamo visto noi» disse infine, «ma posso dirvi cosa gli avevano fatto i gweilo, cosí saprete di cosa sono capaci». Chang'er li scrutò tutti, uno dopo l'altro, attorno al fuoco, da Daoshi che sedeva a gambe incrociate e con la schiena dritta come sempre, a Li Shu la cui mano era sospesa su una teiera rovente, fino al figlio di

Chang'er, Ah Fook, che aveva un'espressione sofferente, come se avesse già subito quello che aveva subito Ah Xing.

«Lo avevano pestato a sangue e gli avevano tagliato il... il...» Si interruppe per indicarsi l'inguine. «E glielo avevano ficcato in bocca». Chang'er scosse il capo, poi si schiarí la voce prima di continuare. «E vi dirò anche questo: il fantasma di Ah Xing è ancora qui. E anche quello di Ah Deng. Stanno ancora cercando qualcuno che li vendichi».

Sputò nel fuoco, che sibilò e guizzò.

Quando rimasero solo Daoshi e Guifeng accanto al fuoco, Daoshi estrasse un libro da sotto la giacca, lo aprí forse a una pagina a caso e lesse una citazione ad alta voce: «为者败之, 执者失之, 是以圣人无为故无败, 无执故无失».

Guifeng aspettò che Daoshi aggiungesse qualcosa, ma quello rimase a osservare il fuoco in silenzio, e Guifeng gli chiese di spiegargli.

«La traduzione letterale è questa: coloro che agiscono falliscono, coloro che prendono perdono, quindi il saggio non agisce e non fallisce, non prende e non perde. Ma l'idea piú importante è il wuwei. Se significasse non agire per niente, allora un saggio non sarebbe diverso da un sasso». Prese ai suoi piedi un sasso grande quanto la sua mano e lo guardò. «Questo non ti sembra un saggio, giusto? Per questo motivo, il wuwei non può significare non agire, ma non agire contro il Tao. È l'azione secondo il Tao, e il Tao agisce come se non agisse, mentre ogni cosa ne subisce l'effetto».

Guifeng rifletté. «Non sono sicuro di avere capito tutto, ma dimmi, Daoshi, qual è l'atto secondo il Tao nella storia di Chang'er?»

«Se lo sapessi sarei un saggio» rispose Daoshi. «Ma so che non è quello che ha fatto il suo amico posseduto: andare incontro alla morte con un coltello da macellaio non è sicuramente Tao». Si alzò in piedi e gettò il sasso a valle. La luce del fuoco illuminò per un istante la sua traiettoria prima che la pietra svanisse nel buio. Guifeng si aspettava di sentirla cadere, ma il suono non si udí, come se la notte l'avesse ingoiata in un boccone.

Qualche settimana dopo si mise a nevicare. I fiocchi caddero prima lievi, poi con violenza inaudita. Nel giro di poche ore la neve aveva coperto pini, rocce, massicciate e tende che scricchiolavano sotto il suo peso e crollavano. In un cantiere lí vicino uno spazzaneve trainato da una locomotiva provocò una valanga che fece precipitare nel burrone un uomo. Alla squadra di Guifeng fu ordinato di ripulire rotaie e massicciate a mano, ma la neve cadeva piú in fretta delle loro braccia, formando uno strato che i badili non riuscivano a ridurre.

Poi fu ordinato loro di spostarsi sul versante orientale, a piedi o in slitta, al Truckee Canyon, per abbattere le foreste che si trovavano sul tracciato della ferrovia. Tagliarono pini con una circonferenza di piú di dodici uomini e fecero esplodere i tronconi nella terra gelata. Ogni albero che cadeva era un piccolo terremoto, ogni esplosione un campo di battaglia. Ma senza la prossimità dei precipizi e il rischio immediato di cadere, a Guifeng parve un miglioramento.

Nel campo gli uomini bevevano, giocavano d'azzardo e si raccontavano storie improbabili. Chiedevano a quelli sposati di descrivere la prima notte di nozze. Quelli che non avevano figli o nipoti con sé parlavano delle ragazze che erano andati a trovare a San Francisco, Sacramento, Auburn, Green Valley, Cisco e di quelle che avrebbero visto a Truckee. Sembravano conoscere tutto sul loro conto.

Guifeng non aveva mai saputo il vero nome della ragazza. Sapeva solo che si faceva chiamare Feiyan, un soprannome usato anche dai suoi genitori, forse perché era veloce come una rondine già da bambina. Guifeng era sicuro che adesso si facesse chiamare in un altro modo, forse uno di quei nomi di fiori che usavano nel suo mestiere. Una volta aveva immaginato che, anche se fosse stata rapita o venduta a una casa di tolleranza, sarebbe riuscita a scappare, vista la sua bravura nel correre. Non gli era mai venuto in mente che sarebbe finita a Montagna d'Oro e che l'avrebbe vista il giorno del suo arrivo. Come se, senza saperlo, lui fosse venuto qui contro il volere di sua madre per seguire il proprio destino.

Ma il suo destino non era già stato deciso per lui? Essere un bravo padre per la famiglia che dipendeva da lui e aspettava il suo ritorno. Doveva pensare a sua moglie, che era sua e solo sua, una bella ragazza sempre calda nel letto: abbracciarla d'inverno era come stringere una stufa. Era incinta di sei mesi quando se n'era andato, la sua pancia una cupola lucente sulla quale posava l'orecchio e udiva un fruscio di ali. Si era sentito emozionato all'idea di poter fare un figlio; la maggior parte degli uomini ne era capace, certo, ma era comunque meraviglioso sapere che una vita originata da lui cresceva dentro la sua donna. E per quel motivo non poteva piú considerarla una ragazza qualunque scelta per lui da sua madre. Alla sua partenza la moglie gli aveva preso il volto tra le mani e lo aveva guardato negli occhi per farsi promettere che sarebbe tornato. «Sí» aveva promesso lui.

Ma mentre giaceva sdraiato sulla branda, sentendosi finalmente piú vicino alla terra, anche se erano a centinaia di metri sopra il livello del mare, non poteva evitare di vedere Feiyan prigioniera della porta stretta sulla quale l'aveva vista quel giorno, con una successione di uomini che le venivano sopra. Non aveva cercato di scappare? Non poteva? O forse la questione era: se anche avesse cercato di farlo, dove sarebbe andata in quella terra sconosciuta?

Se non l'avesse vista quel giorno – se fosse stata dietro la porta, o se lui e gli altri nuovi arrivati avessero percorso un altro vicolo – probabilmente ora non penserebbe a lei. Avrebbe pensato a lei sempre meno, come durante i mesi in cui era con sua moglie, finché Feiyan sarebbe semplicemente svanita. Cosí come era svanito Guifeng bambino, una pelle della quale ci si libera e che si dissolve nell'aria. Ma sarebbe stato meglio?, si chiese. Avrebbe continuato ad aspirare a qualcosa, senza sapere cosa?

La domenica si incamminò con Daoshi verso est per qualche chilometro fino a Truckee, una cittadina sorta a margine dell'industria boschiva dove i minatori cinesi si rifugiavano d'inverno fin dal decennio precedente. Il quartiere cinese era una zona triangolare adorna di lanterne rosse, bandiere gialle e scritte cinesi che gli scaldarono il cuore. Arrivarono a un bagno pubblico dove del vapore caldo usciva dal tetto. Vi regnava un'atmosfera allegra, con uomini, quasi tutti tagliaboschi e operai della ferrovia come lui, che chiacchieravano, ridevano e si scambiavano notizie mentre immergevano nell'acqua i muscoli doloranti e si strofinavano via la sporcizia accumulata durante la settimana. Dopo il bagno Guifeng e Daoshi indossarono gli abiti puliti che avevano portato con sé e si sedettero dal barbiere lí accanto per farsi radere il volto e la fronte e rifare la treccia.

Poi Daoshi si diresse al postribolo dove due ragazze con camicette leggere color pastello stavano sulla porta sormontata dalle lanterne, e parevano le prime messaggere della primavera. Tenendosi bello dritto, Daoshi andò dalla ragazza con la camicia color pesca. Quella vestita di verde menta, alta e magra come Feiyan, sorrise a Guifeng. Ma lui distolse lo sguardo e continuò a camminare lungo la strada, fatta per metà di tavole di legno e per metà di terra battuta, sotto il sole del primo pomeriggio, quasi caldo sulla sua pelle pulita.

Un uomo fermo accanto a una porta dipinta di oro e viola gli fece un cenno. «Giovanotto» disse, «sei bello pulito, perfetto per un ritratto».

Guifeng diede all'uomo trenta centesimi e si sedette su una sedia con lo schienale alto e intagliato, sullo sfondo di un telo azzurro che copriva il muro. Sulla destra c'era un tavolino con un vaso di porcellana di narcisi in fiore, il cui profumo gli ricordava la pelle incipriata delle donne, sua moglie la notte di nozze e la ragazza che gli aveva sorriso un attimo prima, che avrebbe potuto stringere tra le braccia proprio in quel momento se lo avesse voluto. Il fotografo gli chiese di posare il gomito accanto al fiore, di guardare l'obiettivo al centro del cilindro, e di stare fermo.

Quindici minuti dopo, il fotografo emerse dall'angolo della stanza chiuso da una tenda scura dal soffitto al pavimento. «Adesso la tua giovinezza è catturata per sempre» disse, porgendo a Guifeng la fotografia. «Hai una moglie a casa?»

«Sí» rispose Guifeng.

«Mandagliela, cosí non si sentirà troppo sola». Il fotografo gli strizzò l'occhio.

Guifeng osservò il piccolo viso bianco e nero nella foto. Sembrava banale, senza particolari degni di nota, nulla che suggerisse l'aspirazione a qualcosa di straordinario o la deviazione dal destino banale di un qualunque uomo cinese. Salvo forse il brillio negli occhi che spiccava nella scialba regolarità del volto, una scintilla che gli ricordava lo sguardo di Feiyan quel giorno.

Seguendo le indicazioni del fotografo, Guifeng si recò allo spaccio sull'altro lato della strada, che forniva anche servizi postali. Comprò una busta e un foglio di carta di riso a righe, prese in prestito un calamaio e un pennello sottile dal proprietario e cominciò a scrivere:

Distinta madre, distinta moglie,

spero che stiate bene entrambe. Dopo la mia ultima lettera in cui vi annunciavo di essere giunto a Montagna d'Oro senza problemi, ho cominciato a lavorare alla ferrovia nelle montagne della Sierra. Il cibo è buono e abbondante, e gli altri operai vengono tutti dalla nostra regione di Siyi. In primavera finirò di pagare il mio debito e potrò cominciare a mandarvi del denaro ogni mese.

Sto contando i giorni che mancano alla nascita del bambino. Ho pensato ai nomi. Se è un maschio chiamatelo Siqiang, cosí crescerà forte. Se è una femmina chiamatela Sixiang, perché ricordi sempre casa sua. Questa fotografia rappresenta il mio desiderio di essere lí con voi.

Guifeng

In primavera gli uomini tornarono sulle montagne, stavolta fino in cima, a formare l'esercito che scavava gallerie nel granito. Adesso si trovavano a piú di duemila metri sopra il livello del mare. Non c'erano alberi a quell'altezza, solo neve e rocce coperte di ghiaccio. La squadra di Guifeng era situata all'ingresso ovest della galleria 6, a quasi cinquecento metri dall'ingresso est; le due entrate erano equidistanti dal pilastro centrale, dove gli operai attaccavano le rocce da ambo i lati. Il responsabile, James Strobridge, portava una benda nera sull'occhio destro, che si diceva avesse perso per un'esplosione di polvere nera.

La roccia a quell'altezza era di un granito ancora piú duro di quello di Cape Horn. Una squadra adesso era costituita da tre uomini: Daoshi trovava una crepa o una fessura per infilarvi un cuneo lungo un metro con la punta piatta; Guifeng e Ah Fook a turno ci picchiavano sopra col martello. Dopo due martellate Daoshi ruotava la punta di un quarto di giro per affondarla piú in profondità nella roccia. Una squadra ci metteva due o tre ore per fare un buco largo quanto una mano e profondo un braccio. Poi riempivano i buchi con polvere nera e una miccia e ricoprivano l'apertura con sabbia bagnata. Accendevano la miccia e si allontanavano di corsa.

Guifeng ripensò a una storia che Daoshi aveva raccontato loro una domenica, quando erano ancora nel canyon, mentre sedevano attorno a Li Shu e lo guardavano affettare un'anatra arrosto sul suo banco improvvisato. Una storia di Zhuangzi su un cuoco che era esperto nell'arte di tagliare i buoi. Colpito da questa sua abilità, il re gli chiese come facesse. Il cuoco, chiamato Ding, rispose: «Quando ho cominciato a fare questo lavoro, vedevo un bue intero. Dopo tre anni vedevo pezzi di bue. Adesso vedo non con gli occhi ma con la mente. Cerco il punto d'incontro tra le ossa e le articolazioni, e la lama della mia mannaia lo trova facilmente. Altri cuochi sostituiscono il coltello ogni mese, mentre io uso lo stesso da diciannove anni. Quando mi capita un'articolazione difficile, rallento. Resto concentrato con lo sguardo, la mano è ferma. Affondo la lama delicatamente, e oplà, la carne si stacca come una zolla di terra. Mi alzo e mi lascio pervadere dalla gioia. Pulisco la mannaia e la ripongo. Ciò che faccio è solo Tao».

Li Shu aveva aspettato che Daoshi finisse la storia e gli

aveva dato la sua mannaia. «E va bene, non sono abbastanza Tao per te. Perché non la tagli tu, la carne? Vedrai com'è facile!» Daoshi si era limitato a ridere.

Guifeng, che passava le giornate a dare colpi di martello sulla dura roccia, si chiese se fosse possibile trasformare quell'attività massacrante, la perforazione lenta, poi la sabbia e la miccia nel buco, in un'arte, o in un'azione allineata con il Tao. La Via, il principio primo, fondamento dell'universo, che secondo Daoshi o Laozi non aveva un nome e non si poteva definire. Mentre Guifeng correva verso la luce del sole sperando che nulla andasse storto, tutto quello che riusciva a sentire era un crepitio di paura tra i battiti veloci del cuore.

In settembre, per la notte della Festa di metà autunno ciascuno di loro ordinò una torta lunare fatta arrivare apposta dal quartiere cinese di San Francisco. La mangiarono bevendo vino di riso accanto al fuoco. Lo stesso ripieno di pasta di semi di loto e di tuorlo d'uovo di anatra salato, la stessa luna piena che le loro famiglie dovevano avere visto a casa dodici ore prima. Ma a Guifeng quella luna, che spuntava da dietro le sommità frastagliate delle montagne, sembrava piú fredda, piú pallida di quelle viste quello stesso giorno in passato. Sembrava non le importasse di quello che pensavano coloro che la guardavano ammirati.

Gli uomini attorno al falò parlavano delle torte lunari: le migliori che avessero mai mangiato, la varietà dei ripieni, la nascita di quella tradizione. Ah Fook disse che il loro aspetto ricordava quello della luna piena, naturalmente. Li Shu aggiunse che quello lo dicevano ai bambini: in realtà rappresentavano il seno delle donne, o la loro pancia quando erano incinte.

Chang'er diede un'altra spiegazione. «Ve la dico io la vera origine delle torte lunari» disse prima di finire la sua ciotola di vino d'un fiato. «Risale alla fine della dinastia Yuan. Zhu Yuanzhang ebbe un'idea brillante. Disse ai suoi soldati di infilare dei bigliettini di carta in piccole torte e di distribuirle ai suoi seguaci. Sapete che cosa c'era scritto?

Un messaggio: *La quindicesima notte dell'ottava luna uccideremo i barbari.* E fu cosí che noi Han cacciammo i Mongoli e ci riprendemmo il nostro Paese».

«Non per sempre, però» puntualizzò Daoshi.

Chang'er lo guardò. «Per quasi trecento anni».

«Poi sono arrivati i Manciú» disse Daoshi.

Tacquero tutti. Guifeng sospettava che stessero pensando la stessa cosa: la Rivolta dei Taiping, protrattasi per piú di dieci anni, era ancora fresca nella memoria. Da bambino aveva visto i soldati razziare il suo villaggio e decapitare una dozzina di abitanti che si credeva appoggiassero i ribelli. Per mesi aveva avuto incubi in cui le teste rimbalzavano e rotolavano. Parlare male dei Qing era pericoloso anche lassú nella Sierra, nonostante la distanza dal Regno di Mezzo.

«E con questo?» ribatté Chang'er. «Suggerisci il wuwei? Non fare niente? Lasciare che i barbari ci trattino come ratti?»

«Non ho mai detto che il wuwei significhi non fare niente».

«Che cos'è, allora?»

«È...» Daoshi si fermò, come per riflettere meglio su ciò che voleva dire.

Chang'er voleva aggiungere qualcosa, ma Li Shu lo fermò. «Aspetta. Risparmiate il fiato, voi due. Devo raccontarvi una storia che vi farà ridere, ve lo assicuro. Ho un amico che fa il cuoco, ma non è il tuo straordinario cuoco Ding, preferisco dirvelo subito». Lanciò a Daoshi uno sguardo canzonatorio. «Il mio amico, purtroppo, lavora per la squadra di bianchi che costruisce quei capanni». Indicò con un cenno del mento a ovest, dove stavano costruendo delle strutture per coprire le rotaie prima che arrivasse di nuovo la stagione delle nevicate. «Quei gweilo sono crudeli, come forse avrete indovinato. Si divertivano a tormentare il mio amico: lo insultavano, lo malmenavano. Una volta sono entrati di soppiatto nella sua tenda e gli hanno legato la treccia a uno dei picchetti. Quando non apprezzavano la sua cucina, gli gettavano il cibo in faccia.

Una volta il mio amico ne ha avuto abbastanza. Indovinate cos'ha fatto». Li Shu si mise a ridere, e tra gli scoppi di risa riuscí a dire: «Ha pisciato in una pentola di spezzatino prima di servirlo. E sapete cos'hanno detto? Che era il migliore che avesse mai preparato!»

Chang'er si diede una pacca sul ginocchio. «Di' al tuo amico di cagarci dentro, la prossima volta. Gli piacerà ancora di piú».

Risero tutti meno Daoshi, che riprese a parlare dopo che le risate si furono calmate. «Vi dirò cos'è il wuwei per noi. Che restiamo qui seduti e non ci rimettiamo al lavoro finché non ci pagano quanto i bianchi e non ci trattano come uomini, invece che come ratti. In questo modo non faremo nulla e insieme faremo qualcosa che va fatto. Ecco cos'è il wuwei».

Tacquero tutti. Guifeng sapeva che i bianchi scioperavano per chiedere stipendi piú alti, e i loro capi reagivano andando a prendere i cinesi. I cinesi, quindi, avevano la reputazione di essere crumiri, non certo scioperanti. Era impensabile che potessero fare sciopero anche loro, tanto piú che secondo i capi dovevano sentirsi grati di averlo, un lavoro, e di guadagnare molto piú di quanto avrebbero guadagnato in Cina. Ma d'altra parte fare il contadino in Cina non comportava il rischio di morire da un momento all'altro.

«Credete forse che non ci licenzierebbero?» chiese Chang'er. «Troveranno altri per rimpiazzarci. La Cina è povera di tutto, ma non di uomini».

«Se tutti noi, che siamo migliaia, smettiamo di lavorare nello stesso momento, non riusciranno a sostituirci, o almeno non subito».

«Come facciamo a smettere tutti di lavorare?»

«Organizzandoci».

«Come? Infilando bigliettini nelle torte lunari?» Chang'er mostrò l'ultimo pezzetto di torta e lo guardò: niente biglietto, niente messaggio.

Spostarono tutti lo sguardo su Daoshi, che bevve un sorso di vino e si strinse nelle spalle. «Perché no?»

Ma quelle parole non rassicurarono nessuno. Da quanto ne sapevano, Daoshi non aveva mai parlato della sua famiglia rimasta in Cina, né aveva mandato lettere o denaro. Beveva e frequentava le case di tolleranza nonostante l'abitudine erudita di citare testi incomprensibili. Probabilmente non gli sarebbe importato molto di perdere quel lavoro, a differenza degli altri, che avevano tutti molte bocche da sfamare.

«Be', passerà un anno prima delle prossime torte lunari» concluse infine Chang'er, sollevando il volto verso la luna che era giunta circa a metà altezza ma non per questo appariva piú luminosa o piú calda. Anzi, sembrava quasi spettrale, smunta e triste. «Andiamo a dormire prima di un altro giorno di merda in quel buco del culo». Guardò la galleria alle loro spalle, il cui ingresso era male illuminato da una lampada a olio. Gli uomini del turno di notte continuavano a martellare.

Alla luce pallida della luna il tunnel sembrava acquattato come un animale primitivo, tutto bocca, dolore e fame senza amore.

L'inverno fu ancora piú freddo e innevato del precedente. Scavarono un labirinto sotto la neve per collegare le entrate della galleria, le zone destinate ai rifiuti e i magazzini, e le baracche di legno nelle quali ora dormivano. Non facevano piú differenza tra giorno e notte, sole e luna. Anche l'altezza della montagna divenne irrilevante, perché a Guifeng pareva di trovarsi nelle viscere della terra. L'odore sepolcrale del tunnel filtrava dalla roccia scura e umida, acuito dalle esalazioni provocate dalle esplosioni e dalla polvere di granito che bruciava loro i polmoni. Dalle rocce pendevano ghiaccioli che stillavano acqua freddissima (piscio, lo chiamavano); mescolata all'acqua gelida che usciva pulsando dalla roccia sottostante, copriva il terreno di lastre di ghiaccio sulle quali cercavano di non scivolare quando martellavano e trapanavano la montagna.

Tra un turno e l'altro si ammucchiavano nelle piccole baracche di legno fatte arrivare già montate da Sacramento, con tre piani di cuccette. Nonostante la stufetta al centro della stanza e il giornale appallottolato che Guifeng si era infilato sotto la giacca imbottita di cotone, il freddo lo seguiva fino alla cuccetta piú alta. Desiderava dormire nel suo letto, nel suo villaggio che ormai gli sembrava esistere solo su una nube, una bolla calda, verde, umida dove tre donne lo aspettavano: sua moglie, il cui calore corporeo gli mancava molto; sua figlia che aveva appena mosso i primi passi, come gli era stato riferito nell'ultima lettera; e la sua povera madre, che non faceva altro che aspettarlo. La sua fragilità le avrebbe contagiate? Se fosse saltato in aria durante un'esplosione, o se il suo sangue si fosse congelato in una valanga, sarebbe esplosa anche la loro bolla verde?

Aveva cercato informazioni sul padre al momento dell'iscrizione all'associazione del suo clan, il Kong Chow, il giorno del suo arrivo. Avevano trovato il nome nei registri: *Scomparso, probabilmente morto,* c'era scritto. Il padre di Guifeng era scomparso un giorno del novembre 1864 durante la consegna del bucato, e il suo negozio, che si trovava fuori da Chinatown, in un quartiere bianco, come molti suoi simili era stato razziato e incendiato. Guifeng non voleva neanche immaginare come fosse morto suo padre. Un cinese poteva morire in molti modi a Montagna d'Oro, tanto che sul libriccino di frasi cinesi tradotte usato da Ah Fook per imparare l'inglese ne erano elencati parecchi.

È stato ammazzato.
È stato ucciso da un ladro.
È stato strangolato da un rapinatore con un laccio.
È morto strozzato.
È morto di fame in prigione.
È morto assiderato nella neve.
È stato ucciso da un assassino.
Il nemico gli ha sparato.
È morto avvelenato da un amico.
...

Guifeng e Ah Fook erano rimasti stupiti dalla lista, che riempiva una pagina intera delle quindici del libretto, accanto ad altre frasi piú banali per presentarsi, comprare e vendere, destreggiarsi con polizia e tribunali. La volontà di includere quelle frasi piene di violenza era una forma di perversione o un monito? Ne parlarono e giunsero alla conclusione che non si trattava né dell'una né dell'altra cosa: probabilmente era solo la realtà. Perché, come stavano imparando in fretta, per i cinesi di Montagna d'Oro la morte era una minaccia sempre incombente e spesso raccapricciante. Immaginavano che la lista avrebbe continuato a crescere nelle future edizioni del frasario, arricchendosi di nuovi modi di morire inventati per loro dalla ferrovia.

In primavera uscirono incespicando dalle gallerie e si ritrovarono abbagliati dal sole: l'aria era frizzante, i pini stavano ancora sgomitando per puntare le dita verso il cielo. Contarono calamità e perdite: un campo vicino al loro era stato spazzato via da una valanga; un altro era stato annientato dal vaiolo; un altro ancora aveva perso la metà degli uomini per il crollo di una galleria; in un altro campo un quarto degli uomini era stato annientato da un incidente con la dinamite.

Daoshi non stava piú con la squadra. Percorreva, avanti e indietro, i cinquanta chilometri della linea ferroviaria da Cicero a Truckee per celebrare i funerali. Era diventato famoso per questo. Se in passato non era stato un vero sacerdote taoista, lo era diventato nella Sierra. Adesso portava i capelli raccolti in una crocchia in cima al capo come i veri daoshi e indossava una tunica e un berretto nero per le cerimonie. Costruiva anche degli altari quando la morte si prendeva diversi uomini insieme. Non era piú Chang'er a pagarlo. Il capocantiere sottraeva la paga di una persona quando consegnava a Chang'er il totale da distribuire alla squadra.

Di tanto in tanto Daoshi passava di lí e portava notizie. Disse loro che i lavoratori della Union Pacific Railroad, quelli che costruivano la ferrovia da est a ovest nella direzione opposta, avevano rapito il loro capo che aveva ritardato il pagamento dei salari. La notizia aveva strappato un sospiro e una scrollata di capo ai membri della squadra, ancora memori di quando erano stati pagati in ritardo per due mesi di seguito e si erano limitati a maledire e imprecare tra loro. Daoshi disse anche che il loro capo, Charles Crocker, aveva chiesto a un appaltatore di preparare un manifesto per reclutare altri lavoratori in Cina: avevano bisogno di altri cinquemila operai per vincere la gara contro la Union Pacific, ma i cinesi se ne stavano andando.

«Adesso ci sono altri lavori per noi, meglio pagati e meno pericolosi» disse Daoshi. «Trecento lavoratori vicino a Cisco se ne sono andati in una miniera di quarzo nel nord. Un capocantiere ha cercato di costringere una squadra a restare a suon di frustate, ma quelli gli hanno tenuto testa. I padroni stanno scoprendo che non siamo poi cosí docili».

Per via di tutte le notizie trasmesse da Daoshi, quando a metà maggio Crocker aumentò lo stipendio da trenta a trentacinque dollari al mese non rimasero sorpresi. Né si sentirono particolarmente grati. L'aumento era atteso da tempo e insufficiente. I lavoratori bianchi venivano pagati quaranta dollari al mese, mangiavano gratis, lavoravano meno ore e rifiutavano di avventurarsi nelle gallerie: «Quello è un lavoro per i cinesi, non per noi» avevano detto.

Nel frattempo, Strobridge continuava a coprirli di insulti: «Ci mettete troppo, musi gialli mangiatopi! Siete tutti lenti come le vostre donne storpie?»

Non rimasero sorpresi neanche quando la compagnia ferroviaria cominciò a usare la nitroglicerina, l'esplosivo appena inventato molto piú potente della polvere nera, anche se cinque cinesi e un bianco erano morti la primavera precedente durante un esperimento con la nuova sostanza. Adesso Strobridge con la minacciosa benda nera e il capocantiere stavano fuori dalla galleria mentre Chang'er portava dentro il vagone con le boccette.

Guifeng lavorava ancora con Ah Fook. Siccome per la nitroglicerina bastavano buchi piú piccoli rispetto a quelli per la polvere nera, le squadre erano tornate a essere composte da due soli operai. Era la seconda volta che il gruppo usava il nuovo esplosivo. Le prime esplosioni avevano scavato tali voragini nella roccia che Guifeng si era sentito quasi felice, perché era sopravvissuto fino a quel momento senza danni e per la prospettiva di finire prima del previsto il lavoro infernale nelle gallerie.

Dopo essersi esercitato con Strobridge, Chang'er, essendo il caposquadra, era l'unico a maneggiare l'esplosivo, perché nessun altro voleva toccare quelle boccette letali. Con le mani che tremavano visibilmente alla luce della lampada, infilò un contenitore in un foro praticato col trapano, calò il detonatore nella nitroglicerina, riempí il buco con sabbia umida e fissò la miccia. Guifeng, Ah Fook e un paio di altri lavoratori rimasti nella galleria per assisterlo stettero a guardare col fiato sospeso mentre Chang'er ripeteva gli stessi gesti con gli altri contenitori. Poi, prima che accendesse la miccia, scapparono tutti fuori dal tunnel. Chang'er uscí di corsa dopo di loro. Si acquattarono dietro i massi e ascoltarono i battiti impauriti del proprio cuore. Poi le montagne tremarono e i loro corpi sussultarono, con il cuore in gola.

«Adesso entrate e portate fuori le pietre» gridò Strobridge mentre si stavano ancora togliendo la polvere dalla testa.

Guifeng entrò con Ah Fook, uno che spingeva la carriola, l'altro con in mano una lampada e un badile. In seguito Guifeng si sarebbe chiesto, tante e tante volte, perché erano stati i primi a tornare in quella stramaledetta galleria. Forse perché aveva detto ad Ah Fook «Let's go», in inglese, forse per fare colpo su Strobridge lí vicino?

Guifeng pensava che portare fuori le macerie sarebbe stato piú semplice, perché i frammenti lasciati dalle esplosioni della nitroglicerina erano piú grossi di quelli della polvere nera, il che significava doversi chinare meno volte per riempire la carriola. Per una volta non stava in guardia. Invece di temere la morte imminente come avrebbe dovuto, pensava già a quando un giorno avrebbe raccontato tutto ciò a qualcuno – forse Feiyan – serenamente, lontano da ogni forma di pericolo, descrivendo quelle esperienze straordinarie che potevano essere ricordate come avventurose, addirittura eroiche.

Accadde in un istante, cogliendolo di sorpresa: il lampo di luce, il torrente di calore, la cascata di polvere e pietre e frammenti che tutti insieme lo sollevarono in aria con tale forza che si sentí proiettato fuori dal proprio corpo. Colpí il soffitto roccioso, poi rimase a mezz'aria per un attimo prima di cadere su un altro corpo contorto sulla roccia sottostante. Ossa contro ossa, l'urto attenuato solo da muscoli induriti. Sotto di lui Ah Fook, gli occhi aperti, un braccio piegato a un'angolazione innaturale, accanto alla lanterna, il cui olio colava dal vetro spaccato sprizzando fiamme. Il sangue che usciva da sotto la testa di Ah Fook scivolava verso il fuoco, spegnendolo mentre avanzava, scuro e inarrestabile. Senza pensarci, Guifeng passò la mano sugli occhi di Ah Fook per chiuderli. Ah Fook, che aveva portato il dolore degli altri come se fosse stato il suo, che gli aveva insegnato l'inglese con l'elenco di decine di modi per morire tranne il suo, aveva salvato la vita di Guifeng con la sua morte.

Strobridge si tolse il cappello quando Chang'er portò suo figlio fuori dalla galleria. «Mi dispiace» disse. «A volta delle bolle d'aria nella cartuccia possono ritardare l'esplosione».

Non restavano piú bare nei campi in cima alla montagna. Non sarebbero giunti rifornimenti per un'altra settimana. Chang'er chiese di essere lasciato da solo con Ah Fook nella tenda. Guifeng aspettò fuori. A parte una caviglia slogata e alcuni tagli e abrasioni, sembrava indenne. Ma le orecchie non la smettevano di ronzargli. La testa gli doleva come se fosse stata impalata sulla punta di una lancia. Quando Chang'er finalmente uscí dalla tenda, si allontanò senza guardarlo. Il corpo di Ah Fook giaceva sulla brandina coperto con il lenzuolo dalla testa ai piedi. Da quando avevano lasciato la baracca sovraffollata ed erano tornati nella vecchia tenda alla fine dell'inverno, la brandina di Guifeng era tornata accanto a quella di Ah Fook. Guifeng si sedette sulla sua brandina e osservò Ah Fook, immobile. Poi, asciugandosi gli occhi con la manica, si inginocchiò ai suoi piedi.

Chang'er tornò portando sulle spalle due tavole lunghe di legno, forse i resti del legname dell'inverno precedente per i capanni contro la neve. Le posò su una panca fuori dalla tenda e cominciò a lavorarci con sega e martello. Quando Guifeng gli propose di aiutarlo, Chang'er lo mandò via con un gesto della mano. Non gli aveva ancora detto una parola, né aveva guardato nella sua direzione. Le esplosioni continuavano a scoppiare sulle montagne.

Daoshi arrivò prima del tramonto. Vestito con la tunica e il berretto da cerimonia, parlò con Chang'er a bassa voce accanto alla bara. Quando il resto della squadra tornò dal turno, qualcuno aiutò a trasportare la bara giú, lungo il pendio occidentale. Il lato ovest di solito non era propizio al *fengshui*, spiegò Daoshi, ma in quel caso era la direzione dell'oceano e della Cina. Arrivarono a una radura dove erano allineati monticoli di terra smossa da poco, su tante file, ciascuno dotato di una lapide rettangolare che recava incisi nome, date e villaggio d'origine. Anche se da lí non si poteva vedere l'oceano, c'era un lago alpino in una valle circondata di pini, con l'acqua increspata che rifletteva il tramonto dorato. Se non fosse stato per le esplosioni che continuavano a scuotere le montagne, Guifeng avrebbe quasi potuto credersi in una dimora celestiale per gli spiriti di Ah Fook e di tutti gli altri che vi erano sepolti, tanto erano vicini al vasto cielo e allo specchio di acqua limpida.

Tornando al campo, Daoshi rimase indietro con Guifeng, che avanzava zoppicando aiutandosi con un bastone. «Come stai?» chiese Daoshi.

«Bene». Guifeng trattenne una nuova ondata di lacrime.

Camminarono in silenzio. Daoshi andava adagio. Dopo un po' Guifeng gli chiese: «Il cielo ci sta punendo per quello che stiamo facendo alle montagne?»

«Forse, o forse no». Daoshi lo guardò. «Sappi solo che non è stata colpa tua. Non è colpa di nessuno di noi».

«Siamo tutti cani di paglia».

«A volte pare proprio che sia cosí. Ma tu non sei di paglia, né sei un cane, né sei fatto per essere sacrificato. Non prendertela con te stesso».

Guifeng distolse lo sguardo da Daoshi. Dietro di loro, il cielo era acceso da strisce multicolori di nubi al tramonto: rosse, viola, nere, oro, pareva un altare gigante in attesa del sacrificio.

Il mattino dopo, quando Guifeng aprí gli occhi alle prime luci dell'alba, non udí il solito clangore dei bollitori e pentole di Li Shu, né i rumori o le chiacchiere dei piú mattinieri. Daoshi dormiva sulla sua vecchia brandina, che gli avevano tenuto da parte anche se le sue visite non erano frequenti quanto aveva sperato Guifeng. Chang'er era immobile sul suo lettino, rivolto verso la parete di tessuto della tenda. Si era coricato tardi la notte precedente, e per ore si era rigirato tirando su col naso.

La sera prima durante la cena davanti al fuoco, Chang'er aveva detto solo una cosa: «Io non torno al lavoro. Voi fate ciò che è meglio per voi».

Daoshi era accanto al falò con loro, seduto impettito come l'autunno precedente, sotto la pallida luna piena, quando aveva parlato dello sciopero. Sicuramente nessuno aveva dimenticato quello che aveva detto sul wuwei: l'azione della non azione, l'azione del non fare quello che non si dovrebbe.

Guifeng, sdraiato nella tenda, era certo che tutti fossero ormai svegli, in ascolto e in attesa come lui. Quando il sole entrò nella tenda da est, l'ora alla quale di solito andavano nella galleria, Guifeng udí finalmente Li Shu avvicinarsi al focolare di pietra per attizzare il fuoco, e qualcuno che usciva dalla tenda accanto alla sua dicendo «'giorno» con fare esitante, incerto. Poi, qualche minuto dopo, si udirono i soliti passi pesanti con gli stivali e una sfilza di imprecazioni: Strobridge e il capocantiere erano fuori dalla loro tenda.

Chang'er si alzò senza fretta, le spalle incurvate, gli occhi iniettati di sangue, ma prima di uscire fece un respiro e spinse in fuori il petto. Daoshi lo seguí. Lo stesso fece Guifeng. Strobridge guardò Chang'er con l'occhio buono. «Mi dispiace molto per il tuo lutto, John» disse. «Ma questo lavoro non può essere rimandato. Devi capire che la ferrovia è piú grande di te e di me. Nessuna morte potrà impedirne la costruzione».

Al pomeriggio il capocantiere venne da solo. «Senti cosa ti propongo» disse a Chang'er. «Chiedi alla tua squadra di tornare al lavoro e daremo a tutti la paga per mezza giornata. Dovete solo trapanare e ripulire. Chiederemo a qualcun altro di maneggiare la nitroglicerina e di controllare le esplosioni, qualcuno che pagheremo di piú».

Chang'er tradusse le parole del capocantiere agli altri lavoratori prima di tornare nella tenda. Guifeng lo seguí dentro. Ascoltò i suoni all'esterno: borbottii queruli nel resto del gruppo, piedi strascicati, tintinnio di attrezzi.

«Gli serve, la paga» disse a Chang'er, sentendosi in qualche modo in dovere di spiegare al posto loro.

«No». Chang'er era sdraiato sulla sua branda, fissava le cuciture della tenda dove avevano aggiunto diverse toppe in primavera. «Sono solo codardi, e dovresti raggiungerli anche tu».

Daoshi se n'era andato al mattino per presiedere a un funerale comune vicino a Cisco a ovest della cima montagnosa, dove un'esplosione aveva appena falciato altre cinque vite. Quando tornò una settimana dopo, portò con sé una pila di volantini. Su ognuno c'era scritto: *Lunedí, terzo giorno dopo il solstizio d'estate, scioperiamo.* Mentre percorreva i cinquanta chilometri nella zona attorno alla cima, Daoshi aveva organizzato con gli altri capigruppo uno sciopero collettivo. Era stato raggiunto un accordo, disse loro, e piú di tremila lavoratori di un centinaio di squadre avrebbero scioperato contemporaneamente. «Il volantino serve a far sapere a tutti la data, come fece Zhu Yuanzhang con le torte lunari» disse, con un cenno a Chang'er, «ma non c'è bisogno di nasconderli: anche se li mettessimo davanti all'occhio buono di Strobridge, non saprebbe cosa c'è scritto».

Chang'er fece un cenno di assenso senza commentare.

«Il solstizio d'estate» disse Li Shu riempiendo di tè la tazza di Daoshi, «una data propizia, con il massimo di energia yang».

Dopo cena Daoshi partí verso est per portare i volantini rimasti agli altri campi in cima alla montagna; Chang'er partí con lui. Guifeng avrebbe voluto unirsi a loro, ma non glielo chiese. Sapeva che Chang'er, che continuava a evitare di guardarlo, non lo avrebbe voluto con loro. Guifeng tornò a lavorare il giorno successivo con il resto della squadra. Non fece che caricare e trasportare pietre nella carriola, perché non poteva stare fermo a trapanare caricando il peso sulla caviglia slogata, anche se il dolore era una distrazione bene accetta quando veniva assalito dal pensiero di Ah Fook.

Venerdí e sabato le martellate e le esplosioni tuonarono in tutta la Sierra, ma sembrava che quei suoni fossero sinonimo di solidarietà. Presto tutti i tremila lavoratori cinesi avrebbero rifiutato di sollevare il martello o di impugnare il trapano, di inserire nitroglicerina o polvere nera nei buchi. Non sarebbero scappati. Si sarebbero semplicemente fermati a respirare. Se solo fosse successo quando Ah Fook era ancora vivo.

Lunedí il sole splendeva radioso sulla sommità della montagna. Erano trascorsi quasi due anni da quando Guifeng era arrivato sulla Sierra, ma era forse la prima volta che era felice di essere lí. Mentre sedeva con i suoi connazionali davanti alle tende, alla luce frizzante del mattino, gli parve che un pezzo di cielo gli entrasse nel petto a ogni respiro. Non poteva immaginare un'aria piú pulita di quella, e senza le esplosioni udiva il vento correre sulle rocce nude e tra i pini e gli abeti fitti lungo i pendii. Non era neanche infastidito dall'altezza, perché non c'era pericolo di cadere, almeno quel giorno.

Ma nel tardo pomeriggio le nubi si scurirono e rimasero appese in cielo come la biancheria sbrindellata che schioccava sulle corde tirate fra le tende. Quando Daoshi, Chang'er e gli altri rappresentanti tornarono dall'incontro con Charles Crocker, davanti al suo vagone lussuoso parcheggiato accanto alle rotaie appena posate, cominciò a cadere un fitto nevischio grigio. Avevano avanzato due rivendicazioni durante la riunione: un aumento della paga a quaranta dollari al mese, pari a quella dei lavoratori bianchi, e una riduzione delle ore di lavoro da undici a otto, anche in questo caso come i bianchi. La risposta di Crocker era stata: «John il cinese non fa leggi al posto mio. Io faccio leggi per cinese. Se vendi per trentacinque al mese io compro, se vendi per quaranta e otto ore al giorno, non compro». Un caposquadra lo scimmiottò, ma Crocker per primo aveva scimmiottato il loro inglese. Per prenderli in giro o umiliarli, forse?

«Ci chiamano gli animali di Crocker. Non dimenticatelo» disse Chang'er.

Il giorno successivo Strobridge e il capocantiere arrivarono a cavallo e li informarono che il rifornimento di cibo era stato interrotto. «Che sia chiaro» disse il capocantiere, mentre l'occhio buono di Strobridge li scrutava tutti come un riflettore. «Se non tornate al lavoro, non avrete né cibo né paga per il mese di giugno. Se ricominciate adesso, non ci saranno trattenute».

Il quarto giorno di sciopero le provviste del campo si ridussero a una zuppa acquosa a ogni pasto. Li Shu cercò di essere ingegnoso, portando alcuni uomini a pescare con lui al lago alpino che sovrastava il cimitero. Ma un giorno ci trovarono i capisquadra che bevevano e giocavano a carte sulla riva. «Andate via» dissero, imbracciando i fucili. «Questa terra appartiene all'azienda».

Il quinto giorno Guifeng si sentiva prossimo allo svenimento. Non aveva mai messo da parte del cibo, non avendone mai avuto di troppo. Anzi, aveva sempre fame e divorava ogni pasto come se fosse l'ultimo. Una cena abbondante dopo una lunga giornata di lavoro era stata, in un certo senso, la sua ragione di vita. Adesso il suo corpo voleva tornare a quel ritmo semplice: lavorare, mangiare, lavorare, mangiare, che era piú facile sul lungo periodo di quel non fare nulla, quell'attesa e non azione. Il suo corpo, in fondo, era sempre stato abituato al lavoro. Era suo dovere, il suo destino: aveva imparato a sopportarne la fatica e la noia, e poi aveva cercato di padroneggiarlo come il cuoco Ding che tagliava il bue nella storia di Zhuangzi. Ma Guifeng si rendeva conto che il tipo di lavoro che svolgeva non gli avrebbe probabilmente mai procurato soddisfazione o gioia, e una parte di lui non voleva piú tornare in quella galleria buia, fredda, che rischiava di succhiargli il sangue. Mentre il suo corpo desiderava l'azione, desiderava anche non subirne l'impatto e la minaccia costante.

«Cosa ne pensi, Daoshi?» Li Shu gettò l'ultimo mucchietto di riso nella pentola d'acqua. «Cos'è il wuwei adesso?»

Daoshi scosse il capo un'altra volta. «Non è restare qui e morire di fame, questo lo so».

«Se torniamo al lavoro» disse Chang'er senza guardare nessuno in particolare, anche se il suo sguardo bruciante fu avvertito da tutti coloro che lo ascoltavano, «mio figlio e tutti gli altri figli e padri saranno morti invano».

«Abbiamo combattuto» disse Daoshi dopo qualche istante di silenzio. «Abbiamo fatto quello che potevamo, ma adesso non andiamo contro natura. Sarebbe contrario al wuwei».

«Oh, piantala con questa stronzata di wuwei» esclamò Chang'er. «Che c'entra? Qui ne va della nostra faccia, della nostra dignità. Non possiamo mostrare che siamo davvero come ci credono loro, una mandria di codardi e di *coolie*. Dobbiamo morire combattendo».

Daoshi scosse di nuovo il capo. «Sei troppo impetuoso. Non dobbiamo andare contro il corso naturale delle cose».

Qual era il corso naturale delle cose?, si chiese Guifeng. Fare quello che doveva per mangiare, perché il corpo aveva fame per natura e aveva bisogno di nutrimento. In secondo luogo, doveva cercare la ragazza che amava da quando era bambino e stare con lei. Ogni volta che si era sentito minacciato dalla morte si era detto che, se fosse sopravvissuto, sarebbe andato a cercarla. Una domenica avrebbe preso il treno sulle rotaie costruite da loro e sarebbe andato a Sacramento, Second City, e poi via nave a Big City. Avrebbe trovato il vicolo che aveva percorso il giorno del suo arrivo e la porta sulla cui soglia aveva incrociato il suo sguardo. Sarebbe stata ancora lí? O se n'era andata? In ogni caso doveva scoprirlo e capire se potevano stare insieme. Doveva esserci sempre un modo per agire secondo il Tao, no?

Il giorno successivo, quando Guifeng e gli altri tornarono dalla galleria alla fine del turno, Chang'er se n'era andato. Avevano pranzato presto con riso appena cotto, maiale arrosto e cavolo saltato, il tutto portato al cantiere da Li Shu, e Guifeng si era abbuffato senza neanche sentire il sapore dei cibi. Aveva cercato di non pensare al fatto che Chang'er stava ancora patendo la fame che era stata la sua fino a poco prima. Ogni volta che gli appariva il volto di Chang'er, vedeva anche gli occhi sbarrati di Ah Fook.

Poi tornò la stagione delle nevicate abbondanti. Guifeng si trovò un'altra volta a scavare caverne nei cumuli di neve con i suoi colleghi. Aveva l'impressione che il sangue gli si fosse gelato insieme ai pensieri. Un torpore gli invase il corpo, alleviando il dolore e il pizzicore dei geloni alle dita di mani e piedi. Era troppo apatico per muoversi quando vide quel che stava accadendo: la neve, che sporgeva sempre piú dalla roccia sopra di loro a ogni ora che passava, si staccò di colpo. Cavalli fantasma di neve galopparono verso di loro, e in meno di un secondo venne sollevato e trascinato giú dalla montagna dalla quale negli incubi aveva sognato di cadere all'infinito, trovando giú ad aspettarlo solo gli occhi di Ah Fook.

Ma quando capí che stava cadendo davvero, ruzzolando a una velocità che non aveva mai conosciuto, non fu

Ah Fook ad apparirgli, ma Feiyan. Correva veloce nel loro villaggio caldo e verde verso la magnolia yulan in fiore, con la sua dolce fragranza che profumava l'aria. Mentre il vento fischiava e la neve e il ghiaccio cozzavano, Guifeng provò una strana pace. Si sentiva privo di vincoli, come se un'energia si fosse impossessata di lui portandolo con sé, senza resistenza né paura. Cadere era immobilità, wuwei. Non l'avrebbe mai immaginato.

3.
Fortuna
1877

Daoshi

Aveva visto la ragazzina che lo guardava dall'altro lato della strada. A volte aveva un bambino piú piccolo, non molto piú giovane di lei, legato sulla schiena, oppure stava curva come se ce l'avesse sulle spalle anche quando non c'era. Una *mui tsai** dalla gobba perenne. Che fine avrebbe fatto? Poteva prevedere il suo destino? Dopo tre o quattro anni sarebbe stata venduta a un postribolo a cinque volte il prezzo di acquisto, o a un contadino che era finalmente riuscito a mettere da parte abbastanza denaro per una moglie o concubina. Se fosse diventata una prostituta sarebbe vissuta forse fino ai vent'anni prima di contrarre una malattia incurabile. Se fosse diventata una moglie o concubina, avrebbe lavorato e fatto figli. In ogni caso avrebbe continuato a vivere oppressa e maltrattata.

Rimase sorpreso quando, un giorno, la bambina fece cinquanta passi per attraversare, e allungò una mano per mostrargli una foto: «Puoi dirmi cos'è accaduto a questa persona?»

Daoshi osservò la foto e, per un secondo, gli parve di vedere sé stesso da giovane. Si era fatto scattare una foto del genere quando lavorava in miniera, seduto su una sedia simile con lo schienale alto accanto a un tavolinetto

* «Sorellina» in cantonese: una giovane che lavorava come domestica o in un bordello nella società tradizionale cinese. (*N.d.T.*)

con un vaso di narcisi profumati. Ricordava ancora i petali delicati dei fiori e la nostalgia che avevano acceso in lui per i giorni della sua infanzia, le Feste di Primavera, i petardi, i banchetti, i giorni passati con la sua famiglia che ormai non c'era piú. Era la sua prima e unica foto, e l'aveva persa anni prima. Anche nell'istante successivo, quando riconobbe che il volto apparteneva a qualcun altro, qualcuno che aveva conosciuto, l'eco di sé stesso era ancora lí, trasmessogli dal passato. «Chi è questa persona per te?» chiese.

«Mio padre» rispose la bambina.

Molto tempo prima di essere chiamato Daoshi, lui era stato Fuyao, nato in una famiglia di sacerdoti taoisti da cinque generazioni. Fuyao aveva osservato suo padre celebrare i riti fin da quando era bambino. Il suo compito era picchiare su un pesce di legno a ritmo lento e regolare mentre suo padre e suo zio, cui si era successivamente unito suo fratello, salmodiavano. Quando aveva compiuto dodici anni aveva cominciato ad assisterli nel rito funebre per l'abbattimento delle porte dell'inferno, una necessità, a meno che la famiglia non fosse troppo povera per poterselo permettere. Bruciavano carta d'incenso e una targa con il nome del defunto, con attorno nove piastrelle disposte in corrispondenza delle nove direzioni, che rappresentavano i nove inferni sottostanti. Il padre di Fuyao iniziava la danza attorno al fuoco con passi incrociati che simboleggiavano il tentativo di sfuggire alle fiamme dell'inferno provenienti dalle viscere della terra. Suo zio suonava un gong; suo fratello picchiava su un tamburo tradizionale; seguivano tutti i passi del padre attorno al fuoco, mentre questi infilava altri foglietti di carta sulla sua bacchetta di bronzo e li calava nelle fiamme per alimentare il fuoco dell'inferno. Poi superava il falò con un salto e, con il bastone, rompeva le piastrelle una per una. Era sceso negli inferi per guidare lo spirito del defunto e garantirgli un passaggio veloce e indolore, ogni passo era un passo attraverso la fiamma punitrice, ogni piastrella rotta spezzava un attaccamento ostinato nella vita del defunto. Poi suo padre compiva passi di sutura seguendo i trigrammi del *bagua*, il percorso verso il regno celeste.

La danza del fuoco, gli strumenti che non producevano musica ma un paesaggio sonoro assordante e brutale per la rappresentazione del viaggio all'inferno, avevano lasciato Fuyao di sasso. Stava a guardare temendo che l'abito del padre prendesse fuoco mentre saltava sopra le fiamme del braciere, con la fronte imperlata di sudore, le piastrelle bianche che lo fissavano, gli occhi bassi come se un passo sbagliato potesse lasciarlo intrappolato là sotto.

In altre cerimonie Fuyao guardava suo padre esorcizzare spiriti malvagi in persone che erano malate, possedute da spettri affamati che non riuscivano a elevarsi fino al cielo e restavano indietro perché avevano qualcosa in sospeso. Proprio come non aveva mai visto i veri inferi che venivano ricostruiti con carta, piastrelle e fiamme, Fuyao non era in grado di vedere gli spiriti malvagi che suo padre catturava muovendo lo specchio di bronzo e scacciava agitando il randello di legno di pesco. «Che aspetto hanno?» gli aveva chiesto.

Lui aveva scosso il capo. «Non è importante il loro aspetto, ma che tu impari ciò che devi fare». Questo significava memorizzare versi, incantesimi, esercitarsi con i passi e le danze per condurre i morti dove i vivi volevano che andassero: nello spazio puro dove avrebbero riposato senza piú rancore per i viventi.

Il primo libro che suo padre gli aveva chiesto di recitare era stato *Tao Te Ching* di Laozi. «道可道, 非常道; 名可名, 非常名». Fuyao aveva letto tutto il libro ma non era riuscito a trovare neanche una parola sugli inferi, la fuga dall'inferno, gli spiriti malvagi o l'esorcismo. Cos'aveva a che fare quel libro che parlava del Tao e del wuwei con tutti i rituali che doveva imparare ed eseguire, il fulcro dell'attività di famiglia, basata sulla convinzione, da parte della gente, dell'esistenza dell'inferno e sul desiderio di sfuggirgli? Il testo fondamentale della loro religione sembrava parlare d'altro.

«Per rappresentare il Tao servono forme concrete» aveva spiegato suo padre. «La carta d'incenso è fatta di legno e acqua; i fili d'oro che contiene sono di metallo. Quando la bruci si trasforma in cenere, e la forma ultima della cenere è la terra. I cinque elementi dell'universo mutano passando dalla presenza all'assenza, spostandosi dal mondo yang al mondo yin, e poi di nuovo alla presenza. Questo cambiamento di regno attraverso la trasformazione dei cinque elementi è il modo in cui comunichiamo con i morti. Noi taoisti crediamo nel cambiamento, nel divergere e convergere degli opposti. Tutto cambia ma non si perde».

Fuyao aveva ascoltato suo padre ma era rimasto scettico. Durante il suo apprendistato a tredici anni, sua madre si era ammalata ai polmoni di una malattia che nessun esorcismo era in grado di curare. Dopo la sua morte, il padre aveva cominciato a fumare oppio. Una volta, per colpa dei suoi passi malfermi, la tunica aveva preso fuoco. Anche se non era rimasto prigioniero degli inferi come aveva temuto il giovane Fuyao, suo padre era troppo drogato o troppo prostrato per alzarsi dal letto. Forse stava sperimentando la presenza del Tao, armonia fondamentale e principio dell'universo, nel torpore dell'oppio. Ma se quello era il wuwei, si era detto Fuyao, era la non azione nella sua forma piú superflua e inutile: non fare nulla a parte fumarsi i beni di famiglia. Fortunatamente Fuyao non era il primogenito. Aveva lasciato il fratello maggiore a occuparsi della situazione ed era scappato.

Voleva trovare la propria verità in un posto improbabile come Montagna d'Oro. L'oro poteva essere quella verità: reale, brillante, innegabile, concreto: una verità che poteva tenere in mano. Ma prima doveva imparare che non era nessuno: non era piú figlio o fratello di qualcuno, una persona con un'attività di famiglia da ereditare e sulla quale fare affidamento, o con un nome e un volto che lo distinguevano dagli altri. Aveva perso tutto ciò a Montagna d'Oro quando era diventato un cercatore d'oro senza nome, un cinese che rovistava tra gli avanzi delle miniere dei bianchi, sperando di mangiarsi i loro resti.

Oltre a non essere nessuno, non aveva avuto fortuna.

Mesi di ricerche in giacimenti alluvionali non gli avevano fruttato piú di un sacchetto di polvere d'oro, appena sufficiente per pagare il debito del viaggio. Poi i guadagni di altri mesi erano stati spesi per la compagnia delle donne. Una ragazza, Ah Ju, dalla quale era tornato tante volte, aveva uno strano atteggiamento che gli risultava incomprensibile. Era un nessuno ancora piú di lui, eppure sembrava a suo agio anche cosí. Manteneva lo stesso comportamento cordiale con ogni uomo, dovuto non alla compassione né al calcolo. I suoi occhi non sembravano amorfi né appassionati, alimentati né dalla povertà né dal bisogno. Erano profondamente sereni. E mentre facevano l'amore non era fredda, ma non esprimeva neanche un piacere simulato o autentico. Era semplicemente presente, con un viso neutro che non suggeriva rifiuto né desiderio, e i movimenti del suo corpo, parchi ma aggraziati, esprimevano un flusso privo di sforzo. Daoshi pensò al Tao, al wuwei. Incredibile a dirsi, tra tanti posti e tanti individui che aveva visto l'aveva finalmente trovato in quella ragazza umile.

Dire che si fosse innamorato di lei non sarebbe esatto, ma si innamorò piuttosto di ciò che pensava possedesse. Una profondità naturale della quale non era forse neanche consapevole, ma che Fuyao sapeva bene di non avere, né l'avevano suo padre, lo zio e il fratello maggiore, che probabilmente stavano ancora celebrando i rituali per i vivi e i morti, spacciandosi per interpreti del Tao. Mentre quella ragazza, che non aveva libertà né futuro, non conosceva versi né incantesimi, ce l'aveva senza dover compiere sforzi o simulare.

Aveva deciso di riscattare Ah Ju non solo per averla per sé, ma per salvarle la vita. Altrimenti sarebbe morta giovane insieme alla sua essenza rara, e per questo a Fuyao serviva oro massiccio, non poca polvere o pagliuzze. Aveva bisogno di oro vero per proteggere ciò che aveva quella ragazza. Doveva correre rischi, credere che la fortuna l'avrebbe assistito. Aveva lasciato la miniera d'oro alluvionale con altri due uomini. Avevano deciso di addentrarsi tra le montagne, verso fiumi non ancora setacciati, che i cercatori bianchi avevano rivendicato come loro. Perché?, si erano chiesti Fuyao e i suoi compagni. Non era un Paese libero in cui tutti avevano gli stessi diritti? Non era scritto nella Costituzione? Accecati da una fede assoluta nella fortuna e da un'idea malaccorta di libertà ed eguaglianza, si erano accampati sulla riva di un ruscello a setacciare acqua pura, finché non erano stati attaccati da una banda di bianchi che li avevano minacciati con le rivoltelle e avevano fatto il loro gioco preferito: avevano legato insieme i codini dei cinesi trasformandoli in cavallette sulla stessa corda, anatre arrosto sullo stesso spiedo.

Quando Fuyao era tornato a Chinatown con solo un dollaro preso in prestito per trascorrere mezz'ora con Ah Ju, perché piú che mai aveva bisogno che la sua calma lo curasse, lei era sparita. «Dov'è andata?»

«Secondo te?»

«Ma se solo un mese fa...» Gli era parso di vederla sdraiata sul lenzuolo di raso rosa logorato da altre nullità come lui, nella stanzetta minuscola che era riuscita a tenere pulita con un profumo di limone che spruzzava dopo ogni cliente, un leggero, incantevole strato di sole e luce estiva. Il suo corpo insensibile giaceva da solo, abbracciato al proprio vuoto, che ora non era nulla di piú.

Fuyao aveva provato il bisogno intenso di farsi consolare dalla danza per i morti eseguita dalla sua famiglia. Quella notte aveva trovato il monticello della sepoltura di Ah Ju in un angolo del cimitero. Aveva fatto un fuocherello di rametti e vi aveva bruciato carta d'incenso. Poi, dopo essersi rialzato, aveva cominciato a ballare attorno al fuoco con i passi che ricordava, destinati a sventrare le porte dell'inferno. Aveva immaginato di prendere per mano Ah Ju, di condurla giú nell'etere attraverso le fiamme spaventose e poi su verso il cielo limpido, dove la sua essenza avrebbe trovato la sua vera dimora.

Era rimasto a Big City dove aveva trovato lavoro come addetto agli altari del tempio di Tin How in cambio di pochi spiccioli e di uno stuoino sul pavimento. Aveva anche cibo gratis, che prendeva dalle offerte fatte dai fedeli alle divinità. Continuava a visitare le case di tolleranza per il contatto di pelle contro pelle, e a volte gli dispiaceva vedere altre ragazze ammalarsi e sparire. Talvolta si chiedeva se Ah Ju fosse solo una sua invenzione, e il wuwei che aveva percepito in lei l'accettazione deliberata della sconfitta. Un po' come lui, che vagabondava dall'alba al tramonto, e la gente aveva cominciato a chiamarlo Daoshi prendendolo bonariamente in giro, perché era solo un semplice inserviente. Aveva evitato di rivelare loro l'ironia di quel soprannome.

Poi c'era stato l'esodo cinese verso la Sierra. La costruzione della ferrovia, il lavoro fisico, una buona paga, e Fuyao, che ora veniva chiamato Daoshi da molti non solo per scherzo, era grato del cambiamento. Avrebbe potuto essere il sogno di un taoista trovarsi tra quelle alte montagne, vicino al cielo. Gli alberi, le rocce, i fossili, i fiumi, i laghi, l'erba e i rampicanti, le nubi e le stelle, le zanzare e i temporali, le zecche e le tempeste della Sierra: tutta quella natura avrebbe potuto infondere in lui un sapere divino. Lassú tra le alte vette, a volte aveva avuto l'impressione di vedere il movimento circolare del Tao che si manifestava nelle orbite immutabili del sole e della luna, nel luccicare perpetuo delle stelle, e nella crudeltà e nell'abbondanza indifferenti dell'universo.

Ma il lavoro che svolgevano – trasformare le rocce, invece di utilizzare quello che c'era già – gli era parso una bestemmia. E le morti degli uomini, orribili quanto quelle nelle miniere d'oro, ma piú numerose, gli erano sembrate una punizione. La roccia che si era formata in milioni di anni, che ci aveva messo tanto per diventare una massa solida e durissima, poteva venire distrutta insieme a un uomo con cui avevi appena bevuto il tè, un uomo che ti aveva appena raccontato una storiella o riso della tua. E quella risata ti sarebbe riecheggiata nelle orecchie mentre ricomponevi il suo corpo e ne seppellivi le parti in fretta accanto alla ferrovia.

Il soprannome di Daoshi era diventato rapidamente un titolo vero, perché gli operai dei vari campi avevano cominciato a chiedergli di celebrare i funerali: cerimonie veloci, semplici, senza la rievocazione dei nove inferni e i passi incrociati per attraversarli. Però bruciava la carta d'incenso che aveva ordinato a Big City e ripeteva con sincerità i versi – per metà ricordati, per metà improvvisati – per dare pace ai morti, per aiutarli ad attraversare il pericoloso labirinto degli inferi reso reale dalla ferrovia. Se la vita era stata insopportabile, la vita dopo la morte esigeva un po' di serenità.

Si era spostato da un campo all'altro per fare ciò da cui era fuggito nel Regno di Mezzo. Aveva la fronte non rasata, la coda senza treccia, e si legava i capelli in cima al cranio come suo padre, suo nonno e tutti i daoshi avevano fatto per duemila anni. Si era chiesto se fosse la cosa giusta da fare. Quando i Manciú avevano conquistato la Cina, duecento anni prima, avevano costretto gli uomini Han a dimostrare loro fedeltà acconciandosi alla mancese. Coloro che rifiutavano di radersi la fronte e legarsi i capelli venivano decapitati. Ma lí, a Montagna d'Oro, quei codini avevano acquisito un significato completamente diverso. Erano considerati ridicoli dai bianchi, che li tagliavano e collezionavano come oggetti ricordo, come facevano con gli scalpi degli indiani. Se portavi il codino significava che eri cinese, e se mantenevi quell'acconciatura significava che non avevi paura di essere un cinese nel mondo dei bianchi. Da segno di sottomissione era divento simbolo di forza e resistenza. E poi per coloro che progettavano di tornare in Cina era necessario conservarlo, perché potevano ancora essere decapitati se tornavano in patria senza. Solo i monaci buddhisti e i sacerdoti taoisti erano esentati dall'obbligo, un privilegio che la famiglia di Daoshi non aveva esitato a esercitare. Daoshi adesso si riavvicinava alla sua famiglia tornando all'acconciatura che aveva portato da bambino. Non per paura o vergogna, aveva deciso, ma perché lí tra le montagne, dove i suoi servizi erano indispensabili, era diventato suo malgrado un daoshi vero.

Quando aveva contribuito a organizzare lo sciopero, portando con sé notizie mentre passava da un campo all'altro, e si era occupato dei dettagli come creare il volantino che si ispirava alla storia di Chang'er, aveva nutrito in segreto il desiderio che tutta quell'impresa tanto sbagliata, la violazione delle montagne, le ossa della terra, venisse interrotta. Seduto davanti al fuoco per parlare all'ennesimo gruppo di uomini che forse presto avrebbe dovuto guidare nell'oltretomba, Daoshi aveva desiderato uno sciopero permanente, un wuwei duraturo, anche se fosse costato a tremila cinesi il lavoro e i mezzi di sostentamento. Come poteva sapere cosa era giusto e cosa sbagliato? Cosa scorreva con il Tao o, invece, contro di esso? Cosa ne sapeva lui, dopotutto? Sapeva che il cambiamento era costante. Lo sciopero, il non presentarsi al lavoro, era una sorta di wuwei. E la fine dello sciopero, il non continuare a lottare contro la fame, era anch'esso un wuwei di altro tipo. Piú di questo non sapeva.

Se n'erano andati dal deserto dello Utah dopo che era stato piantato l'ultimo chiodo: un chiodo vero, non quello d'oro che Leland Stanford aveva usato davanti al fotografo. I fantasmi dei morti furono lasciati vagare negli accampamenti deserti, nelle gallerie, nelle caverne di neve, lungo le pareti rocciose. Daoshi non poteva essere certo che i suoi rituali permettessero davvero alle anime di attraversare i nove inferni e, una volta raccolte e mandate a casa le ossa, le guidassero per un viaggio lungo un mese oltre l'oceano, e poi fino alle sepolture nei villaggi d'origine e agli altari di famiglia, dove donne e bambini avrebbero bruciato incenso e offerto vino speziato e dolci perché potessero finalmente riposare in pace. Daoshi non poteva garantire nulla, eccetto la sincerità del suo desiderio.

Lui, Guifeng e molti altri operai avevano arrotolato gli stuoini ed erano saliti sul treno verso ovest. Avrebbero trovato un altro lavoro, dicevano, qualcosa di meno pericoloso. Forse sarebbero stati piú rispettati, o almeno tollerati, adesso che avevano costruito la ferrovia sull'insormontabile Sierra. Anche se non erano stati invitati per le fotografie ricordo a Promontory Summit, erano stati elogiati nei giornali come coloro che avevano «realizzato l'impossibile», «la piú grande impresa della storia americana». Avevano fatto qualcosa e dimostrato che il loro intervento era stato rilevante.

Invece in California c'era stato un movimento di forza lavoro che aveva escluso gli operai cinesi. Daoshi e gli altri avevano guardato i bianchi che si riversavano sulla costa occidentale dal resto del Paese e da tutta Europa, molti dei quali poveri come i cinesi ma uniti nell'ostilità verso di loro. E i politici non avrebbero tardato ad approfittare di quell'ostilità per trarne beneficio. Ma Guifeng per il momento non se ne curava. Si era innamorato di una ragazza che lavorava in un postribolo, famosa per i molti tentativi di fuga. Si sarebbero rifugiati a ovest dalle parti di Truckee, di nuovo oltre le montagne, gli aveva detto Guifeng prima di partire. Forse i soldati dei *tong*, le società segrete, laggiú non li avrebbero trovati, e avrebbero potuto cominciare una nuova vita: lui si sarebbe fatto ingaggiare come boscaiolo per tagliare alberi, l'oro verde.

Qualche tempo dopo sulla bacheca del quartiere cinese era stato affisso un manifesto con l'immagine dei due ricercati e la taglia promessa per la loro cattura, e poi, due settimane dopo, l'avviso di morte sia del rapitore, sia della ragazza appartenente alla casa di tolleranza; erano stati uccisi da un soldato dei tong.

Era accaduto otto anni prima. Daoshi da allora si era inventato un nuovo modo di guadagnarsi da vivere: leggeva la mano. Si era comprato un tavolo e una sedia in un banco dei pegni e aveva chiesto al padrone di potersi sistemare accanto alla porta d'ingresso. Di notte sorvegliava il negozio in cambio dell'alloggio, una stanzetta sul retro ricavata dal magazzino. Leggeva le mani dei clienti, ne verificava il *bazi* e decifrava le parole scritte sui bastoncini che estraevano dal cilindro di bambú. Prediceva crisi probabili e suggeriva rimedi facili da mettere in pratica:

evita le zone umide la prossima settimana; sta' attento alle intossicazioni alimentari; non litigare se vuoi placare il fuoco che hai al fegato; mangia solo cibi caldi e bevi tè bollente per tenere alla larga le malattie dello stomaco; comincia qualcosa di nuovo perché nel futuro prossimo non vi sono calamità. Cose che i suoi connazionali, spesso sfortunati, potevano sopportare di sentirsi dire.

Si rese conto che non pensava a Guifeng da un po' quando sua figlia apparve con la sua foto in mano. Con la schiena esile e curva, le braccia coperte di lividi, la bambina rispose alle sue domande una dopo l'altra: «Come ti chiami?» «Come sei arrivata a Montagna d'Oro?» «Perché sei stata venduta?» «Quand'è stata l'ultima volta che la tua famiglia ha avuto notizie di tuo padre?»

«Quando avevo sette anni» rispose all'ultima domanda contando sulle dita. «Quattro anni fa».

Allora significava che Guifeng non era stato ucciso dal tong nel 1869, come avevano scritto sul manifesto, e che era ancora vivo almeno nel 1873. Forse Daoshi non avrebbe dovuto stupirsi, perché proprio l'autunno precedente, mentre seguiva le notizie della sparatoria di Trout Creek vicino a Truckee e il successivo processo, il volto di Guifeng gli era riapparso nella mente, come se fosse non solo vivo, ma anche coinvolto in qualche modo in quella terribile vicenda. Ma Daoshi non aveva approfondito. Forse non gli importava? O aveva finito per accettare che, vivo o morto che fosse, il destino di Guifeng non sarebbe stato diverso da quello di tutti gli altri? Evitare una morte significava semplicemente trovarsi faccia a faccia con un'altra.

Ma la bambina, chiaramente, era convinta che il padre fosse ancora vivo. Altrimenti perché avrebbe chiesto a Daoshi di leggerne il destino?

«Conosco tuo padre. Abbiamo costruito la ferrovia insieme» disse Daoshi, guardandola. «Sta bene». E voleva crederci anche lui.

«Dov'è?» chiese all'indovino. Solo da poco i Chen permettevano a Sixiang di sbrigare commissioni da sola, che si trattasse di comprare erbe aromatiche dal droghiere o fare la spesa dietro l'angolo, e quando aveva troppo peso da portare la lasciavano andare senza il bambino sulla schiena.

Durante quelle spedizioni, Sixiang vedeva un uomo seduto a un tavolino davanti al banco dei pegni. A volte c'erano degli uomini davanti a lui; altre volte, quando non c'era nessuno, leggeva un libro o posava la testa su una mano e si appisolava. Tutto in lui aveva un'aria ordinata. Anche quando dormiva sembrava pulito e curato. Sentí che lo chiamavano «Daoshi».

Daoshi diede un'altra occhiata alla fotografia di suo padre. «Oltre le montagne, penso».

Sixiang si guardò attorno, ma vide solo strade che andavano su e giú dalle colline. «Dove sono le montagne?»

«A ovest di qui. Devi prendere un traghetto e poi un treno».

«Ho sei dollari d'argento». Sixiang si toccò la camicetta dove la tasca interna conteneva le monete. Non ne aveva parlato con nessuno prima di allora. «Mi porti da mio padre se ti pago sei dollari d'argento?»

Daoshi non rispose subito. Le rimise in mano la fotografia di suo padre e, guardando il livido nuovo che le aveva fatto il giorno prima Mrs Chen pizzicandola, rispose: «Ci penso».

Diversi mesi prima, dopo che la nave aveva finalmente gettato l'ancora, un bianco con un vestito nero e i baffi aveva preso un fascio di fogli da Madam, e aveva scosso il capo ridacchiando. Aveva detto qualcosa in inglese al cinese che l'aveva seguito sul molo. Quest'ultimo, vestito all'occidentale e senza codino, aveva detto a Madam in cantonese, con volto impassibile: «L'ufficiale ha chiesto quante figlie riesce ad avere una donna cinese».

«Non so le altre» aveva ribattuto Madam, che si era rimessa l'abito di seta, «ma queste quattro sono tutte mie».

Il traduttore aveva riferito la risposta all'ufficiale bianco, che aveva letto i nomi scritti sul foglio uno per volta, con una pronuncia tanto sbagliata che le ragazze esitarono prima di rispondere, pur essendo state interrogate piú volte da Madam durante il viaggio. L'ufficiale aveva scosso di nuovo il capo, poi le aveva sorprese dicendo in un cantonese dal forte accento, ma corretto: «È vostra madre?»

Tutte le ragazze avevano risposto di sí.

Allora erano state fatte salire su un carro tirato da cavalli che aveva percorso una strada acciottolata, avevano imboccato curve, vie in salita e si erano fermate davanti a una porta con *duilian** rosse scrostate. Erano scese lungo una rampa di scale buie fino a uno scantinato, con il soffitto basso e privo di finestre proprio come la stiva della nave. Proprio come la stiva la cantina era piena di uomini, riuniti attorno a una cassa sulla quale si trovava una ragazza che Sixiang riconobbe perché aveva viaggiato sulla loro stessa nave, ma con un altro gruppo. Gli uomini chiacchieravano e scherzavano ad alta voce, masticando arachidi salate vendute in coni di carta e gridando numeri.

Madam aveva condotto in fretta le quattro ragazze dietro un paravento e le aveva truccate con uno strato spesso di polvere bianca sul viso e il collo e due cerchi rossi sulle guance. «Cercate di fare buona impressione» aveva detto. «È la vostra unica occasione per trovarvi un bravo padrone».

Quando era toccato a Sixiang salire sulla cassa, per poco non aveva inciampato, perché era ancora abituata al rollio del lungo viaggio.

«Cosa ce ne facciamo di una piccoletta del genere?» aveva detto qualcuno. «Le serve una loumou!»

«Aspetta un paio d'anni, e saprà rendersi utile».

Erano stati urlati tre numeri diversi, finché era caduto

* Insegne con versi poetici, scritti su carta o tessuto, incollate di fianco ai due battenti delle porte d'ingresso. (*N.d.T.*)

il silenzio dopo duecentocinquanta. Sixiang aveva osservato l'uomo che aveva parlato per ultimo. Chiaramente non era suo padre: troppo vecchio, troppi angoli cadenti sul volto, senza traccia dei lineamenti regolari del genitore nella foto. Madam aveva aiutato Sixiang a scendere dalla cassa e aveva contato il denaro ricevuto da Mr Chen. Non sembrava crudele. Assomigliava al vicino di Sixiang al villaggio, che si arrabbiava con la moglie e i figli di tanto in tanto ma in generale era gentile con gli altri.

«Questo signore sarà il tuo padrone da questo momento in poi». Madam aveva posato una mano sulla spalla di Sixiang. «Servirai lui e sua moglie. Sii rispettosa e ti tratteranno bene». Aveva una voce dolce come quella volta sul fiume, ma quando l'aveva abbracciata, Sixiang si era irrigidita. Madam l'aveva guardata negli occhi quasi addolorata prima di lasciarla andare.

Mr Chen aveva preso lo stuoino di Sixiang e l'aveva preceduta fuori dalla cantina, al sole. Poi, dopo avere svoltato l'angolo, avevano percorso una salita ripida e imboccato una strada piú piana e frequentata, ed erano giunti a un negozio che esponeva ceste di pesce salato, ostriche secche e funghi essiccati. Avevano superato scaffali di frutta in conserva, cetrioli sottaceto e gamberi sgusciati per salire lungo una scala cigolante fino a una porta chiusa. Sull'uscio era appeso un carattere 福 alla rovescia, ma il rosso della carta e l'oro della scritta erano entrambi sbiaditi, come se le fortune o benedizioni attribuite alla casa stessero per finire. Mr Chen aveva aperto la porta: si erano trovati in una stanza con mobili spaiati, in cui una donna grassa sedeva su una sedia a dondolo con in braccio un neonato grasso pure lui. Una bambina poco piú grande, paffuta anch'essa, stava appoggiata contro le sue ginocchia.

Sixiang non aveva mai visto adulti o bambini cosí grassi. Nel suo villaggio la fame aveva consumato la carne attaccata alle ossa delle persone, riducendole quasi al nulla. Mentre lí, dietro quella porta, doveva esserci molto da mangiare, come aveva promesso Madam. Quando Mr Chen aveva fatto entrare Sixiang, la donna si era alzata per un secondo prima di tornare a sprofondare sulla sedia, che aveva emesso un lamento.

«Mi avevi chiesto una mui tsai» aveva detto Mr Chen con dolcezza. «Adesso te ne ho comprata una».

Mr Chen sbraitava contro Mrs Chen e Meimei, la figlia maggiore, ma non se la prendeva mai con Sixiang, forse perché riteneva che dovesse essere solo la moglie a punire una mui tsai. E Mrs Chen non ci aveva messo molto a farlo. Dopo due settimane, Sixiang stava lavando i piatti in cucina quando Meimei le aveva strattonato il braccio facendo scivolare la ciotola che Sixiang teneva in mano. Mrs Chen, che stava allattando il figlio maschio sulla sedia a dondolo, era arrivata di corsa a una velocità sorprendente, tenuto conto dei suoi piedi piccoli, e l'aveva schiaffeggiata. «Ti ho trattata bene, no? Ti ho dato cibo da mangiare, vestiti da mettere. E cosa fai in cambio? Rompi ciotole e distruggi la mia roba?»

Sixiang non era rimasta sorpresa piú di tanto. Fin da subito era stata diffidente nei confronti di Mrs Chen. C'era qualcosa di strano in lei, come se la ricchezza non le appartenesse ma costituisse invece un freno. Passava tutto il giorno su quella sedia cigolante, a impartire ordini fiaccamente, o a guardare con aria assente Sixiang, mentre allattava il figlio. Perfino i suoi rimproveri esprimevano debolezza: «Tutto quello strofinare mi dà il mal di testa. Non puoi finirla una volta per tutte?» Sixiang non si era fidata di quel modo di fare languido.

Anche i due bambini erano prepotenti. Meimei, che aveva già quattordici mesi, voleva sempre arrampicarsi su Sixiang per farsi portare come il fratello neonato, che Mrs Chen scaricava a Sixiang dopo averlo allattato. Mentre puliva, cucinava, faceva il bucato, sgusciava sacchi di gamberi e arrotolava i sigari che Mr Chen portava su dal negozio, Sixiang doveva tenersi il bambino grasso sulla schiena.

C'erano solo due stanze nell'appartamento. Un angolo era separato dalla prima stanza da un paravento, e conteneva un letto basso per Sixiang e Meimei posato su tavole di legno fissate tra loro alla bell'e meglio. La bambina si agitava parecchio nel sonno. Una notte aveva dato un calcio nella pancia a Sixiang, e lei, senza pensarci, aveva spinto via la gamba grassoccia con una sberla e aveva pizzicato forte la ciccia. Meimei si era svegliata, guardando Sixiang nel buio, troppo sorpresa dal dolore per piangere, mentre sul faccino le era apparsa l'espressione di chi si sente tradito. Sixiang aveva smesso di pizzicarla e l'aveva abbracciata.

Di pomeriggio permettevano a Sixiang di portare fuori i bambini un'ora per prendere un po' di sole. Con il piccolo legato sulla schiena e la bambina per mano, camminava su e giú lungo la strada vicino alla vetrina, sempre sotto gli occhi di Mr Chen che si occupava del negozio e di Mrs Chen seduta accanto alla finestra al piano superiore. Quando non era impegnato, Mr Chen prendeva il neonato e lasciava che Sixiang passeggiasse piú spedita con la bambina. A Meimei piaceva indicare le cose, chiedere cosa fossero. «Quella è una carrozza trainata dai cavalli» diceva Sixiang, «e quello è un gweilo che la guida», e abbassando la voce: «Non indicarlo col dito, o si arrabbierà e ci picchierà». Quasi tutti i gweilo per strada erano uomini giovani che si attardavano davanti ai negozi, gridando e ridendo tra loro. Portavano indumenti sporchi, avevano i capelli unti e tagli e cicatrici in faccia. Quando arrivavano, Mr Chen faceva entrare precipitosamente in negozio Sixiang e Meimei e sputava per terra con rabbia.

Sixiang aspettava con ansia quell'ora all'aperto. Sperava di vedere suo padre, un uomo piú vecchio di quello nella foto, che lei guardava ancora ogni sera prima di addormentarsi. Pregava perché passasse da quella strada, chiamata Tang People Street, un pomeriggio in cui era fuori con i bambini. Si sarebbe fermato e l'avrebbe riconosciuta, o in ogni caso avrebbe trovato che somigliasse a sua figlia. Anche se non aveva mai visto una sua foto, perché nessuno mai l'aveva fotografata, forse avrebbe pensato che quella ragazzina avesse suppergiú l'età di sua figlia e si sarebbe fermato a parlarle, fingendo di guardare la vetrina del negozio di Mr Chen. Le avrebbe chiesto come si chiamava, e lei gli avrebbe detto: «Sixiang», il nome che le aveva dato lui nella speranza che non dimenticasse mai casa sua.

Invece lui se l'era dimenticata? Sixiang se lo chiedeva. Se suo padre avesse voluto restare in contatto con loro, bastava una lettera. Perché sua madre pensava che fosse ancora vivo e che Sixiang potesse trovarlo e portarlo a casa? Forse sapeva qualcosa che lei ignorava, avrebbe semplicemente dovuto fidarsi.

Sixiang aveva cibo in abbondanza. A volte, dopo avere dato da mangiare a Meimei, pranzava da sola in cucina. Seduta su uno sgabello con una ciotola di riso con verdura e carne, immaginava di dividere il cibo in tre porzioni e di offrirne a sua madre e sua nonna. Sulla nave in cui il cibo scarseggiava, non aveva pensato a un rituale simile. Adesso mangiava la sua porzione, immaginava sua madre e sua nonna che mangiavano la loro, poi finiva tutto lei. Era quello che faceva la gente con le pietanze offerte agli antenati: lasciavano ai morti il sapore del cibo, poi lo mangiavano per non sprecarlo.

Solo nella tarda primavera dell'anno successivo i Chen avevano permesso a Sixiang di sbrigare commissioni senza tenerla d'occhio. Un giorno, mentre si dirigeva allo spaccio di Stockton Street, aveva preso la foto di suo padre dalla tasca interna e aveva attraversato la strada per recarsi dov'era seduto Daoshi.

Da quel momento, durante le ultime settimane di primavera e le prime dell'estate, quando ne aveva l'occasione attraversava la strada e faceva a Daoshi la stessa domanda: «Mi porti da mio padre?»

Ma lui non le rispondeva.

Mrs Chen teneva le unghie lunghe, e pizzicava Sixiang non solo sulle braccia ma anche in faccia.

«Sei stupida o cosa?» gridava Mr Chen. «Vuoi che vedano tutti come maltratti la nostra mui tsai? La gente parla, e quelle donne bianche cercano solo un pretesto per portare via le ragazze».

Sixiang una volta vide nel negozio di Mr Chen una signora bianca, che l'aveva guardata in un modo che l'aveva fatta sentire timida e piccola, come i bambini di cui si occupava. Un'altra volta la vide per strada con una ragazza cinese adolescente: inquadravano un gruppo di bambine cinesi piú piccole, una davanti, l'altra in fondo alla fila. Alcune avevano circa l'età di Sixiang, altre erano piú giovani. Mrs Chen aveva detto a Sixiang che le donne bianche facevano ingrassare le povere bambine cinesi prima di cuocerle al forno e di mangiarle. Mentre camminavano per mano formando una catena nella quale qualcuna incespicava, le bambine non sembravano né felici né infelici né impaurite. Parevano ignare del pericolo. Non si accorgevano che scomparivano una dopo l'altra, come i maiali portati al mattatoio? Mrs Chen sosteneva che fossero vittime di un incantesimo delle donne bianche, che le costringevano a recitare dei versi sul loro dio.

«Il loro dio è arrabbiato» diceva Mrs Chen. «Ha minacciato di distruggere il mondo con alluvioni e fuoco e di mandare quelli che non credono in lui all'inferno. La nostra dea Guanyin non farebbe mai una cosa del genere». A volte, dopo che aveva mormorato preghiere e bruciato incenso all'altare di Guanyin in soggiorno, Mrs Chen dava a Sixiang un pezzo di torta di fagioli mung o una manciata di uvetta come premio. Di tanto in tanto chiedeva anche a Sixiang di riposare o a Meimei di smettere di tormentarla. Ma siccome Meimei continuava a importunarla, la collera di Mrs Chen tornava ogni volta. C'era sempre qualcosa che non andava. Il cibo che preparava era troppo salato o troppo insipido. Il bucato non era abbastanza pulito. I bambini piangevano troppo. Il pavimento era appiccicoso in certi punti. I sigari non erano arrotolati abbastanza in fretta. I gamberi crudi davano la nausea a Mrs Chen, che era di nuovo incinta.

«Lo fai apposta? Solo per rovinarmi la vita e costringermi a punirti come una cattiva padrona? Sai cosa succederà se continui a comportarti male? Ti venderemo a un bordello! Ecco dove finirai!» diceva a denti stretti.

Ah Hong doveva essere stata venduta a un bordello. Nell'asta nello scantinato, era stata la prima a salire sulla cassa, con il viso tanto imbellettato, la testa cosí bassa che sembrava non essere neanche piú fissata al collo. Quando era stata portata via da una donna che indossava una camicetta di seta come Madam, Ah Hong non aveva guardato Sixiang. Neanche un cenno o un sorriso per dirle addio.

Una volta, uscendo da un negozio di alimentari, Sixiang vide Ah Hong che camminava con altre due ragazze per la strada. Portavano tutte camicette di colori chiari. Gli uomini le salutavano con un fischio, e loro rispondevano agitando il fazzoletto e con un sorriso provocante. Ah Hong faceva lo stesso, ma era impacciata, si vedeva che lo faceva solo per imitare le altre. Un uomo con un cappello con la tesa e una giacca nera le seguiva, guardandosi attorno, come se qualcuno potesse balzare fuori e portarsele via. Sixiang andò loro dietro per un pezzo di strada nonostante il cesto pesante che portava. Ma quando l'uomo si voltò a guardarla, facendo scorrere gli occhi sospettosi su di lei, lasciò perdere.

Un giorno di fine luglio, prima del tramonto, Sixiang fu mandata a prendere delle rape nel negozio di alimentari. Dall'altra parte della strada diversi uomini si trovavano in piedi davanti al tavolo di Daoshi, nascondendolo alla vista. All'ingresso del banco dei pegni il vecchio negoziante con gli occhiali cerchiati d'oro stava salutando un cliente. Quando le voltarono le spalle, Sixiang attraversò la strada di corsa ed entrò in negozio.

Era pieno di mobili accatastati, scaffali di ciotole e pentole, muri coperti di indumenti e utensili. Contro la parete interna, accanto a una montagnola di bauli di legno e sotto un'esposizione di spade e coltelli, c'era un grande paravento di seta. Sixiang vi sgusciò dietro. Si trovò davanti agli occhi il volto dipinto di Zhaojun, la bellissima musicista, che reggeva un *pipa.* La madre di Sixiang le aveva raccontato la storia: Zhaojun era stata mandata dall'imperatore a sposare un re barbaro in una terra straniera, e aveva finito per morire di nostalgia. «Per le donne è sempre la stessa cosa» aveva detto sua madre. «Che siano vendute a un re o a un contadino, finiscono sempre lontano da casa». Sixiang era stata mandata nel posto piú lontano che c'era, ed era solo una bambina. Ma sua madre non l'aveva venduta, doveva ricordare Sixiang. Sua madre aveva insistito perché Sixiang portasse con sé le sei monete d'argento, il frutto della vendita. E stava aspettando il suo ritorno. «Tu sei forte» le aveva detto la mamma.

Da dietro il paravento, Sixiang vide una porta sul retro del negozio. Aveva chiesto a Daoshi dove abitava, e lui aveva risposto: «Lí dentro», indicando il negozio. La bambina aveva escogitato un piano non appena Mrs Chen aveva minacciato di venderla a un bordello. Sixiang sarebbe scappata alla prima opportunità, non portando nulla con sé salvo la foto di suo padre e i sei dollari d'argento, che teneva sempre addosso. Quando il vecchio con gli occhiali si voltò per congedare il cliente, Sixiang corse alla porta e abbassò la maniglia. Era una stanzetta che lei capí subito essere quella di Daoshi: una tunica nera appesa a un chiodo nel muro, alcuni libri sparsi su un baule di legno accanto a un letto singolo rifatto con cura, era tutto pulito e ordinato proprio come lui.

Sixiang si chiuse la porta alle spalle e si sedette esitante sulla sponda del letto. Dopo un po' udí il proprietario parlare con Daoshi, e il suono di passi e di mobili spostati. Daoshi stava sicuramente portando dentro il tavolo e la sedia per la notte.

Stava osservando uno dei suoi libri sul baule di legno quando Daoshi aprí la porta. Teneva in mano due panini cotti a vapore avvolti in un foglio di carta. Non parve sorpreso di vederla. E perché avrebbe dovuto esserlo? Essendo un indovino, pensò Sixiang, doveva saperlo già.

«Mangia questi, e torna dai tuoi padroni».

«Non posso. Vogliono vendermi a un bordello».

Daoshi la studiò e per un attimo parve voler valutare la veridicità delle sue parole rispetto a quanto aveva previsto. Le porse i panini. «Mangiali ugualmente. Parleremo dopo».

Tornò nel negozio. Sixiang si mise a mangiare i panini col maiale arrosto, ma prima che potesse finire udí dei rumori in strada. Gente che correva e urlava. Le stavano dando la caccia? I Chen avevano riunito una squadra di persone per catturarla? Meditò di nascondersi sotto il letto, invece aprí uno spiraglio di porta e sbirciò fuori. Daoshi si trovava in piedi accanto all'entrata del negozio, e guardava la gente che correva gridando: «Stanno arrivando i gweilo, sono centinaia!»

Daoshi chiuse la porta a due battenti, bloccandola dall'interno con catena e lucchetto. Poi si guardò intorno e vi spinse contro un tavolo. Guardandosi in giro di nuovo, trovò le spade e i coltelli appesi al muro. Prese una spada, la impugnò e spense tutte le lampade a olio del negozio. Si avvicinò a Sixiang che stava ancora sbirciando fuori. «Per ora resta qui».

«Che cosa vogliono i gweilo?»

«Vogliono avere una migliore opinione di sé. Distruggere noi li fa sentire meno deboli».

Di lí a poco sentirono pugni e calci alla porta del negozio. Sixiang ricordò l'attacco dei banditi nel suo villaggio, come sua madre l'avesse tenuta stretta, proteggendola nonostante il terrore, quando gli uomini erano entrati. Dopo che Daoshi ebbe spento la lampada a olio nella sua stanza, si sedette sul letto con lei. Sixiang gli si appoggiò contro, e lui le cinse le spalle con il braccio. Rimasero fermi al buio, in ascolto.

La porta si spalancò e il fracasso della strada si fece piú vicino. Daoshi prese la spada che aveva ai piedi. Sixiang gli premette il viso contro il petto, concentrandosi sul battito del suo cuore, non meno forte di quello di sua madre quando si erano rannicchiate in un angolo della stanza mentre i ladri saccheggiavano casa loro. Sentí il braccio di Daoshi stringerla piú forte, come se con la sua presa decisa volesse tenere alla larga il caos.

Passarono le ore e Sixiang dovette addormentarsi cosí. Quando aprí gli occhi, era entrato il mattino dalla piccola finestra con la tendina. Era sdraiata sul letto con una coperta. Daoshi non era piú nella stanza. Sixiang si alzò, socchiuse la porta e lo vide al centro del negozio, da solo. La bottega era stata sventrata, quasi tutta la merce era scomparsa, e ciò che restava era rotto o rovinato. Una pila di escrementi umani attirava le mosche su un divano di tessuto. Il paravento con le Quattro Grandi Bellezze era bucato e tagliato, squarciato col coltello proprio all'altezza del viso di Zhaojun, la ragazza venduta dal suo imperatore ai barbari.

Si udiva ancora qualche grido dalla strada. «Non resta molto da rubare o da distruggere» disse Daoshi andando al cucinotto vicino alla sua stanza, dove un pentolino di congee stava borbottando sul fornello. Riempí una ciotola per Sixiang e una per sé. Poi tornarono nella sua stanza, e chiusero la porta.

«Cosa dice quel libro?» chiese Sixiang indicando il volume che aveva preso in mano la sera precedente. Sulla copertina era raffigurato un vecchio con una lunga barba morbida, i capelli raccolti sulla sommità del cranio come Daoshi. Sixiang aveva già visto ritratti come quello, e sapeva che era Taishang Laojun, il dio taoista. Aveva osservato le parole nel libro prima dei tumulti: alcune erano uguali, ma collocate in posizioni diverse.

«Cosa pensi che ci sia scritto?» chiese Daoshi.

«Non so leggere».

«Lo so. Ma cosa pensi che direbbe Laozi nel suo libro?»

«Risponderebbe alle domande».

«Che tipo di domande?»

«Le nostre domande».

«Come per esempio?»

«Cosa succederà? I gweilo ci lasceranno in pace adesso?»

«Vediamo se c'è una risposta». Daoshi sfogliò il libro e si fermò a una pagina. Esaminò le righe e lesse ad alta voce: «飘风不终朝，骤雨不终日。孰为此者？天地。天地尚不能久，而况于人乎?»

«Che cosa significa?»

«Significa che nessuna tempesta dura per sempre. Anche i gweilo finiscono per stancarsi».

«E noi che fine facciamo? Mi porterai da mio padre?»
«Non lo so ancora. Una cosa per volta».
Posò il libro e chiese a Sixiang di raccontargli della sua vita in Cina. Lei gli parlò dell'alluvione, dei corpi privi di sepoltura sotto le stuoie d'erba, della loro palma e di sua madre che le aveva messo la foto in mano e le aveva lasciato le sei monete d'argento. Poi gli disse del viaggio di un mese e di cos'era successo ad Ah Fang e Ah Hong.
«Com'era mio padre?» chiese.
«Un brav'uomo» rispose Daoshi.
«Ci sono buchi nelle montagne?»
«Buchi?»
«Buchi in cui si può cadere».
«Ci sono gole e burroni, e gallerie che abbiamo scavato nel granito. Adesso che ci penso, tuo padre è caduto giú da una montagna una volta, ma è stato fortunato. Non si è fatto niente».
«Perché ha smesso di scrivere a casa?»
Daoshi rifletté un istante. «Dev'esserci un motivo» disse, distogliendo lo sguardo da Sixiang. «Sono sicuro che c'è un buon motivo».

Sixiang lasciò il banco dei pegni con Daoshi solo il mattino dopo. Regnava ovunque uno sfacelo insostenibile, la strada cosí disseminata di rifiuti che dovevano guardare dove mettevano i piedi per evitare schegge di vetro, meloni schiacciati, vasi rotti. Nessuna porta era intatta, la maggior parte delle finestre era stata frantumata. Due case adiacenti erano state ridotte a scheletri carbonizzati, con il fumo che usciva ancora e anneriva l'aria. La gente andava a prendersi quello che era ancora utilizzabile, imprecando o restando in silenzio, con le spalle curve.
Quando girarono l'angolo, Sixiang vide un uomo impiccato alle gronde di un edificio di tre piani, con le braccia e le gambe penzoloni, la coda nera attorcigliata attorno al collo. Diversi uomini, giú in strada, stavano cercando di decidere come tirarlo giú. Daoshi mise un braccio davanti a Sixiang per impedirle di guardare, ma era troppo tardi.

Continuò a vedere la bocca spalancata e gli occhi socchiusi dell'uomo finché non giunsero al negozio di Mr Chen.

Quest'ultimo stava sollevando uno scaffale rovesciato dal pavimento, disseminato di bottiglie e vasi rotti e del loro contenuto. Si fermò per osservare Sixiang e Daoshi, gli occhi iniettati di sangue, le mascelle strette per la collera.

Daoshi entrò per dargli una mano. «La tua mui tsai si è rifugiata nel banco dei pegni queste ultime due notti» disse.

Mr Chen annuí gravemente, poi, senza dire una parola, fece segno a Sixiang di aiutarlo a riordinare.

«Conosco suo padre. Passerò a trovarla di tanto in tanto» aggiunse Daoshi.

Diede un buffetto sulla spalla di Sixiang prima di andarsene. Lei lo guardò andare via. Aveva detto che avrebbe pensato a un modo per aiutarla, ma nel frattempo lei doveva aspettare e non cercare piú di scappare. Le aveva chiesto di fidarsi di lui.

Mrs Chen fissò Sixiang dall'alto delle scale, come se non sapesse piú chi fosse. «Pensavo che fossi stata uccisa dai gweilo» disse. Ma mentre si lamentava delle razzie, delle perdite, la sua collera tornò a focalizzarsi su Sixiang. «Adesso sai che non hai nessun posto dove andare, giusto? Adesso sai che i gweilo sono per le strade, uccidono gli uomini, violentano le donne, ci portano via tutto quello che abbiamo. Spero tu abbia finalmente capito come siamo stati buoni con te!»

Non permisero piú a Sixiang di uscire. Dopo avere ripulito tutto, Mr Chen portò di sopra piú sigari da arrotolare e piú gamberi da sgusciare. Mrs Chen la guardava in cerca di motivi per punirla. Meimei continuava a essere appiccicosa, a tormentare Sixiang perché la tenesse in braccio tutto il giorno, come se anche lei avesse deciso di torturarla il piú possibile.

Sdraiata nel suo angolo dietro il paravento, Sixiang immaginava di pizzicare le guance grasse e le braccia e le gambe paffute di Meimei come Mrs Chen faceva con lei, fino a farla piangere. Non avrebbe smesso come l'altra volta. L'avrebbe anche presa a schiaffi, fingendo di essere Mrs Chen, prendendosela per la sua debolezza e la cattiveria della madre.

Ma questi pensieri spaventavano Sixiang. Contava i giorni. In un sogno, suo padre veniva a salvarla travestito da Daoshi, e in un certo senso pareva logico, anche se Daoshi aveva circa dieci anni piú di lui. Tornavano in Cina insieme. E sua madre lo riconosceva subito.

Sette giorni dopo, mentre arrotolava sigari con il bambino legato sulla schiena, Sixiang udí dei rumori dietro la porta: una cacofonia di voci, maschili e femminili, in inglese e in cantonese, poi dei passi lungo le scale e colpi forti alla porta. «Che cosa volete?» chiese Mr Chen. «Vi ho detto che non c'è nessuna schiava, qui».

Ma i colpi continuarono.

«Non aprire» disse Mrs Chen a Sixiang. «Sono gweilo. Vatti a nascondere sotto il letto nella nostra stanza».

Ma Sixiang udí chiamare il proprio nome in cantonese: «Sixiang, siamo qui per aiutarti». La voce di una ragazza cinese. «Sei qui?»

Mrs Chen fissò Sixiang e si passò un dito sulla gola come a indicare quel che le sarebbe successo. Il neonato sulla schiena di Sixiang cominciò a piangere, mentre Meimei, correndo verso la stanza dei genitori, inciampò e cadde. Mrs Chen non sapeva piú che pesci pigliare.

A quel punto i colpi diventarono calci. Dopo un attimo la porta si spalancò, e un grande uomo bianco entrò con un manganello; solo una settimana prima Sixiang aveva udito decine di gweilo che distruggevano e razziavano il banco dei pegni, centinaia di bianchi che correvano e gridavano lungo la strada. Corse verso la seconda stanza, ma l'uomo la afferrò per il polso.

«Non prendetela» gridò Mrs Chen. «È mia figlia». Per una volta lanciò uno sguardo implorante a Sixiang, come per pregarla di confermare, di chiamarla «loumou», e di restare. Ma la ragazza cinese fece un passo avanti e, prendendo l'altro braccio di Sixiang, le sollevò la manica per mostrare i lividi. Sixiang fu costretta a guardare il proprio dolore.

«Non è mia madre» disse Sixiang alla ragazza cinese che continuava a tenere la manica alzata per mostrare il braccio alla donna bianca e alta.

«Povera ragazza». La donna bianca le posò una mano sulla testa.

Sixiang le aveva già viste entrambe. Erano quelle che avevano accompagnato il gruppo di ragazzine cinesi lungo la strada e, se Mrs Chen aveva ragione, ingrassavano e cuocevano i bambini uno dopo l'altro. Ora, con un polso stretto dall'uomo bianco e l'altro dall'adolescente cinese, la testa sotto la mano della donna bianca, Sixiang si immobilizzò. Cercò di ritrovare la stessa forza di quando Madam le aveva preso le braccia mentre la barca si allontanava da sua madre, che salutava in equilibrio precario sui piedi fasciati. Solo che allora era stata tolta alla sua vera madre.

Vide Daoshi mentre la portavano via. Stava leggendo la mano di un cliente davanti al banco dei pegni, dove la porta rotta era stata sostituita da una nuova. Alzò lo sguardo e le fece un cenno d'intesa. Lo aveva previsto? O era quello il suo piano per salvarla? Farla uccidere perché venisse mangiata? Ma lei non aveva mai creduto del tutto alle parole di Mrs Chen. Il modo in cui la signora bianca la teneva per mano mentre parlava all'uomo bianco che le camminava accanto era affettuoso, e Sixiang non aveva letto pensieri cattivi nei suoi occhi. Ma quando guardava Sixiang sembrava che vedesse lei ma anche qualcosa d'altro allo stesso tempo, una proiezione che stava elaborando nella mente e che lei ancora ignorava, un progetto non necessariamente crudele ma neanche del tutto benevolo. Era diverso dal modo in cui la guardava Daoshi. Anche lui sembrava che facesse progetti, ma di lui Sixiang si fidava. Gli lanciò un'altra occhiata voltandosi indietro, cercando di leggere il suo sguardo. Qual è il tuo piano?

«Come mi avete trovata?» chiese Sixiang alla ragazza cinese quando riprese a guardare davanti a sé.

«Qualcuno ci ha parlato di te» rispose la ragazza.

«Mi mangerete?»

La ragazza rise. «È la cosa piú stupida che abbia mai sentito».

La signora bianca e la ragazza si dissero qualcosa in inglese e risero entrambe, guardando Sixiang divertite. «Con noi sarai al sicuro» disse poi la ragazza in modo un po' pomposo. «Miss Moore è venuta a salvarti. Dovresti ringraziarla. Ci ha salvato tutte. Di' *thank you.* Significa *do ze* in inglese».

Sixiang ripeté il suono delle parole, le prime parole inglesi che avesse mai pronunciato. Si sentí sola camminando in mezzo a loro, mentre la portavano sempre piú lontano da Daoshi, il cui volto appariva ormai indistinto quando si voltava a guardare. L'entrata del banco dei pegni accanto al suo tavolo conduceva nella stanzetta che avevano condiviso quella notte terrificante, e lei si era addormentata tra le sue braccia, con qualcuno che la stringeva per la prima volta da quando era arrivata a Montagna d'Oro. Loro due nel caos e nella devastazione, come lei e sua madre nell'alluvione, e Sixiang si era addormentata sentendosi amata, con l'impressione, quasi la premonizione, che tutto si sarebbe risolto.

La signora bianca disse una cosa e chiese all'adolescente di tradurla a Sixiang. «Da questo momento in poi» disse la ragazza in cantonese, «vivrai con noi, con Dio».

4.
Fuga
1865-1869

Feiyan

Guardò il cielo sopra Cantonese Alley. Le nubi si addensavano, ma il vento restava secco. Scrutò le file dei nuovi arrivati che camminavano verso di lei, i bastoni sulle spalle appesantiti da bauli e stuoini, i passi ancora malfermi dopo il viaggio in mare appena compiuto. Giravano il volto per fissare a bocca aperta le ragazze accanto alle porte strette. Alcuni di quegli uomini avrebbero sognato lei quella notte, ma nessuno sarebbe entrato nei suoi, di sogni. Le sarebbe piaciuto mettersi a correre nella stessa direzione, superarli di corsa e lasciare che la guardassero scappare. Invece rimase immobile.

Poi lo vide in mezzo a loro, un volto decisamente familiare, benché le ci fosse voluto qualche istante per inquadrarlo. Nel suo villaggio, dove l'aria era tiepida e umida e carica di fiori in quel periodo dell'anno, gli occhi del ragazzo l'avevano seguita quando faceva a gara con i bambini del paese, superandoli tutti.

Era successo prima del primo sangue, prima del matrimonio con il vecchio tre villaggi piú a sud, dietro la montagna infestata dagli spettri. Un giocatore d'azzardo il cui umore cambiava a seconda che vincesse o perdesse a carte, e le cui mani si trasformavano in pugni sul corpo di lei. Come aveva scalciato allora nel sonno, in una sorta di corsa notturna, una fuga di mezzanotte.

Una notte, dopo che il vecchio si era accanito con i pugni vuoti, le braccia sfortunate al gioco, Feiyan era scappata fuori dalla capanna dirigendosi verso nord, verso il suo villaggio, preparandosi ad attraversare la montagna dove il fantasma di una donna regnava durante la notte. Si diceva che fosse stata rapita dai fuorilegge e posseduta con violenza notte dopo notte finché il suo corpo non aveva ceduto, marcendo e cadendo a pezzi. Ma dopo la morte era diventata forte. Aveva conquistato la montagna dove i banditi si erano accampati, e li aveva tormentati tutti, seminando discordia e convincendoli a uccidersi tra loro. Adesso se la prendeva con uomini e donne, odiandoli senza distinzioni, gli uomini perché l'avevano insudiciata e le donne perché l'avevano considerata sporca. Ti prendeva per i capelli e ti costringeva a girarti a guardarla.

La notte era rischiarata solo da una fetta di luna e da stelle insipide. Mentre Feiyan correva sulla montagna udí un ululato, come fruste rosse che fendevano il buio. Inciampò in un sasso e, mentre cadeva, i suoi capelli vennero strattonati all'indietro e una voce le soffiò all'orecchio: «Corri, corri. Vediamo se riesci a correre piú veloce del tuo destino».

Feiyan aveva corso per sottrarsi alla presa dello spettro, giú dalla montagna coperta di cardi e fino a casa. Sua madre le aveva scaldato un avanzo di congee e curato le ferite, borbottando vecchi proverbi su questa vita, la vita passata, la vita futura, piedi piccoli, piedi grandi. Rimpiangeva di non aver fasciato i piedi di Feiyan per contrattare un matrimonio migliore, come se si potesse controllare la vita di una persona controllando le dimensioni dei suoi piedi. A Feiyan i piedi servivano. Aveva bisogno di correre. Era scappata dal vecchio, dal fantasma, ma nel cuore della notte suo padre e suo fratello le avevano legato mani e piedi, l'avevano caricata sull'asino e riportata indietro: «Siamo persone di parola, noi. Sposi un pollo, segui il pollo; sposi un cane, segui il cane».

La seconda volta aveva dovuto organizzarsi meglio. L'uomo la teneva legata al letto salvo quando doveva cucinare o lavarsi. Aveva molto tempo per fissare il soffitto di fango e la luce fioca che entrava dalle finestre coperte di carta. Aveva anche la propria collera, come quella dello spettro della montagna. Aveva detto all'uomo nel cuore della notte: «Devo andare alla latrina, a meno che tu non voglia che la faccia qui. Cosa preferisci?»

L'uomo era di buonumore. Aveva vinto al gioco e l'aveva appena posseduta. Lei continuava a sentire la voce: «Corri, corri. Vediamo se riesci a correre piú veloce del tuo destino». Nella sua testa vedeva un porto dove l'acqua arrivava fino al cielo, e una nave attraccata grande quanto un villaggio, ma senza risaie o alberi. Sapeva che gli uomini vi salivano per andare a Montagna d'Oro. Nessuno l'avrebbe riconosciuta, lí. Laggiú il destino non l'avrebbe scovata.

Al suo ritorno dalla latrina aveva trovato il vecchio addormentato. Russava, il respiro pesante tra i rari denti scheggiati che fino a poco prima le avevano morso le labbra. «Fallo» le aveva detto una voce di donna all'orecchio. Lei aveva sussultato, sorpresa che la voce non avesse svegliato l'uomo. «Fallo», e l'aveva riconosciuta: era la voce dello spettro della montagna. Aveva sollevato il secchio della cenere, in cucina. Aveva sentito raccontare storie di neonate la cui faccia era stata schiacciata in un secchio di cenere appena erano uscite dal ventre materno. Aveva sentito dire ai suoi genitori: «Perché non ti abbiamo soffocata nella cenere?» quando erano arrabbiati con lei. Legata al letto, aveva avuto modo di fissare spesso il secchio con la cenere accumulatasi in cucina per diversi giorni. Sembrava che la stesse aspettando.

Lui aveva aperto gli occhi: gli stoppini scuri delle pupille avevano sussultato. L'avrebbe uccisa, l'avrebbe trasformata in un fantasma urlante intrappolato in quella capanna sbilenca. Gli aveva gettato la cenere in faccia, gli aveva rovesciato il secchio sulla testa e premuto con tutta la forza che aveva, finché il suo corpo non aveva smesso di muoversi. Aveva udito il fantasma che rideva. «L'hai fatto, ragazza. Adesso sei davvero nei guai».

Tremante, Feiyan aveva messo le sue poche cose in un fagotto con le patate al forno avanzate. Ma quando si era legata l'involto sulle spalle e aveva cominciato a correre, era forte e decisa. Le gambe avevano preso un ritmo sicuro per portarla via dall'uomo morto e dal suo spettro, verso nordest, dove il delta sfociava nel mare. Si nascondeva nei porcili come un'urna di monete. Frugava tra i rifiuti nei vicoletti e mendicava cibo sulle strade frequentate. Dopo due giorni era giunta al porto dov'era ormeggiata una nave grande quasi quanto quella che aveva immaginato. Gli uomini salivano a bordo con bauli e stuoini che ondeggiavano sotto i bastoni da trasporto. Una madam stava aspettando il suo turno con ragazze che tiravano su col naso, e lanciava occhiate in giro come se qualcuno volesse rubarle il carico prima che potesse intascare il ricavato sull'altra sponda.

Feiyan le si era avvicinata zoppicando. «Io vendo me stessa» aveva detto, prendendo fiato. «Fammi salire su quella nave».

La donna aveva guardato i suoi grandi piedi nudi: Feiyan aveva perso le scarpe con la suola di cotone quando era scappata da una banda di criminali; adesso aveva i piedi coperti di terra e sangue secco. Poi l'aveva guardata in volto, e Feiyan aveva temuto che glielo leggesse in faccia: l'uomo morto con la cenere in bocca, nel naso, negli occhi e nelle orecchie. «Ce n'è per tutti i gusti» aveva detto la donna quasi tra sé.

«C'è stata una carestia» aveva spiegato Feiyan. «Tutta la mia famiglia è morta di fame. Ho saputo della nave, delle ragazze che vanno a Montagna d'Oro. Ci voglio andare anch'io. Farò tutto quello che vorrai».

La donna a quel punto aveva fissato il collo, le mani e le braccia di Feiyan e aveva borbottato: «Questi lividi e tagli dovrebbero essere guariti prima del nostro arrivo. Sarai come nuova».

Dopo cinquanta giorni sull'oceano, cinquanta giorni di rollio, vomito e risvegli con gli occhi morti dell'uomo puntati addosso, Feiyan era stata venduta al Red Peony. Le erano state date anche delle scarpe ricamate che le facevano male ai piedi, e la cui zeppa stretta la costringeva a camminare con passi esitanti e ad ancheggiare come una donna dai piedi piccoli. «Devi diventare piú femminile per quest'attività» aveva decretato Madam Qian, la tenutaria del bordello.

Feiyan aveva anche ricevuto degli abiti, tra cui una camicetta di seta rosa che odorava di sapone e profumo, di muschio e di marcio, e aveva una macchia sull'orlo che sembrava sangue secco. Viveva in una stanzetta con un letto, un tavolo con un cassetto, due sedie e un appendiabiti. Sul tavolo c'erano un bruciatore di incenso, una teiera e due tazze. Uno specchio appeso alla parete per applicare cipria e belletto. Una caraffa d'acqua e una bacinella nascoste sotto il letto per lavarsi.

Poco dopo aveva sentito la voce. Era sdraiata a letto con il suo primo cliente, e ne ammirava il corpo snello e la giovinezza radiosa. Era arrivato subito dopo il bagno e il barbiere, indossava una camicia di lino pulita. Le aveva parlato prima di toccarla, con un dialetto simile al suo ma di un posto lontano abbastanza da ignorare cos'aveva fatto. Cosa dicevano i suoi a casa? Non aveva piú importanza. Ormai lei era Ah Hua, una prostituta. Meglio questo che essere la moglie dell'uomo morto.

Tra le braccia muscolose del ragazzo, Feiyan stava per rilassare le spalle nervose quando udí la voce. Le parlò all'orecchio, si trovava sul letto con lei e il ragazzo. Una voce debole, flebile, non come quella sonora del fantasma della montagna. «Pensi che non sia tanto male, eh? Stupida».

Da quel momento in poi era andata di male in peggio. I clienti arrivavano con lo sporco, l'odore e il malumore accumulati durante la settimana. Non erano solo cinesi, ma bianchi, neri, marroni, e di tutti i tipi. Riempivano la stanzetta di una puzza densa e di ansia. Di tanto in tanto, quando ne arrivava uno pulito e gentile, non appena Feiyan cominciava a sentirsi meglio udiva di nuovo la voce.

Aveva cominciato ad anticiparla. Ascoltava. Aspettava. Pregava che il fantasma non se la prendesse con lei, giacché sapeva che per quanto una donna soffrisse in vita, diventava piú forte da morta. Feiyan era sfuggita allo spettro della montagna che l'aveva sfidata a uccidere e scappare. Ma ora era intrappolata in quella stanzetta con quel nuovo fantasma che trovava altri modi per giocare con la sua vita, come spesso fanno gli spiriti.

«Continuerò a infestare questo posto, perché mandano a casa solo le ossa degli uomini, e poi chi mai metterebbe il mio nome su una targa e brucerebbe incenso per me?» diceva il fantasma.

«Io brucerò incenso per te se questo può calmarti». C'era un altare all'ingresso del bordello. Feiyan poteva pregare per lo spettro per placarlo.

«Davvero? Non potresti trovarmi un daoshi che guidi la mia anima attraverso gli inferi e mi cerchi una buona famiglia in cui rinascere?»

«Dove lo trovo un daoshi? Non mi lasciano neanche uscire dal bordello... Ma dove vuoi rinascere? A Montagna d'Oro? Dubito che perfino un daoshi ti possa guidare fino a casa».

«Voglio rinascere in una famiglia ricca. Non importa dove. Se nasci ricco, non hai pensieri».

«Non ne sono tanto sicura. Anche una ragazza ricca può essere rapita o venduta a un marito ubriacone».

Un giorno un cliente aveva dato uno schiaffo a Feiyan perché aveva parlato ad alta voce. L'uomo le aveva detto che all'inizio pensava stesse parlando con lui, ma poi aveva capito che era pazza o posseduta. Era già stato in quella stanza, sullo stesso letto, e aveva visto la stessa camicetta rosa addosso alla proprietaria originale. Sapeva com'era morta la ragazza. Ah Li, non si chiamava cosí? Sorrideva a ogni uomo e aveva spinto due suoi amanti a battersi a duello. Il superstite l'aveva uccisa pugnalandola. Proprio su quel letto.

Durante il giorno, quando non dovevano lavorare, Feiyan e le altre sette ragazze del Red Peony cucivano. Mentre ricamavano babbucce, cucivano asole o applicavano pizzi alla biancheria mettevano a confronto i loro clienti: quali erano innocui, quali pericolosi, gli uomini a cui rubare, quelli da non toccare. Avevano tutte un contratto di quattro anni da onorare, e poi? Sposarsi? Quante probabilità c'erano? Il fantasma della stanza rideva quando Feiyan civettava con un uomo che poteva essere un candidato potenziale al matrimonio. Proprio mentre gli faceva un sorrisetto provocante, lo spettro ridacchiava dicendo: «Sogna pure, puttanella».

Cosa fare, allora? Poteva lavorare in un laboratorio di sartoria. Poteva fare la cameriera. Ma le famiglie bianche non volevano donne cinesi, dicevano le altre ragazze. Preferivano ingaggiare gli uomini per fare il lavoro delle donne, e cosí queste restavano senza niente.

Una notte un uomo bianco le aveva schiacciato il petto con il suo grasso culo e le aveva vomitato addosso una sfilza di parole che lei non capiva, ma che dovevano essere offese pesantissime. Era un omone, grosso il doppio del marito morto al quale Feiyan aveva paragonato ogni altro uomo: piú cattivo o piú buono, piú vigliacco o meno crudele, da combattere o da sopportare. L'uomo la stava soffocando, gliel'aveva ficcato in bocca, e le tirava i capelli senza smettere di insultarla. Feiyan aveva dovuto serrare le palpebre per non vedere l'odio nei suoi occhi, ma quello stesso odio l'aveva riempita fino a diventare anche il suo. Lo aveva morso, lui aveva urlato e le aveva sbattuto la testa contro il muro. Avrebbe potuto ucciderla se la guardia del postribolo non fosse corsa dentro con un'ascia e non l'avesse tramortito.

Feiyan da allora teneva sotto il cuscino un coltello, rubato a un cliente ubriaco. Il fantasma era rimasto inorridito quando se n'era impossessata. Avevano discusso quella sera, mentre i clienti andavano e venivano.

«Ti porterà solo guai» aveva insistito lo spettro. «Un coltello non è la nostra arma».

«Qual è la nostra arma, allora? Se tu avessi avuto un coltello, avresti potuto pugnalare il tuo amante prima che lo facesse lui».

«Sciocchezze. Pensi davvero che il mio braccio fosse piú forte del suo?» E la ragazza-spettro aveva ripreso a singhiozzare.

Un giorno la morte aveva fatto visita alle ragazze. Letteralmente. La piú vecchia, Ah Jiao, ventisette anni, aveva inghiottito l'oppio una mattina presto. Con la fronte liscia e il volto ovale, Ah Jiao sembrava serena, e alle ragazze piaceva chiederle consiglio. Nessuno poteva immaginare che avrebbe tenuto da parte l'oppio per morire in quel modo. Un'altra ragazza, arrivata perfino dopo Feiyan, aveva sviluppato una forma gravissima di sifilide e una notte era sparita. Poi altre due ragazze erano scappate via insieme, sebbene fossero state avvertite che tutte le fuggiasche finivano sventrate dagli uomini o dai puma o trovate e riportate indietro col contratto prolungato di altri quattro anni. A loro era accaduto proprio questo, ed erano anche state picchiate selvaggiamente fino a perdere i sensi.

Restare in vita comportava uno sforzo. Feiyan chiedeva ai suoi clienti di tornare con limoni freschi, che si spruzzava all'interno del corpo per uccidere sperma e germi. Cercava di guardare con speranza al futuro, dopo la fine del contratto. Teneva il conto dei giorni sul letto cigolante dove la povera ragazza era stata uccisa. Era cosí legata alla ragazza-spettro e a tutta la morte che la circondava, che a volte non sapeva se era ancora nel mondo dei vivi o era già finita nell'etere.

Quando toccava a lei stare sulla porta per attirare i clienti, guardava lungo il sentiero stretto verso l'azzurro che si apriva dove il vicolo incrociava la piú ampia Jackson Street. Immaginava di correre lungo il vicolo e poi in strada, senza fermarsi finché non avesse battuto in velocità quel suo nuovo destino.

Un giorno di primavera, all'inizio del terzo anno, Feiyan aveva avuto il permesso di lasciare il bordello per farsi tagliare i capelli in Dupont Street. Una volta finito, aveva visto il guardiano del postribolo, mandato a tenerla d'occhio fuori dal parrucchiere, chino su una partita di go. Aveva detto al parrucchiere che doveva usare il gabinetto sul retro del negozio. Appena si era trovata da sola si era tagliata via i tacchi delle scarpe con il coltello rubato che si portava nella tasca della giacca. Poi aveva aperto la porta posteriore del negozio e si era messa a correre. Si era diretta a nordovest per allontanarsi dal quartiere cinese. Aveva sentito un suo cliente abituale parlare di un villaggio di contadini chiamato Cow Hollow, a tre chilometri circa da lí, dove i cinesi potevano prendere in affitto della terra e costruirsi una fattoria. Lei non aveva nulla, se non il coltello e un borsellino con le poche mance che era riuscita a mettere da parte. Non riceveva niente in cambio della vendita del suo corpo, se non il debito per la traversata e un contratto che si allungava all'infinito davanti a lei.

Una donna da sola non si vedeva spesso in giro, tanto meno una cinese che correva. Gli uomini la guardavano a bocca aperta, ma lei continuava a correre lungo le strade che salivano e scendevano. Fino a un certo punto aveva pensato di pazientare attendendo la fine del contratto di quattro anni, ma poi aveva capito che non sarebbero mai stati solo quattro anni. I periodi delle mestruazioni dovevano essere recuperati. Anche i giorni di malattia. Una volta aveva avuto la febbre per dieci giorni, e le era stato aggiunto un mese intero. In realtà erano poche le ragazze che sopravvivevano fino alla fine del contratto. E oltre a questo voleva correre. Ne aveva bisogno. Aveva sognato di correre, di usare le gambe. Di tanto in tanto le era capitato di vedere cavalli alti e muscolosi che galoppavano nel vicolo, mentre gli uomini li frustavano o li incitavano con gli speroni. Aveva avuto voglia di correre con quei cavalli, ma senza gli uomini in groppa.

Ora, mentre il suo corpo ritrovava il ritmo leggero e naturale che le stimolava il cuore, si sentiva nascere una risata dentro. Aveva corso verso nordovest con il sole che era sorto e tramontato. Avrebbe corso finché non ci fossero stati piú edifici, solo terra con campi verdi e mucche e fattorie. Sapeva tutto del lavoro del contadino, avendo aiutato la sua famiglia fin da quando aveva cominciato a camminare. Le mancava la terra sotto i piedi, tra le dita.

Il guardiano doveva avere preso in prestito un cavallo da qualcuno. Non ci aveva messo molto a raggiungerla. Lei aveva corso accanto al cavallo finché quello non era saltato giú e non l'aveva fatta cadere. «Non male per una ragazza» le aveva detto afferrandola per un braccio.

Era stata frustata da Madam Qian in persona. Le sue scarpe senza tacco erano state bruciate davanti a lei nella stufa, il coltello e il denaro le erano stati tolti. Il contratto era stato prolungato di quattro anni per via del suo «comportamento disonesto nei confronti della proprietaria». Aveva diciotto anni. La maggior parte delle ragazze del Red Peony moriva prima dei venticinque.

Lo spettro della camera aveva riso di lei: «Che bella fuga! Pensavi di poter scappare di qui solo perché hai due brutti piedi lunghi? Che stupida».

Feiyan l'aveva ignorato. Era sdraiata sulla pancia per alleviare il dolore delle frustate sulla schiena e le natiche. Ne era valsa la pena. Aveva fatto qualcosa per sé. Non sarebbe finita intrappolata lí come il fantasma, a dover guardare gli uomini che montavano la ragazza successiva e quella dopo ancora. Feiyan aveva corso per una mezz'ora buona. E quei trenta miseri minuti le avevano tolto la ruggine dalle articolazioni. Sí, ne era valsa la pena. Sentire il vento e l'aria, e vedere le nubi che la seguivano e l'orizzonte aperto che l'attirava a sé.

Madam Qian non le aveva piú permesso di stare sulla porta per paura che scappasse di nuovo. Aveva frustato Feiyan metodicamente, assicurandosi che soffrisse ma che non dovesse restare bloccata a letto, penalizzando gli affari. Madam Qian adesso puniva di persona tutte le ragazze, non si fidava piú del guardiano che aveva quasi ucciso le due fuggiasche precedenti appena lei aveva distolto lo sguardo, e lei aveva perso due settimane di guadagni per ognuna. «Non puoi chiedere agli uomini di picchiare le donne» aveva detto a Feiyan mentre la frustava, come se questo la giustificasse.

Feiyan aveva chiesto di recuperare il privilegio di stare sulla porta. «Vuoi che muoia per mancanza di sole e aria fresca? Perché non mi metti direttamente in una bara, allora? In ogni caso, perderai i sei anni di guadagni che ti sarei fruttata».

«Forse farò proprio cosí» aveva replicato Madam Qian. Ma due settimane dopo aveva permesso a Feiyan di tornare sulla porta, forse dicendosi che, con quei tacchi alti e nessun coltello per tagliarli, non poteva comunque correre. E con tutti quegli occhi puntati addosso non avrebbe osato.

Invece Feiyan lo aveva fatto di nuovo. Si era chinata, in un secondo aveva rotto i tacchi e si era messa a correre fino in fondo al vicolo e lungo Jackson Street. Aveva corso senza pianificare, seguendo l'istinto che le spingeva i piedi su e giú secondo un ritmo che era solo suo. Il fantasma della camera avrebbe riso di lei dopo un'altra punizione. Ma per ora il vento soffiava alle sue spalle, la attraversava e la sospingeva verso il cielo che andava aprendosi.

Il guardiano le era corso dietro, stavolta senza avere il tempo di procurarsi un cavallo. «Prendetela!» aveva gridato. «Prendete quella puttana!» Gli uomini si erano fermati a guardare. Alcuni avevano l'aria familiare e sorridevano con facce stupide. Era stata sbattuta per terra da uno in giacca nera, un soldato del tong Hip Yee, proprietario del Red Peony. Lei lo sapeva, perché si trattava di un suo cliente abituale; non era un uomo cattivo, e di tanto in tanto le portava limoni freschi. «Senza offesa» le aveva detto, afferrandole la mano. «Non avevo scelta».

Stavolta Madam Qian aveva lasciato che fosse la guardia a picchiarla. Feiyan gli era stata riconoscente quando aveva tramortito l'uomo con l'ascia, ma aveva scoperto in fretta che non l'aveva fatto per lei. L'aveva fatto perché gli piaceva picchiare.

«Sono stanca di questa storia» aveva detto Madam Qian. «Ho cercato di essere buona con te. Volevi il sole e ti ho lasciato prendere il sole, e ci guadagno questo: un altro tradimento, altri guai. Adesso sappi che il tuo contratto è stato allungato di altri quattro anni. Se ci provi un'altra volta, starai qui finché muori».

«A meno che non sia lui a uccidermi prima» aveva ribattuto Feiyan.

«Sarebbe troppo facile per te. Sto qui a controllare».

L'uomo aveva ridacchiato avvolgendosi l'estremità della frusta attorno alla mano.

Feiyan non era riuscita a vedere Cow Hollow. Il suo cliente abituale che ci abitava si fermava al Red Peony una volta alla settimana, dopo avere venduto verdura porta a porta a Chinatown. Feiyan aveva insistito per farsi raccontare altri dettagli di quel posto. Dove si trovava esattamente? Quante strade bisognava percorrere? Quante donne ci abitavano? Che cosa facevano? Quell'uomo aveva una moglie e due figli. Anche se fosse stato scapolo, Feiyan non gli avrebbe chiesto di aiutarla a scappare, perché non le pareva proprio il tipo che avesse il fegato di opporsi al tong.

Il suo carro, invece, poteva essere utile. Attraverso la sua finestra con le sbarre, lei lo vedeva parcheggiato da un lato del vicolo. Ma come poteva arrivarci, sapendo che l'unica porta della sua stanza si apriva sul corridoio che conduceva all'atrio e alla porta d'ingresso, dove la guardia e Madam Qian non staccavano mai gli occhi da chi entrava e usciva? Come faceva a sgattaiolare via da sotto quell'uomo che mugolava e ad arrivare al suo carro tirato da una giumenta baia?

Poteva dargli un colpo in testa, indossare i suoi vestiti e uscire facendosi passare per lui? Il cappello con la tesa era un vantaggio, cosí come la sua abitudine di attorcigliarsi e infilarsi il codino nella corona del cappello. Ma metterlo fuori combattimento non sarebbe stato piacevole né facile, e per questo era stata combattuta nelle ultime settimane. Ma che altre possibilità aveva? E se fosse successo qualcosa a quell'uomo e non fosse mai piú tornato al bordello? Doveva cogliere l'opportunità finché ce l'aveva. Quando finalmente le era crollato addosso, lei si era sporta oltre la sponda del letto, aveva preso la brocca di porcellana e gliel'aveva sbattuta sulla testa. Il suo corpo aveva sussultato e poi smesso di muoversi. Lo aveva spinto via, era saltata giú dal letto e aveva indossato i suoi vestiti, che le andavano bene perché avevano circa la stessa statura. Si era messa il suo cappello, infilando i capelli nella corona. Poi, dopo avere coperto il corpo con il lenzuolo, aveva aperto la porta. Doveva percorrere il corridoio e uscire dall'ingresso proprio sotto lo sguardo attento della guardia e di Madam Qian, quindi dirigersi verso il carro sull'altro lato del vicolo, come se l'avesse fatto ogni settimana. Non aveva mai guidato un carro, ma aveva visto gli uomini che lo facevano. Aveva fatto attenzione a quel genere di cose, sapendo che forse un giorno sarebbe potuto tornarle utile.

«Tornate presto a trovarci» aveva detto Madam Qian a Feiyan, che aveva annuito uscendo.

La cavalla stava brucando la poca erba lungo il marciapiede. Feiyan le si era avvicinata e, toccandole il muso, le aveva sussurrato all'orecchio: «Fa' la brava». Poi aveva preso le redini ed era salita a cassetta. La guardia la stava osservando. Madam Qian stava prendendo il denaro dal cliente successivo, che stava per avere una brutta sorpresa. Feiyan si era toccata il cappello per salutare la guardia e aveva schioccato le labbra. Ed era partita.

Dopo essere uscita dal quartiere cinese, aveva imboccato una strada secondaria senza illuminazione, che l'aveva condotta a una strada piú larga ma altrettanto buia. Si era diretta a ovest, verso lo spicchio di luna, ma aveva deciso di non andare nel villaggio di contadini per ora, perché con ogni probabilità l'avrebbero cercata lí. Aveva continuato ad avanzare fino a un bosco con rami contorti e pesanti. Aveva tolto i finimenti alla cavalla, aveva lasciato il carro sotto grossi rami e aveva condotto la giumenta nel bosco.

Il bosco di notte sapeva di selvatico. Tenne occhi e orecchie aperti per cogliere eventuali forme mutevoli e suoni dall'origine oscura. Non aveva visto il fantasma dell'uomo morto, ma il suo volto coperto di cenere era tornato spesso a trovarla di notte, vivo e furioso. Ogni tanto le pareva di vederlo nei volti degli uomini che la prendevano, come se volesse tormentarla tramite loro. Quasi ogni settimana pensava che uno di loro l'avrebbe uccisa. Invece non lo avevano fatto, non per pietà, ma per tenerla viva in modo che continuasse a soffrire. Se aveva commesso un'ingiustizia uccidendo il vecchio per quello che le aveva inflitto, ormai aveva pagato. Aveva pagato il suo debito per quattro anni e mezzo. Ora basta.

Aveva pensato all'uomo che aveva tramortito al bordello. Se fosse morto, non avrebbe potuto attraversare un altro oceano per sfuggire alle conseguenze delle sue azioni. Ormai aveva capito che una traversata non ti rendeva necessariamente libera, e anzi, poteva condurti con la stessa facilità a un'altra stanza chiusa a chiave. Allora doveva continuare a scappare, a correre piú veloce del proprio destino come l'aveva sfidata a fare il fantasma della montagna.

Ma lí nel bosco buio non poteva correre. I rami contorti delle querce si intrecciavano in tutte le direzioni impedendole di avanzare. Anche il cielo era spezzato dalle chiome degli alberi. Nei ritagli si vedeva la luna sottile, fredda e luccicante come una falce. La giumenta trottava lentamente. Feiyan si era sporta in avanti, premendo il corpo contro la groppa del cavallo. Era rimasta cosí, ad assorbire il calore dell'animale, i cui grossi muscoli e la cui andatura ondeggiante le sembravano garanzia di affidabilità.

Era stata catturata presto il mattino dopo. Si era addormentata in groppa al cavallo ed era stata svegliata di colpo dalle prime luci che filtravano tra i rami, o forse dal cupo presentimento di ciò che sarebbe successo. La guardia del bordello e l'uomo che aveva colpito in testa avevano attraversato a cavallo in fila indiana il bosco di querce. L'uomo sembrava star bene, sebbene fosse furibondo. Quando la guardia le aveva puntato contro la pistola, l'uomo l'aveva tirata giú dalla giumenta e l'aveva presa a calci imprecando. Poi, sempre insultandola, le aveva tolto i vestiti, lasciandole solo la biancheria addosso. Si era rimesso i propri abiti con un grugnito e aveva restituito alla guardia gli indumenti che aveva preso in prestito. Poi i due avevano legato i piedi e le mani di Feiyan come avevano fatto suo padre e suo fratello anni prima e l'avevano gettata sull'altro cavallo.

L'uomo le aveva sputato in faccia prima di salire in groppa alla sua giumenta. Feiyan aveva chiuso gli occhi per non lasciare entrare lo sputo. Aveva udito la cavalla che si allontanava.

Al bordello, sotto gli occhi di Madam Qian, la guardia aveva picchiato Feiyan fino a renderla insensibile. Non aveva ricevuto cibo per tre giorni e le era stato detto che le avrebbero tagliato i tendini delle caviglie se avesse osato scappare di nuovo. Il suo contratto era stato esteso per tutta la vita.

Poi, diversi mesi dopo, arrivò il ragazzo. Si era quasi aspettata che ricomparisse, dopo averlo visto passare nel vicolo con gli altri appena arrivati. Il modo in cui l'aveva guardata le aveva fatto tornare in mente l'infanzia, quei giorni verdi e liberi, e il villaggio caldo dove non poteva piú fare ritorno. Erano passati anni e l'aveva quasi dimenticato, relegando anche lui al passato. Ma una tiepida sera di maggio voltò la testa e lo vide davanti a sé, cresciuto e bello.

Guifeng
1869

Prese un treno sulle rotaie che loro stessi avevano costruito. Ora vedeva l'opera nella sua interezza. Non solo i binari, le massicciate, ogni martello, ogni scalpello, ogni esplosione, e ogni carretto di pietre portato via, ma anche il lavoro umiliante che gli aveva assorbito quasi ogni ora del giorno negli ultimi quattro anni. Non solo tempeste di neve, funerali affrettati, tombe improvvisate, ma anche tante morti senza una vera cerimonia, senza un tributo adeguato di dolore. Con il senno di poi, il periodo si poteva riassumere con una stanchezza e un freddo perpetui, ma guardando davanti a sé, lungo le rotaie su cui correvano oltrepassando le montagne, Guifeng non poté evitare di sentirsi orgoglioso di quello che lui e i suoi compatrioti avevano fatto.

Durante gli ultimi giorni di lavoro nel deserto si era aperta una gara tra i lavoratori cinesi e gli irlandesi che arrivavano dall'altra parte. Daoshi la chiamava una corsa di cani: gli uomini bianchi erano gli allevatori, scommettitori, vincitori e perdenti, e i cinesi i loro cani da corsa. Eppure, che fossero cani di paglia o cani da corsa, non potevano evitare di impegnarsi al massimo, non potevano evitare di vincere. Di notte, sotto un cielo carico di stelle, Guifeng riusciva quasi a sentire la presenza eterea di Ah Fook nell'aria satura di sabbia: non piú con una forma o una voce o un cuore per dare peso ai suoi dubbi o alle richieste. Invece Guifeng era ancora lí, sdraiato sulla sabbia cedevole, e traeva un respiro fugace dopo l'altro, intanto che le stelle creavano buchi scintillanti in cielo come per mostrare l'eternità dell'universo oltre l'eternità.

Poi finirono. Guifeng si ritrovò senza lavoro, ma era esaltato dal fatto di essere riuscito a sopravvivere. Con trenta dollari in tasca – ciò che restava della paga dell'ultimo mese, che aveva tenuto invece di mandarla a casa alla sua famiglia – prese il treno verso occidente per la prima volta, sulle rotaie costruite da lui e dagli altri cinesi, verso Big City.

Giunse nella parte di Chinatown dove l'aveva vista per la prima volta. Cantonese Alley, o Alley of Joy, come lo chiamavano gli uomini. Un vicolo polveroso e grigio quel giorno di quattro anni prima, quando lui era un novellino senza muscoli né volontà. Adesso era sera. Lanterne rosse e lampade dorate galleggiavano nell'aria di maggio, sagome di ragazze che cercavano di attirare i clienti, risa e battute, incenso e profumo, esuberanti ma carichi di presagi.

Camminò su e giú per il vicolo, evitando di incrociare lo sguardo delle ragazze che non erano lei. Che porta era? Doveva aspettare che apparisse o tornare un'altra volta? Ma voleva che accadesse ora, in modo da non svegliarsi il mattino dopo senza piú provare quella vertigine. Non poteva rassegnarsi ad andare alla deriva come qualunque altro uomo cinese. Trovare un lavoro qualsiasi, vivere con l'unico sogno di mandare soldi a casa o tornare con abbastanza denaro da costruire una casa a due piani. Non era questo che voleva. Lo aveva capito quando era rotolato giú dalla montagna con la valanga, pensando a Feiyan bambina che correva e sentendosi senza paura durante la caduta libera. Allora il suo scopo gli era apparso evidente.

«Cercate una ragazza in particolare?» chiese una donna di mezza età seduta su uno sgabello accanto alla porta.

«Sí, una ragazza alta di Xinhui, di circa ventun anni» disse, e avrebbe voluto aggiungere: «Una ragazza che corre bene», ma sapeva quanto sarebbe stata inutile un'informazione del genere.

«Ah, dev'essere Ah Hua. Adesso è impegnata, ma tra poco arriva». La tenutaria indicò col mento l'interno della casa, dove un corridoio portava a una serie di porte piú piccole sui due lati. «Potete pagarmi adesso ed essere il prossimo».

«Quanto?»

«Un dollaro per un quarto d'ora. Un dollaro e cinquanta per mezz'ora. Due dollari per un'ora. Come fate a conoscerla?» Gli occhi della donna brillavano di curiosità.

«Non sono sicuro di conoscerla» rispose Guifeng, che la trovava già antipatica. «Aspetto di vederla».

La porta che la tenutaria gli aveva indicato col mento si aprí. Ne uscí un uomo bianco con i capelli arruffati e una camicia da lavoro lurida, che a giudicare dall'aspetto non si faceva un bagno da mesi. Guifeng invece si era lavato bene, perché aveva imparato dai suoi compagni al campo che era il minimo prima di presentarsi da una ragazza. Anche il fatto che l'uomo fosse bianco lo infastidiva. Come poteva Guifeng entrare e vedere solo lei ma non i suoi clienti, in particolare quel bianco che l'aveva appena sporcata, il cui puzzo e sudiciume erano ancora su di lei, dentro di lei?

«Ora si lava». La tenutaria del bordello sembrava avergli letto nel pensiero. «Le nostre ragazze sono molto pulite, soprattutto Ah Hua. Non sentirete l'odore di quel gweilo. Presto sarà tutta vostra. Perché non la prendete per il resto della notte? Solo otto dollari». Non ottenendo risposta continuò: «Cosa c'è che non va? Non è la vostra prima volta, vero?» La donna si alzò dallo sgabello e gridò verso il corridoio: «Ah Hua, un ospite nuovo».

«Non puoi lasciarmi in pace un attimo?» gridò una voce smorzata da dietro la porta chiusa, una voce perfetta come la terra e l'aria nel suo villaggio, Yunteng, che era lontanissimo ma sembrò apparirgli davanti come un miraggio, in quel vicolo chiassoso e straziante.

«Il nostro ospite non può aspettare». La donna rise, vedendo che alla fine aveva deciso di restare.

Guifeng pagò due dollari alla tenutaria, percorse il corridoio fino alla porta, che ora era aperta. La ragazza era china sul letto, stava rassettando un lenzuolo color prugna con una spazzola. Aveva l'aria curata, indossava una camicetta rosa leggera, i capelli raccolti in una crocchia ordinata. L'aria profumava di limone, che doveva avere spruzzato un attimo prima. Si chiese per quanto tempo sarebbe durato il profumo, per quanto avrebbe coperto i residui dei clienti precedenti. Si trattenne dal respirare a pieni polmoni.

Lei si voltò a guardarlo. Lo riconobbe e fu come un tramonto, luminoso e ammaliante ma effimero. «Allora sei tu quello che non può aspettare».

Colse il tono canzonatorio nella sua voce. Intendeva raffreddare i suoi ardori e trattarlo come uno qualunque? Un altro giovane cliente che non sapeva ciò che faceva, un principiante che poteva innamorarsi facilmente, mentre lei sapeva fin troppo bene come sarebbe finita, giacché nessuna magia poteva accadere in quella stanzetta minuscola dai colori sgargianti. Ma il modo in cui aveva detto quelle parole, con l'intonazione giusta che lui riconosceva nel sangue, gli riportò agli occhi il loro villaggio, dove gli alberi di yulan erano tutti in fiore in quella stagione.

Aveva immaginato quell'incontro molte volte. Cos'avrebbe detto? Come si sarebbe comportato? Avrebbe fatto l'amore con lei? O si sarebbe limitato a parlare? Come avrebbe fatto per apparirle diverso dal dodicenne con gli occhi da cucciolo che aveva cercato di attirare la sua attenzione?

«Ti piace ancora correre?» Era la prima cosa che gli era venuta in mente, pur sapendo che era la frase piú terribile che potesse pronunciare. Rimpianse le parole non appena gli furono uscite di bocca.

«Sí» rispose lei guardandolo, con il fuoco che tornava ad arderle negli occhi. «Mi piacerà sempre».

Si sedette accanto al tavolino e gli indicò di fare altrettanto. Il profumo di limone stava già svanendo, e ora l'aroma fantasma di yulan lo sostituiva. «Correvi piú veloce di tutti».

«È vero» ammise lei con una risatina.

«Quel ragazzo che si chiamava Topo – anche se assomigliava piú che altro a un asino – aveva cercato di batterti. Te lo ricordi? C'è quasi rimasto secco».

Risero. Lei accese un fiammifero e lo avvicinò a un bastoncino di incenso sul bruciatore di porcellana a forma di loto. Si librò una voluta sottile di fumo dall'odore dolceamaro di legno di sandalo.

«Allora sei sopravvissuto a quella maledetta ferrovia». Il battito di ciglia aveva un'aria vagamente accusatoria. Era rimasta ad aspettarlo?

«Come facevi a sapere che sono andato a costruire la ferrovia?»

«Nove cinesi su dieci lavoravano lí. Venivano qui il fine settimana. Alcuni dicevano che sarebbero tornati, ma non si sono piú fatti vedere. Forse sono morti».

«Ne sono morti parecchi» confermò Guifeng.

Poi iniziò a raccontarle tutto ciò che avrebbe voluto dirle negli ultimi quattro anni. Cose che aveva ripetuto a sé stesso, immaginando di raccontarle a lei, cose che sarebbero state senza importanza se lei non le avesse ascoltate o immaginate. Gli eventi capitali che avevano spezzato troppe vite, forse anche quelle di coloro che l'avevano posseduta su quel letto dai colori vivaci tra le pieghe ostinate, che ora era vuoto a pochi passi da loro, invitante e terrificante, come a predire un destino funesto.

Guifeng rimase sulla sua seggiolina scricchiolante e raccontò a Feiyan della caduta dalla montagna per via della valanga. Prima aveva le vertigini, ma quella caduta, non si sa perché, lo aveva guarito. Gli era sembrato di essere tornato nel loro villaggio dove i bambini correvano, Feiyan piú veloce di tutti. Mentre rotolava giú dal pendio innevato, il suo corpo aveva colpito un grosso pino e l'impatto doveva averlo svegliato: aveva cominciato a nuotare come se fosse stato nell'acqua, dando bracciate per tenere la bocca e il naso sopra la neve che gli si avventava contro, sommergendolo a ondate. Quando finalmente aveva smesso di precipitare, si era trovato in una specie di tana bianca. Si era messo a sferrare pugni, finché la mano non aveva incontrato il vento.

Anche lei gli raccontò le sue vicende a Montagna d'Oro. Non era stata rapita, come si diceva in paese. Era scappata via dal vecchio marito ubriacone e si era venduta a una mediatrice per poter compiere il viaggio. Aveva cercato di scappare tre volte, e durante l'ultimo tentativo di fuga era salita in groppa a un cavallo. «Ricordi il cavallo del ricco fattore Lu Ah Bo? A volte ci permetteva di montarlo. È lí che ho imparato». Rise e accese un altro bastoncino di incenso, il cui aroma forte ora era denso come le profondità della terra.

L'idea gli venne prima di addormentarsi sulla sua brandina nella pensione. Avrebbe portato via Feiyan. Avrebbero preso il treno fin oltre le montagne, lungo la ferrovia che aveva costruito lui, e sarebbero andati a vivere a Truckee, sull'altro versante della Sierra. La città era diventata una specie di casa per lui negli ultimi quattro anni, il punto fermo da cui si spostava tra un accampamento e l'altro. Almeno un terzo della popolazione di Truckee era composta di suoi connazionali, e aveva visto diverse coppie nel quartiere cinese, uomini e donne che lavoravano insieme in un negozio di alimentari o in una lavanderia. Nessuno sembrava infastidire quelle donne, che d'altronde avevano l'aspetto di chi non tollera di essere infastidito. Avrebbe potuto andare a lavorare per una segheria. Cercavano personale quando era ancora nella Sierra. Diversi suoi compagni del campo, compreso il cuoco Li Shu, erano tornati nei boschi vicino a Truckee. Guifeng avrebbe lavorato e avrebbe guadagnato per entrambi, e quando avessero messo da parte abbastanza denaro, lui e Feiyan avrebbero potuto aprire un negozio. O comprare un pezzetto di terra e coltivarlo. In Cina Guifeng non era stato attirato dall'agricoltura, ma ora, dopo quattro anni a spaccare pietre, sentiva la mancanza del lavoro banale e affidabile a contatto con la terra.

Il problema era come far uscire Feiyan dal bordello, dove la guardia aveva l'aria crudele di un assassino, e la tenutaria nutriva già dei sospetti su di lui. «Se volete comprarla, vi faccio un buon prezzo» aveva detto a Guifeng quando se n'era andato.

«Perché dovrei volerla comprare?» Guifeng stava in guardia. «È coperta di segni di frustate. Non avreste dovuto farlo». Non aveva visto il corpo di Feiyan né le cicatrici sulla sua schiena, ma poteva immaginare i colpi e le frustate dopo i tre tentativi di fuga.

«Giovanotto, voi fate il vostro lavoro, io il mio. Non potete dirmi come comportarmi con le mie ragazze. Lei non vi appartiene, e secondo me nessuna ragazza mai vi apparterrà. Ma se cambiate idea e volete comprarla invece di lasciarla qui al mio servizio per tutta la vita, vi faccio un buon prezzo: ottocento dollari. Pensateci. È un buon affare per una ragazza come Ah Hua».

Guifeng ci aveva pensato, ma a meno di arricchirsi in una miniera d'oro, non aveva alcuna possibilità di entrare in possesso di una tale somma. Tanto piú che quella fonte di ricchezza non esisteva piú, perché ormai era stato estratto tutto l'oro che c'era, sebbene il posto continuasse a chiamarsi Montagna d'Oro.

La sera successiva tornò al Red Peony, e di nuovo pagò due dollari per un'ora con lei. «Vieni via con me» disse, senza lasciarsi il tempo di esitare.

Non dovette neanche compiere lo sforzo di elaborare un piano. Ci aveva pensato lei, e aveva solo bisogno di qualcuno come lui per aiutarla a realizzarlo. Avrebbero fatto cosí: Feiyan avrebbe versato un sonnifero nel congee della colazione di tutto il postribolo; si sarebbero addormentati tutti quanti e lei avrebbe slegato le chiavi dalla cintura della tenutaria e sarebbe uscita vestita da uomo.

Naoyanghua. Quello era il nome della sostanza. L'avevano data a una ragazza il cui feto aveva una testa troppo grossa per il suo bacino di quattordicenne. La levatrice l'aveva addormentata con quell'intruglio e le aveva tagliato la pancia. Cosí Feiyan l'aveva scoperto. Guifeng poteva procurarselo in un'erboristeria.

La terza notte, Guifeng le portò una fialetta della pozione comprata da un erborista, che l'aveva fissato da dietro gli occhiali crepati.

«Per mia moglie che non riesce a dormire» aveva detto Guifeng seguendo le istruzioni di Feiyan.

Portò a Feiyan anche degli indumenti suoi, un paio di scarpe di cotone con la suola piatta comprate per l'occasione e un cappello a tesa come il suo.

Pagò per trascorrere con lei il resto della notte. Avevano bisogno di quel tempo per pianificare i dettagli. Si sedettero ai due lati del tavolino, sfiorandosi, ma non si toccarono. Lui tenne le mani sulle ginocchia o accanto alla tazza di tè. Lanciava occhiate al letto ma non ci andò. Avrebbe rovinato quello che c'era tra loro se si fosse spostato sul letto e l'avesse presa come qualunque altro uomo.

Dovette andarsene per lasciarle il tempo di sgattaiolare in cucina e versare il contenuto della boccetta nella pentola di congee.

«Ricordate la mia offerta. Non siete obbligato a pagare per vederla ogni notte» disse la tenutaria quando Guifeng uscí dal postribolo nella notte ormai agli sgoccioli.

Feiyan

Lui non l'aveva toccata. Feiyan capiva che avrebbe voluto, ma aveva deciso che valeva la pena di aspettare. Ma lei ne era sicura? Riusciva a credere di essere desiderata in quel modo?

In quella stanza, i desideri degli uomini non valevano piú di un dollaro, erano espliciti e brutali come l'odore sospeso a mezz'aria, che doveva combattere spruzzando le preziose fette di limone e con l'incenso. La battaglia degli odori. Lo notò quando l'uomo successivo sfogò il suo desiderio con lei. Non le importava nulla dei suoi modi grezzi. Le interessava di piú la qualità dell'aria che era costretta a respirare.

Limone e incenso di legno di sandalo. Un piacere per il naso, come anche i clienti che si presentavano profumati di sapone. Anche prima di vederli ne sentiva l'odore di pulito, e questo le dava sollievo.

Lui sedeva sulla sedia e parlava di casa. Il fumo di sandalo si diffondeva nell'aria, e Feiyan sentiva l'odore del suo villaggio, la terra, il fiume, le palme robuste, la polvere mattutina sollevata dai polli che le correvano tra i piedi, il porcile con l'odore acre degli escrementi freschi. Prima dava da mangiare ai polli e ai maiali, poi risaliva il fiume e riempiva i due secchi con l'acqua che aveva avuto il tempo di depurarsi durante la notte. Li portava a casa caricandoseli in spalla con il bastone, un compito che aveva svolto da quando aveva nove anni, tenendoli in equilibrio, cercando di non rovesciarne neanche una goccia. Poi sarebbe uscita di nuovo per una corsa lungo il fiume.

Lei non lo toccò, proprio come lui non toccò lei. Si chiese se fare la prima mossa, come aveva fatto con i giovani inesperti, guidandoli perché prendessero confidenza con il proprio corpo. Aveva apprezzato quei rari momenti, rari perché la volta successiva non sarebbe stata la stessa cosa. Avrebbero creduto, fieri, di controllare la situazione, invece sarebbero stati grezzi, banali e prevedibili come gli altri. Invece non lo toccò. Il fatto di trattenersi rendeva speciale quel momento, impedendogli di invecchiare. Non gli toccò le mani, che erano callose ma dall'aspetto morbido, le dita lunghe e sensibili senza averne coscienza. Stava giocherellando con il bordo del cappello di feltro.

Per non toccargli le mani, gli prese il cappello e se lo mise in testa mentre lui parlava dei mesi alla ferrovia.

«Ti sta bene». Si sporse verso di lei.

Feiyan se lo tolse e lo mise sull'appendiabiti. «Continua, voglio saperne di piú».

Parlarono seduti al tavolino mentre i bastoncini di incenso bruciavano, riducendosi a moncherini uno dopo l'altro. Posarono la testa contro la parete e si mossero sulle sedie, ma lasciarono il letto vuoto. Lei aveva lisciato il lenzuolo, ma aveva ancora un aspetto stropicciato, sporco.

Lui rimase seduto sulla sedia fino allo scadere del tempo, poi la sera dopo tornò e le chiese di scappare con lui. Feiyan rimase calma, non volendo rivelargli troppo. Fino a quel momento aveva potuto fare affidamento solo su sé stessa, se si escludevano i fantasmi che non sempre erano affidabili, in particolare quello della stanza, che li stava guardando in quel momento, pieno di invidia e pronto a stroncarla con un commento sarcastico: «Se pensi che sia innamorato di te sul serio e che farà quello che ti ha promesso, sei la ragazza piú stupida che esista. Preparati a non vederlo mai piú. Tutto quel buon profumo e quei discorsi sul vostro villaggio non significano niente. È capitato anche a me, e guarda che fine ho fatto».

Ma Guifeng tornò la sera successiva. Entrambi sembravano calmi, del tipo di calma che secondo lei bisognava conoscere almeno una volta nella vita. Di nuovo si sedettero ignorando il letto, senza toccarsi, anche se le mani erano cosí vicine che ne sentiva la forza di attrazione nel centimetro di distanza tra le loro nocche. Non parlarono di quello che avrebbero fatto dopo essere scesi dal treno nella città oltre le montagne. Non ne parlarono per non rischiare che il loro desiderio scivolasse via tra le parole pronunciate ed evaporasse come tutti gli altri desideri che può produrre la mente oziosa.

Si concentrarono sul futuro prossimo e sulle ore notturne che stavano per finire. All'avvicinarsi del mattino con la sua fame silenziosa, Feiyan ebbe l'impressione che il loro piano avesse già cominciato a realizzarsi, come quando aveva finalmente visto il porto dove il Fiume delle Perle si immetteva nel mare, e la nave con la rete complessa di alberi. Quello che aveva imparato nel frattempo era che mettersi al sicuro non significava restare al sicuro, ma mentre Guifeng parlava della loro fuga, sentiva che stavolta non sarebbe andata male. Le faceva l'effetto di una promessa, perché lui era con lei, e questo avrebbe cambiato tutto.

La cuoca, Ah Gu, era da sola in cucina, china a mescolare il pentolone di congee. Il suo viso era rimasto ustionato in un incendio prima dell'arrivo di Feiyan, in un inferno che aveva bruciato metà Chinatown. «Albume, bastava solo quello» le aveva ripetuto Ah Gu diverse volte. «Se avessi avuto un po' di albume e me lo fossi spalmato in faccia, sarei guarita. L'avevo visto nel mio villaggio. Una bambina stava aiutando sua madre a cucinare, una pentola di acqua bollente le si era rovesciata in faccia e la nonna aveva separato l'albume dal tuorlo e glielo aveva spalmato sull'ustione. La faccia come nuova. Un rimedio cosí utile, ma eravamo rimasti senza uova. Neanche un uovo quando piú ti serve. Che fortuna. Devono essermi accadute cose brutte nella mia vita precedente, e adesso le sto pagando, o almeno credo».

«Avrai una bella vita la prossima volta» aveva detto Feiyan. Aveva cercato di vedere il viso di Ah Gu sotto il reticolo di cicatrici, la vecchia faccia che avrebbe potuto essere salvata se l'albume non fosse stato cotto e mangiato inutilmente; un volto che nessuno ricordava, men che meno la diretta interessata. Giorno dopo giorno, Feiyan rimaneva sconvolta da quel viso deturpato nell'ora prima dell'alba in cui gli ultimi clienti se ne andavano verso il loro futuro precario, e le ultime ragazze lavavano i corpi logorati ed entravano in cucina una per volta a prendersi la ciotola di congee, prima di tornare nel letto logoro per sei ore di sonno solitario. Quel viso distrutto la sconvolgeva e la rendeva consapevole, ancora una volta, del fatto che la sfortuna può colpire in qualunque posto e momento.

«Cosa c'è per colazione?» Si avvicinò alla pentola, e

mentre Ah Gu si voltava per prendere le ciotole dallo scaffale, Feiyan versò il contenuto della boccetta nella minestra e usò il cucchiaio dal manico lungo per mescolare. «Il solito?» chiese quando Ah Gu si voltò di nuovo per posare le ciotole sul tavolo.

«Che cosa ti aspettavi? Lo stesso giorno per la stessa vita, la stessa colazione per lo stesso giorno» disse Ah Gu.

Ma per Feiyan non sarebbe stato lo stesso.

Guifeng

Quando fece ritorno, all'alba, il vicolo era immerso nella foschia. Le lanterne spente pendevano anemiche nell'aria scolorita. Camminò su e giú per non dare l'impressione di aspettare qualcuno. L'ora a cui avevano convenuto di vedersi era passata. Sulla strada principale cominciavano a comparire dei passanti, ma la porta del Red Peony restava chiusa. Potevano essere andate storte molte cose, e non avevano un piano di riserva. «Non ci servirà» aveva decretato Feiyan con sicurezza, la stessa sicurezza di quando correva. Guifeng non era come lei, ma avrebbe voluto esserlo. Piú sicuro, meno incerto. Capiva che Feiyan aveva cominciato a vederlo in modo diverso quando era tornato la seconda sera, chiedendole di andare via con lui. Adesso aveva solo bisogno che la proposta si trasformasse in realtà.

Quando la nebbia iniziò a dissiparsi e il cielo si fece piú limpido, finalmente la porta si socchiuse. Spuntò un cappello da uomo, e Guifeng impiegò un secondo per riconoscerla. Portava gli abiti maschili, semplici ma ancora in buono stato, che lui aveva comprato mesi prima a Truckee, mentre la maggior parte dei suoi indumenti se li era portati da casa, confezionati da sua moglie o sua madre, e ora erano tutti rattoppati. La giacca e i pantaloni larghi nascondevano bene le sue curve. Portava il cappello con la tesa abbassata, e sotto doveva essersi spalmata qualcosa in faccia per farla sembrare piú scura, piú sciupata.

Si tirò piano la porta alle spalle e la chiuse a chiave prima di infilarsi il portachiavi nella tasca della giacca. Si diresse verso di lui con un sorriso largo, e mentre uscivano insieme dal vicolo, gli sfiorò la mano con la sua.

«È andato tutto bene?» chiese Guifeng in un sussurro.

«Sí, stanno dormendo tutti come ghiri, soprattutto Madam Qian. Non è neanche riuscita ad arrivare al letto, è svenuta sul pavimento della sua stanza». Feiyan rise tra sé sotto la tesa del cappello. Camminava rapida con le nuove scarpe di cotone, come se riuscisse a malapena a trattenersi dal mettersi a correre.

Daoshi stava aspettando con il bagaglio di Guifeng davanti alla pensione. Guifeng gli aveva raccontato il suo piano, e lui non gli aveva fatto una ramanzina su colpi di testa, destino, doveri o pietà filiale, come aveva temuto. Invece aveva ascoltato, probabilmente grazie alla sua pratica del wuwei: non interferire con le azioni degli altri, anche se sembrano l'opposto del wuwei. Ma com'era possibile realizzare il wuwei in quel luogo? Se Guifeng non avesse fatto nulla, Feiyan sarebbe rimasta prigioniera del bordello fino alla fine dei suoi giorni. Non stava forse seguendo il Tao e praticando il wuwei? Fare quello che doveva, con l'impressione che il fare fosse una non azione? Questa era la sua impressione dal momento in cui Feiyan aveva voltato le spalle alla casa di tolleranza e si era messa a camminare verso di lui, sorridendo sotto il cappello, i sobri vestiti maschili quasi eleganti sul suo corpo magro e dritto. Gli pareva giusto e facile, nonostante tutti i loro sforzi.

La presenza di Daoshi confermava quella sensazione. Li guardò senza esprimere giudizi o fare domande. Giunse le mani davanti al petto e si inchinò. «Abbiate cura di voi» disse, e li guardò andare via.

Dopo il tragitto in traghetto e in diligenza arrivarono alla stazione dei treni di Sacramento nel pomeriggio. Anche se gli restavano solo quindici dollari in tasca, Guifeng decise di comprare due biglietti di seconda classe per via dei sedili imbottiti. I vagoni di terza classe, detti «degli emigranti», come quello preso tre giorni prima, avevano panche piene di operai sudati. Lui voleva che Feiyan serbasse un buon ricordo del suo primo viaggio in treno. Gli aveva fatto molte domande la notte precedente, anche sulla velocità: «Quanto va veloce? Piú di un cavallo?»

«Sí, molto di piú. Va a motore» le aveva detto Guifeng. «È questo il bello. Un motore a carbone tira tutti i vagoni con ruote d'acciaio su rotaie di ferro». Si era sentito orgoglioso.

Si sedettero davanti a una donna bianca vestita da contadina con i suoi due figli, compagni di viaggio che non sembravano costituire una minaccia. Gli uomini cinesi attaccavano discorso, e il silenzio di Feiyan li avrebbe irritati anche se non avessero scoperto il suo travestimento. Gli uomini bianchi ti provocavano quando non ti assalivano direttamente. Gli uomini neri, marroni e indigeni erano imprevedibili, era meglio tenere le distanze da loro. Le donne bianche, invece, ti guardavano magari con aria sprezzante, ma di solito ti lasciavano in pace, come quella donna con la cuffia, il viso duro, concentrata sui figli che non stavano fermi. La sua espressione contrariata si accentuò quando Feiyan e Guifeng le si sedettero di fronte, ma non disse nulla.

Feiyan si mise a guardare fuori dal finestrino, dove non c'erano edifici a bloccare il cielo o dividere il sole in riquadri che si arrampicavano lungo un muro, dove colline di avena selvatica del colore del raccolto lasciavano il posto a rami di pini e abeti sfocati. Guifeng colse una leggerezza nuova in lei. Sentí il proprio cuore accordarsi con quello di lei, in ogni minimo cambiamento del suo umore. Quell'armonia era cosí stupefacente che lo rese nervoso, ma decise di reprimere quella sensazione di ansia. Erano a bordo di un treno, sulle rotaie che aveva costruito rischiando di morire, e se aveva mai dubitato che ne fosse valsa la pena, ora era sicuro. Quella semplice circostanza – scappare con Feiyan a bordo del mezzo di trasporto piú veloce del mondo diretti a un futuro insieme – giustificava la sua impresa.

Ci sarebbero state molte incognite alla fine del viaggio, ma in qualche modo ce l'avrebbero fatta. Avevano scelto entrambi di venire a Montagna d'Oro ed erano arrivati fin lí. Da quel momento in poi non avrebbero permesso a nessuno di dire loro cosa fare, di imporre l'amore, dirigere la passione o dare ordini. Non avrebbero piú obbedito ai vecchi schemi.

Ma pur coltivando quei pensieri audaci, sentí il disagio e lo sfinimento farsi strada in lui. Vide i volti di sua madre e sua moglie quando gli avevano detto addio, ferme sulla sponda del fiume finché la barca non era sparita dietro l'ansa. Meglio non pensare a loro, che proprio in quel momento dovevano preoccuparsi per la lettera in ritardo e il denaro che non aveva mandato. Meglio non pensare neanche a sua figlia, il cui viso non aveva mai visto, che doveva avere tre anni e mezzo. Guifeng non voleva che il senso di colpa e la sofferenza si affermassero e lo privassero della felicità, con Feiyan seduta lí accanto mentre il treno li portava sempre piú lontani dal vecchio ordine delle cose. Se fossero stati soli avrebbe permesso al suo desiderio per lei di sormontare ogni altro sentimento, imponendosi di diritto.

La bambina piú piccola della donna bianca, che doveva avere circa la stessa età di Sixiang, stava fissando Guifeng con intensità, senza sbattere le palpebre sugli occhi nocciola, come a chiedergli: Chi sei? Cosa stai facendo? Guifeng cercò di sorriderle, ma anche dopo avere distolto lo sguardo la bambina sembrava piena di disprezzo.

Feiyan si voltò verso di lui. Non aveva lo sguardo confuso come il suo. Era perfettamente sveglia e sembrava decisa a non perdere neanche un minuto della libertà appena ottenuta. La luce nei suoi occhi lo preoccupava un po'. Sotto lo sguardo della bambina coetanea di sua figlia, che in quel momento stava forse morendo di fame, sorrise a Feiyan con tutta la leggerezza che riuscí a trovare. Si sentiva sghembo, come se fosse in un mondo alla rovescia, e la guardasse da un punto sempre piú lontano da lei.

Il treno ora correva sopra il precipizio di Cape Horn, dove Guifeng aveva assistito alla prima morte di Montagna d'Oro. Il suo collega, del quale tuttora non conosceva il nome, era schizzato nel cielo azzurro prima di precipitare nel fiume in piena. Guifeng guardò fuori dal finestrino e vide solo aria. La montagna li teneva sospesi sul suo fianco, come una madre gigante che aveva voluto farli cadere ma poi aveva cambiato idea.

5.
Cuore pulito
1877-1878

Sixiang

La ragazza sulla brandina accanto alla sua le ricordava un po' Ah Fang sulla nave, che si addormentava senza pensieri, ma i cui sonni profondi l'avevano condotta troppo presto all'ultimo sonno, dal quale non si era piú svegliata. Quella ragazza, Ah Jia, aveva le ossa sottili come Ah Fang, anche se aveva qualche mese piú di Sixiang. Per prima cosa aveva domandato a Sixiang la sua età, dopo che Miss Moore e Yizheng le avevano chiesto di fare amicizia con lei. Ah Jia sembrava contenta di essere piú vecchia. Disse che era arrivata alla Missione pochi mesi prima di Sixiang, quando era scappata dai suoi padroni.

Ah Jia aveva una cicatrice lucida grande come una medaglia nella parte interna del braccio. Sixiang l'aveva vista quando si erano lavate insieme ai lavandini del bagno prima di dormire. Cercava di non fissarla.

C'erano dodici letti nella stanza, occupati da bambine e ragazze tra i cinque o sei anni fino ai venti circa. Nella cameretta adiacente, due donne sui venticinque, trent'anni dormivano con i quattro neonati. Yizheng, l'adolescente che aveva accompagnato Miss Moore a prendere Sixiang, era chiaramente il capo. Prima di dormire, aveva aiutato Miss Moore e l'altra signora bianca, Miss Webb, a controllare il viso, i denti e le mani di ogni bambina. Le piú giovani aprivano obbedienti la bocca per farsela ispezionare, ma alcune delle piú grandi borbottavano qualcosa sottovoce un attimo dopo.

Dopo che l'ultima lampada a olio fu spenta e la camera fu immersa nel buio, Sixiang chiuse gli occhi un momento prima di aprirli di nuovo, con cautela, come se la stanza avesse potuto trasformarsi in qualcosa di spaventoso. Scrutò il buio per assicurarsi che le forme sulle brandine fossero sempre le stesse. Poi udí un sussurro: «Hai paura dell'inferno?»

«Che cosa?» chiese Sixiang spaventata. Gli occhi di Ah Jia dalla brandina accanto alla sua brillavano come quelli di un gatto selvatico.

«Se non ci lasciamo mettere la testa nell'acqua, ci manderanno all'inferno. Me l'hanno detto le ragazze piú grandi. Ma loumou dice che non sono ancora pronta».

Con «loumou» Ah Jia intendeva Miss Moore. Sixiang aveva sentito diverse ragazze chiamarla in quel modo durante il giorno, ed era rimasta sbalordita. Sulla nave anche Madam aveva chiesto alle ragazzine di chiamarla cosí, ma nessuna voleva farlo. Le bambine di lí, invece, sembravano accettarlo, soprattutto le piú piccole, che parlavano con Miss Moore con voci dolci, come se la volessero davvero per mamma. Dovevano essere orfane, pensò Sixiang. Ma lei non lo era. Lei ce l'aveva, una mamma vera che aspettava il suo ritorno.

«Cerca di stare tranquilla e di dormire» sussurrò di nuovo Ah Jia. «Qui non è male, non è per niente male. Non ti ammazzi di lavoro, non ti picchiano e non ti scottano. Al massimo ti sgridano. E se ti comporti bene ti permetteranno di immergere la testa nell'acqua».

Sixiang cercò di restare ferma sul lettino. Dopo un po' udí il respiro regolare di Ah Jia, e le arrivava a ondate il suono delle altre che respiravano, russavano e mormoravano nel sonno. Le pareva di essere tornata nella stiva buia della nave, solo che tutti i passeggeri erano bambine.

«Con noi sarai al sicuro». Yizheng aveva tradotto le parole di Miss Moore quel giorno, dopo che avevano girato l'angolo tra Stockton e Washington Street e non riusciva piú a vedere Daoshi se si voltava indietro. Doveva essere stato Daoshi a informare la Missione perché la «salvassero». Aveva promesso di trovare un modo per aiutarla, ma possibile che il modo fosse quello? Cosí non si avvicinava certo a suo padre, né a casa. Frugò nella cesta sotto la brandina ed estrasse dalla tasca interna della giacca la fotografia di suo padre. La tenne stretta, i bordi ormai un po' sfrangiati per via dei troppi contatti. Cercò di immaginarsi il volto di suo padre, invece vide la faccia di Daoshi diventare sempre piú piccola e sfocata mentre la portavano via, verso quell'edificio di mattoni. Pensò al volto di Dio sulle pareti di tutte le stanze nelle quali era stata condotta fino a quel momento, un uomo bianco anziano con occhi infossati e capelli vaporosi. Prima di andare a dormire, con Miss Webb che suonava l'organo e Miss Moore che dirigeva il coro, avevano intonato canti in inglese rivolte verso l'immagine di Dio. La melodia cristallina e le voci dolci avevano trasmesso brividi caldi lungo la schiena di Sixiang.

Adesso gli inni le riecheggiavano in testa, ma convivevano con una visione dell'inferno: immagini di uomini senza volto che gridavano, calpestavano, rompevano, bruciavano, uccidevano, mentre lei e Daoshi si nascondevano nella stanzetta buia trattenendo il fiato. Sentendosi combattuta tra i canti rasserenanti e i tumulti violenti, Sixiang si addormentò senza sapere cos'aveva in serbo il futuro per lei.

Le parve che la campanella suonasse un istante dopo. Aprí gli occhi e vide tutte le bambine ancora sulle brande, i volti apparentemente morbidi e sereni, resi piú lisci dal sonno. Perfino la cicatrice sul braccio di Ah Jia che emergeva dalle coperte sembrava meno rossa e sporgente.

Ah Jia mostrò a Sixiang come piegare gli angoli delle lenzuola sotto il materasso, il modo cristiano di rifare il letto. «Solo quando è tutto pulito e in ordine, Dio ci vorrà bene» le disse Ah Jia.

Avevano tutte dei compiti. Sixiang e Ah Jia dovevano prendersi cura delle bambine piú piccole mentre le due donne preparavano la colazione. Una aveva l'età di Meimei ed era altrettanto affamata di attenzioni. Quando Sixiang la prese in braccio, si chiese cosa facesse Meimei: doveva dormire da sola in quel letto separato dagli altri, o Mr e Mrs Chen le permettevano di stare con loro? Mrs Chen avrebbe cominciato a pizzicare lei, adesso che Sixiang se n'era andata?

La colazione era a base di congee cosparso di cubetti di rapanelli sottaceto. La ragazza che serviva era precisa nei gesti, e versava la porzione giusta in base all'altezza di ogni bambina. Sixiang vide che a volte cambiava idea e riprendeva un po' di cibo dalla scodella di una ragazzina. A Sixiang il cibo lí non piaceva. La sera prima aveva cenato con riso e una piccola porzione di cavolo insipido e stracotto. Dai Chen aveva preparato tre piatti e una zuppa per cena, e il congee per la colazione era sempre stato corredato da fette di maiale magro o uova marinate. «Lo scopo della vita è mangiare tre buoni pasti al giorno» diceva Mr Chen quando era di buonumore. E nonostante i tormenti che le aveva inflitto, Mrs Chen non aveva mai permesso che Sixiang patisse la fame.

Sixiang vide alcune ragazze protestare sottovoce per il cibo, ma nessuna si lagnava apertamente. A parte le due donne che facevano colazione in cucina mentre davano da mangiare ai neonati urlanti, tutte le altre sedevano al lungo tavolo della sala da pranzo in silenzio. Miss Moore e Miss Webb presero posto alle due estremità. Yizheng sedeva accanto a Miss Moore. Giunsero tutte le mani e abbassarono gli occhi quando Miss Moore recitò preghiere a Dio in inglese e Yizheng le tradusse poi in cantonese.

«Ci sarà carne domenica» sussurrò Ah Jia a Sixiang. «Patate con il manzo. Ognuna di noi riceve un pezzetto di carne grande cosí». Uní il pollice e l'indice a formare un circoletto ridicolo. «Ne mangi un pezzettino per volta per farla durare».

«Zitte mentre mangiate». Yizheng lanciò un'occhiata ad Ah Jia. Yizheng era alla Missione da sette anni, piú di tutte loro, aveva saputo Sixiang da Ah Jia. Accompagnava Miss Moore non solo a salvare bambine, ma anche alle udienze in tribunale, e in quelle occasioni portava un abito occidentale stretto sul petto e un cappello con il pizzo.

«Mastica con la bocca chiusa» disse Yizheng a un'altra bambina, «e non schioccare le labbra».

Sembrava che Yizheng leggesse nel pensiero di Miss Moore senza che lei aprisse bocca, solo guardandola in viso. Bastava che Miss Moore lanciasse un'occhiata a qualcuno che lei faceva il rimprovero appropriato, prima in inglese e poi in cantonese, in modo che potessero imparare la lingua straniera e insieme perdere le brutte abitudini.

Dopo colazione le bambine formarono due file in sala da pranzo e uscirono. Mentre passavano dalla zona notte alla sala studio, ciascuna di loro fu ispezionata di nuovo da Miss Moore e Miss Webb, che controllavano facce, mani e unghie, le pettinavano con una spazzola o sistemavano i colletti. Dovevano studiare la Bibbia, l'insegnamento di Dio, sussurrò Ah Jia a Sixiang mentre aspettavano il loro turno, e per questo dovevano essere pulitissime.

Si sedettero a coppie a dei banchi sui quali venne posato un librone di pelle. Il libro aveva parole inglesi e cinesi, e Sixiang non sapeva leggere nessuna delle due lingue. Nel libro di Laozi che aveva sfogliato in camera di Daoshi, le parole erano grandi e scritte dall'alto in basso. In quel libro invece erano piccole e numerose, e scritte lungo righe orizzontali. Qualunque cosa dicessero, però, era emozionante poter tenere in mano un volume dall'aria tanto importante.

Miss Moore chiese loro di aprirlo a una certa pagina prima di leggere un passaggio in inglese. Poi Yizheng lesse il brano sottostante in cinese, in modo che capissero di cosa si parlava. Il brano fu spiegato, anche in questo caso in inglese e in cinese. Quindi tutte lessero il passaggio dopo Miss Moore e Yizheng, finché non lo impararono a memoria. Alla fine dello studio, Miss Moore chiese, e Yizheng tradusse: «Quale macchia vi toglierà oggi dal cuore Dio?»

Una per una le bambine risposero. «La sporcizia» disse una che prima aveva ritardato la fila dell'ispezione perché Miss Moore le aveva sollevato le dita costringendola a guardarsi le unghie nere. Un'altra bambina disse: «La pigrizia». Un'altra ancora: «Le credenze pagane». Sixiang provò di nuovo un'ondata di panico, mentre le affiorava in mente l'immagine di un maiale che veniva scottato e strigliato prima di essere ucciso. Era chiaro che tutte dovevano dire qualcosa di brutto su di sé. Alcune erano in grado di esprimersi in inglese. Altre parlavano un po' in inglese, un po' in cinese. Altre ancora dipendevano dalla traduzione di Yizheng a Miss Moore. Finivano tutte con la frase: «Chiedo a Dio di togliermi la macchia dal cuore. Prego Dio che sa purificarmi il cuore». Lo disse anche Ah Jia, dopo avere confessato che a volte era «turbolenta», come molte altre bambine; sembrava essere la risposta piú comune.

«E tu, Sixiang?» le chiese Miss Moore. Non aveva occhi cattivi, ma le era tornato lo sguardo calcolatore. Forse non era tanto diversa da Madam, che sembrava aperta e gentile ma in realtà voleva solo calcolare il prezzo di Sixiang. Anche Miss Moore aveva in mente di venderla? Ah Jia le aveva detto che la ragazzina che aveva dormito nel lettino di Sixiang era stata data in sposa un mese prima. Era stata venduta?

«Loumou ti ha fatto una domanda» disse Yizheng in cantonese.

«Non so cosa dire» bofonchiò Sixiang.

«Devi dire qualcosa. Sporcizia, turbolenza, arroganza o credenze pagane. Sono sicura che hai credenze pagane. Se credi nella dea Guanyin, hai credenze pagane».

Sixiang pensò all'inferno di cui Ah Jia le aveva parlato la notte precedente e annuí borbottando: «Credenze pagane» in cantonese.

«Devi cercare di imparare a dirlo anche in inglese» disse Yizheng, «cosí loumou ti capisce».

Sixiang ripeté le parole di Yizheng che dovevano essere la risposta in inglese alla domanda di Miss Moore, poi disse quello che ogni altra bambina aveva detto, ripetendo parola per parola dopo Yizheng: «Chiedo a Dio di togliermi la macchia dal cuore. Prego Dio che sa purificarmi il cuore».

Poi Sixiang ebbe una folgorazione. Forse il motivo per

cui il suo sogno non si era avverato era che non aveva pregato il dio giusto. Forse quelli che governavano il Regno di Mezzo – la dea Guanyin e il dio Guanyu – non governavano Montagna d'Oro. Gli dèi e le dee di casa sua potevano perdere potere quando attraversavi l'oceano. D'altronde potevano avere perso potere anche nel suo Paese, perché lei, sua madre e sua nonna avevano pregato ogni giorno, ma cosa ci avevano guadagnato?

Sixiang chiuse gli occhi per pregare, cercando di evocare l'immagine di Dio con i capelli ondulati e gli occhi infossati. Invece vide Daoshi, con i lunghi capelli neri raccolti in una crocchia ordinata, gli occhi neri fermi e attenti mentre ascoltava. Aprí gli occhi per guardare meglio il ritratto di Dio sul muro, ma dopo averli chiusi continuava a vedere Daoshi, che l'aveva stretta tra le braccia in quella notte infernale, come solo sua madre avrebbe saputo fare.

Dopo ore di cucito nella tarda mattinata e per quasi tutto il pomeriggio – il contributo delle bambine a vitto e alloggio giacché le donazioni non bastavano – avevano un'ora libera. Andavano a giocare nel cortile recintato, dove una grande quercia si protendeva verso l'edificio a tre piani. Tra i rami vivevano una famiglia di scoiattoli e due tortore che Sixiang aveva sentito tubare al mattino presto dalla finestra. Chiese ad Ah Jia se Miss Moore vendesse le bambine. Cos'era successo, per esempio, alla ragazzina che aveva dormito nel suo letto?

«Non so se loumou l'abbia venduta o no, ma si è sposata sotto questo albero. Le hanno dato un vestito bianco invece che rosso. Lei era terrorizzata, diceva che la mandavano via a morire, ma si è calmata quando ha visto suo marito, un cristiano. Lui le sorrideva come se non riuscisse piú a chiudere la bocca». Ah Jia ridacchiò. «Hai mai mangiato una torta di nozze?»

Sixiang scosse il capo.

«È la cosa piú dolce del mondo». Ah Jia si leccò le labbra come se riuscisse ancora a sentirne il sapore. «Spero che ci saranno altri matrimoni».

Poi, ricordando un'altra cosa, Ah Jia abbassò la voce. «Quella ragazza si agitava a letto e faceva di quei rumoracci...» Ridacchiò di nuovo. «Sono contenta che adesso ci sia tu vicino a me. Tu sei tranquilla nel sonno quando la smetti di rigirarti».

Ah Jia disse che le bambine piú grandi erano cattive con lei. Anche l'«amica» che le era stata assegnata era cattiva, benché non lo avesse mai ammesso quando le veniva chiesto quale macchia voleva chiedere a Dio di pulire in lei. Diceva solo, immancabilmente, «turbolenza».

Poco dopo l'arrivo di Ah Jia alla Missione, la sua «amica» le aveva chiesto di rubare mele per le ragazze piú grandi. Lei aveva solo pochi mesi piú di Ah Jia, ma era piú alta di una testa e si considerava già grande, e affermava che il suo ruolo era trasmettere le istruzioni delle piú grandi alle bambine piccole. La prima missione di Ah Jia era stata rubare le mele che un donatore aveva portato alla Missione; non tutta la dozzina, solo un paio in modo che Miss Moore e Miss Webb non se ne accorgessero. Ah Jia si infilò in cucina quando nessuno guardava e si ficcò due mele sotto la camicia. Ricevette solo un cubetto grande quanto un pollice quando le due mele vennero divise tra loro. Ma il giorno successivo, durante lo studio, Miss Moore chiese chi aveva rubato le due mele. «Non avevo mai visto loumou tanto arrabbiata. Aveva occhi da bufalo d'acqua furioso. Ha gridato qualcosa e Yizheng ce l'ha tradotto: "L'onestà verrà ricompensata da Dio; la disonestà vi porterà sulla strada dell'inferno!" Non volevo andare all'inferno, io. Allora ho alzato la mano e ho detto: "Sono stata io", e ho spiegato che l'unico motivo per cui l'avevo fatto era che me l'aveva chiesto la mia "amica", altrimenti non sarei riuscita a fare amicizia con le altre. A quel punto loumou non era piú tanto arrabbiata. Non mi ha punita perché sono stata onesta» disse Ah Jia con sguardo fiero e preoccupato insieme.

Tornò all'argomento precedente. «Non penso che loumou ci venda. È Dio che ci fa andare via al momento opportuno. Ti sposi, o vai in una famiglia bianca per imparare a fare le pulizie in casa in modo cristiano. Oppure vieni mandata in Cina a diffondere la parola di Dio. Ma ovunque Dio voglia mandarti, devi essere una ragazza pulita, non come quella lassú in quella stanza». Ah Jia indicò la finestra della soffitta con la tenda socchiusa. «Quella ragazza» disse, abbassando la voce «è stata sporcata da centinaia di gweilo».

Nella notte dei disordini, spiegò a Sixiang, la folla aveva bussato alla porta e gettato sassi contro le finestre, rompendone tre e incrinandone molte altre. Le ragazze si erano nascoste tutte sotto i letti e ci erano rimaste quasi tutta la notte. Al mattino presto avevano udito bussare ma in modo diverso, e i pianti e le preghiere in cantonese di una ragazza. Loro avevano sbirciato dal davanzale quando Miss Moore e Miss Webb avevano aperto la porta. «La ragazza è strisciata dentro senza uno straccio di vestito» disse Ah Jia con aria inorridita, come se rivedesse tutta la scena. «Era coperta di sangue e di lividi enormi, e aveva la faccia cosí gonfia che pareva una melanzana».

«Quanti anni ha?» chiese Sixiang.

«Circa l'età di Yizheng, ma Yizheng non la voleva neanche toccare quando Miss Moore le ha chiesto di aiutarla a portarla in infermeria. Neanche Miss Webb l'ha voluta toccare. Prima è corsa dentro a prendere una coperta per coprirla. Solo le due donne che erano state come lei l'hanno aiutata a pulirsi e a mangiare. Ma anche loro scuotono il capo quando ne parlano».

«Posso vederla?»

«Perché?» chiese Ah Jia.

«Conosco una ragazza piú grande di me che è stata venduta a una casa di tolleranza».

«Non dovremmo andare in infermeria. Le ragazze che stanno lí dentro sono contagiose. Prima che arrivasse questa ce n'era un'altra che è morta di consunzione. E quella che la curava si è ammalata anche lei ed è morta. Non voglio prendermi anch'io quello che si è presa lei. Non voglio che la mia faccia assomigli a una melanzana».

Sixiang annuí. Continuava a vedere Ah Hong nella

mente quando Ah Jia le descriveva la ragazza, e voleva assicurarsi che non si trattasse di lei. Ma quella notte sognò Ah Hong, che le diceva che avrebbe voluto prendere la stessa malattia di Ah Fang sulla nave e morire lí. Mentre parlava aveva il sangue che le usciva da un angolo della bocca, e il volto violaceo e gonfio come una melanzana. Sixiang si svegliò in un buio senza fondo nel quale le sembrava di cadere, ma quando gli occhi si abituarono e vide le bambine addormentate che prendevano forma sui loro lettini, cercò di dire a sé stessa che anche se si trattava davvero di Ah Hong, adesso era al sicuro. Se tutto quello che i gweilo avevano fatto a quell'edificio era stato picchiare alla porta e spaccare qualche finestra, era davvero un posto piú sicuro del resto del quartiere cinese. Per questo la ragazza, che si trattasse di Ah Hong oppure no, si era trascinata fin lí. Quello doveva anche essere il motivo per cui Daoshi – poteva essere stato solo lui – aveva fatto in modo che venissero a salvarla.

Il giorno successivo, nella pausa pomeridiana, Ah Jia chiese a Sixiang se voleva ancora vedere la ragazza. Sixiang aveva continuato a lanciare occhiate alla finestra in soffitta.

«Se ti aiuto a salire di nascosto» disse Ah Jia «tu mi aiuti in un'altra cosa?»

«Cosa devo fare?»

«Puoi venire in cantina con me? A volta dalle crepe del pavimento della cucina cadono giú delle carote. Una volta sono scesa con le bambine piú grandi, ma quando hanno trovato le carote hanno detto che c'erano i fantasmi. Sono scappate via, hanno chiuso la porta da fuori e mi hanno lasciata lí dentro. Solo per dispetto. Ho gridato tanto prima che qualcuno mi sentisse».

«Che crudeli» disse Sixiang con aria comprensiva. «Sono state punite?»

«Niente cena quella sera. Ma da allora si comportano pure peggio con me. Mi pizzicano quando loumou e Miss Webb non guardano. Mi hanno anche detto che mi bruceranno con una candela come la mia vecchia padrona.

Hai visto la mia cicatrice?» Ah Jia si sollevò la manica per mostrare la medaglia lucida sul braccio.

«Sí, l'ho vista» mormorò Sixiang.

«Toccala pure».

Sixiang la toccò e provò una morsa di dolore, mentre immaginava la vecchia padrona di Ah Jia, che doveva assomigliare a Mrs Chen, afferrare la bambina per un braccio e avvicinarlo alla luce della candela. Sixiang pensò fosse giusto mostrare a sua volta le sue cicatrici ad Ah Jia, anche se non erano grandi o importanti come la sua.

Capiva che le altre bambine le evitavano. Fingevano di non vederle anche quando erano sedute allo stesso tavolo a cucire. Quando Ah Jia cercava di partecipare alla conversazione, non rispondevano o parlavano contemporaneamente fingendo di non sentirla. Anche le piú grandi che distribuivano i pasti erano parche con le porzioni. Per via della sua vicinanza con Ah Jia, Sixiang era trattata anche lei come una nemica.

«Evita di essere amica di Ah Jia» le aveva detto una ragazzina piú grande all'orecchio mentre facevano la fila per andare in bagno, «perché è una piccola bugiarda».

Ma a Sixiang Ah Jia era piaciuta subito, proprio come Ah Fang sulla nave. Si chiese perfino se Ah Jia non fosse la reincarnazione di Ah Fang che cosí poteva continuare a essere sua amica. Se Ah Fang fosse stata viva, avrebbe sicuramente potuto finire in mano a una padrona piú crudele di Mrs Chen e ritrovarsi con una cicatrice come quella di Ah Jia, e avrebbero potuto rincontrarsi lí. Sixiang si guardò attorno in cortile: un gruppo di bambine piú piccole giocavano battendo le mani insieme e dietro di loro, vicino al muro di mattoni sormontato da filo spinato, le piú grandi chiacchieravano. Una di loro, la ragazza alta che aveva dato il consiglio a Sixiang, la stava guardando con una mano sul fianco. Sixiang prese Ah Jia per mano: «Va bene, vengo in cantina con te se tu mi porti di sopra».

Mentre saliva le scale si era aspettata un viso tutto sporco e sfigurato. Ah Jia la condusse al pianerottolo dell'ultimo piano, indicandole la direzione della stanza, l'ultima in fondo al corridoio su cui si aprivano altre porte. «Fa' in fretta. Io sto di guardia» bisbigliò.

Quando Sixiang aprí la porta di uno spiraglio e sbirciò dentro, Ah Hong la stava fissando. Aveva il viso un po' gonfio e livido, ma non somigliava certo a una melanzana. Non c'era nulla in lei, appoggiata a un cuscino bianco sotto un lenzuolo bianco, a suggerire sporcizia. Ma stava tanto immobile nella stanzetta mansardata che per un secondo Sixiang pensò che non respirasse.

«Sono io» sussurrò Sixiang dalla porta, non sapendo se fosse il caso di entrare o no.

Ma Ah Hong continuava ad avere lo sguardo fisso.

«Sono io, Sixiang. Ti ricordi di me?»

«La piccola Sixiang?» Finalmente sul viso di Ah Hong si aprí un lieve sorriso. Estrasse una mano da sotto il lenzuolo bianco, un polso pallido cosparso di lividi scuri. «Come sei diventata grande».

«Stai meglio? Riesci a camminare?» chiese Sixiang, chiudendosi la porta alle spalle e avanzando per toccare la mano di Ah Hong. Aveva visto negozi sventrati, edifici distrutti, case bruciate e un uomo impiccato con i suoi stessi capelli. Non riusciva a credere che Ah Hong fosse tanto pulita.

«Perché pensi che non possa camminare?»

«Hanno detto che hai dovuto...» Sixiang non riuscí a dire quella parola umiliante: strisciare.

«Certo che riesco a camminare. Solo che non mi voglio alzare. È bello stare qui sdraiata».

«Ma sei da sola».

«Mi piace. Sto bene da sola. Ma se vuoi, puoi venire a trovarmi. Non mi dà fastidio vedere te».

Mentre Sixiang stava per dire d'accordo, la porta si spalancò. Miss Moore e Yizheng erano sulla soglia. C'era anche Ah Jia, che Yizheng teneva per il polso. «Perché sei in questa stanza, Sixiang?» chiesero contemporaneamente, una in inglese, l'altra in cantonese.

«Io... io la conosco. È mia amica» balbettò Sixiang.

«Abbiamo delle regole e le devi rispettare. Hai capito?» Inglese e cantonese.

«E tu» dissero, rivolgendo lo sguardo ad Ah Hong, «se ti senti meglio è ora di alzarti, lavorare e imparare a conoscere Dio».

L'impassibilità era tornata nello sguardo di Ah Hong. Non era stata cosí sulla nave. Forse era un'espressione che aveva imparato quando era stata comprata all'asta nello scantinato e che aveva perfezionato quando centinaia di gweilo l'avevano sporcata. Adesso poteva fare quella faccia ogni volta che ne aveva bisogno.

Miss Moore scosse il capo e non disse altro. Yizheng, invece, fu in grado di tradurre il suo rimprovero muto in cantonese: «Se non accetti Dio e non lo preghi, non sarai mai pulita. Continuerai ad avere l'aria stupida che hai adesso». Poi rivolse lo sguardo a Sixiang e Ah Jia. «Voi due discole, venite con noi».

Per punizione furono private della cena. Furono portate direttamente nella sala della preghiera a inginocchiarsi davanti al ritratto di Gesú. Durante il catechismo, quel mattino, Miss Moore aveva spiegato loro che Gesú era stato flagellato, crocifisso ed era morto «per noi, perché Dio ci ama e ci perdona». Sixiang non riusciva a capire perché Dio onnipotente permettesse agli uomini cattivi di torturare e uccidere il proprio figlio. Né riusciva a trovare un dio o una dea cinesi che avrebbero permesso che accadesse una cosa del genere ai propri figli. E se la sofferenza di Gesú per mano dei traditori e dei malvagi doveva essere onorata, perché non la sofferenza di Ah Hong per mano delle bande di gweilo? Perché la sua sofferenza era sporca mentre quella di Gesú era non solo senza macchia ma anche adorata? Se Dio li amava e li perdonava, perché le punivano per avere fatto visita a un'amica malata e sola che non aveva sofferto meno di Gesú?

Sentivano l'odore della cena all'altro capo del corridoio. «Perché sono sempre tanto sfortunata?» piagnucolò Ah Jia. «Pensavo che tu fossi una bambina a posto, invece mi hai messa subito nei guai. Ho una fame... Morirò di fame per colpa tua. Perché sei voluta andare a vederla? È mezza morta. E presto faremo la stessa fine».

«Domani ti darò metà della mia colazione» disse Sixiang.

Ah Jia rifletté sulla proposta ma non sembrava consolarsi. Forse la colazione era semplicemente troppo lontana. Come potevano sopravvivere alla fame durante quella notte interminabile, i lavori e le preghiere del mattino, prima di avere finalmente quel mestolo scarso di congee? O mezzo mestolo per Sixiang.

Ne valeva la pena? Adesso che Sixiang sapeva che si trattava proprio di Ah Hong, come aveva temuto, cosa si poteva fare?

Il mattino dopo, mentre Sixiang e Ah Jia aspettavano in fila il loro mestolo, udirono serpeggiare un brusio dietro di loro. Ah Hong si trovava in fondo alla fila. Non aveva il volto inespressivo come il giorno prima in infermeria, ma attento e compunto, come se avesse paura di mischiarsi alle altre. O forse sapeva che la immaginavano tutte nuda come un verme, che strisciava dentro coperta di sangue e lividi. Sapeva che non avrebbero potuto evitare di vederla in quel modo.

Miss Moore lasciò che Ah Hong le si sedesse accanto, di fronte a Yizheng. «Bambine, questa è Ah Hong. Ringraziamo Dio per la sua guarigione».

Per il resto della colazione Miss Moore rimase dritta, seria. Sembrava prepararsi per qualcosa. Il braccio sinistro accanto a quello destro di Ah Hong sembrava rigido, bloccato.

Piú tardi in aula quando fu fatta la solita domanda «Quale macchia vi toglierà oggi dal cuore Dio?», Ah Hong abbassò lo sguardo e disse: «La sporcizia» in cantonese, a bassa voce, ma sentirono tutte il peso di quella parola.

Giorno dopo giorno, diceva sempre la stessa cosa: «La sporcizia. Spero che Dio mi aiuti a toglierla».

Le sue preghiere divennero le piú ferventi. Si inginocchiava dinanzi a Gesú nella sala della preghiera anche durante l'ora di pausa, l'unico momento in cui non dovevano lavorare o studiare. Anche durante la ricreazione di quindici minuti dopo cena andava a inginocchiarsi lí, a testa china sulle mani giunte, come se avesse il collo rotto. Passava anche molto tempo a lavarsi. C'erano solo tre vasche da bagno che le ragazze usavano a turno una volta alla settimana e l'acqua calda scarseggiava, ma Ah Hong continuava a strofinare e strofinare, piú a lungo delle altre.

Aveva sempre l'aria di volersi scusare; Sixiang avrebbe voluto cancellargliela dalla faccia perché potesse tornare a essere la ragazza che era stata sulla nave, quando non le importava di niente, neanche del cibo. Quello era orgoglio. Sixiang avrebbe fatto qualunque cosa per il cibo. E lo stesso valeva per tutte le altre persone di sua conoscenza. Sua madre e sua nonna l'avevano letteralmente venduta in cambio di qualcosa da mangiare. Ecco quant'era importante, ma Ah Hong era rimasta senza mangiare per diversi giorni. E piú avanti, dopo che la piccola Ah Fang era stata gettata nell'acqua agitata, Ah Hong era venuta a sdraiarsi sulla cuccetta sporca di morte con Sixiang, incurante dei germi che avevano ucciso Ah Fang. Allora non le importava. Ma adesso le importava fin troppo.

A volte, guardando Ah Hong pregare, Sixiang immaginava di cingerle con il braccio le spalle curve da vecchia, ma allo stesso tempo ce l'aveva con lei, tanto piú grande di Sixiang ma cosí inerme, debole quanto Meimei. Ed era contenta quando Ah Jia la trascinava via.

Se il mondo di Sixiang era stato piccolo a casa dei Chen, adesso, all'interno di quelle mura e del cortile recintato, le pareva perfino piú angusto.

Oltre ai biglietti di minaccia infilati sotto la porta per chiedere il rilascio di alcune ragazzine, la facciata della Missione era anche regolarmente deturpata da disegni volgari e parole inglesi piene di errori sulle finestre e le pareti. Presto Sixiang imparò il significato di quelle parole.

Solo quando le foglie della quercia divennero color bronzo e ruggine Sixiang ebbe il permesso di partecipare alla prima uscita. Ma Miss Moore e Yizheng non le portarono verso il cuore del quartiere cinese, dove sperava di vedere Daoshi seduto al tavolo fuori dal banco dei pegni. Invece si allontanarono da Chinatown per dirigersi verso un parco per bianchi, che secondo Miss Moore sarebbe stato piú sicuro per loro.

Erano in sette oltre a Miss Moore e Yizheng: quattro bambine piccole tra cui Sixiang e Ah Jia, e tre piú grandi compresa Ah Hong. Le altre avrebbero dovuto uscire un'altra volta. Camminavano vicine, tenendosi per mano in due o in tre, e si guardavano attorno spaventate ma eccitate.

Mentre risalivano lungo la collina e giravano a est verso il porto azzurro, udirono dei rumori alle loro spalle. Un gruppo di ragazzi bianchi, adolescenti come loro, le seguiva da vicino. Scherzavano e ridevano sguaiatamente, uno teneva un pennello cinese e una boccetta di inchiostro in mano, come se avessero appena derubato uno scrivano a Chinatown.

Poco dopo che le ragazze furono giunte sul prato verde del parco, una delle piú grandi sussultò e gridò, portandosi una mano sul fondoschiena. Si guardarono alle spalle e videro i ragazzi che raccoglievano sassolini e glieli gettavano con gesti ampi, gli occhi socchiusi, un piede sollevato, il braccio che descriveva un arco. Miravano a punti specifici dei loro corpi. Le ragazze piú grandi erano le piú bersagliate. Neanche Yizheng fu risparmiata. «Smettetela!» gridò Miss Moore ai ragazzi. «Delinquenti buoni a nulla!»

«Smettila tu, che te la fai con i cinesi!» gridò un ragazzo di rimando. «Perché stai con queste puttane cinesi?»

«Adesso te lo faccio vedere io chi è la puttana piú sporca del mondo» disse il ragazzo che teneva il pennello e l'inchiostro. Intinse il pennello nel recipiente di inchiostro, si lanciò contro Ah Hong e glielo passò sul viso due volte.

Ah Hong rimase paralizzata. Le compagne urlarono e scapparono in direzioni diverse. Gli altri ragazzi batterono le mani schiamazzando. Miss Moore, che si era coperta la bocca con le mani, adesso puntò il dito contro il ragazzo: «Andrai all'inferno!»

La gente nel parco si voltava a guardarli. Il ragazzo spruzzò l'inchiostro rimanente disegnando un arco ampio con il braccio verso il resto delle bambine e gettò il recipiente vuoto ai piedi di Miss Moore. Poi scappò, seguito dal resto della banda che sghignazzava.

Ah Hong cadde in ginocchio sull'erba, il volto che appariva pallido rispetto alle strisce di inchiostro nero. Non emetteva suoni, gli occhi non guardavano nulla, erano inespressivi e opachi. Sixiang voleva scuoterla, svegliarla. Voleva che Ah Hong piangesse o imprecasse come le altre.

«L'avevo detto, io, che non sarebbe dovuta venire con noi» disse Yizheng in cantonese, senza rivolgersi a nessuno in particolare. Lei e Miss Moore avevano parlato ad alta voce in inglese, furiose e concordi.

Ah Jia prese la mano di Sixiang, impedendole di muoversi, a qualche passo da Ah Hong, come se l'inchiostro che le scorreva ancora sul viso potesse sporcare anche loro se si fossero avvicinate.

Sixiang non staccò la mano, non fece i pochi passi necessari per aiutare Ah Hong a pulire le macchie. Adesso lei aveva un sorriso sciocco sul viso, un'espressione non piú solo debole e colpevole ma con un elemento nuovo, come se avesse fatto una scoperta, o trovato una conferma che le risolveva un dubbio. Sembrava folle con quel sorriso ebete, gli occhi inespressivi e le strisce nere. Quello che era successo ad Ah Hong era talmente terribile e crudele che traboccava all'esterno. Perfino l'erba su cui era inginocchiata sembrava avvizzire.

Miss Moore rimase in silenzio sulla strada del ritorno, la testa bassa e il collo rigido. Le due ragazze piú grandi camminavano accanto ad Ah Hong. L'avevano aiutata ad alzarsi e a pulirsi la faccia con un fazzoletto, ma avrebbero avuto bisogno di acqua e sapone per togliere tutte le tracce.

Quella notte, in sogno, Sixiang era inginocchiata davanti ad Ah Hong e cercava di ripulirle il viso dai segni di pennello, ma non appena toglieva quello che dall'angolo in alto a destra scendeva in basso a sinistra, quello opposto riappariva. Sixiang si svegliò nel cuore della notte e capí quale era stata la sua colpa. Dal giorno in cui Ah Hong era scesa dalle scale, Sixiang non le si era avvicinata neanche una volta. Era come se, dopo avere scoperto che la ragazza che era stata sporcata era proprio Ah Hong, Sixiang non sapesse piú come comportarsi con lei. Perché aveva voluto un'amica, una sorella grande che potesse prendersi cura di lei come aveva fatto sulla nave, non una persona a sua volta bisognosa d'aiuto.

Alcuni giorni dopo l'uscita, proprio all'inizio della ricreazione pomeridiana, Ah Hong si avvicinò a Sixiang e le chiese di andare nel cortile sul retro con lei. Quando Ah Jia afferrò la mano di Sixiang, Ah Hong disse: «Puoi venire anche tu. So che voi due siete migliori amiche». Ah Jia sembrava compiaciuta di questo, ma forse, decidendo che non le andava di farsi vedere con Ah Hong, si ritrasse.

Ah Hong condusse Sixiang alla quercia. Le sue foglie color ruggine avevano cominciato a cadere. «Non ti serve il mio aiuto, qui» disse Ah Hong, seguendo con gli occhi una foglia che vorticava nel vento. «Sei piccola. A loro piacciono le piú piccole. Te la caverai» continuò con un filo di invidia, ma quando guardò Sixiang, aveva gli occhi dolci e sinceri. Sixiang non aveva visto quegli occhi da quando erano approdate.

«Io...» iniziò Sixiang, pensando a tutte le cose che non aveva fatto.

«Questo è un bell'albero» continuò Ah Hong. «Ricordi quello che ti ho detto su Ah Fang che sarebbe rinata balena? A me piacerebbe rinascere albero. Non fa che crescere e crescere. Fa cadere le foglie vecchie e cosí non è costretto a ricordare nulla». Toccò la corteccia ruvida e crepata.

Anche Sixiang la toccò. Era secca, dura e bitorzoluta. «Non morirai. Qui non si sta male. Abbiamo da mangiare, e nessuno ci picchia». Si rese conto che stava ripetendo le parole che le aveva detto Ah Jia.

«Lo so. Ma guarda quanto sta meglio l'albero. Qualunque cosa gli accada, non prova nulla. Ed è sempre pulito. Non ha bisogno di pregare il loro Dio per essere pulito» disse con un risolino, come se si stesse prendendo gioco di sé, di tutte quelle ore trascorse in ginocchio a pregare.

Il mattino dopo, prima della campanella, Sixiang si svegliò con le tortore che tubavano e un battito sordo nel petto. Sollevò la tenda e vide un corpo nudo ondeggiare a mezz'aria sotto la quercia, nell'aria azzurra. Sulla fronte, dove batteva il sole, c'era una luce dorata concentrata in un punto preciso, come se le esplodesse da dentro. Le foglie avevano coperto il terreno e continuavano a cadere. Una le finí sulla spalla, restando in equilibrio per un attimo, come per dirle addio. Quattordici mesi dopo il suo tentativo di gettarsi in mare, Ah Hong l'aveva fatto lí, nel cortile vuoto, sorretta dalla quercia, in modo che il suo corpo potesse essere visto da tutti, senza piú lividi, pulito e audace nell'aria fredda.

Miss Moore e Miss Webb portarono una scala in cortile. Ancora una volta misero una coperta su Ah Hong prima di spostarla, stavolta per calarla a terra. Le ragazze parlavano con voci rapide, tremanti. Yizheng le fece tacere. Allora sussurrarono, con gli occhi lucidi.

Dopo che due poliziotti furono venuti per portare via Ah Hong, Miss Moore e Miss Webb le riunirono tutte nella sala della preghiera. «Ah Hong ha commesso un peccato» disse Miss Moore con le mani giunte con forza sul petto, la voce scossa e stridula, gli occhi rossi. «Solo Dio può prendere la vita di una persona, perché è stato Dio a dargliela».

Yizheng tradusse le sue parole con aria assente. Poi Miss Webb suonò l'organo e Miss Moore diresse il salmo.

Cantarono: «Getta sul Signore il tuo affanno, ed egli ti sosterrà; egli non permetterà mai che il giusto vacilli».

Cantarono: «Se salgo in cielo, tu ci sei; se mi preparo a scendere tra i morti, eccoti là».

Quando furono congedate, Ah Jia parlò di inferno, fiamme, blocchi di ghiaccio, nidi di serpente, e di come Ah Hong sarebbe finita proprio lí, era inevitabile. Sixiang la fermò: «Non hai paura che il suo fantasma ti perseguiti se parli male di lei?»

Ah Hong voleva rinascere albero. Una quercia che si sarebbe sempre mantenuta pulita, qualunque cosa le facessero gli altri. Non avrebbe piú provato dolore. Anche se veniva tagliata per farne legna da ardere e bruciava tra le fiamme, si sarebbe semplicemente librata in cielo e mescolata all'aria. Anche se fosse stata trasformata in un mobile, sarebbe rimasta ferma, immota e uguale a sé stessa.

Ah Hong doveva avere osservato la quercia negli ultimi giorni. Non era stato un tentativo impulsivo, come quello sulla nave. Stavolta aveva dapprima cercato di vivere, sforzandosi di strisciare fino alla Missione e di offrirsi al Dio dai capelli ondulati, solo per scoprire che nessuno voleva aiutarla. Allora aveva scelto un altro percorso: si era tolta i vestiti per essere nuda come l'albero e aveva tenuto gli occhi aperti per individuare la strada da seguire verso il mondo degli alberi. Doveva, visto che avrebbe affrontato il viaggio da sola.

Un mattino dopo l'altro, Sixiang si svegliava con le tortore che tubavano, un suono profondo e limpido, e scrollava il capo per non vedere il corpo di Ah Hong appeso al ramo della quercia. Cercava invece di vedere un alberello appena spuntato in un angolo protetto della foresta.

Presto cominciarono a cadere ghiande in abbondanza, che finivano sulla testa delle bambine durante la ricreazione. Non era difficile per Sixiang immaginare qualcuno lassú, invisibile, che le prendeva di mira. Una la beccò proprio al centro della testa. Era Ah Hong che la salutava, le diceva che andava tutto bene, che era rinata albero, non soffriva piú e non avrebbe piú sofferto? Oppure era un po' arrabbiata con lei per averla lasciata andare via senza neanche cercare di aiutarla? E per il fatto che lei era ancora laggiú, con i piedi per terra e la pancia piena? Sixiang sperava che si trattasse del primo messaggio.

Ogni giorno, dopo colazione, continuavano a rispondere alla domanda sulla macchia che chiedevano a Dio di eliminare dai loro cuori. Ora Sixiang rispondeva in inglese come quasi tutte le bambine. «Turbolenza» o «credenze pagane», e poi: «Prego Dio che sa purificarmi il cuore». Aveva sempre piú la certezza che fossero solo parole vuote.

Ah Jia si sforzava di parlare a Sixiang solo in inglese. «Dovremmo esercitarci piú che possiamo» disse «perché rende felice loumou».

Poi arrivò lo spettacolo di Natale, l'evento piú importante dell'anno alla Missione. Avevano provato per mesi. Erano presenti due dozzine di donatori e amministratori della chiesa. Le bambine cantarono inni, recitarono le Scritture e soprattutto ripeterono le scene del loro salvataggio.

Sixiang recitava nel proprio ruolo. Una delle neonate faceva la parte di Meimei che lei si portava sulla schiena. Una delle ragazze ventenni impersonava Mrs Chen. Alla fine della scenetta, Sixiang ringraziò Dio e la Missione per la sua nuova vita. Avrebbe dovuto piangere di gratitudine, ma le lacrime non le venivano. Si sentiva a disagio davanti a tanti bianchi. Anche se gli uomini portavano giacca e cravatta, le donne indossavano abiti di pizzo e fiocchi, e odoravano di sigari e fiori, non avevano tutti l'aria simpatica. Alcuni erano accigliati. Altri parevano perplessi, come se stessero esaminando una colonia di insetti sconosciuti. Le ragazze parlavano tutte inglese nella recita, e questo impediva a Sixiang di provare qualcosa al di là del nervosismo. Ma era anche un po' orgogliosa del fatto che alcuni bianchi sembrassero capirla, perché annuivano o scuotevano il capo.

Ah Jia fu la migliore di tutte. Si era calata talmente nel ruolo che sembrava che rivivesse davvero la scena. Si fece piccola e tremante quando una ragazza piú grande finse di scottarla con una candela, poi si mise a singhiozzare. Quando mostrò la sua grossa cicatrice al pubblico, diverse donne sussultarono e si asciugarono la fronte con il fazzoletto.

Poi Ah Jia disse fiera: «Ringrazio Dio di avermi condotta in questo posto. Sono molto felice, perché non ho i problemi che avevo prima. Dio mi ha dato la Bibbia da leggere, che insegna: "Quanto stretta invece è la porta e angusta la via che conduce alla vita"».

Avevano appena imparato la citazione. Secondo Miss Moore significava che il vizio era una strada molto piú facile della virtú da percorrere. Il cammino della salvezza era stretto perché i fedeli erano assediati dai peccatori, e per questo dovevano chiedere a Dio di pulire i loro cuori ogni giorno e stare sempre in guardia contro la tentazione del peccato.

Ricevettero tutte delle bambole come regali di Natale. Confrontarono le loro bambole con i capelli biondi, la pelle chiara, gli occhi tondi per votare quali fossero le piú belle. Anche se a Sixiang parevano tutte uguali, facendo apparire le bambine che le tenevano in braccio piú scure di pelle e con gli occhi piccoli.

Poi giunse la notizia: Ah Jia era stata notata da un signore bianco che aveva assistito alla recita ed era rimasto talmente colpito dalla sua sofferenza e trasformazione che aveva deciso di mandarla in un collegio a Philadelphia, dall'altra parte del Paese, per offrirle un'istruzione vera e propria. Ah Jia era l'unica bambina della Missione ad avere ricevuto un regalo tanto generoso. Neppure Yizheng, la piú importante tra loro e quella che viveva lí da piú tempo, si era mai sognata una cosa del genere. Ma era stata Ah Jia, la meno popolare della Missione e l'unica amica di Sixiang, a essere scelta.

Ah Jia da quel momento cambiò. Quando le ragazzine piú grandi erano cattive con lei, diceva: «Attenta, o dovrai vedertela con il mio papà americano!» Funzionò. La lasciarono in pace. Anche le ragazze della mensa le davano una porzione piú grande, e perfino con Sixiang erano un po' piú generose perché era amica di Ah Jia.

Per la Festa di primavera accumularono le ultime foglie secche, i rametti e le ghiande lasciate dagli scoiattoli e accesero un falò. Si sedettero attorno al fuoco ad ascoltare i petardi, i tamburi e la danza del drago avanzare nel quartiere cinese. Guardarono i fuochi d'artificio accendere il cielo.

La quercia restava immobile, i rami spogli che sopportavano la notte fredda, ma non si lamentava, né aveva preghiere da dire o risoluzioni da prendere. Quando i fuochi d'artificio finirono, le bambine ripresero a guardare le fiamme che avevano davanti. Alcune si misero a raccontare le loro vite prima della Missione, o addirittura prima di Montagna d'Oro. Alcune parlarono di ciò che sarebbe accaduto loro nel prossimo anno lunare: in che famiglie bianche sarebbero andate a servizio? Che tipo di uomini avrebbero sposato?

Ah Jia parlava della scuola che presto avrebbe frequentato, dove avrebbe mangiato biscotti e bevuto tè con latte e zucchero. Ci sarebbero anche state torte e crostate, uniformi e libri rilegati in pelle. Aveva incontrato una volta il suo protettore, che era venuto a prenderla in carrozza davanti alla Missione. Portava un garofano rosa all'occhiello del completo a quadretti, i capelli castani pettinati all'indietro con la brillantina. L'aveva portata al Golden Gate Park, dove avevano gettato sassi piatti per vederli rimbalzare sull'acqua. Le aveva anche dato un nome inglese, Grace, e ora pretendeva che la chiamassero tutti cosí. Continuava a chiedere a Sixiang di farle domande su quella gita, anche se le aveva già raccontato ogni dettaglio. «Chiedimelo di nuovo».

«Ma lo so già».

«Fallo per me, ti prego».

Giunse la primavera con le foglie nuove che spuntavano dai rami vecchi. L'albero sembrava felice con le sue foglioline tenere, giallo-verdi, anche se neanche prima era stato triste. Ogni giorno cominciava con le tortore che tubavano e lo squillo della campanella, poi il mestolo di congee e le lezioni sulla pulizia del cuore. Le lezioni perdevano progressivamente significato per Sixiang. Erano solo parole da imparare a memoria, da ripetere. Quello a cui pensava era invece questo: cosa sarebbe stato di lei? Che cosa poteva sperare? Quando Ah Jia sarebbe partita per la sua splendida, emozionante avventura nel vasto mondo, a lei cosa sarebbe rimasto?

Anche lei desiderava andare lontano, ma non sull'altra costa dell'America. Voleva ritrovare l'aria umida, il fiume sinuoso e i campi verdi del suo villaggio. Nella sua visione, il paesino si allargava nell'infinità del tempo, gli allagamenti e le carestie non uccidevano, erano solo brevi parentesi; i contadini erano tornati e il riso era maturato di nuovo, e sua madre e sua nonna aspettavano il suo ritorno. Sixiang toccava la tasca con le monete d'argento e i bordi logori della fotografia di suo padre che portava sul cuore, e pregava che Daoshi non avesse dimenticato le sue parole. Pregava non Dio, ma Daoshi, che ricordasse la promessa di aiutarla a trovare suo padre al di là delle montagne perché potesse riportarlo a casa.

Mattino dopo mattino, il tubare delle tortore giungeva a Sixiang con tale chiarezza che le pareva di seguirne la sofferenza fino al proprio cuore.

Daoshi
1877

Daoshi smise di leggere il futuro. Le sorti dei suoi compatrioti che gli mostravano il palmo si assomigliavano tutte. Quelle linee intrecciate, sporche di terra e rese callose dal duro lavoro, non preannunciavano eventi soprannaturali né segnalavano grosse differenze rispetto al destino comune: morire con la paura in corpo, morire senza dignità, o continuare a vivere spaventati, vivere senza dignità. Come era accaduto anche a lui quella notte, quando aveva orientato verso il basso una vecchia spada ornamentale spuntata, troppo debole per immaginare di sollevarla. Mentre la piccola Sixiang si appoggiava a lui nel buio, tutto quello che era riuscito a fare era stato cingerle le spalle con un braccio e ascoltare il caos dietro la porta e il proprio cuore debole.

Poi, mentre i suoi connazionali salvavano il salvabile dai detriti, strappavano piccole vite superstiti dalle ceneri, coltivavano le proprie vergogne, ravvivavano la collera e programmavano vendette, lui aveva capito che non poteva tenere la bambina lí con sé. Sapeva anche che i suoi padroni avrebbero sfogato la collera su di lei. Doveva muoversi in fretta. Aveva sentito parlare della Missione e dei salvataggi da parte delle missionarie. Il fatto che il loro edificio fosse intatto a parte un paio di finestre rotte mentre tutte le botteghe cinesi erano state bruciate, distrutte o saccheggiate, lo faceva apparire come un luogo piú sicuro per la bambina, almeno per il momento. Aveva promesso di trovare un modo per aiutarla, e quello era l'unico mezzo che gli veniva in mente, a breve termine.

Il pomeriggio in cui gli passò accanto, dando la mano alla missionaria bianca e a una ragazza cinese dall'aria tronfia, Sixiang lo fissò negli occhi in cerca di una risposta. Cercò di liberare le mani, di venire da lui e di fargli tutte le sue domande. Si voltò due volte prima che se la portassero dietro l'angolo.

Daoshi tornò a guardare la mano davanti a lui: linee scomposte, altri giorni caotici nel futuro, altre delusioni, probabilmente una morte prematura. Non voleva prodigare banali inviti alla prudenza. Evita l'acqua. Mastica aglio crudo. Mangia fegatini di pollo saltati. Sarebbero parsi stupidi e inutili. «Le tue linee vanno benissimo» disse. «Ora devo andare. Non ti faccio pagare».

Nel corso dell'anno precedente, le Sei Associazioni avevano esortato tutti a Chinatown a scrivere lettere a casa. La chiamavano «Campagna epistolare per scoraggiare l'emigrazione». Ne diedero un esemplare a ciascuno da copiare:

> Per favore, non affrontate il lungo viaggio via mare verso gli Stati Uniti, perché dareste problemi alla comunità. Il motivo per cui siamo sottoposti a maltrattamenti di ogni tipo da parte dei bianchi è che molti dei nuovi arrivati cinesi si portano via i loro posti di lavoro. Eppure, se guardiamo le paghe dei lavoratori cinesi nei vari settori, osserviamo che si riducono giorno dopo giorno. Questo è dovuto anche al

grande numero di appartenenti ai nostri clan che vengono qui. Se arrivano 10.000 persone, anche se non portano via il lavoro a 10.000 uomini bianchi, abbassano comunque gli stipendi di 10.000 lavoratori in vari campi. È inevitabile. Se questa tendenza non viene fermata, non solo gli uomini bianchi continueranno a tormentarci, con grave pregiudizio per la nostra comunità, ma i lavoratori cinesi anche qualificati avranno difficoltà a trovare lavoro e perderanno la propria fonte di sostentamento. Se è difficile per i cinesi che sono già qui, immaginate come sarà per i nuovi arrivati.

Pensavano che fosse una mossa intelligente, con la quale avrebbero preso tre piccioni con una fava: niente piú fastidi da parte dei bianchi; niente piú riduzione degli stipendi; niente piú competizione con i nuovi arrivati. Tutti ne avrebbero tratto vantaggio.

Invece non presero nessun piccione. Denis Kearney, che era giunto nel Paese insieme a molti cinesi, arringò una folla irrequieta con parole estremamente esplicite: «Non c'è modo di eliminare i cinesi se non prendendoli per il codino e scagliandoli nell'eternità, perché non c'è una corda lunga abbastanza in tutta l'America per strangolare quattrocento milioni di cinesi».

Le Sei Associazioni nel frattempo avevano capito che tutti i loro inviti alla calma, al rispetto, all'assimilazione e al controllo della popolazione, i tentativi di pacificare le rivalità tra i tong cui i giornali bianchi davano grande risalto, non erano serviti. Le folle inferocite li avevano attaccati e avrebbero continuato a farlo. E quando accadeva, i ricchi e i poveri di Chinatown erano tutti vittime di furti e degradazioni, i ricchi anche di piú perché avevano piú roba da rubare. Il proprietario del banco dei pegni era uno dei capi delle Sei Associazioni, un uomo che si era fatto da solo e si era arricchito importando forza lavoro e ora possedeva un negozio di ferramenta e uno di antichità oltre al banco dei pegni, tutti devastati durante le sommosse. Daoshi lo accompagnò nella sede delle Sei Associazioni al 917 di Clay Street.

Tra i capi seduti attorno al tavolo quadrato c'era Chang'er. Il suo percorso nell'ultimo decennio era diventato leggendario: da operaio delle ferrovie in lutto a soldato dei tong dedito allo sfruttamento della prostituzione a fondatore della propria società segreta. Era un tong diverso dagli altri, il suo, apparentemente creato a un solo scopo: uccidere un gweilo per ogni uomo cinese ucciso nei linciaggi di massa a Los Angeles nel 1871. Una vita per una vita. Non la tipica guerra tra tong in cui i cinesi combattevano i cinesi, ma cinesi contro gweilo. Anche se nessuno sapeva se la società segreta di Chang'er fosse riuscita a uccidere diciotto gweilo per i diciotto cinesi linciati, smembrati o uccisi a colpi di arma da fuoco dai cinquecento riottosi, si diceva che avesse fatto molti proseliti: padri, figli, fratelli, zii, amici, tutti addolorati e furiosi quanto lui. Si diceva che tutti i membri del suo tong avessero un lavoro regolare e uccidessero in segreto nel tempo libero. Era un tong che nessuno riusciva a identificare, men che meno le squadre di polizia che perlustravano Chinatown.

Daoshi aveva sentito dire anche che Chang'er era andato a Truckee per preparare la vendetta l'anno precedente, dopo che sei uomini bianchi avevano attaccato un campo di boscaioli cinesi, uccidendone uno e ferendone altri quattro, ed erano stati scagionati dal tribunale, com'era prevedibile. Daoshi aveva sentito descrivere il processo, una vera pagliacciata: un cannone aveva tirato un colpo per ogni imputato riconosciuto non colpevole, e gli abitanti avevano festeggiato. Il volto di Guifeng era riapparso, forse perché coinvolto in quella faccenda. Ma Daoshi non aveva cercato di ottenere informazioni da Chang'er neppure quando lo incontrava in un bar o un saloon. Non avevano parlato sul serio fin dal tempo della ferrovia.

Chang'er prese la parola. Non era cambiato molto, ma la sua visione delle cose sembrava piú che mai nel giusto. «Siamo in guerra. Siamo in guerra fin dal nostro arrivo. Se continuiamo a nascondere la testa sotto la sabbia, continueremo a perdere. Abbiamo bisogno di fucili. Tanti fucili. Non di prostrarci, non di nasconderci dietro le porte, non di chiedere ai nostri connazionali di non venire, ma di combattere per guadagnarci un posto. Perché gli europei continuano ad arrivare? Restano qui e si uniscono alle bande per cacciarci via. Dobbiamo combattere per crearci uno spazio nostro. Ci uccidono? E noi li uccidiamo a nostra volta». Chang'er fece una pausa e guardò Daoshi. «Cosa ne pensi, Daoshi? Cosa dice qui Laozi? Un altro sciopero all'insegna del wuwei? I gweilo sarebbero felici se lasciassimo tutti i posti di lavoro, cosí se li prenderebbero loro».

Eh già. Cos'avrebbe detto Laozi? Daoshi si era fatto la stessa domanda. Adesso cos'era il wuwei, l'azione senza sforzo realizzata secondo il Tao, quando il Tao sembrava essere il Tao della violenza, dell'uccidere per non essere uccisi? Laozi pareva fuori posto ora come lo era stato duemila anni prima. Non c'era da stupirsi che nel corso della storia quasi nessun capo politico avesse adottato la sua visione del mondo, perché finché ci fossero stati gli uomini ci sarebbero state anche azioni ingiuste che avrebbero prodotto altre azioni ingiuste.

Il metodo di Chang'er, occhio per occhio, non ottenne la maggioranza, né vinse la proposta di mandare altre lettere. Il primo era troppo radicale, l'altra troppo prudente. Si affermò la via di mezzo, che consisteva nell'usare le vie legali per denunciare la città e i vigilanti che avevano istigato la sommossa. Nel frattempo avrebbero formato un gruppo di vigilanti a Chinatown per proteggere la comunità. Avrebbero anche radunato delle armi e le avrebbero spedite ad altre comunità perché fossero in grado di difendersi. I disordini si stavano diffondendo lungo la costa occidentale. I quartieri cinesi di Truckee, Los Angeles, Sacramento, Carson City e di qualunque altro centro abitato dovevano armarsi.

«Io posso fare arrivare armi a Truckee. Conosco la città» propose Daoshi.

Aveva vissuto per ventidue anni in quella terra, dove aveva eseguito cerimonie funebri per rasserenare gli spiriti e confortare un poco i vivi, aveva predetto un futuro sereno per facilitarne un poco l'esistenza. Beveva un po', ogni tanto andava a puttane. Diceva a sé stesso che praticava il wuwei, non accumulava piú dello stretto necessario, si concedeva solo pochi svaghi. Non era una vita appassionante, ma lui non cercava la passione. A trentanove anni non si sentiva né giovane né vecchio, né un fallito né un uomo arrivato, né troppo solo né circondato di amici. Poi la bambina aveva attraversato la strada e si era rivolta a lui. «Puoi dirmi cos'è accaduto a questa persona?» E si era ritrovato nella sua stanzetta con la piccola da proteggere, e aveva promesso di farlo. Come? Sarebbe andato a Truckee a indagare. Vi avrebbe anche fatto arrivare delle armi, che non pensava sarebbero servite a molto, ma erano meglio di niente. Non c'era posto per la non azione o l'azione senza sforzo in quel mondo.

«Quando vai a Truckee, puoi andare a trovare il nostro vecchio amico». Chang'er lo raggiunse quando era uscito dalla sede.

«Chi?» chiese Daoshi, ma lo sapeva già.

«Il tuo discepolo, Guifeng. Ti sei dimenticato di lui? Ha dato ascolto ai tuoi insegnamenti di Laozi e ha iniziato a praticare il wuwei nella fumeria d'oppio». Chang'er scosse il capo, con una luce beffarda negli occhi. Poi alzò lo sguardo verso il cielo, vasto e sereno, con nubi bianche che spiccavano sull'azzurro infinito. Lo sguardo di Chang'er ora era distante e cupo, come se portasse con sé molte anime inconsolabili e il loro desiderio di muoversi verso il cielo.

6.
Legna e fuoco
1869-1876

Guifeng

La stanza odorava di vernice e pino. Un letto grande, un tavolo, due sedie, un baule. Una stanza per due. «Questa stanza» disse il fotografo «è stata costruita per la mia famiglia, ma sono cambiate le cose, e ora la do in affitto. È piú lussuosa di una branda in una pensione, meno costosa di una camera in albergo, perfetta per due piccioncini». Li guardò e rise. «Stavo scherzando».

Li osservò. Disse a Guifeng che il suo volto gli pareva familiare, poi si concentrò su Feiyan. Era lo stesso fotografo che aveva scattato la foto a Guifeng tre anni prima, nello stesso studio di Jibboom Street, anche se ora la via si era allargata. Guifeng e Feiyan erano appena scesi dal treno e avevano percorso un isolato verso ovest fino al quartiere cinese di Truckee, superando i vecchi bagni, il barbiere e il bordello, e poi un paio di tavole calde e di negozi nuovi.

La stanza si trovava sopra lo studio fotografico, quello con la sedia dallo schienale alto intagliato e il tavolino, mentre il narciso era stato sostituito da un bambú della fortuna. Poteva essere imprudente abitare sulla strada principale sopra un negozio bene in vista appartenente a una persona fisionomista, invece di trovare un buco dove nascondersi. Ma cosa importava? Guifeng aveva dormito qualche ora in treno e si sentiva nel giusto. Tutto il lavoro, il sudore pretesi dalla ferrovia giustificavano quel viaggio e la destinazione che avevano raggiunto.

Il letto con il lenzuolo azzurro non era quello lucido color prugna che avevano guardato ma non usato. Questo conteneva uno spicchio di tramonto che entrava da un angolo della finestra. Li stava aspettando.

Non lasciarono la stanza fino a quando non scese il buio. Guifeng si era offerto di uscire a comprare da mangiare mentre Feiyan lo aspettava.

«No, vengo con te» aveva detto lei. «Non intendo piú restare prigioniera in una stanza».

Lui capiva, e gli dispiaceva di non averci pensato prima, obbligando Feiyan a dirlo. Era tutto preso dai suoi pensieri: trovare denaro per mantenerla, fare in modo che fosse al sicuro e che nessun uomo le desse fastidio.

Lei indossò di nuovo gli abiti di Guifeng.

«Ti comprerò dei vestiti nuovi».

«Questi mi piacciono. Mi piace vestirmi da uomo».

Guifeng avvertí di nuovo il divario tra i loro modi di pensare, come se pensare fosse una specie di corsa in cui lei era sempre avanti e lui le restava dietro.

Lanterne e lampade a olio illuminavano le strade, sebbene fossero piú piccole e meno frequenti di quelle di Big City. In compenso il quartiere cinese di Truckee era altrettanto chiassoso, un posto per scapoli. Gli uomini rientravano nelle stesse categorie: mercanti e capiclan in *changshan* di raso, soldati dei tong in giacca nera e lavoratori vestiti di cotone grezzo costituivano la maggioranza della popolazione in entrambi i luoghi, e tra loro Guifeng e Feiyan si mimetizzarono perfettamente.

Entrarono in un locale dove servivano spaghettini di riso. Un gruppo di soldati dei tong che mangiavano e bevevano a un tavolo non li degnarono neanche di uno sguardo. A Guifeng parve che fossero diventati invisibili, non solo agli occhi degli altri, ma anche rispetto a passato e futuro. Era come se ora avessero un potere magico in grado di proteggerli nel presente, che continuava a espandersi senza rischiare di scoppiare.

Feiyan rimase impassibile mentre il cameriere le posava

davanti una ciotola di spaghetti. Poi rivolse a Guifeng un sorriso radioso. Lui si disse che probabilmente Feiyan non aveva mai mangiato al ristorante prima di allora. Prese le bacchette che il cameriere aveva posato sopra la scodella fumante, sollevò qualche spaghetto e vi soffiò sopra prima di portarseli alla bocca con fare solenne. Ci sarebbero state tante prime volte per lei, pensò Guifeng, e sarebbe stato felice di sperimentarle tutte in sua compagnia. Ma quando anche lui assaggiò gli spaghetti bollenti, il piacere fu improvvisamente rovinato da qualcosa d'altro, un vago dolore. Non ora, disse a quel dolore. Non meritava di provarlo in quel momento.

Dopo cena tornarono nella loro stanza. Con Feiyan tra le braccia era piú facile accantonare i pensieri sgradevoli, piú facile disegnare un cerchio attorno a loro due e classificare ogni cosa in base al fatto che fosse dentro o fuori rispetto al cerchio. Prima, quando i loro corpi si erano finalmente uniti per la prima volta nello spicchio di tramonto, guardandosi negli occhi per avere conferma che fosse tutto vero, aveva provato qualcosa che non aveva creduto possibile. Piú che dal passato e dal futuro, si era sentito libero da sé stesso. L'aveva toccata con una decisione stupefacente, mentre il desiderio di Feiyan cresceva per completare il suo. Le aveva baciato le cicatrici delle frustate sulla schiena e le natiche, quasi come se avesse voluto cancellarle. Adesso la strinse forte un'altra volta per ritrovare tale certezza.

La terza mattina Guifeng si svegliò di soprassalto. Aveva fatto un sogno: sua figlia, che non aveva mai conosciuto, lo fissava con gli occhi infossati. «Ho fame» diceva, col suo faccino ossuto. «Voglio un po' dei tuoi spaghetti di riso. Possiamo averne io e la mamma? E anche la nonna, anche lei ha fame».

Guifeng non si protese verso Feiyan per rifugiarsi nel loro lungo istante protetto. C'era anche sua madre nel sogno, le labbra formavano parole mute che sembravano racchiudere la sua storia: nessuno mai le dava ascolto, ma lei continuava a parlare. C'era anche sua moglie, seduta sulla sedia laccata di rosso che le piaceva tanto, e si lavava i piedi in una bacinella, effettuando tutti i passaggi fastidiosi: togliere le bende, immergere, tagliare le unghie. I suoi piedi a punta sembravano due frecce, pallide e umide, ma piene di vigore dolente, che prendevano di mira proprio lui.

Andando all'ufficio dell'appaltatore, Guifeng vide degli uomini che si avvicinavano a una grande bacheca. Vi era appena stato incollato un manifesto, la colla ancora umida e bitorzoluta sotto la carta. Mostrava due ritratti, approssimativi ma riconoscibili, e sotto il nome vero di Guifeng e il nome d'arte di Feiyan, Ah Hua: lui era un «rapitore», lei «proprietà del Red Peony». Era offerta una ricompensa di cinquanta dollari per chi ne avesse dato notizia.

Se il sogno prima dell'alba aveva incrinato la magia che li tratteneva all'interno di un presente in crescita, ora l'incantesimo era spezzato definitivamente. Guifeng doveva rientrare nel flusso normale del tempo, che non cessava solo perché lui era innamorato.

Arrivò all'ufficio. «È il tuo giorno fortunato». L'uomo di mezza età dietro il banco portava un completo all'occidentale e, sotto, il changshan di raso. «Mi serve un uomo sulla montagna sopra il lago Tahoe per regolare il flusso del legname lungo il canale. Ottima paga: un dollaro al giorno».

Guifeng aveva sentito dire che era un lavoro pericoloso quasi quanto usare la dinamite per la ferrovia. «Non cercate taglialegna? L'ho fatto per un inverno intero».

«No, niente taglialegna. Quelli sono lavori buoni, li vogliono anche i bianchi. Tu devi cominciare dal basso. O i tronchi lungo il fiume o niente. Deciditi. I posti di lavoro vanno via in fretta».

Non sarebbe stato prudente lasciare Feiyan a Chinatown, perché i soldati dei tong avrebbero presto cominciato a dare loro la caccia. Non sarebbe neanche stato possibile portarla in un campo di uomini, per ovvie ragioni.

Ma perché no?, gli parve di sentir obiettare Feiyan. Continuerò a portare indumenti da uomo.

E i capelli? Non puoi portare sempre il cappello, dovrai pur toglierlo.

Mi taglierò i capelli e dirò che i bianchi mi hanno tagliato il codino. È successo a molti, no? Niente è impossibile, qui. Questa è Montagna d'Oro, non il villaggio di Yunteng.

E i bagni? Come farai?

Si può fare. Lavorerò e verrò pagata come te.

Non hai muscoli.

Me li farò venire.

Perché no? E poi che alternativa c'era?

«Va bene, prendo il lavoro» disse Guifeng. «Un mio cugino sta cercando anche lui lavoro. C'è posto anche per lui?»

«C'è un posto solo. Il capo bianco non paga due persone, ma se volete dividervi il lavoro e la paga, va bene. L'alloggio è gratis. C'è una casetta vicino al canale. La persona che ci lavora adesso sta aspettando chi lo rimpiazza. Posso portarvici ora».

Perché no? Perché non potevano andare a vivere tutti e due in una casetta nel bosco? I soldati dei tong non avrebbero avuto l'idea di andarli a cercare lí. Lei si sarebbe vestita con abiti maschili e avrebbe lavorato con lui di giorno, e di notte sarebbe stata una donna solo per lui. Perché no? Montagna d'Oro era un posto dove ti venivano idee folli e non vedevi motivo di non seguirle.

Guifeng tornò di corsa nella stanza in soffitta, felice che il fotografo fosse occupato con un cliente, e salí senza dovergli parlare. L'aveva già visto il manifesto con i loro ritratti? Se ricordava il volto di Guifeng dopo tre anni, avrebbe sicuramente notato la somiglianza.

La stanza era vuota. Il letto era fatto; il baule e il materasso di Guifeng erano in un angolo, come i due giorni precedenti; ma a parte una lieve traccia dell'odore di Feiyan, lei non c'era. Era scappata di nuovo? Non era la prima volta che Guifeng aveva la sensazione che nulla di tutto ciò fosse reale: era troppo straordinario per essere vero. Com'era possibile che tutte quelle esperienze incredibili, quei «perché no», accadessero a un uomo ordinario come lui? Al centro della stanza vuota, dove l'aria mattutina entrava dalla finestra mezza aperta e cancellava le ultime tracce dei loro momenti insieme, qualcos'altro cresceva in lui, qualcosa di simile al sollievo. Il sollievo di non essere perseguitato nel sonno dagli occhi infossati della figlia, o dalla bocca di sua madre che si muoveva senza parlare, o dai piedi di sua moglie, guizzanti e tormentati. Il sollievo di non dover accompagnare un momento fino al punto di rottura, come aveva fatto negli ultimi due giorni. Eppure aveva già voglia di lei. Il suo corpo era scavato, dentro, dal desiderio di lei. Si sedette sul letto, sfiorando il lenzuolo di lino che aveva toccato la loro pelle, pieno di dubbi.

Dopo un tempo che poteva essere un'ora o solo dieci minuti, le scale di legno scricchiolarono. La porta si aprí di colpo e lei entrò, tenendo in mano qualcosa avvolto nella carta. Ignorò la domanda di Guifeng su dove fosse stata, scartò il pacchetto e gli mostrò una ciotola di porcellana con dipinte due anatre spose. «Tu e io». Gli indicò le due anatre dai colori intensi che non si sarebbero mai separate.

L'appaltatore squadrò Feiyan. «Com'è esile, sembra una ragazza. Sai lavorare? Non importa, tanto riceverete una paga sola».

Prestò loro un cavallo per due e li condusse fuori città e lungo un sentiero tra le felci che si addentrava nel bosco. Quando la nebbia imbevuta di sole cominciò a dissiparsi, scorsero tra i rami un canale di acqua tumultuosa che scendeva serpeggiando lungo il pendio della montagna come una vena esposta. Cavalcarono in silenzio. Pini e abeti torreggiavano su di loro, frammentando il cielo in piccole toppe azzurro-grigio come ombre sull'acqua. I richiami degli uccelli e dei grilli si moltiplicavano tra le foglie. I cavalli avanzavano con passi morbidi, regolari. Feiyan premette il viso contro la schiena di Guifeng.

Dopo mezz'ora arrivarono a una baita in una radura cosparsa di tronconi. Da una parte della casetta c'era il canale con lo scroscio dell'acqua. Dall'altra, una pila di tronchi lunghi tra un metro e mezzo e due metri.

Un uomo di mezza età uscí dalla casetta zoppicando e appoggiandosi a un bastone, con un piede avvolto in un vecchio paio di mutandoni legati con una corda. «Finalmente» disse all'appaltatore. «Stavo aspettando il mio sostituto». Guardò Guifeng e Feiyan. «È un lavoro per due persone, questo è certo. Come mai non mi avete pagato per due?»

«Perché loro due si divideranno una paga sola» rispose l'appaltatore, dandogli lo stipendio. «Questo dollaro in piú è per spiegargli il lavoro e per la ferita».

Era caduto dalla stretta piattaforma nel canale mentre cercava di separare due tronchi ed era stato trascinato fino al lago Tahoe. Il canale aveva la forma di una V, con due tavole di legno che si univano perpendicolarmente sul fondo, per far muovere i tronchi piú in fretta e con meno ingorghi rispetto ai vecchi canali a U. «Ma non lasciatevi trarre in inganno» disse l'uomo. «Dovrete comunque avvicinarvi e districare i tronchi con questo». Prese un tiratronchi col manico corto. «Se cadete, siete fortunati se vi rompete solo una gamba».

La casetta si trovava a quasi un chilometro dal campo principale, dove gli uomini abbattevano e tagliavano a pezzi gli alberi e usavano i buoi per trascinarli fino al canale. Mentre l'appaltatore sedeva su un troncone di albero fumando un sigaro, l'uomo mostrò a Guifeng e Feiyan come usare il tiratronchi per spingere i ceppi dalla radura dov'erano ammucchiati fino nel canale, e come posizionare l'uncino curvo, a becco, per districarli se creavano un ingorgo. Fece cenno a Guifeng di salire sulla stretta piattaforma di legno, che era a poco piú di un metro di altezza, la piú bassa se guardava a monte e a valle del canale, dove alcune sembravano alte come un pino maturo. L'uomo impugnò il bastone come se fosse un piccone e rimase in equilibrio su una gamba sola per qualche istante. «Mantieni l'equilibrio» disse, «altrimenti cadi dentro e chissà dove vai a finire». Guifeng guardò l'acqua scrosciante, rapida, in cui il sole danzava e saltellava. Gli tremarono le gambe.

Dopo che l'uomo ebbe caricato i suoi fagotti e lo stuoino arrotolato sul cavallo e se ne fu andato con l'appaltatore, rimasero solo Guifeng e Feiyan nel giro di un chilometro. Restavano decine di tronchi da spingere nel canale. Fecero tentativi goffi, sperimentarono modi nuovi di usare il tiratronchi, confrontando le varie tecniche. Si asciugarono il sudore e risero.

A metà pomeriggio, due uomini e quattro buoi dal passo fermo arrivarono con altri tronchi. Guifeng si presentò come «Ah Fook». Quando l'appaltatore gli aveva chiesto di mettere il suo nome sul registro, aveva scritto il cognome Liang prima di ricordare il manifesto con la taglia, e allora, senza sapere perché, aveva usato il nome di Ah Fook. Era strano dirlo ad alta voce.

Spiegò ai due uomini che lui e Feiyan, che ora si faceva chiamare Ah Fei, erano cugini ed erano arrivati a Montagna d'Oro da poco. Feiyan salutò con la mano e disse buongiorno con voce roca. Sembrava che quel ruolo la divertisse.

Prima del tramonto arrivò un venditore ambulante. Con il denaro che restava a Guifeng comprarono riserve di cibo per una settimana, tra riso, verdura e alimenti secchi.

Quando il sole scendendo a occidente accese gli alberi, stavano cucinando il loro primo pasto insieme su un braciere fuori dalla casetta. L'acqua continuava a scendere tumultuosa lungo il canale. I grilli continuavano a cantare. Di tanto in tanto un ramo cadeva, o un cervo passava nella boscaglia. I suoni accentuavano il silenzio. Dopo che ebbero finito la cena, videro un quarto di luna sollevarsi al di sopra delle foglie. Entrarono nella baita e accesero la lampada a olio.

Il terzo giorno con l'alba grigia arrivò una pioggerella sottile. Un dolore sordo pulsava in testa a Guifeng mentre lavoravano, e l'umidità appesantiva gli abiti. Poco dopo che la squadra del mattino ebbe scaricato altri tronchi e condotto via i buoi, un uomo a cavallo uscì come un miraggio dai boschi immersi nella foschia. Gli spruzzi assordanti del canale avevano coperto il rumore degli zoccoli, finché non si era trovato a pochi metri da loro nella radura.

Guifeng posò il tiratronchi vicino alla riva e, giungendo le mani davanti al petto, si inchinò come faceva dinanzi ai piú anziani in segno di rispetto. «Zio Chang'er» disse.

Feiyan gli stette accanto con il tiratronchi ancora stretto in mano.

Chang'er scese da cavallo. Erano passati due anni da quando Guifeng l'aveva visto l'ultima volta. Era invecchiato parecchio, la morte del figlio gli aveva lasciato tracce profonde sul volto. Era una faccia che Guifeng non riusciva a guardare senza vedere anche gli occhi sbarrati di Ah Fook che lo fissavano dal fondo di granito della galleria.

Chang'er non ricambiò l'inchino. Lanciò invece a Feiyan uno sguardo rapido e perspicace. Attraverso l'apertura della giacca nera sbottonata, un revolver gli luccicò nella cintola. Guifeng lo aveva sentito dire: Chang'er ora era un soldato dei tong, che non avrebbe esitato a uccidere.

Feiyan teneva ancora stretto il tiratronchi. Dalla mascella serrata appariva chiaro che sapeva che era un soldato, anche se di un tipo speciale: pur essendo piú vecchio, era determinato e avrebbe fatto quello che aveva in mente. Che intenzioni aveva nei loro confronti?

Guifeng non aveva mai saputo cosa dire a Chang'er dopo la morte di Ah Fook, che ora gli ottenebrava la vista, gli stringeva la gola. Feiyan lo guardò, desiderosa di vedere cos'avrebbe fatto, non trovandosi piú nel lungo istante protetto che, come sapevano entrambi, era destinato a finire.

«Credevo che fossi a Big City. Qual buon vento?» riuscí a fingere.

«Il mio buon vento è anche il tuo. Se voi due non foste qui, non ci sarei neanch'io. Sai quello che so, giusto?» Chang'er si avvicinò, lanciando uno sguardo alla casetta. «Ho saputo che ti fai chiamare Ah Fook adesso. Perché? Pensi che mio figlio avrebbe fatto quello che hai fatto tu?»

«Io...» Si sentiva sciocco ad avere usato il nome di Ah

Fook. Chang'er doveva averlo riconosciuto subito sul registro dell'appaltatore. Lo considerava forse un insulto alla sua memoria e alla vita spezzata troppo presto di suo figlio? Prendere il nome di Ah Fook equivaleva a prendere la vita che lui avrebbe potuto avere se Guifeng non lo avesse esortato a rientrare in quella maledetta galleria, in quel buco nero senza ritorno?

Guifeng si sentí di nuovo piccolo e fragile, aveva la sensazione di essere un cane di paglia svuotato e buono da gettare. Gli pareva di trovarsi di nuovo in cima alla montagna: Chang'er che dava martellate alla bara fuori dalla loro tenda mentre Ah Fook si trovava sulla sua brandina, coperto dalla testa ai piedi; il gruppetto di tombe sul pendio di fronte all'oceano; il cielo come un altare in attesa del suo sacrificio. Le morti prima e dopo quella di Ah Fook, e che probabilmente si ripetevano anche ora, tutte cosí numerose in un battito di ciglia. E Guifeng aveva l'audacia di amare una donna e di sognare di essere libero, di espandere un istante, come se la sua vita fosse piú preziosa di quella degli altri.

Perfino Feiyan appariva pallida adesso, estenuata, come se fosse già stata rinchiusa di nuovo in quella stanzetta dalle pareti sottili con il letto variopinto.

Chang'er spiegò un foglio di carta che si era tolto dalla tasca: il manifesto con i loro ritratti. «Lo sapevo che questo Paese era grande, ma piccolo per noi cinesi. Prima o poi avrei incontrato qualcuno che conoscevo. Cos'avrei fatto allora?»

Era chiaro che Chang'er lo odiava ancora. Forse piú che mai, come se l'odio fosse un debito ad alto tasso di interesse che non faceva che crescere col tempo. Forse ora voleva che Guifeng pagasse una volta per tutte.

«Lei non te la posso dare, e tu non la puoi prendere». Guifeng guardò Feiyan. Avrebbe afferrato Chang'er, l'avrebbe tenuto fermo per darle un po' di vantaggio, e lei sarebbe corsa via piú veloce che mai. Sembrava che lei ci stesse pensando. Portava le scarpe di cotone che le aveva comprato lui, ma non sarebbero durate a lungo sul suolo accidentato della foresta. Avevano parlato di comprarle un paio di stivali alla prima paga, tre giorni dopo. Avevano fatto progetti: quanto spendere, quanto risparmiare, senza addentrarsi troppo nel futuro, ma comunque proiettandosi in avanti. Forse non l'avrebbe piú vista se lei avesse cominciato a correre. Ma avrebbe fatto quello che doveva.

Chang'er lo fissò. «Niente violenza». Sembrava divertirsi a leggere nel pensiero di Guifeng. «Solo pochi mesi fa, a Truckee, due gruppi di tong appena scesi dalla montagna si sono battuti per una puttana, dando spettacolo agli occhi dei gweilo. "Uccideteli, uccideteli" dicevano. Scommettevano su chi avrebbe vinto o perso, su quale gruppo sarebbe rimasto sconfitto o avrebbe ammazzato piú uomini. Per loro era solo un gioco, e noi cinesi i loro giullari. Siamo fieri di divertirvi. Felici di essere al vostro servizio. Ci uccidiamo tra di noi perché dimostriamo di essere troppo stupidi per uccidere loro». Chang'er sputò per terra. «Non sono qui per uccidere te. O lei».

Guifeng provò sollievo, anche se quel sollievo gli parve instabile. La fragilità da cane di paglia gli era rimasta in gola, e nel petto avvertiva una sofferenza precoce, come se Feiyan stesse già correndo via anche se non si era ancora mossa. Restava rigida, leggermente in disparte, protesa verso il folto del bosco, come pronta alla fuga.

«Non devi ringraziarmi» proseguí Chang'er. «Perché non ti lascio andare se non mi dai qualcosa in cambio. Ho una condizione: sei in debito con me. Quando avrò bisogno del tuo aiuto accetterai, di qualunque cosa si tratti».

Stavolta Guifeng annuí. Uní di nuovo le mani davanti al petto e si inchinò, come Daoshi aveva fatto salutando lui e Feiyan neanche una settimana prima. Ma non colse il wuwei né il Tao nel suo gesto. Si sentiva destinato a fallire, a subire una disfatta totale in un prossimo futuro.

Chang'er per tutta risposta annuí. «Ti serve un fucile». Si guardò attorno. «Ci sono orsi e puma, qui. Ma i piú pericolosi sono gli uomini. Naturalmente lo sai già».

Salí a cavallo, schioccò la lingua e se ne andò. Il bosco buio, folto e minaccioso si chiuse dietro di lui.

Il sole non si vedeva spesso, ma bastava se sapevi sfruttarlo quando c'era. Di primo mattino scivolava sui pendii orientali e attraverso la finestra della casetta, e lei si protendeva verso la sua luce punteggiata di foglie. Talvolta fuori dalla baita, tra i raggi interrotti del cielo di mezzogiorno, con i tronchi che li guardavano in tralice scendendo lungo il canale, lui le abbassava i pantaloni maschili o lei lo attirava a sé. Si prendevano lí, nella radura, i corpi eccitati da tutto ciò che cresceva attorno a loro. Dopo, lei restava nuda al sole per un po', in modo che ogni centimetro di pelle assaggiasse la luce. Si riprendeva la porzione di sole che le era stata negata negli ultimi cinque anni.

Comprò stivali e pantaloni di tela grossa dal mercante ambulante con la sua metà di paga. Coglievano more, funghi e lattuga dei minatori per farsi l'insalata, facevano saltare denti di leone e trifoglio, ed estraevano i pinoli dalle pigne. Appiattirono taniche di cherosene per rattoppare il tetto che perdeva, bucherellarono le scatole di latta dei fagioli per farne colini, e costruirono uno scaffale e una panca con vecchie assi del canale posate contro la parete della baita. Quando ebbero messo da parte abbastanza soldi comprarono un fucile come aveva suggerito Chang'er, e spararono a conigli, scoiattoli e cervi. Perfezionarono il modo di cuocerli sul braciere. Lei aveva sentito la mancanza di carne grassa nel postribolo, dove i pasti erano insipidi e la punizione era la fame. Adesso la carne non mancava. Mangiavano quello che potevano e salavano e conservavano il resto per i mesi invernali.

Parlavano ancora del loro villaggio, come per evocare quel luogo nel quale non sarebbero tornati mai piú. Lui le aveva chiesto come fosse finita a Montagna d'Oro, e lei gli raccontò delle percosse, della fuga, ma evitò di parlargli del secchio di cenere e di quel viso livido. Quella parte non c'era bisogno che la sapesse nessuno. «Ho sentito che è morto» le disse. «Dicevano che dei banditi lo avevano ucciso e ti avevano portata via».

«Ah» disse lei per tutta risposta, e il discorso finí lí.

Senza che lei lo interrogasse, lui le raccontò di sé. Aveva una famiglia di tre persone da nutrire in patria: una madre morta di preoccupazione, una moglie che conosceva appena e una figlia che non aveva mai visto. Ma non era di quello che parlavano. Rievocavano invece il periodo precedente il matrimonio di lei e le responsabilità familiari di lui. La casa per loro era ciò che stavano ricreando ora. A mani nude e con gli strumenti accumulati, con le monetine che mettevano da parte e i semi che raccoglievano. Era una casa in divenire.

Feiyan portava abiti da uomo, faceva un lavoro maschile, e i suoi muscoli si sviluppavano. Attorno a lei gli alberi crescevano pazientemente verso il cielo, affondando le radici nelle profondità del terreno. Quegli alberi sembravano dirle di restare lí. Voleva piantare qualcosa, stringere la terra che era stata parte della sua esistenza, naturale e necessaria come il sonno e il cibo. Ma il terreno si stava già raffreddando. Mise da parte i semi delle verdure che avevano acquistato dall'ambulante: pomodori, cetrioli, fagiolini, zucche. Voleva che mettessero radici e crescessero.

In primavera, dopo l'ultima gelata, piantò i semi in angoli di terra tra le radici. Quando, un paio di settimane dopo, la terra si macchiò di spruzzi di verde, fu felice. Quando le foglie crebbero, gli steli si irrobustirono e alcuni cominciarono a produrre teneri ricci verdi, sentí un movimento nella pancia. Un ribollire, colpetti leggeri in fondo al petto. E un disagio, una vertigine lieve, una confusione in testa. Non ne fu sicura finché non ebbe un ritardo di dieci giorni. Lo stomaco le si rivoltò.

Prima che potesse decidere se era pronta per un figlio, o se dovesse essere felice, Guifeng inciampò mentre separava i tronchi. Cadde lungo il fianco del canale ma riuscí ad aggrapparsi a un tronco che stava scendendo. Feiyan si mise a correre. Quando il tronco si fermò un attimo all'altezza della curva, si protese col tiratronchi e riuscí a sollevarlo. Ma quel pomeriggio perse sangue. Il bambino se n'era andato. Guifeng la tenne stretta mentre piangeva.

Quando percorrevano i tre chilometri a piedi per andare nel quartiere cinese di Truckee, Feiyan si fermava alla merceria, davanti al tavolo con esposte le poche varianti di tessuto: nero, blu, azzurro. Comprò due metri di cotone azzurro. La bacheca di Jibboom Street ora esponeva altri ritratti di uomini e donne. Chang'er aveva mantenuto la promessa: erano stati proclamati «morti», i volti e i nomi sbarrati. Se ne avvidero la prima volta che scesero in città dalle montagne, e quando passarono davanti al negozio del fotografo, questi parve sorpreso di vederli. Era stato lui a informare Chang'er, che si era poi rivolto all'appaltatore per sapere chi avesse ottenuto l'ultimo posto di lavoro? Fermo sulla porta, il fotografo finse di non riconoscerli. Loro fecero lo stesso. Meglio cosí. Per il mondo non esistevano piú, ma già prima non erano quasi esistiti agli occhi degli altri, anche se non si erano mai sentiti piú vivi.

Quell'estate, circa un anno dopo avere iniziato a lavorare, avevano messo da parte settanta dollari in due: lei cinquanta, lui venti. Guifeng aveva inviato denaro alla sua famiglia, inizialmente tutto quello che guadagnava meno il cibo e le provviste, poi, dopo che lei aveva perso il primo figlio correndo a salvarlo dalle acque del canale, l'ottanta per cento. «E noi?» non aveva potuto fare a meno di chiedergli.

Il loro progetto era continuare a risparmiare finché non avessero potuto comprare un po' di terra in città. O finché non fosse rimasta nuovamente incinta. Avrebbero smesso di guidare i tronchi lungo il canale e trovato un altro lavoro, che non mettesse a repentaglio una nuova gravidanza. Non era stata abbastanza attenta. Fingeva di essere un uomo, ma il corpo l'aveva tradita.

Prima che una delle due possibilità potesse realizzarsi, l'appaltatore arrivò inaspettatamente una sera al tramonto. Feiyan si era appena fatta il bagno e indossava l'abito che aveva confezionato con il cotone azzurro. Aveva cominciato a chiedersi se il fatto di indossare abiti maschili non le impedisse di restare di nuovo incinta.

«Qualche sospetto l'avevo avuto» disse l'appaltatore,

ancora vestito in modo ibrido con il changshan e un completo di foggia occidentale. «Un'altra Hua Mulan, ho pensato, ma che importa se fai il tuo lavoro? Qui siamo a Montagna d'Oro, dobbiamo adattarci tutti quanti. Ma la gente parla. Uomini veri cercano un lavoro per nutrire l'intera famiglia, e qui invece ci sei tu». Chiese loro di fare i bagagli e di prepararsi ad andarsene quando avrebbe portato il sostituto, il giorno successivo.

Avevano accumulato parecchia roba durante l'anno, avevano creato un nido con tutti gli oggetti che avevano, quando prima non erano stati neppure padroni della propria vita. Avevano cominciato con la ciotola con le due anatre. Poi erano arrivati la trapunta nuova che aveva cucito lei con scampoli e cotone ginnato comprati in città, i cuscini nuovi fatti di cartocci di mais, il nuovo wok che usavano per cucinare insieme. C'erano anche gli scaffali e le panche che avevano costruito ma che erano troppo pesanti da portare via. Non potevano neanche portarsi via l'orticello che avevano recintato. Né i punti soleggiati della radura che avevano scurito la loro pelle e rafforzato ossa e muscoli, come se fossero stati alberi, certi della propria volontà di crescere e delle loro abilità di mettere radici e far spuntare rami.

A Truckee presero in affitto una baracca su Spring Street dal proprietario di un negozio di alimentari con famiglia, la moglie e i figli, rari in quel quartiere cinese dove prevalevano gli scapoli. Guifeng trovò lavoro come taglialegna nel campo di tagliaboschi grazie a Li Shu, il suo vecchio amico dai tempi della ferrovia. Feiyan cucinava per un ristorante di Jibboom Street.

Sei mesi dopo avevano risparmiato abbastanza per prendere in affitto la casa a due piani accanto al negozio. Apparteneva a Fong Lee, l'uomo piú ricco di Chinatown, che anni prima aveva acquistato diversi appezzamenti in quell'isolato dal magnate della ferrovia Charles Crocker. Feiyan aveva tenuto d'occhio le case fin da quando si erano trasferiti in città. Quella era stata un negozio di ferramenta appartenente a due soci che avevano finito per chiudere e si erano separati trovandosi in disaccordo. Con l'aiuto dei colleghi di Guifeng, trasformarono il piano terra in una tavola calda. Funzionava a buffet, cosicché Feiyan riusciva a mandarla avanti da sola. Ogni mattina preparava sei piatti e una zuppa e li teneva in caldo su dei fornellini finché non ne restava piú; al pomeriggio preparava altri piatti per la cena. Ai clienti piaceva il suo cibo casalingo e anche la sua compagnia. C'era posto solo per otto tavoli nel locale, e si riempivano in fretta. Gli uomini facevano la fila. Alcuni mangiavano fuori, seduti sugli sgabelli.

Dopo l'ultima gelata, smosse la terra nel cortile sul retro, la concimò con gli scarti della cucina e creò un orto. A mano a mano che le giornate si allungavano e il sole si faceva piú caldo, l'orto cominciò a produrre verdure fresche. Ma solo nel secondo inverno rimase incinta di nuovo. Stavolta fu felice perfino della nausea tenace. Fece in modo di non muoversi troppo, ridusse il numero di piatti che preparava ogni giorno, e riservò i compiti piú pesanti a Guifeng quando tornava dal campo. Sperava che fosse un maschio. Anche se era la seconda moglie di Guifeng, era sicura di riuscire a dargli un maschio.

Quando, nove mesi dopo, la levatrice le annunciò, dispiaciuta, che si trattava di una bambina e le porse il fagottino macchiato di sangue, Feiyan guardò il faccino rosso e urlante della neonata e pensò a sua madre. A sua madre che distoglieva lo sguardo quando suo padre e suo fratello l'avevano legata mani e piedi e poi gettata sull'asino. Com'era curva, con i nodi della spina dorsale che premevano contro la camicia logora. Fuori dalla finestra il vento autunnale soffiava, sparpagliando le foglie come fossero bambini abbandonati. La piccola piangeva tra le braccia di Feiyan, le spalle grandi come pollici tremavano, come se dovessero reggere tutti i dolori impossibili trasmessi da una madre all'altra.

Ma Feiyan non era sua madre. Conosceva la propria forza e sapeva cosa le apparteneva e quello che non avrebbe mai dato via. Chiamò sua figlia Duofu, «molte benedizioni», per contrastare tutte le difficoltà e sventure che probabilmente la aspettavano. Chiuse la tavola calda per un mese per prendersi cura di sé e di Duofu. Quando la riaprí ne cambiò il nome da Hometown Diner a Duofu Diner, caratteri rossi su un'insegna dorata appesa fieramente sulla trave dell'ingresso. Cucinava e serviva con Duofu legata sulla schiena. Il suo obiettivo era sempre quello: diventare proprietari di quel pezzetto di terra, farne la loro casa definitiva.

Quando la bambina compí un anno e cominciò a cercare di camminare – con i piedini che saggiavano il pavimento, quasi volesse imparare a conoscerlo centimetro per centimetro – avevano finalmente messo da parte abbastanza soldi per pagare l'anticipo, e comprarono la casa da Fong Lee.

Non avevano piú bisogno di parlare della casa di un tempo, ora che ne avevano una tutta loro. Continuarono a risparmiare. Ora Feiyan aveva un nuovo obiettivo: rimborsare il prestito. Duofu che era nata lí sarebbe cresciuta in quella casa che apparteneva solo a loro.

Il nuovo autunno arrivò in anticipo. Una pioggia fredda sferzò gli alberi e li tinse di oro e ambra. Seguí poi una serie di giorni secchi e fragili con mattine fredde, tramonti veloci e i molti canti dei grilli che si accoppiavano tra le foglie prima di morire. Una notte, chiudendo la tavola calda, Feiyan vide una mezzaluna sopra i rami scuri, silenziosa e brillante. Un dolore inesplicabile si fece strada in lei: le pareva di essere lí solo a metà, con l'altra metà altrove. Perfino i trilli e la risata contagiosa di Duofu quando Feiyan le fece il solletico al momento di dormire le sembrarono reali solo a metà.

Piú tardi quella sera, con Duofu che dormiva contro il suo braccio piegato e Guifeng sull'altro lato, sognò di trovarsi di nuovo nella cucina del Red Peony, dove Ah Gu mescolava la pentola di congee fumante. La spatola girava e girava, e il suo viso, che non aveva mai smesso di turbare Feiyan, era a brandelli rossi, come se le vecchie fiamme si fossero riaccese e le bruciassero di nuovo la pelle. Feiyan riusciva a sentire l'odore del fumo denso e il calore del fuoco che si avvicinava. Aprí gli occhi e vide fiamme rosse che lambivano i muri e salivano lungo i quadri delle finestre. Pensò agli albumi. C'erano ancora uova in cucina? Uova che aveva programmato di far saltare in pentola con i cetrioli per uno dei suoi sei piatti? Scosse Guifeng per svegliarlo, prese in braccio Duofu e corse giú dalle scale. Si precipitò fuori dalla casa in fiamme tossendo. E non si trattava solo di casa loro: tutto l'isolato stava bruciando. Il fumo usciva a ondate da tutta la fila di tetti e finestre. La gente urlava correndo fuori dalle abitazioni piene di fumo. Feiyan passò le dita sul visetto di Duofu, bagnato di lacrime. Guardò il volto di Guifeng, cupo ma non ustionato. Poi toccò il proprio. Almeno non avevano bisogno di albumi, non subito.

Ma nulla poteva salvare casa loro. Guardò le quattro finestre di fuoco. Riuscí a vedere ogni loro bene che bruciava: il letto, la trapunta, i cuscini che aveva ricamato, i vestiti che aveva cucito, i tavoli e le sedie, le bacchette rese lisce dalle dita, il wok che aveva oliato ogni sera. Tutto, compresi i muri e il tetto che si stavano sbriciolando nel violento incendio. Quella casa che un tempo era stata loro era scomparsa.

Guifeng
1876

Ah Ling corse fuori per primo nella notte, con un secchio in mano per attingere acqua a Trout Creek, il torrente. Guifeng si trovava a soli tre passi dalla casetta che bruciava quando udí lo sparo e il tonfo di Ah Ling che cadeva, il secchio che rimbalzava sul terreno della radura. Un istante dopo, tra il crepitio delle fiamme e il fuggi fuggi degli altri compagni, una voce giunse da dietro gli arbusti all'entrata del campo: «Ecco un altro ratto». Dove le scintille venivano sospinte dal vento, Guifeng intravide un lampo confuso di cappelli, un movimento di spalle, un occhio socchiuso o forse un guizzo di metallo, prima di udire il secondo sparo e di sentir cedere la propria gamba. Allungò la mano e toccò il liquido caldo cadendo.

Si rannicchiò in posizione fetale, tra altri spari e grida e fughe precipitose. «Alzati!» Li Shu gli prese il braccio, tirandolo su. Avanzò zoppicando con Li Shu fino al bosco. Si gettarono dietro il tronco di un albero sul suolo accidentato della foresta. La baita nella quale avevano dormito fino a pochi minuti prima ora ardeva come se si stesse offrendo a un qualche dio irato. «Al fuoco! Al fuoco!» Quante volte sarebbe toccato a Guifeng udire quelle parole e destarsi con le fiamme rosse che lambivano le pareti? Solo pochi minuti prima, quando si era svegliato nella casetta piena di fumo, aveva creduto di essere tornato nella vecchia casa con Feiyan e Duofu nell'incendio dell'anno precedente.

Gli uomini con i fucili discutevano tra loro dietro gli arbusti. Alla luce delle fiamme a Guifeng pareva di vederne i denti, gli occhi, la bocca delle armi, forti e luccicanti. Loro non si consideravano certo cani di paglia. Dovevano vedersi come persone solide, resistenti, capaci di bruciare altre persone per ucciderle.

In un momento di calma, il vento trasportò un suono insolito. Un uomo stava svuotando la vescica canticchiando: un motivo semplice e stranamente dolce, come una ninnananna. Quando il canto si fermò, Guifeng udí gli stivali che schiacciavano le foglie. Poi gli uomini se ne andarono.

Quando il fuoco iniziò a muoversi verso il loro nascondiglio, Guifeng e gli altri attraversarono Trout Creek aiutandosi a vicenda. Esaminarono i feriti. Erano quattro: Ah Ling alla pancia, Guifeng al polpaccio sinistro, un altro al braccio destro, il quarto alla spalla. Si strapparono lembi di tessuto dalle camicie e li avvolsero attorno alle ferite. Avevano le mani che tremavano.

Dall'altra parte del ruscello, il tetto della casetta ebbe un sussulto, e le pareti crollarono. Guifeng si sentí stupido per non avere portato con sé il fucile uscendo dalla baita, e per avere pensato che l'incendio fosse un incidente, come quello a Chinatown l'anno precedente. Era senz'altro piú facile pensare cosí che credere che qualcuno li odiasse al punto da cercare di bruciarli nel sonno. Ma come Chang'er gli aveva detto una volta, «i piú pericolosi sono gli uomini». Il fucile che lui e Feiyan avevano comprato dando retta al suo consiglio ora si stava sicuramente sciogliendo.

L'incendio dell'anno prima aveva inghiottito tutto ciò che avevano, senza risparmiare neppure la piccola anatra di stracci che Feiyan aveva fabbricato per Duofu. Per giorni, Duofu aveva pianto: «Anatra, anatra». Feiyan aveva ben altri motivi per piangere. Tutto quello che era riuscita ad accumulare, un pezzo alla volta, era ridotto in cenere. Perfino i cetrioli, i fagiolini e la lattuga che aveva piantato nel cortile sul retro erano andati in fumo.

Nessuno sapeva per certo come fosse divampato l'incendio. I bianchi in città accusavano loro, perché il fuoco aveva danneggiato anche quattro o cinque botteghe bianche al limite di Chinatown. Gli abitanti del quartiere cinese, invece, non sapevano chi incolpare. Fecero risalire l'origine dell'inferno a un gruppetto di case che erano state le prime a bruciare. Una lavanderia di proprietà di padre e figlio, che giurarono di essere andati a dormire senza lasciare accesa nessuna candela o lampada a cherosene. Il proprietario di un saloon insisté nell'affermare di avere spento tutte le braci nella stufa in cucina.

Non avevano nessuno con cui prendersela. E Guifeng e Feiyan non avevano un'assicurazione per coprire le perdite. Non l'avevano stipulata perché non ce n'erano a disposizione.

Ma ricostruirono casa loro con denaro preso a prestito a interessi altissimi dall'usuraio Luo Laoda. Finché avevano la terra, potevano costruirci sopra un'altra casa. Guifeng aumentò le ore di lavoro al campo dei tagliaboschi per poter rimborsare il prestito piú in fretta. Viveva quasi sempre nella baita, tornando a casa solo due notti in settimana e la domenica mattina. Cercava di evitare il ritorno di sabato sera, quando si riuniva la Caucasian League, un'associazione che avevano formato i bianchi in città subito dopo l'incendio. Il loro progetto era esplicito: cacciare via tutti i cinesi da Truckee. Avevano già fatto delle incursioni nei campi di lavorazione del legname, gridando: «I cinesi se ne devono andare!» Era diventata loro abitudine dare la caccia ai cinesi dopo l'incontro settimanale. Una volta un taglialegna cinese era stato trovato impiccato a un lampione nella parte bianca della città.

A Guifeng non era dispiaciuto passare le notti nella baita con Li Shu, Ah Ling e gli altri tre compagni. Gli ricordava il periodo alla ferrovia, quella vita piú semplice in cui bastava lavorare e spedire denaro a casa per essere soddisfatti. I suoi compagni facevano proprio quello: mandavano la paga alle famiglie e il resto lo spendevano fumando, giocando d'azzardo o andando con le prostitute. Avevano abbracciato la filosofia del vivere alla giornata, perché la situazione poteva sfuggire loro di mano in qualsiasi momento. Possedevano solo l'essenziale, si tenevano addosso gli oggetti di valore, cosicché, quando dovevano scappare, non perdevano granché.

A volte Guifeng avrebbe voluto essere ancora come loro, vivere una vita piú semplice con traguardi meno ambiziosi. Ma Feiyan voleva di piú: un appezzamento di terra, una casa a due piani, una tavola calda, un orto. Una casa vera, tutta loro. Era chiedere troppo per un cinese in quel Paese? Ma sapeva che non si trattava solo di Feiyan: anche lui lo voleva. Forse dentro di sé credeva che, se si fosse dedicato alla costruzione di quella casa, con la donna che amava profondamente e la bambina che aveva visto nascere e crescere, avrebbe potuto smettere di pensare alla sua famiglia in Cina. Come se, grazie all'impegno per la nuova casa, il fatto di dimenticare quella vecchia potesse essere perdonato. Non mandava denaro a casa da tre anni, fin da quando era nata Duofu. Che pensassero pure che era morto, com'era successo a suo padre, com'era possibile che stesse accadendo proprio in quel momento, con il sangue che continuava a sgorgargli dal foro del proiettile nella gamba.

Steso accanto a lui, Ah Ling smise di imprecare, come faceva sempre quando perdeva una partita di Fan-Tan, e lanciava maledizioni colorite, poi taceva e accettava in silenzio la sua sfortuna. Ah Ling era un assiduo frequentatore delle bische e gli piaceva ripetere che sopravvivere a Montagna d'Oro era di per sé un gioco d'azzardo in cui la posta era la propria vita. Quando aveva una monetina che gli avanzava, la giocava sperando di avere fortuna. Diceva che il karma era ormai un'idea superata, e che a dominare era il caso: ogni volta che giocava, per lui significava riavvicinarsi alla vita o alla morte. Li Shu accumulò altre foglie da mettergli sotto la testa. Ah Ling chiuse gli occhi, accettando il suo fato.

Guifeng perdeva conoscenza di tanto in tanto. A un certo punto, con gli occhi chiusi, vide gli alberi a mezzogiorno che brillavano di una luce color smeraldo. Feiyan si spogliava al centro della radura, la pelle illuminata dal sole. Poi Guifeng stava tagliando alberi. Una sequoia centenaria cadde al suolo. Dalla terra al cielo e di nuovo alla terra. Era con un sospiro, un gemito o un urlo finale che sarebbe terminata la sua vita? Guifeng e Ah Ling trascorsero diverse ore a tagliarla, il che non era molto diverso dal trapanare un foro nel granito con Ah Fook. Ore di lavoro faticoso, di movimenti ripetuti, ritmici, compiuti dai piccoli cani di paglia umani, avanti e indietro, avanti e indietro, con i muscoli che ruotavano, si contraevano, sfregando su ossa e aria. Movimenti che ricordavano quelli di un amplesso, dello strofinio accanito del suo corpo e di quello di Feiyan, non per abbattere qualcosa o per uccidere un elemento vecchio di secoli, ma per raggiungere un momento finale di rottura in cui veniva rilasciato qualcosa di nuovo, qualcosa forse di non troppo diverso dall'anima dell'albero antico, una specie di fuoco. Fiamme verdi caddero tutt'attorno a loro.

Poi si ritrovò in cima alle montagne e spalava neve per la ferrovia. Era gelato, e i suoi pensieri erano pieni di desideri freddi. Non sapeva ancora che sarebbe precipitato giú dalla montagna avviluppato in neve e vento. Non era ancora accaduto. Aprí gli occhi tremando. I resti della baita continuavano a bruciare, cosí come gli alberi e i cespugli circostanti. Lí era il fuoco a regnare, non il ghiaccio. Ma erano tutti fatti di paglia, tutti cani di paglia che crepitavano, emettevano gli ultimi latrati agonizzanti. Perché all'universo non importava, e agli occhi del cielo e della terra le diecimila cose erano tutte uguali. I fuochi che lui e Feiyan avevano acceso e quelli che erano stati appiccati contro di loro non erano diversi agli occhi del cielo e della terra. Era tutto opera di cani di paglia.

Si appoggiò al cuscino di foglie che Li Shu aveva fatto per lui e guardò in alto tra il fogliame fino a vedere i ritagli di cielo punteggiato da stelle rade, che si mostravano quasi per compassione.

7.
Faccende domestiche
1881

Mrs Turner controllò per l'ultima volta il salotto prima di far segno a Sixiang di aprire la porta. Due signore della sua parrocchia erano venute a farle visita. Entrambe portavano abiti pieni di merletti e allacciati fin sotto il mento come Mrs Turner. L'abbondanza di pizzi e nastri le faceva sembrare tre teste che galleggiavano sulla schiuma del mare. Sixiang aveva scoperto che sotto i tessuti morbidi degli abiti avevano armature di metallo strette sul tronco, ma nessuna di loro sembrava soffrirne. Dovevano essersi abituate, proprio come le donne cinesi come Mrs Chen e la madre e la nonna di Sixiang si erano abituate alle bende strette attorno ai piedi.

Sixiang serví tè e biscotti prima di riprendere a pulire le scale. Mrs Turner le aveva insegnato a strofinare ogni gradino con uno straccio. La scopa di filacce non andava bene, diceva, perché lasciava tracce sul legno verniciato. «È essenziale che sia tutto pulitissimo» le piaceva ripetere «perché Dio non entra in una casa sporca». Di conseguenza Sixiang passava parecchio tempo in ginocchio.

Prima, a colazione, Mr Turner aveva letto ad alta voce un articolo sul giornale del mattino: «I servi e i lavandai cinesi portano germi nelle case delle famiglie bianche, creando una rete perfetta di contagi e infezioni». Mentre Sixiang gli versava il caffè nella tazza, avvertí lo sguardo di Mrs Turner su di lei, come se volesse capire di quali germi fosse portatrice. Anche se di solito la padrona aveva un viso amabile – a differenza di Mrs Chen, impassibile o furiosa – non era difficile per Sixiang immaginare qualcosa di duro al suo interno, analogo a ciò che nascondevano gli abiti con i fronzoli.

Ora le tre donne stavano discutendo dell'articolo di giornale. «Incredibile. Hanno trovato un cinese con il vaiolo che lavorava in una fabbrica di babbucce. Deve averne contaminate migliaia di paia» disse la visitatrice piú alta e grassa. «Io ne portavo, di babbucce cosí. Erano bellissime, tutte ricamate di perline. Ma dopo avere letto l'articolo, le ho gettate nella spazzatura. E mi sono pulita i piedi con l'alcol».

«Buon per te» disse la visitatrice magra. «Il modo in cui fabbricano i sigari, poi, è disgustoso. Si mettono il sigaro in bocca e lo coprono di saliva. Vernice cinese, la chiamano. Nauseabondo. Dopo che Mr Louis l'ha letto, ha giurato che d'ora in poi fumerà solo sigari bianchi».

«E non è tutto» aggiunse Mrs Turner. «I lavandai cinesi sputano sul bucato mentre stirano. Adesso è solo Cindy a fare il bucato». Cindy era il nome inglese che Mrs Turner aveva dato a Sixiang. Aveva detto che non sarebbe mai riuscita a pronunciare il suo, e Cindy non era molto diverso.

Sixiang si sentí addosso lo sguardo delle tre donne, quando la piú magra chiese a bassa voce: «Quanti anni ha?»

«Quindici» rispose Mrs Turner. «Giusto, Cindy?» chiese a Sixiang.

«Sí, signora» rispose Sixiang dalle scale.

«Non era una di quelle...?» bisbigliò ancora la signora esile con voce perfettamente udibile. «Il figlio di Mrs Burn si è preso una brutta sifilide in un postribolo cinese. Quegli stupidi ragazzi spendono le loro paghette in...»

«Oh, no, certo che no» rispose Mrs Turner con una traccia di indignazione nella voce. «Cindy era una schiava, tratta in salvo dalla Missione quando aveva solo undici anni. È pulita, lei».

«Ah, bene» disse la signora alta. «Direi che è meglio avere una cameriera di un domestico. Non mi sentirei sicura a lasciargli i miei figli, soprattutto la femmina. E poi si danno di quelle arie... Il primo che ho incontrato era sfrontato. Non immagineresti mai come ha reagito quando gli ho detto che l'avrei chiamato Charlie, come fanno tutti. Ha detto: "Allora io vi chiamerò Mary, giacché sono entrambi nomi molto diffusi". Che insolenza! L'ho mandato via subito».

Sixiang aveva finalmente finito le scale, sollevata all'idea di potersi rialzare e allontanare dalle donne. Da quando era stata mandata a lavorare per i Turner, non le era piú stata rivolta la domanda mattutina: «Quale macchia ti toglierà oggi dal cuore Dio?» Le domande adesso erano piú specifiche e letterali: «Hai le mani pulite?» «Le hai lavate con il sapone dopo essere andata al gabinetto?» «Non sputi quando fai il bucato, vero? È una vostra tradizione?»

Nello specchio dell'ingresso, Sixiang intravide il proprio viso, un viso molto diverso da quello delle signore bianche, dai lineamenti distintivi e pronunciati. Sixiang si pose davanti allo specchio e fissò il proprio riflesso: quella era la faccia che le signore vedevano e che suggeriva loro idee di germi e prostitute. Sixiang non aveva mai pensato molto al proprio viso in passato, perché la maggior parte delle facce che aveva visto assomigliavano alla sua, anche se erano tutte diverse. C'era la faccia di sua madre con i due incisivi lunghi che davano l'impressione che sorridesse anche quando era triste. C'era il volto giovane e regolare di suo padre nella foto. C'era la faccia grassa e corrucciata di Mrs Chen e il volto, benevolo come quello di uno zio, di Mr Chen quando era di buonumore. E c'era la faccia di Daoshi, come descriverla? Serena, sobria, riflessiva, un volto al quale Sixiang pensava spesso quanto a quello di sua madre da quando c'erano stati i disordini. E alla Missione, a parte Miss Moore e Miss Webb, gli altri visi assomigliavano al suo. Erano tutti d'accordo che la piú bella tra loro era Ah Juan, tanto graziosa che perfino Miss Moore e Miss Webb le parlavano con dolcezza. Come Sixiang, anche lei era stata mandata a vivere con una famiglia bianca per imparare a sbrigare le faccende domestiche, per costruire «il carattere, la diligenza, l'indipendenza e l'autonomia», come aveva detto loro Miss Moore. Chissà se anche Ah Juan era sorpresa quando si vedeva allo specchio, con i volti bianchi invadenti dei suoi padroni sempre vicini e i loro occhi pronti a cogliere germi e sporcizia in lei. Riusciva un volto bello come quello di Ah Juan a resistere al peso del loro esame?

Mentre spazzava il pavimento delle stanze al piano superiore, Sixiang pensò al corpo nudo di Ah Hong che pendeva dal ramo di quercia. «Non ha bisogno di pregare il loro Dio per essere pulito» aveva detto Ah Hong a proposito dell'albero. Il suo corpo pallido aveva una sfumatura bluastra. Sembrava pulito, ma dov'era la vita in esso?

La carta da parati in salotto ripeteva all'infinito rose e foglioline, mentre il giorno era scandito dall'alto orologio a pendolo che annunciava l'arrivo di ogni ora, anche di notte. Solo alla seconda settimana dai Turner, Sixiang aveva imparato a dormire senza farsi svegliare dai rintocchi sonori ogni ora.

Adesso il mattino non si svegliava con le tortore che tubavano fuori dalla finestra, dove il ramo di quercia dondolava a volte vuoto, altre volte oppresso da un peso nella mente di Sixiang. E non c'era piú da litigare per l'acqua pulita o aspettare in fila per un mestolo di congee o inventarsi qualche altra forma di sporcizia che Dio potesse toglierle dal cuore.

Adesso si destava con una sveglia che suonava accanto al suo letto. Restava sdraiata con gli occhi aperti qualche minuto, studiando la sua stanzetta: una piccola scrivania, una sedia, carta da parati color sabbia, pavimento di legno. Di tutte le stanze in cui aveva dormito nei suoi quindici anni di vita, quella le pareva la piú vuota.

Alle cinque accendeva il fuoco, cuoceva la zuppa di farina di avena, faceva il caffè, apparecchiava. Poi svegliava Mrs Turner, che cuoceva le salsicce mentre Sixiang faceva bollire le uova. Quindi andava a prendere il giornale e lo lasciava a capotavola, il posto di Mr Turner. A quel punto svegliava i bambini: Luke, dieci anni, e Sally, sette, che

Sixiang aiutava a vestirsi. Sally era una bambina dall'espressione seria che si divertiva a correggere l'inglese di Sixiang: «Non *not*, ma *lot*, guarda la mia lingua». Afferrava il mento di Sixiang nelle sue manine e studiava la sua lingua. Mrs Turner scoppiava a ridere per la precocità della figlia.

Luke guardava Sixiang con aria curiosa. «Li mangi i topi, tu?» le aveva chiesto il giorno dopo il suo arrivo, mentre la ragazza serviva la cena seguendo le indicazioni di Mrs Turner.

«No» aveva risposto Sixiang, anche se non li avrebbe disdegnati dopo l'alluvione, se i roditori non fossero fuggiti tutti dal suo villaggio affamato.

«Non essere scortese» aveva detto Mr Turner a Luke.

«Ma i miei compagni di scuola dicono che i loro servitori cinesi mangiano tutto quello che ha le gambe meno il tavolo».

Marito e moglie avevano riso. «Mangeranno anche me?» aveva chiesto Sally allarmata. «Io le ho le gambe. Mi mangerai, Cindy?»

«Non essere sciocca» aveva detto Mrs Turner, ma avevano guardato tutti Sixiang come aspettandosi che li rassicurasse che non l'avrebbe fatto.

«Vi prego di scusarmi» era riuscita solo a dire. Le era tornato in mente il giorno in cui era stata portata via da casa dei Chen, e aveva rivolto a Yizheng la stessa domanda: «Mi mangerete?» «È la cosa piú stupida che abbia mai sentito» era stata la risposta di Yizheng. Sixiang pensava che sarebbe stata una risposta appropriata anche alla domanda di Sally, ma naturalmente non poteva permettersi di dire una cosa del genere.

«Il cambiamento è buono» aveva detto sua nonna dopo essersi accordata con Madam per venderla. «Il cambiamento fa morire un albero e vivere una persona». La vita non aveva smesso di cambiare per Sixiang, che aveva continuato a vivere. Forse per abitudine continuava a misurare ogni cambiamento in base alla quantità e qualità dei pasti. Durante le prime settimane, Mrs Turner le aveva insegnato a fare crostate alle ciliegie, bavaresi alle fragole, stufato di manzo, pollo arrosto, pesce fritto. Erano tutti piatti saporiti, grassi, sostanziosi, ma ora, dopo qualche mese a base di quell'alimentazione, Sixiang sentiva la mancanza di una semplice ciotola di congee per colazione e di riso con verdure saltate per pranzo e cena. Perfino i pasti scarsi della Missione, che aveva tanto odiato, non le sembravano tanto male ripensandoci ora.

Ma il cibo non era l'unico suo pensiero. Sixiang non aveva dimenticato perché era andata a Montagna d'Oro. Non era solo per riempirsi la pancia e restare viva, ma per trovare suo padre e riportarlo a casa, affinché la sua famiglia fosse di nuovo al completo. Come trovarlo? Non vedeva Daoshi dal pomeriggio del suo salvataggio quattro anni prima. Una volta, dopo che Ah Jia se n'era andata al collegio nella costa orientale, Sixiang aveva chiesto a Miss Moore di poterla accompagnare in un negozio di alimentari a Chinatown. Erano passate davanti al banco dei pegni, ma Daoshi non c'era piú.

Alla Missione, Sixiang si era concentrata sullo studio. Voleva imparare tutto quello che Ah Jia stava imparando nella scuola vera a Philadelphia, come le raccontava nelle poche lettere che le aveva scritto. Ma in alcune delle materie che Ah Jia studiava, come latino e scienze, neppure Miss Moore e Miss Webb erano in grado di aiutarla. Sixiang aveva capito che aveva solo due possibilità: sposare un uomo cristiano o essere rispedita in Cina per fare la missionaria. Avrebbe scelto la seconda, ma prima doveva cercare di trovare suo padre. Se non fosse stato possibile, sarebbe tornata a casa da sola e avrebbe mantenuto sua madre e la nonna con lo stipendio da missionaria. Dopotutto, con o senza suo padre la sua famiglia era riuscita a barcamenarsi per dieci anni. Adesso che era adulta, potevano sicuramente cavarsela anche meglio.

Oltre a progredire in inglese con la Bibbia, Sixiang, con un gruppetto selezionato di ragazzine, aveva imparato a leggere e scrivere in cinese per due ore due volte alla settimana con una studentessa universitaria appartenente a una famiglia ricca di Guangzhou, la capitale provinciale. Miss Moore diceva che per diventare una brava missionaria in Cina bisognava conoscere entrambe le lingue. Solo le ragazze pulite e con il cervello fino potevano aspirarvi. «Dio ha una missione importante per alcune di voi» aveva detto Miss Moore a Sixiang dopo che era stata battezzata.

Sixiang aveva ricevuto il battesimo durante la prima primavera trascorsa alla Missione. Le era sempre parso un privilegio: le bambine battezzate sembravano possedere un certo orgoglio, un'aria invincibile. Anche se continuavano a sentirsi chiedere: «Quale macchia vi toglierà oggi dal cuore Dio?», parlavano della propria sporcizia con un certo distacco, come se sapessero che sarebbero andate in paradiso in ogni caso.

Al suo battesimo, quando Sixiang aveva piegato la testa indietro fino a sentire il freddo dell'acqua, e poi ancora piú giú fino ad avere il volto sommerso per metà, le era tornata in mente la donna annegata che sbatteva contro la loro tinozza durante l'alluvione, con i capelli che si allargavano come ali esauste, proprio come i capelli di Sixiang in quel momento, fradici e sparpagliati. Aveva invocato il perdono di Dio per un pensiero tanto impuro: quell'immagine del passato era demoniaca, mentre Sixiang ora veniva salvata dall'inferno. Aveva cercato di visualizzare il paradiso dove tutti erano di un bianco luminoso e si muovevano senza paura. Lí avrebbe cercato la sua famiglia, ma sarebbe riuscita a trovarla? Come potevano la mamma e la nonna essere lí, se non erano state battezzate? Significava che sarebbe rimasta separata da loro per l'eternità. Sarebbe finita nel paradiso cristiano abitato dai bianchi con una dozzina di ragazze cinesi che cercavano invano le proprie famiglie. Non avrebbe potuto trovarci neanche Ah Hong, condannata all'inferno a causa del suo peccato.

Ma ugualmente il battesimo era un passo cruciale se Sixiang voleva essere mandata in Cina. Aveva studiato cinese con applicazione, desiderando scrivere una lettera a sua madre. Aveva visto le vecchie buste che suo padre aveva spedito loro, e ricordava come si scriveva il nome del suo villaggio, e il nome di sua nonna alla quale erano sempre indirizzate le missive. Con l'aiuto della sua insegnante Sixiang aveva scritto una lettera, e con il permesso di Miss Moore l'aveva spedita. Ma non aveva ricevuto risposta. Forse la lettera si era smarrita. Era cosí piccola, insieme a tante altre lettere e pacchi, tra merci e persone in viaggio che attraversavano l'oceano nel corso di un mese e poi risalivano il fiume. O forse il suo villaggio non esisteva piú. Stava già scomparendo quando la barca aveva portato via Sixiang e lei aveva visto la montagna verde, grande e grossa, mentre le persone rimpicciolivano e morivano. Ma non si sarebbe soffermata su quel secondo pensiero. Doveva convincersi che il villaggio era ancora lí, proprio come sua madre e sua nonna. Lo avrebbe ritrovato da sé quando sarebbe tornata in Cina.

Il lavoro da domestica rientrava nella formazione. Tutte le ragazze piú grandi e pure erano affidate a una famiglia bianca per imparare a occuparsi della casa in modo cristiano. Non avrebbero solo prestato servizio e aiutato in casa, ma soprattutto, come disse loro Miss Moore, ne avrebbero tratto degli insegnamenti. Miss Moore diceva che si trattava di un'educazione vera e propria, e che i loro padroni erano gli insegnanti. Dopo avere servito la famiglia per due anni, tornavano con una valutazione da parte del padrone-insegnante. Basandosi su quest'ultima, la Missione avrebbe deciso se una ragazza era piú adatta a sposarsi o a diventare missionaria.

La famiglia di Sixiang si trovava a Grass Valley, una città tra le colline ai piedi della Sierra. Con Miss Webb come scorta e altre due ragazze assegnate a famiglie in una città vicina, Sixiang aveva viaggiato su un treno lungo la ferrovia costruita da suo padre. Le montagne erano apparse nel finestrino e diventate sempre piú grandi a mano a mano che il treno avanzava sferragliando, nascondendo alla vista il luogo dove doveva trovarsi suo padre, sull'altro lato. Quando il convoglio si era fermato ai piedi della Sierra, un carro mandato dai Turner era venuto a prenderla alla stazione. Non sapeva come o quando sarebbe risalita sul treno per attraversare le montagne, ma si era avvicinata parecchio all'obiettivo.

Un giorno, poco dopo la visita delle signore della parrocchia, Sixiang uscí in giardino per annaffiare le piante e vide un ragazzo che tagliava i cespugli di sempreverdi dei vicini, la cui proprietà confinava con quella dei Turner. Aveva un volto inequivocabilmente cinese, ma non portava né treccia né fronte rasata. Mr Chen aveva chiamato gli uomini cinesi senza codino «vigliacchi», e Mrs Chen gli aveva fatto eco definendoli «uomini che avevano smarrito la strada».

Sixiang aveva pensato a quel ragazzo. Lo aveva visto il giorno del suo arrivo a Grass Valley, anche prima di incontrare i Turner. Dopo che il carro l'aveva prelevata in stazione e l'aveva portata in un quartiere di case non tutte ammassate tra loro, appoggiate le une alle altre come a Chinatown, ma distanziate, con giardini e prati, si era fermata proprio dove il ragazzo stava pareggiando i sempreverdi. Lui aveva alzato lo sguardo dai cespugli. Aveva diciassette o diciott'anni, l'età di suo padre nella foto che continuava a portare con sé. C'era anche qualcosa di simile nei loro volti: la regolarità di occhi e bocca, forse, e una specie di testarda compostezza. Piú Sixiang esaminava la fotografia di suo padre, piú trovava che non fosse calmo come il suo volto poteva suggerire, ma che si imponesse quell'atteggiamento, che lo faceva sembrare solo e un po' triste.

Quando Sixiang era scesa dal carro, il ragazzo le aveva fatto un piccolo cenno, distraendosi solo per un attimo dai suoi pensieri, come se il suo arrivo non fosse nulla di speciale. Ma non si era mai sentita piú consapevole del proprio corpo ormai quasi adulto, che indossava come una sorta di armatura. Alla Missione aveva osservato le ragazze piú grandi: alcune stavano dritte per esibire le proprie curve; altre erano ingobbite, come se le nuove forme fossero solo un peso in piú da portare. Sixiang oscillava tra quei due atteggiamenti, ma aveva deciso di adottare una via di mezzo: accettare il proprio corpo senza esibirlo, muoversi con sicurezza e modestia. Eppure la rapida occhiata e il gesto freddo del ragazzo, il primo ragazzo cinese che vedeva da anni, o cosí le era parso, l'avevano fatta sentire appariscente e insieme banale.

Da allora, quando si trovavano nei giardini delle case rispettive, lui le faceva un cenno di saluto ma non diceva mai una parola. Si chiamava Michael, era il figlio adottivo dei Cole, seppe Sixiang da Mrs Turner.

Ora, mentre annaffiava le rose, lei finse di non vederlo. I suoi capelli erano arricciati in morbidi boccoli, avendo dormito con striscioline di stracci e forcine nelle ultime notti. Mrs Turner le aveva mostrato come fare e ogni mattina commentava: «Che carini, non trovi?» Era cominciato tutto con l'abito di foggia occidentale, un regalo di Mrs Turner il giorno dopo la visita delle sue amiche della parrocchia. «L'ho messo solo un paio di volte, ma ormai mi è piccolo. Ora è tuo». L'aveva aiutata con i lacci, i bottoni, gli sbuffi e i pizzi. «È un buon inizio» aveva decretato, facendo un passo indietro per osservare Sixiang. «Il prossimo passo saranno i capelli. Sarà divertente. Sembrerai proprio una ragazza americana».

Sixiang si era sentita orgogliosa. Nello specchio, restava da americanizzare solo il volto. Forse avrebbero ignorato il suo viso se avesse portato il vestito occidentale e i capelli ricci. Forse non l'avrebbero piú considerata portatrice di germi e malattie. Forse l'avrebbero vista come quasi americana e certamente cristiana.

Aveva cominciato anche a imitare il loro inglese, a scimmiottare le intonazioni, usando tutte quelle parole superflue che rendevano tanto naturale la loro lingua. Aveva sentito Michael parlare inglese con Mrs Cole in giardino. Parlava bene: se non l'avesse visto, non avrebbe capito che non era bianco. Chissà se anche lui era considerato un portatore di malattie.

La stava osservando quando Sixiang sollevò il volto dai cespugli di rose. «Non permettere loro di trasformarti in una scimmia» le disse da dietro lo steccato, a pochi metri di distanza, le cesoie strette in mano. Sembrava quasi arrabbiato, come se si sentisse offeso, come se lei, che Michael neppure conosceva e con cui non aveva mai parlato, lo facesse vergognare.

«Che cosa?» chiese, ma in realtà capí benissimo cos'aveva voluto dire. Parlando, le aveva fissato i capelli ricci. Poi era sceso con lo sguardo lungo l'abito stretto che, si rese conto Sixiang, le impediva di respirare liberamente. A casa, al mercato del suo villaggio, aveva visto una scimmietta ammaestrata, vestita in abiti da neonata, che si esibiva in pubblico. Quando la scimmia era brava, il padrone le dava un pezzetto di banana o le faceva una carezza in testa. Sixiang non si capacitava che un ragazzo non molto piú grande di lei l'avesse offesa in quel modo. «E tu, allora?» ribatté Sixiang. «Un cinese senza codino».

Parve volerle rispondere a tono. Aprí la bocca ma la richiuse. Fece un sorriso beffardo che avrebbe potuto essere rivolto a Sixiang, a sé stesso o a entrambi. Abbassò gli occhi e si rimise a tagliare i cespugli, che non erano ovali, tondi o quadrati come quelli che Sixiang aveva visto nel quartiere, ma salivano e scendevano come onde.

Quando Sixiang rientrò in casa, Mrs Turner la stava aspettando per insegnarle a fare il pasticcio di pollo. Poi le avrebbe mostrato come si cuciva una trapunta. Sembrava avere una lista di cose da fare per ogni ora del giorno, una lista che non ammetteva potesse finire. Continuava ad aggiungere voci, cose nuove da fare, e che quindi anche Sixiang doveva fare. Il modo in cui Mrs Turner la osservava le ricordava Miss Moore. Lo sguardo calcolatore, con un'idea precisa in testa. Apparentemente lei non era solo la domestica e la studentessa di Mrs Turner, ma anche il suo nuovo progetto, un progetto sempre in corso, anche dopo che l'elenco di cose da fare era stato completato. Dalla visita delle sue amiche della parrocchia, quel giorno, sembrava che Mrs Turner avesse visto un potenziale di espansione di quel progetto e lo avesse accolto con entusiasmo. Chiamare Sixiang Cindy e insegnarle a cucinare, a fare i lavori di casa e a migliorare l'inglese era solo l'inizio. C'era dell'altro. Non avrebbe cambiato solo l'accento, l'alimentazione, l'atteggiamento di Sixiang, ma anche i vestiti, i capelli e tutto ciò che era modificabile. L'avrebbe trasformata in una ragazza americana, un progetto che anche Sixiang aveva accettato di buon grado. Fino a quando il ragazzo non le aveva dato della scimmia.

«Il figlio adottivo di Mrs Cole» chiese Sixiang a Mrs Turner mentre preparavano il pasticcio «non ha un lavoro? Perché è sempre in giardino?»

«Quel ragazzo non riesce a tenerselo, un lavoro». Mrs Turner parve animarsi a quella domanda. «Mr Cole l'ha fatto lavorare nella sua banca all'inizio dell'anno, ma dopo un paio di mesi Michael ha smesso di andarci. Mrs Cole dice che gli altri dipendenti protestavano per il fatto che ci fosse un cinese tra loro. Ma sai, potrebbero esserci altre ragioni. Francamente, quel ragazzo ha un brutto carattere. È collerico, per questo è stato espulso da scuola. Frequentava lo stesso liceo di Jason, il nostro figlio maggiore, che ora studia a Harvard, l'università migliore del mondo. Ma Michael, quello strano ragazzo, rimane a casa e non fa nulla eccetto qualche lavoretto per Mrs Cole. Poverina, una sera di qualche anno fa il ragazzo ha fatto una scenata terribile. Abbiamo sentito tutto: "Preferirei che mi aveste lasciato morire con i miei veri genitori". Una cosa straziante per i nostri poveri vicini. Mr Cole voleva sbatterlo fuori, ma evidentemente la moglie non gliel'ha permesso. Dopotutto l'ha cresciuto lei, l'ha trattato come uno di loro. Adesso che i suoi veri figli sono tutti sposati e abitano altrove, lei lo tratta come un bambino piccolo, e cosí naturalmente lui non crescerà.

«Ma tu, mia cara, sei ben diversa. In soli tre mesi hai imparato a tenere la casa pulitissima e a cucinare alla perfezione i nostri cibi. Guardati...» Mrs Turner arretrò per ammirare i suoi capelli ricci e l'abito stretto. «Al termine di questi due anni, sono sicura che sarai diventata una di noi».

La notte apparteneva solo a Sixiang. Nella sua stanzetta, dopo avere tolto l'abito stretto e pesante, si inumidí i falsi ricci con un asciugamano bagnato e osservò i capelli raddrizzarsi e ricaderle sulle spalle. Si rivide con gli occhi del ragazzo, come una scimmia, una ragazza cinese che cercava di essere bianca. Ma cosa c'era di male nel cercare di essere bianchi? Non era forse vero che ogni giorno, fin da quando era stata salvata, era trascorso nel tentativo di arrivare a quel traguardo? Non era il prezzo da pagare per non essere una mui tsai, o «schiava», come li chiamavano i bianchi? «La schiavitú è stata abolita in America nel 1865» aveva detto loro Miss Moore. «Il Paese ha combattuto una guerra a questo scopo. Non permetteremo ai pagani di riportare qui quella pratica disumana». Sixiang era stata salvata, e doveva essere piú bianca che poteva per dimostrare la propria gratitudine e per meritarselo. Aveva trascorso quattro anni a imparare le Scritture per essere piú vicina al loro Dio. Adesso le restavano un anno e otto mesi e mezzo per imparare a vivere e a prendersi cura della casa come loro. Era suo dovere, e lo aveva fatto con tale convinzione che non le era mai passato per la testa che qualcuno la vedesse come una scimmia.

Decise di ignorare il ragazzo che non sapeva neanche il cinese, che parlava e si vestiva come un bianco ma svolgeva le mansioni di un servitore cinese e osava insultarla quando era lui stesso per primo una scimmia. Si avvolse le ciocche di capelli nelle strisce di stracci che le aveva dato Mrs Turner. Non avrebbe smesso di farsi i ricci solo perché lui pensava che la stessero trasformando in una scimmia. Lei lo faceva per sé, decise, non per gli altri.

Ma nel corso della notte, mentre i suoi capelli prendevano la forma di ricci perfetti, la parola «scimmia» le risuonò forte nella testa.

I mobili e le suppellettili che Sixiang puliva quotidianamente le ricordavano quelli che la sua famiglia aveva posseduto un tempo quando era piccola. Il tavolo di noce della sala da pranzo le fece riaffiorare ricordi del loro tavolo di *hongmu* con le gambe a forma di zampe di leone. Il tavolino col piano di vetro somigliava al loro, ricavato dalla radice di un albero. La porcellana in bella mostra nella vetrinetta della credenza aveva un motivo floreale d'oro che ricordava quello delle ciotole antiche della famiglia di Sixiang. Aveva quasi dimenticato tutto ciò. Aveva imparato a non affezionarsi agli oggetti materiali, che avevano la tendenza a scomparire dalla sua vita. Ma Mrs Turner non pareva provare la stessa ansia. Non sembrava che temesse di doversene disfare per barattarli con del cibo. Doveva essere bello vivere senza avere paura di perdere le proprie cose.

Durante i quattro anni alla Missione, Sixiang aveva assistito al matrimonio di una decina di ragazze. Vestita di bianco, il colore della morte e dei funerali per i cinesi ma dei matrimoni per i cristiani, la sposa stava al centro del salotto della Missione accanto a un uomo che conosceva appena. Le altre ragazze reggevano una lampada ciascuna cantando: «Tutte le lampade sono pronte ad ardere? Lo sposo può fare il suo ingresso?» Poi ognuna di esse riceveva una fetta di torta nuziale dolce come aveva detto Ah Jia, e gli sposi scendevano le scale fino in strada, salivano su una carrozza che li portava via e non tornavano mai piú.

Se avesse sposato un cristiano, anche lei sarebbe stata circondata da tutti quegli oggetti luccicanti? Sarebbe rimasta a Montagna d'Oro, avrebbe portato un corsetto e un sellino, si sarebbe arricciata i capelli, sarebbe andata in chiesa e avrebbe avuto bambini che parlavano un inglese perfetto e conoscevano tutte le espressioni idiomatiche, come Luke e Sally? Ma anche se fosse andata cosí, i suoi figli avrebbero avuto il suo stesso aspetto, e sarebbero stati considerati portatori di malattie o scimmie. Non certo veri americani.

Doveva restare fedele al suo progetto. Avrebbe servito i Turner nel migliore dei modi, avrebbe ricevuto una valutazione positiva e Miss Moore l'avrebbe mandata in Cina come missionaria. Forse poteva anche chiedere ai Turner di aiutarla a trovare suo padre, perché Mr Turner usciva per andare al lavoro ogni giorno e doveva conoscere molta gente. Forse sarebbero stati disposti ad aiutarla per carità cristiana.

Sixiang e Mrs Turner stavano preparando una crostata al rabarbaro il pomeriggio successivo, usando la ricetta di sua nonna. Mrs Turner stava parlando di suo padre. Raccontava regolarmente a Sixiang episodi della propria vita, sempre gli stessi. Ma quello a proposito di suo padre era nuovo. Era spesso via da casa quando lei era piccola, ma ora che aveva l'età di sua madre capiva meglio la sua assenza, perché come Mr Turner doveva mantenere tutta la famiglia. Disse a Sixiang che solo lei, tra i fratelli, riusciva a far sorridere il padre che tornava stanco dopo una giornata di lavoro.

«Vorrei trovare mio padre» disse Sixiang a bassa voce, non sapendo se era il momento adatto per avanzare la sua richiesta.

«Come dici?» Mrs Turner la guardò. «Pensavo che fossi orfana. Mi avevano detto che siete tutte orfane».

«No, signora. Mia madre abita in Cina, e mio padre è qui. Sono venuta per trovarlo e riportarlo a casa».

«Oh». Mrs Turner parve smarrita per un istante. Dispose i pezzi di rabarbaro che Sixiang aveva tagliato sulla crosta di pasta, con dita agitate. «Allora non mi stavi ascoltando. Naturalmente la mia vita non ti interessa, ma anche questo fa parte della tua educazione. Ti fa bene imparare a conoscere una famiglia cristiana, come facciamo le cose, il nostro modo di pensare e agire. Non trovi?»

«Non trovi?» era il modo in cui la signora Turner terminava molte delle sue frasi. Una domanda in forma negativa che non consentiva una risposta negativa. Sixiang non avrebbe mai potuto dire, no, non trovo, e non poteva che convenire: «Certo, Mrs Turner, sono completamente d'accordo con voi».

Non c'era posto per suo padre nel progetto di Mrs Turner, proprio come in quello di Miss Moore. Per loro Sixiang doveva essere un'orfana, sola e indifesa, per dipendere interamente dalla loro carità nelle forme che piú desideravano. Un padre l'avrebbe solo ancorata a ciò da cui stavano cercando di allontanarla. Avrebbe rovinato la loro missione riformatrice.

Sixiang aveva dato ragione a Mrs Turner proprio come aveva fatto con Miss Moore, perché entrambe avevano il potere di decidere del suo futuro. Aveva detto a sé stessa che qualunque cosa le capitasse era sempre meglio delle urla e dei pizzicotti di Mrs Chen. La sua situazione attuale era migliore, o almeno non altrettanto critica. E le era andata benissimo, fino a quando le parole del ragazzo non l'avevano colpita come una lama: «Non permettere loro di trasformarti in una scimmia».

Quella sera non si arricciò i capelli. Non era per quello che le aveva detto il ragazzo, cercò di convincersi, ma perché le forcine e i capelli attorcigliati le davano fastidio durante il sonno. Il mattino dopo indossando il corsetto si rese conto di quanto le mozzasse il fiato, del fatto che avvertiva costantemente le volute di acciaio contro il corpo.

«Cos'è successo ai tuoi capelli? Hai dimenticato di arricciarli? E il tuo vestito ha già bisogno di essere lavato?» chiese Mrs Turner non appena vide Sixiang.

Sixiang aveva previsto quelle domande, ma non trovò niente da dire se non la verità: «Non ci sono abituata, Mrs Turner».

«Mia cara, ci vuole tempo per abituarsi alle novità. Non rinunciare tanto in fretta».

«Non mi sento a mio agio con il vestito e i ricci. Grazie comunque».

«Va bene, se lo dici tu». Il viso di Mrs Turner si irrigidí un attimo, poi assunse un'espressione quasi implorante. «Ma l'abito e i capelli ricci ti stavano benissimo. Non trovi? Ti facevano sembrare piú americana. Non vuoi apparire piú americana?»

Non c'era modo di rispondere di no alle sue domande, cosí Sixiang abbassò lo sguardo e disse: «Mi dispiace, Mrs Turner».

Per il resto della giornata se la prese con sé stessa per essersi scusata.

Qualche giorno dopo, mentre Sixiang rastrellava le prime foglie d'autunno dopo un temporale notturno, Michael uscí di casa con le cesoie. Si avvicinò subito e, prima che lei potesse andarsene, le disse: «Non avrei dovuto dirti quella cosa l'altro giorno». Sixiang alzò gli occhi, e lui continuò: «Ho perso il codino quando ero piccolo, poco dopo avere perso i miei genitori. I Cole mi hanno accolto. Sai come mi chiamavano gli altri bambini? "Michael la scimmia senza coda"». Le disse che il suo nome cinese era Qinglong. Ricordava che i suoi genitori lo chiamavano cosí, e che significava «drago verde». Pronunciò le due parole in cinese esattamente come le avrebbe dette un cantonese.

E a quel punto Sixiang lo perdonò. Gli disse anche lei il suo nome cinese.

«Sixiang» disse lui, poi lo ripeté come per ricordarlo.

E quando Sixiang guardò i cespugli da pareggiare, vide a cosa assomigliava la forma ondulata: «Sembra la schiena di un drago nella danza del drago».

«È un drago senza testa. Tutti gli altri pensano che siano solo onde».

Allora Mrs Cole aprí la porta. Era una donna snella, esile. «Michael» disse con voce altrettanto fragile, «puoi aiutarmi in casa?»

Non guardò Sixiang. Neanche un'occhiata.

Un drago senza testa. Un uomo senza codino. Un drago senza testa è un drago morto. Senza codino un cinese in Cina rischiava di farsi decapitare, e a Montagna d'Oro non era né cinese né americano.

Sixiang decise che, quando l'avrebbe rivisto, l'avrebbe chiamato Qinglong, come lo avevano chiamato i suoi genitori. Il nome doveva sentirsi solo, senza nessuno che lo usasse. Proprio come lui doveva sentirsi solo senza nessuno che lo chiamasse col suo vero nome. E se lui e il suo nome avessero potuto ritrovarsi, si sarebbe sentito maggiormente sé stesso?

Il giorno successivo, mentre andava al negozio di alimentari, Sixiang si sentí chiamare col suo nome: «Sixiang».

Si voltò e lo vide camminare verso di lei. Anche lei lo chiamò: «Qinglong». Parve sorpreso, poi annuí, come per dare il benvenuto al suo nome.

Le chiese della Cina, di cosa sapeva, com'era stata la sua vita, com'era arrivata lí. Lei parlò del suo villaggio, del fiume dove aveva cercato di pescare un pesce o un gambero ma aveva finito per mangiare un verme che sapeva di terra mescolata a una goccia di grasso. Risero delle cose che i piccoli Turner le chiedevano, come Luke che voleva sapere se mangiava i topi e Sally che temeva che Sixiang la divorasse.

«Sí, l'hanno chiesto anche a me quando ero piccolo. Prova a rispondere: "Sí, hai l'aria deliziosa. E i topi? Li prendiamo con le bacchette e li ingoiamo crudi"».

Nel negozio, a cinque isolati di distanza, dove quasi tutti gli acquirenti erano serve irlandesi o domestici cinesi, Sixiang si era sempre sentita osservata dai clienti e dal proprietario, che la seguiva insistentemente con lo sguardo. Se lei gli faceva una domanda su un prodotto, lui fingeva di non capire. «Parla piú forte» le diceva. «Non capisco i tuoi borbottii». Ora sembrava divertito dal fatto di vedere Sixiang che parlava con Qinglong, aveva un sorrisetto ironico come per una battutina che solo lui conosceva. Sixiang riempí in fretta la sua sporta con qualche patata e cipolla, una confezione di farina e dello zucchero. Anche Qinglong mise nella sua patate e cipolle. Entrambi non vedevano l'ora di uscire dal negozio e trovarsi di nuovo soli sul marciapiede.

Qinglong disse a Sixiang che non sapeva esattamente cosa fosse accaduto ai suoi genitori. Ricordava solo l'incendio, il fumo soffocante e l'odore di carne bruciata. Per qualche tempo aveva creduto che si trattasse di un incubo. Ma uno dei figli dei Cole, la ragazzina piú grande che lo guardava con espressione gelida, gli aveva detto: «Ricorda che siamo noi i figli veri; tu sei solo un bambino giallo senza casa del quale i miei genitori hanno avuto pietà, un randagio che abbiamo accolto. I tuoi veri genitori lavavano il nostro bucato. Sono morti in un incendio». Aveva circa quattro anni, era arrivato da poco e conosceva male la lingua, ma riuscí a capire tutto quello che gli aveva detto.

Era stato mandato a scuola con i due figli dei Cole. Le domande erano sempre quelle: «Dov'è finito il tuo codino? Lo porti sul didietro come i topi?»

Qinglong aveva visto una volta la danza del drago nel quartiere cinese di San Francisco durante una vacanza con i Cole. «C'erano alcuni bambini cinesi nel pubblico» disse a Sixiang. «Avevano tutti il codino e parlavano cantonese con le famiglie. Ricordo che li invidiavo, ma allo stesso tempo pensavo che somigliassero davvero a topi». Aveva di nuovo quel sorrisetto ironico, quello che Sixiang non sapeva bene a chi fosse rivolto. Allora pensò che fosse destinato a tutti loro, a tutti i cinesi che vivevano a Montagna d'Oro, e soprattutto a lui.

«Mi dicevo che avrei voluto fare anch'io la danza del drago» aggiunse dopo qualche minuto di silenzio, il viso impassibile e solitario.

Per alcuni giorni continuarono ad andare e venire dal negozio insieme. Qinglong aspettava nel giardino dei Cole finché lei non usciva da casa Turner. Poi uscivano dai rispettivi cancelli e si avviavano sul marciapiede, che costeggiava altri giardini e prati e lungo il quale si fermavano talvolta dei carri. Continuarono a imparare delle cose l'uno sull'altra, sul loro ruolo minuscolo nel mondo, mentre camminavano sul marciapiede sottile coperto di foglie secche.

Invece il cielo autunnale era ampio e aperto. Le montagne ondulate verde chiaro, in lontananza, avevano le cime innevate che brillavano al sole.

Le chiese di insegnargli il cinese. Le disse che a volte le ombre di certi suoni gli giungevano durante il sonno. In un sogno o in un ricordo, era in una baracca di legno con una donna che era la madre naturale, e gli agitava davanti agli occhi un uccello di paglia cantandogli una canzone.

Sixiang gli insegnò a dire *niu*, uccello, *fei*, volare. Voleva ridare intonazioni e forme a quelle parole sbiadite che serbava in un angolino della testa. Quando gli altri pedoni li incrociavano, abbassavano entrambi la voce, come se parlassero in codice e volessero proteggere un segreto.

Lei lo interrogava dal suo lato dello steccato quando lavoravano entrambi in giardino, cercando di coordinare le uscite. Ma quando iniziò a fare freddo e il giardino smise di avere bisogno di cure, divenne piú difficile per Sixiang trovare scuse per uscire. Una domenica, dopo la messa con i Turner, la preparazione del pranzo e le pulizie, chiese a Mrs Turner il permesso di andare a fare una passeggiata.

«Con Michael?» le chiese senza mezzi termini. Naturalmente li aveva visti insieme e si era lamentata di quanto ci impiegasse Sixiang a fare la spesa, e di tutte le attività domestiche ancora da sbrigare che non poteva fare lei da sola. Ma non aveva obiettato apertamente.

«Sí» rispose Sixiang senza guardarla negli occhi.

«Promettimi che ti comporterai bene. Sai cosa intendo, no?»

Sixiang annuí.

Anche Mrs Cole aveva fatto domande a Qinglong, e lui le aveva detto che stava imparando il cinese con Sixiang. Mrs Cole aveva risposto esterrefatta: «Perché mai vuoi imparare il cinese?»

Perché non dovrei impararlo? Non sono cinese, forse? avrebbe voluto dirle Qinglong, ma si era trattenuto. Mrs Cole era stata buona con lui, e meritava che la trattasse con gentilezza. «Certe cose non le capisce» disse a Sixiang. «Lo devo accettare».

Teneva i capelli lunghi legati in una coda o a volte, come quel giorno, sciolti sulle spalle. Alcune ciocche, scompigliate dal vento del tardo autunno, si muovevano come seta nera. Sixiang avrebbe voluto allungare una mano e toccarglielele.

Si recarono in un parco lí vicino dove c'era un boschetto, e dietro, in lontananza, le cime della Sierra che svettavano nel cielo limpido. Sixiang parlò a Qinglong del suo progetto: avrebbe trovato suo padre sull'altro lato delle montagne e l'avrebbe portato a casa da sua madre e sua nonna. Le parole non suonavano convincenti neanche a lei, le scivolavano sulla lingua fin troppo facilmente, mentre le montagne, fredde e invalicabili, bloccavano l'orizzonte. Ma cercò di non lasciar trasparire i dubbi parlando.

«È un buon piano» disse Qinglong.

A Sixiang parve di udire una punta di invidia nella voce. Forse anche lui avrebbe voluto avere un progetto come il suo, un padre vivo al di là delle montagne innevate. Forse non gli era stato permesso di coltivare un progetto tutto suo. A cosa poteva aspirare? Occuparsi dei cespugli giorno dopo giorno, tagliare i rametti nuovi che sarebbero sempre ricresciuti, anche nel tardo autunno, a sfigurare i contorni perfetti del drago senza testa.

Disse che ricordava qualcosa della Cina, anche se non c'era mai stato. Erano immagini che aveva in testa, non solo quello che aveva visto a Chinatown, ma cose che non poteva avere visto in quella parte del mondo: risaie con bufali d'acqua, fiumi ammantati di foschia lungo case surreali coperte di tegole. Doveva avergliene parlato sua madre. Ma gli sembravano vere, anche se da esse lo separavano montagne di onde.

Di notte, nelle ore trascorse da sola, Sixiang si trovava a immaginare il suo sogno incorporandovi Qinglong. Dopo qualche mese avrebbe potuto farsi la treccia ai capelli, e radersi la fronte se avesse voluto. Avrebbe saputo parlare un minimo di cinese e nessuno avrebbe dubitato che fosse uno di loro. Allora sarebbero potuti tornare in Cina insieme, e si sarebbero sentiti a casa ovunque si fossero fermati. Nessuno li avrebbe presi di mira, colpiti a sassate o apostrofati con parole volgari o sguardi cattivi. Sarebbero stati a casa.

Qualche giorno prima di Natale, Jason, il figlio maggiore dei Turner, tornò a casa per le vacanze da Boston. Portava il pizzetto, che faceva apparire stranamente giovane e bello il resto del suo viso. Aveva la stessa età di Qinglong, e avevano frequentato la stessa classe della stessa scuola prima che Qinglong fosse espulso, aveva detto Mrs Turner a Sixiang, e ora Jason era al primo anno della migliore università del Paese e studiava legge.

Sixiang non aveva mai incontrato un giovane bianco che non fosse un poco di buono, di quelli che tormentavano i cinesi o che avevano gettato loro i sassi e sporcato il viso di Ah Hong. «Quelle sono persone abbandonate da Dio» aveva detto Miss Moore, «ma sono solo una minima parte della popolazione americana. La maggioranza sono cittadini che amano e temono Dio».

Jason portava un completo a tre pezzi e il farfallino anche in casa. Non mancava mai di dire «grazie» e «scusa». Ma c'era qualcosa che sembrava contrastare con gli abiti eleganti e i modi impeccabili. Un'agitazione subito sotto la superficie, un disagio o un'insoddisfazione che sembrava impedirgli di restare fermo o di sedere tranquillo. Si muoveva in continuazione, sollevava le gambe, agitava instancabilmente le mani.

A cena parlava con suo padre di «socialismo», «movimento sindacale», di Washington e della «questione cinese». La voce vecchia e gutturale di Mr Turner e quella giovane e nervosa di Jason si scontravano al di sopra dei piatti, mentre Jason faceva scricchiolare la sedia di legno e agitava le mani che stringevano forchetta e coltello. Sixiang non riusciva a seguire la discussione: alcune parole usate da Jason le erano sconosciute. Ma le pareva che non si schierasse contro il popolo cinese. Mentre suo padre parlava di «leggi e legislazioni», Jason ribatteva con «ipocrisia», «pari diritti», «scempio della Costituzione». Di tanto in tanto, mentre portava via i piatti, serviva il dolce o versava il caffè, Jason le lanciava delle occhiate, come se volesse assicurarsi che facesse attenzione a ciò che lui diceva.

Un giorno, mentre Sixiang e Qinglong stavano parlando ai due lati dello steccato, Jason uscí in giardino. «Ciao Michael, quanto tempo». Si avvicinò e tese la mano a Qinglong, come se fossero vecchi amici. «Come va?»

«Bene». Qinglong esitò prima di prendere la mano di Jason e di stringergliela mollemente. Non sorrideva.

«Dovremmo farci una chiacchierata, prima o poi».

Jason continuava a parlare in tono fin troppo entusiasta. Poi fece un cenno a Sixiang e tornò dentro.

In casa, Jason sembrava essere dappertutto. Quando Sixiang preparava la colazione al mattino presto, appariva sulla soglia della cucina in vestaglia per prendere il caffè. Quando puliva le scale in ginocchio si aggirava per il soggiorno, sfogliava il giornale, lo rimetteva giú, prendeva una sedia, si sedeva per un secondo e si rialzava subito. Nel frattempo sembrava guardarla con la coda dell'occhio, mentre le restavano molti altri scalini da pulire in ginocchio.

Un pomeriggio, dopo che Mrs Turner aveva portato fuori i bambini a fare compere, entrò in cucina dove Sixiang stava affettando le carote per uno spezzatino. Non se ne andò dopo essersi servito il caffè. «C'è davvero un labirinto di gallerie sotterranee nel quartiere cinese di San Francisco?» chiese, e vedendo Sixiang perplessa aggiunse: «Le fumerie d'oppio, intendo. Sono tutte sottoterra, no?»

«Non saprei» rispose Sixiang. «Non ci sono mai stata».

«Non fraintendermi. Penso che sia fantastico, sai? Mi piacerebbe andarci».

Sixiang non sapeva cosa dire, e si limitò ad annuire. Jason rimase appoggiato al piano di lavoro della cucina a sorseggiare il caffè. Non teneva la tazza come gli altri. La appoggiava dopo ogni sorso, cosí non aveva le mani impegnate. «Ho un'altra domanda» disse, sfregandosi le mani. «Perché lasciate del cibo per i morti sulle tombe? Pensate che lo mangino?»

«Sí». Sixiang ricordava che per la Festa di Qingming sua nonna e sua madre portavano frutta e dolci sulle tombe degli antenati. Dopo avere bruciato soldi di carta e case di carta e avere recitato delle preghiere, riportavano a casa il cibo. «I nostri antenati mangiano il sapore del cibo».

Jason rise come se fosse stata una battuta.

Sixiang invece non rise. «Non è molto diverso dal fatto che portiate fiori sulle tombe dei vostri antenati perché ne sentano il profumo».

«Brava, hai ragione». Jason batté le mani e le sollevò. Poi le allungò verso Sixiang come se volesse abbracciarla o afferrarla. Sixiang si ritrasse. «Sei intelligente» disse, ritirando le mani, e uscí dalla cucina.

Il periodo natalizio fu intenso per Sixiang. Cucinò, serví in tavola e pulí, mentre la famiglia apriva i regali e divorava un pasto dopo l'altro, mentre i bambini correvano in giro e gridavano, mentre Mr Turner e Jason litigavano, facevano la pace e riprendevano a discutere, e Mrs Turner si inventava qualche altra mansione per Sixiang.

Nel frattempo Sixiang aveva rivisto il suo sogno tanto spesso e con tanti di quei dettagli nuovi che ora quella le pareva l'unica versione possibile. Quella voluta dal destino. Sarebbe tornata in Cina con Qinglong anche se non fosse riuscita a trovare suo padre. Avrebbero vissuto con sua madre e sua nonna. Avrebbero coltivato la terra e mantenuto la famiglia. Non aveva neanche bisogno che Miss Moore soddisfacesse il suo desiderio di essere rispedita in Cina. L'unico problema erano i soldi. Non aveva nulla a parte le sei monete d'argento fruttate dalla sua vendita, e non bastavano certo a comprare un biglietto per la nave. Aveva lavorato fin da quando era arrivata in quel Paese cinque anni prima, ma non aveva guadagnato neanche un soldo. Immaginava che lo stesso valesse per Qinglong. Lavorava per i Cole come un domestico ma non era pagato. Erano servi senza stipendio. Non era una forma di schiavitú, quella? Avrebbe voluto parlarne con Qinglong.

Solo tre giorni dopo Natale Mrs Turner accordò un po' di tempo libero a Sixiang, che andò al parco con Qinglong. La sera precedente era caduta una pioggia gelata, e i rami spogli degli alberi erano coperti di ghiaccio. Qinglong sembrava distratto. Si guardava alle spalle di tanto in tanto, come se temesse che qualcuno li seguisse. C'era anche qualcosa di diverso nel suo stivale destro. Sul lato esterno era fissato un fodero da cui spuntava il manico di legno di un coltello.

«Perché hai un coltello?» chiese Sixiang.

«Tutti i cinesi devono avere con sé un'arma. Se ce l'avessi, porterei con me una pistola». Non si era mai definito «cinese», e disse la parola senza ironia, come se avesse deciso di riconoscersi in quel termine.

Parlò del tempo: era l'inverno piú freddo e cupo che riuscisse a ricordare, e Sixiang provò ancora piú freddo. Il suo giaccone era vecchio, gliel'aveva dato Mrs Turner per Natale. Era di lana, ma sottile, e lei tremava.

Non riuscí a dire quello che avrebbe voluto. La Sierra, tutta coperta di neve, torreggiava su di loro, una massa immensa, minacciosa, che faceva apparire fragile e tenue il suo sogno. Aveva paura che sarebbe svanito se lo avesse formulato ad alta voce. Parlò un po' dell'aspetto che doveva avere il suo villaggio in quel periodo dell'anno: soleggiato, verde e caldo, niente a che vedere con quella terra gelata. Insegnò a Qinglong qualche frase che diceva la gente durante la Festa di primavera, anche se era ancora a un mese di distanza, e comunque non ci sarebbero stati festeggiamenti in quel quartiere bianco. Ma le parole cantonesi donavano un po' di colore e conforto alla loro passeggiata nel parco gelido e desolato.

Dopo che si furono addentrati nel boschetto, udirono dei passi. Si voltarono e videro tre uomini avvicinarsi lungo il sentiero, schiacciando foglie morte sotto gli stivali. Era Jason con altri due giovani, tutti con lunghi pastrani di lana, cappelli di feltro e guanti neri di pelle.

«Guarda chi c'è: Michael, la scimmia senza coda» gridò uno di loro, quello piú robusto con il giaccone scozzese.

«Sii educato» disse Jason, facendo un gesto con la mano. «Siamo tutti adulti, adesso».

Sixiang sentí Qinglong irrigidirsi al suo fianco. I cuori di entrambi battevano forte.

«Chi è la ragazza? La tua sposa cinese?» chiese ridendo il terzo uomo dal lungo mento arrossato.

Jason non ribatté, come se non la conoscesse. Però si toccò il cappello e lo inclinò in un cenno di saluto a Sixiang.

«Ciao Michael, ti sei fatto ricrescere la coda? Ricordi i bei vecchi tempi, in cui ti calavi i pantaloni per farci controllare?» chiese l'uomo robusto, poi guardando Sixiang disse: «Bambolina cinese, gli hai già visto l'osso sacro, dove gli cresce la coda?»

«Comportati bene». Jason agitò di nuovo la mano. «Come ho già detto non siamo piú bambini, no?» Ma il suo tono falsamente severo sembrava ottenere proprio l'effetto contrario, incitare gli amici, come se volesse vedere fino a che punto si sarebbero spinti e come avrebbero reagito loro due. Aveva uno sguardo attento, divertito, che si spostava da Qinglong a Sixiang.

«Michael, ti è sempre piaciuto condividere tutto con noi, perché non farlo anche adesso?» chiese l'uomo con il mento lungo.

«Esatto, condividi! La roba della tua amichetta è davvero orizzontale come dicono?» disse ridendo l'uomo robusto.

Jason si mise una mano davanti al volto come se fosse imbarazzato dai suoi amici, ma allo stesso tempo rideva con loro. Quei tre, tanto eleganti, non erano diversi dai ruffiani malvestiti che imperversavano a Chinatown né dai ragazzi che avevano gettato sassi e sporcato il viso di Ah Hong.

«Lasciatela in pace» disse Qinglong. Si chinò e si sfilò dallo stivale il coltello, l'arma che secondo lui tutti i cinesi dovevano portare. Adesso Sixiang pensò che non gli era mai venuto in mente di prendere con sé un coltello prima che Jason si avvicinasse a loro in giardino, la mano inquieta che voleva stringere quella di Qinglong, come se fossero uguali.

«Ahi ahi, il nostro Michael si sta arrabbiando. Ci minaccia con un coltello?»

Sempre puntando l'arma contro gli uomini, Qinglong si voltò verso Sixiang. «*Nei zau liu*» le disse in cantonese, una delle espressioni che gli aveva insegnato lei e che gli diceva quando dovevano salutarsi, solo che quella era *ngo zau liu*, adesso io me ne vado, non *nei*, tu. La pronunciò cosí bene che era come se avesse sempre saputo come dirla. O come se avesse saputo che un giorno avrebbe dovuto dirla.

Vattene subito.

«*Nei zau liu*» ripeté, stavolta a voce piú alta, e c'era qualcosa di irrefutabile nel suo sguardo, un'implorazione. Voleva che se ne andasse, ne aveva bisogno.

Lei scosse il capo ma nel frattempo scattò evitando i tre uomini, correndo piú veloce che poteva con gambe tremanti. Stava dicendo no anche quando scivolò su una lastra di ghiaccio, cadde, si rialzò e si rimise a correre. Non smise di correre quando udí la lotta cominciare alle sue spalle, grida, urla, calci e gemiti. Corse fuori dal boschetto e chiese aiuto a una coppia bianca che stava passeggiando sul prato gelato. Ma i due la guardarono male e tirarono dritto. Vide una domestica bianca sul marciapiede che le sputò contro prima ancora che potesse dire una parola. Allora Sixiang continuò a correre, come se correndo abbastanza in fretta potesse seminare il futuro che si preparava per lei.

Picchiò alla porta dei Cole, chiamando: «Mrs Cole!», sapendo che a parte lei, quella donna era l'unica a voler bene a Qinglong. «Lo stanno picchiando». Afferrò le mani di Mrs Cole. «Presto, lo uccideranno». Sixiang non aveva permesso a quel pensiero di manifestarsi, ma la sua bocca disse quelle parole. «Non dire cose che non vuoi che accadano» l'aveva avvertita sua nonna quando era bambina, «perché altrimenti accadranno di sicuro». Ma Sixiang l'aveva detto. Aveva appena commesso un altro errore.

Seguita da Mrs Cole, e con il peso delle parole che non avrebbe dovuto dire, Sixiang corse di nuovo nel boschetto. Lui giaceva dove l'aveva lasciato. Il coltello che stringeva mentre le diceva «*Nei zau liu*» era conficcato nel petto. Il sangue gli aveva inzuppato il cappotto, colando sulle foglie morte sotto di lui. Gli occhi erano aperti ma non riuscivano piú a vederla. In essi, due minuscole pozze di rami gelati e di cielo vuoto. I capelli che aveva voluto toccargli brillavano un poco nel cielo pallido. Mrs Cole urlava disperata, scuotendogli le spalle come per svegliarlo. Sixiang tese una mano tremante e toccò la ciocca di capelli che aveva sul volto. Erano lisci come seta, ma freddi.

Il processo si svolse una settimana piú tardi. Al banco dei testimoni Sixiang fu interrogata da un uomo con gli occhi color selce. Perché eri da sola con un uomo nel boschetto? Cosa stavate facendo? Da quanto tempo e quanto spesso vi vedevate? Come il negoziante, l'uomo continuava a dirle di ripetere, di parlare a voce piú alta o piú chiara, e la interrompeva a metà della frase.

Poi toccò a Jason. Agitando le mani in aria come se dirigesse un'orchestra, disse alla corte che Michael e Cindy erano impegnati in atti osceni quando lui e i suoi amici li avevano visti. Aveva chiesto loro gentilmente di smetterla, ma Michael si era tolto un coltello dallo stivale e li aveva aggrediti. Loro tre avevano cercato di difendersi, e nella confusione Michael si era ferito con il coltello ed era morto. Cindy non c'era quando era successo: era scappata nel momento in cui Michael aveva estratto il coltello. «Un increscioso incidente» concluse.

Oltre a ripetere la dichiarazione di Jason, gli altri due uomini dissero che Michael era sempre stato aggressivo, anche durante gli anni di scuola. Uno di loro si indicò un taglio sulla guancia. L'altro si sollevò la manica per mostrare una cicatrice sul braccio.

Anche il preside del liceo testimoniò, confermando che Michael era stato «un ragazzo impulsivo, facile alla violenza, e per quello è stato espulso due anni fa. Invece, questi tre giovani gentiluomini» disse indicando Jason e gli altri due «appartengono a famiglie rispettabili, di buone origini ed educate. Erano bravissimi al liceo e hanno appena completato il primo anno di università».

Poi fu la volta di Mrs Turner. Aveva chiesto a Sixiang di restare nella sua stanzetta la settimana precedente il processo, liberandola da tutte le incombenze domestiche poiché era «instabile». O forse perché temeva che Sixiang si avvicinasse a Jason e gli facesse qualcosa di brutto? Mrs Turner parlò del «passato da schiava» di Sixiang, delle sue «origini pagane». «Ho fatto del mio meglio per cambiarla, per insegnarle uno stile di vita cristiano. Molte volte l'abbiamo portata in chiesa con noi, l'abbiamo lasciata sedere accanto alla nostra famiglia come se fosse una di noi, ma purtroppo ha rifiutato le Scritture. Voleva uscire a passeggiare con Michael – quel povero ragazzo, che Dio benedica la sua anima – e le ho chiesto piú volte di comportarsi bene. Mi fidavo di lei... Invece guardate cos'è successo». Mrs Turner si fermò per asciugarsi gli occhi con un fazzoletto, poi riprese con voce scossa dai sussulti: «I nostri cari vicini, Mr e Mrs Cole, hanno fatto di tutto per crescere Michael nel migliore dei modi, per dargli una bella vita, ma poi è arrivata questa ragazza cinese. Avrei dovuto capire che non era il caso di portarla in casa mia, nel nostro quartiere, nella nostra comunità. Miss Moore della Missione mi aveva avvertita che è molto difficile addomesticare i barbari. Adesso l'ho capito».

Quando il giudice dichiarò innocenti i tre uomini, i presenti esultarono. Mrs Turner abbracciò Jason, che lanciò un'occhiata a Sixiang e distolse lo sguardo. Con un sorriso stampato in faccia diede dei colpetti sulla schiena a sua madre e poi una pacca sulla spalla ai suoi amici.

Mrs Cole non testimoniò. Era a casa malata. Stava troppo male per presentarsi in tribunale, disse suo marito, che non testimoniò neppure lui.

Sixiang fu rispedita alla Missione il giorno dopo. «Sono convinta che siamo tutti creature di Dio. Anche se non siamo tutti uguali, prego di avere la forza di amare coloro che sono meno fortunati di noi» disse Mrs Turner prima che i cavalli venissero frustati e si allontanassero dal cancello.

Sixiang si voltò per guardare i cespugli che Qinglong aveva tagliato, il dorso del drago. I giorni freddi avevano rallentato la crescita di nuovi rametti, e la forma restava quella, ma il verde era diventato greve e stanco. Come se quei cespugli stessero piangendo il compagno fedele che aveva cercato di infondere attraverso di loro un desiderio in quel mondo tanto desideroso di ucciderlo.

8.
Almeno provarci
1876

Guifeng

Guifeng guardò Duofu che giocava con una pallina di pasta. Era seduta a gambe incrociate sul pavimento, nell'angolo piú lontano della stanza, lontano dal letto su cui giaceva lui. Gli lanciava un'occhiata di tanto in tanto, con cautela, come se temesse che la sua condizione – la perdita di una gamba, la fragilità dovuta alla permanenza a letto – fosse contagiosa. Era triste e insieme confortante vedere la figlia di tre anni con un istinto di conservazione tanto sviluppato.

Era sopravvissuto, piú e piú volte, anche ora con una gamba in meno. «La vita o la gamba, scegli tu» gli aveva detto il medico. «La vita» aveva risposto Guifeng. Forse avrebbe potuto scegliere entrambe. Forse se il dottore non fosse stato bianco, o membro della Caucasian League, avrebbe scelto entrambe. Ma quel medico, che una volta aveva servito nell'esercito dell'Unione, non aveva esitato ad amputare. Non aveva neanche guardato in faccia Guifeng, come se gli pesasse molto trovarsi lí, tra quattro cinesi sanguinanti, negli alloggi della servitú del loro capo Joseph Gray. «Dov'è il loro erborista?» aveva chiesto a Gray quando era entrato, ridendo senza allegria. «Perché non avete chiamato il loro erborista pagano a curarli?»

Gray diede a Guifeng la paga di una settimana per compensare il fatto che non l'avrebbe piú ingaggiato: era piú di quanto Guifeng si aspettasse da un uomo bianco, che equivaleva a zero.

Feiyan lo abbracciava di notte quando scalciava con la gamba fantasma e si svegliava coperto di sudore freddo. La pietà di Feiyan gli pesava. Sapeva di non meritare il suo amore. Tanti uomini, giovani e sani, le ronzavano attorno alla tavola calda, di sotto, cercando di strapparle uno sguardo o un sorriso. Ciascuno di loro sarebbe stato in grado di darle l'amore che voleva e meritava. Di notte, quando il calore del suo corpo si espandeva nel letto, Guifeng si sentiva brutto e grottesco, un uomo debole e inerme che era stato stanato con il fumo, preso a fucilate e al quale ora era stata tagliata una gamba come a un maiale.

Forse era per quello che tanti uomini sceglievano la solitudine in quella terra. Tenevano lontane le mogli per mantenere un legame debole ma dignitoso con loro attraverso la lettera e l'assegno mensili. Non serviva che le donne li vedessero umiliati o mutilati. Loro nelle lettere continuavano a sostenere che stavano bene, e finché avessero continuato a fornire cibo e un tetto alle famiglie, la loro dignità sarebbe rimasta intatta. Sarebbero morti sapendo di aver fatto tutto il possibile.

Ma Guifeng non era uno di loro. Aveva abbandonato la famiglia anni prima. Sdraiato a letto al piano di sopra, udí Feiyan parlare con i clienti del loro villaggio, Yunteng, dell'alluvione durata giorni e della carestia protrattasi per mesi. Non era il genere di informazioni che avrebbe condiviso con lui, ma Guifeng aveva sentito tutto e sapeva che non poteva farci niente. Sarebbe stato piú facile se fosse morto come Ah Ling, la cui famiglia avrebbe appreso la sua morte meno di un mese dopo e lo avrebbe onorato sull'altare degli antenati bruciando incenso per lui ogni giorno. Guifeng, invece, sarebbe stato ricordato solo come figlio imperdonabile, marito spregevole, padre inutile, sempre che la sua famiglia fosse stata tanto fortunata da sopravvivere all'alluvione e alla carestia. Mentre lí, in quella nuova vita per la quale aveva dato tutto, adesso era considerato dalla figlia piccola con distacco e prudenza, e tollerato dalla nuova moglie con pietà e benevolenza, destinate prima o poi a esaurirsi.

Feiyan portava a casa l'oppio per alleviare i suoi dolori, ma controllava attentamente il dosaggio perché non diventasse dipendente. Ordinò anche un arto artificiale a Big City per permettergli di camminare. Dove trovava il denaro? Stavano ancora pagando il prestito ad alto interesse per la nuova casa, e i guadagni della tavola calda certo non bastavano. Guifeng non voleva pensarci troppo, ma in realtà ne era ossessionato. Tutto quello che riusciva a fare era stare sdraiato nella camera da letto al piano superiore o seduto su uno sgabello in cucina a tagliare verdura, gettare legna nella stufa o controllare che la zuppa non traboccasse. Voleva piú oppio, ma la gamba stava guarendo; il dolore non era reale.

Poi accadde un miracolo. Tutti e sette gli uomini bianchi furono catturati. Joseph Gray e altri magnati del legname avevano messo insieme mille dollari per la taglia. Il quartiere cinese di Truckee ne aveva aggiunti duecento. L'investigatore capo, l'agente Jack Cross, scovò gli assassini e li mise tutti in prigione. Due confessarono. Il processo si sarebbe svolto a fine settembre.

Uno dei servitori di Gray, Ah Lu, venne alla tavola calda annunciando che Guifeng poteva testimoniare al processo, il che rappresentava un altro miracolo. Per vent'anni ai cinesi era stato proibito di testimoniare contro i bianchi. Guifeng adesso sarebbe stato uno dei primi cinesi a salire sul banco dei testimoni in un tribunale di bianchi. I sette uomini che li avevano stanati col fumo con l'intenzione di ucciderli rischiavano di finire sulla forca. Incredibile.

Durante il mese successivo Guifeng si esercitò per la testimonianza con Ah Lu, che era nato lí, parlava bene l'inglese e veniva volentieri durante il tempo libero per gustare la cucina di Feiyan. Quando Guifeng praticava l'inglese con Ah Lu, era quasi capace di accettare la perdita della gamba. Forse il dottore aveva davvero dovuto tagliargliela per salvargli la vita. Forse lui era stato troppo diffidente nei confronti dei bianchi. Non erano tutti cattivi; anzi, la maggior parte di loro era gente a posto. Solo che non volevano avere nulla a che fare con i cinesi che consideravano stranieri, ed era comprensibile. I Punti non avevano trattato gli Hakka nello stesso modo a Guangdong, ridendo delle loro tradizioni barbare, costringendoli a ritirarsi a vivere sulle colline, e muovendo loro guerra quando la popolazione era cresciuta? Non era tipico della natura umana rifiutare i nuovi arrivati? Ma il processo apriva una nuova era. Si sarebbe svolto nel grande tribunale di Nevada City, sede della contea del Nevada, e sarebbe stato raccontato sui giornali, cosicché tutto il Paese avrebbe saputo che i bianchi non potevano permettersi di bruciare e uccidere i cinesi.

Guifeng avrebbe detto al giudice cos'era successo quella notte. L'incendio; gli spari contro Ah Ling, contro lui stesso e gli altri due compagni. Non avrebbe descritto gli alberi scuri che svettavano alti e versavano altra oscurità su di loro, o l'odore pungente del sangue mescolato all'odore ancora piú pungente del fumo mentre guardavano le fiamme balzare come tigri nella casa dove avevano dormito fino a pochi secondi prima; o come riusciva quasi a vedersi ancora sdraiato lí dentro, a sciogliersi e abbrustolirsi sulla branda infuocata.

Avrebbe evitato quei dettagli e si sarebbe attenuto ai fatti, e questo sarebbe dovuto bastare per far condannare gli assassini. Avrebbe testimoniato con dignità, anche se gli mancava una gamba. I bianchi avrebbero visto con i loro occhi che i cinesi non erano molto diversi da loro: volevano solo guadagnarsi da vivere, avere una famiglia; lavoravano sodo e volevano riposare dopo il lavoro con tutti i loro arti intatti. Forse quella sarebbe stata l'ultima strage di cinesi, da adesso in poi li avrebbero lasciati in pace, e i loro figli nati lí, come Duofu, sarebbero stati americani proprio come i bambini bianchi, e li avrebbero lasciati tranquilli, senza far loro del male. Solo allora Guifeng avrebbe potuto ricominciare a vivere.

25 settembre 1876. L'imponente tribunale a due piani in granito e mattoni di Nevada City. Per arrivarci dovette-

ro prendere prima un treno e poi un carro, ma vennero in molti. Oltre agli altri tre compagni superstiti di Li Shu e Guifeng, vennero Fong Lee, l'uomo piú ricco di Chinatown; l'appaltatore che aveva licenziato Guifeng e Feiyan; l'usuraio Luo Laoda; e il fotografo che li aveva ospitati durante i loro primi giorni di fuga. Ma tra tutti i volti cinesi nell'aula, uno stonava come un dente storto: Chang'er, che Guifeng non aveva piú visto da quel mattino di nebbia accanto al fiume tumultuoso sette anni prima. Cosa ci faceva lí?

Guifeng aveva sentito storie incredibili su Chang'er nel campo dei taglialegna: che aveva fondato un tong diverso da tutti gli altri. I soldati di Chang'er uccidevano solo uomini bianchi, in particolare gli assassini bianchi di uomini cinesi contro i quali le leggi dei bianchi non intervenivano. Aveva riunito una dozzina di assassini esperti di kung fu e veloci con le pistole. Gli amici boscaioli di Guifeng amavano parlare del tong di Chang'er, anche se non avevano tutti la stessa opinione. Li Shu, per esempio, diceva che ogni volta che un cinese uccideva un bianco, diciotto cinesi venivano uccisi per vendetta, come dimostrava il massacro di Los Angeles del 1871, che si diceva fosse stato provocato dall'uccisione accidentale del padrone bianco di un saloon per mano di un soldato di un tong cinese, e che era finito con diciotto uomini cinesi linciati e mutilati. I bianchi erano la maggioranza, loro la minoranza; i bianchi erano i lupi, loro le pecore. Rispondere con la violenza avrebbe semplicemente provocato altre morti. A differenza di Li Shu, il giocatore d'azzardo Ah Ling aveva definito Chang'er un eroe fuorilegge e aveva detto che prima o poi sarebbe entrato nel suo tong. Forse ora poteva farlo con lo spirito.

Perché Chang'er era lí? Aveva già previsto il risultato del processo? Stava già progettando di occuparsene lui?

«Quale di questi uomini accusi di avere sparato ad Ah Ling?» chiese a Guifeng l'avvocato della difesa, Charles McGlashan, quando salí sul banco dei testimoni. McGlashan, la celebrità numero uno di Truckee, non era solo l'avvocato piú illustre della città, ma anche il direttore del *Truckee Republican* e il capo della Caucasian League. Si lisciò con le dita i folti baffi all'insú mentre parlava.

I sette uomini fissarono Guifeng. Avevano un'espressione ironica o scuotevano il capo con aria divertita, come se lo sfidassero a puntare l'indice contro uno di loro. Guifeng ricordava parti di un volto illuminato per un attimo dalle scintille infuocate. Un occhio socchiuso, una mascella contratta. Aveva intravisto quel volto parziale in sogno, ma di fronte a quelle facce in pieno giorno, con la barba o sbarbate di fresco, non riuscí a identificare l'uomo. Come i bianchi sostenevano che tutti i cinesi fossero uguali, anche per Guifeng tutti i gweilo si assomigliavano. Che i loro volti esprimessero diffidenza o indifferenza, crudeltà o ingenuità curiosa, sembravano gente normale e perbene che non faceva del male se non era provocata, o al contrario assassini a sangue freddo e privi di rimorsi.

«È lui». Guifeng indicò Jack Reed, i cui occhi freddi indugiarono sulla gamba vuota del pantalone. Guifeng non indossava la gamba artificiale che gli aveva comprato Feiyan, perché non voleva doversela togliere per mostrare cosa gli avevano fatto. Il colpevole doveva essere lui, perché il medico legale aveva testimoniato che la ferita di Ah Ling corrispondeva ai proiettili del fucile di Jack Reed.

«Sei sicuro?»

«Penso di sí».

I bianchi che costituivano la maggioranza del pubblico vociarono per manifestare il loro scontento.

«Pensi di sí? Come hai detto prima, l'incendio e la sparatoria si sono svolti dopo mezzanotte. Nel folto del bosco. Non c'erano fonti di luce a parte il fuoco. Come potevi vedere i colpevoli a meno che non fossi vicino al fuoco? Ma hai detto che si sono nascosti dietro a degli arbusti lontano dalla casa. Anche gli arbusti erano infuocati?»

«Ho visto la sua faccia alla luce del fuoco. Il vento ha portato delle scintille fino a dove si trovavano loro...»

«Com'è possibile che una scintilla o due illuminino una faccia intera al buio? La verità è che non hai visto nessuna faccia quella notte. Certo non le facce di questi sette uomini. Non devi accusare un innocente solo perché qualcun altro ha commesso crimini ripugnanti».

Poi, uno per volta, cinquanta uomini bianchi furono chiamati a testimoniare. Giurarono tutti sulla Bibbia che l'uno o l'altro dei sette uomini era con loro a giocare a carte, o in un postribolo, o a bere in un saloon durante quelle ore specifiche di quel sabato sera. Cinquanta di loro si inventarono cinquanta alibi per sette uomini: alcuni guardavano gli accusati con un affetto fraterno negli occhi; altri fornivano la testimonianza ridendo. Nel tribunale si diffuse un'atmosfera quasi festiva. Il pubblico bianco batteva le mani ed esultava dopo ogni testimonianza. Neppure la giuria, bianca anch'essa, nascose la propria gioia. Uno dei giurati gridò: «Posso mandare sulla forca un cinese per avere ucciso un bianco ma non un bianco per avere ucciso un cinese!»

Quando ogni imputato fu dichiarato non colpevole, fuori venne sparato un colpo di cannone, che fece tremare le pareti coperte di pannelli di legno e il pavimento tirato a lucido del tribunale.

Tra insulti e schiamazzi, Guifeng uscí zoppicando dal tribunale usando le stampelle. Adesso era sicuro che fosse stato Jack Reed – l'uomo che aveva indicato – a sparare ad Ah Ling e poi a prendere di mira lui. Gli occhi freddi e la mascella contratta corrispondevano a quelli che aveva visto in un lampo nei suoi sogni. Era colpa sua se aveva esitato e parlato senza convinzione?

Mentre saliva sul carro, udí una voce alle sue spalle: «Che pagliacciata!»

Si voltò e vide Chang'er a cavallo che lo guardava dall'alto. «Spero che tu non sia sorpreso dalla giustizia di questo Paese. Ma verrà anche il nostro turno. A presto» disse, e si allontanò.

Guifeng e gli altri ex compagni del campo non parlarono molto durante il tragitto lungo la strada polverosa verso la stazione dei treni. Quello che era stato colpito da un proiettile al braccio dichiarò che sarebbe tornato in Cina: «Ne ho abbastanza di questo schifo». La frase fu accolta con parole di approvazione, sospiri e imprecazioni. Ma per il resto rimasero in silenzio.

Ora che Guifeng conosceva il volto dei sette uomini, avrebbe potuto riconoscerli in futuro. Ma a cosa serviva ricordare quegli individui che erano appena stati liberati? Avrebbe voluto parlare con Chang'er, che aveva superato il loro carro ed era diventato un puntino nero in lontananza, come un proiettile diretto verso un bersaglio invisibile. Guifeng desiderava ardentemente che Chang'er gli dicesse quando sarebbe giunto il loro «turno». Avrebbe ascoltato con attenzione ogni sua parola a proposito di collera e vendetta.

Quando il treno li riportò a Truckee, il sole color sangue stava calando in fretta dietro le cime delle montagne. Gli ex compagni di lavoro di Guifeng avevano intenzione di andare alla fumeria d'oppio. «Offro io». Li Shu diede una pacca sulla spalla a Guifeng. «Cosa c'è di meglio adesso che perdersi tra le nubi?»

Sarebbe stato bello infischiarsene, o non sapere che avevi perso un'altra volta. Non giudicare te stesso, non distinguere la dignità dalla vergogna. Nello stordimento dell'oppio era tutto uguale. Erano tutti fatti di paglia, bianchi o gialli, con una gamba o due, quelli che erano sfuggiti alla punizione nonostante il male fatto e quelli che continuavano a soffrire. Riusciva quasi a vedere il mondo attraverso gli occhi del cielo e della terra, e a vedere che il wuwei non era tanto diverso da quello che stava facendo ora – stare sdraiato sulla brandina, inalare il fumo e non fare assolutamente niente – e il Tao non era molto diverso da quella calma che si stava già diffondendo negli arti che gli restavano. Cos'avrebbe detto Daoshi? Probabilmente che questa calma non sarebbe durata, che una volta passato lo stordimento Guifeng sarebbe stato anche peggio. Ma chi o cosa poteva far durare il Tao? Perfino lo sciopero, perfettamente organizzato, cui avevano partecipato in molti con tanto entusiasmo, ottimismo e orgoglio, era fallito. E ora la preparazione del processo durata un mese, lo studio intenso dell'inglese, le sue sciocche speranze, erano sfociati nell'ennesimo insuccesso.

Ma mentre scivolava nell'abbraccio dell'oblio, le parole di Daoshi divennero piú confortanti. «Alla fine si appianerà tutto» diceva. Tutto quello che sarebbe rimasto alla fine era quel vuoto libero nel quale Guifeng stava entrando ora.

Quando Feiyan giunse alla fumeria e lo scosse per svegliarlo, non lo rimproverò né cercò di farlo ragionare. Gli disse solo che era ora di tornare a casa. Lui la seguí lungo la strada buia. Voleva parlarle del wuwei, di come avesse finalmente capito perché tanti dei loro connazionali avevano quel vizio per il quale spendevano tutto ciò che guadagnavano. Ma Feiyan non era Daoshi, capace di elevare tutto su un piano filosofico. Feiyan era stata l'unica a mantenere la famiglia negli ultimi tre mesi. Era la sua donna che lo abbracciava quando piagnucolava come un bambino durante gli incubi, che toccava il suo corpo per mostrargli il suo amore. Ma lui non era stato capace di toccarla o di ricambiare l'amore. Coglieva già il disprezzo che lei non aveva ancora mostrato. Lo sentiva quando la udiva chiacchierare con i clienti della tavola calda e immaginava i suoi occhi che luccicavano come acqua toccata dal sole. Guifeng aveva l'impressione che la vita di Feiyan continuasse a prosperare, mentre la sua si consumava.

Il giorno successivo prese un dollaro dal barattolo dei soldi nascosto in un cassetto della loro stanza. Mentre scendeva le scale zoppicando, la vide nella tavola calda che parlava con un uomo giovane e sano. «Torno piú tardi» le disse, certo che lei sapesse dove stava andando.

Feiyan

Appena lo venne a sapere, Feiyan lasciò Duofu con la vicina e corse alla grande casa di mattoni di Joseph Gray.

Una mattina fredda, tanto cielo. Avrebbe voluto ingoiare a cucchiaiate un po' di quell'azzurro fino a non sentire piú niente se non l'aria vuota. Eppure doveva essere riconoscente che fosse ancora vivo, che fosse Ah Ling, e non lui, sdraiato sulla brandina lí accanto, a essere a un passo dalla morte. Guifeng abbozzò un sorriso tirato per farle sapere che non stava troppo male, che perdere una gamba non era la cosa peggiore che potesse accadere a un uomo. Il dottore bianco aveva detto che era necessario, le riferí Guifeng, altrimenti l'infezione si sarebbe estesa. Ma chi si fidava di un dottore bianco membro della Caucasian League che, per quanto ne sapeva lei, voleva portare a termine l'impresa dei suoi amici col fucile, prendendo non la vita di Guifeng ma la sua gamba e i suoi mezzi di sostentamento per ucciderlo lentamente?

Cosa poteva fare in effetti Guifeng con una sola gamba? Non certo spaccare legna, né lavorare al fiume con i tronchi. Quando i posti di lavoro erano rari e i nuovi arrivati molti, nessuno avrebbe ingaggiato un uomo con una sola gamba. Il servitore tradusse le parole del capo: «Troveremo i criminali e li faremo processare. Ci assicureremo che siano impiccati». Un bravo gweilo, aveva detto Guifeng a proposito di Gray, che – lo sapevano tutti – pagava i suoi lavoratori cinesi quanto i bianchi. Ma non si sarebbe ripreso Guifeng. Anche la bontà aveva i suoi limiti.

Adesso pesava tutto sulle sue spalle. Doveva alzarsi molto prima dell'alba per cominciare a lavorare e smetteva solo dopo il tramonto. Era stanca, e i movimenti e i gemiti di Guifeng di notte non le permettevano di riposare come avrebbe dovuto. Però sapeva anche che le loro vite potevano essere stroncate in qualunque momento, dopo una riunione della Caucasian League o se i bianchi avessero deciso di bruciare la loro casa, di ucciderli. Doveva imparare a vivere nel presente. Avevano ancora quella casa nuova che avevano costruito dopo l'ultimo incendio. Ciascuno dei due aveva l'altro. Lei era ancora capace di lavorare e nutrire la famiglia. Erano tutti vivi e godevano di condizioni accettabili, solo che adesso Guifeng soffriva.

Gli comprò l'oppio perché non dovesse sopportarlo senza un aiuto. Pensava che non avrebbe avuto il tempo di diventarne dipendente prima del prossimo incendio, del prossimo proiettile.

Lo trovò nella fumeria d'oppio dopo il processo. Erano passate ore da quando aveva saputo il verdetto dai suoi clienti. Chiuse la tavola calda presto, lasciò Duofu con la vicina e lo scovò dove aveva paura che fosse.

Avrebbe potuto dire: «Non farlo. Rovinerai tutta la famiglia», ma non lo fece. Conosceva la sua sofferenza. Guifeng aveva dovuto sopportare dolore su dolore. Se doveva dimenticarlo e questo era l'unico modo, come poteva impedirglielo?

Allora glielo permise. Non lo rimproverò. Era il modo scelto da Guifeng per vivere nel presente. Ma qual era il suo?

In uno dei pochi edifici di mattoni del quartiere cinese, l'usuraio Luo Laoda posò il registro sul banco di metallo. «Ti accorderei una dilazione se potessi, ma io ci perdo, sai? È un periodo difficile per tutti, non solo per te». Uscí da dietro il banco, si fermò a pochi centimetri da Feiyan e le sollevò il mento. «A meno che...»

Ottenne una dilazione, e il giorno successivo, per reprimere il senso di disgusto, prese un ragazzo giovane che frequentava la tavola calda. Mise il cartello *Chiuso* e serrò la porta dall'interno. Lo condusse in una piccola dispensa accanto alla cucina. Non disse una parola, concentrandosi sul piacere del suo corpo. Dopo si sentí pulita, e il corpo ritrovò valore e sicurezza.

Il giorno successivo lo fece di nuovo con il ragazzo, e quando l'indomani lui non si ripresentò, lo fece con un altro uomo. E poi un altro. Le portavano regali. «Solo soldi» disse loro. «Mi servono quelli». Avrebbe lavorato in proprio. Era un posto, quello, dove c'era poco tempo per vivere, grande rischio di morire, e lei doveva adattarsi per sopravvivere. Era stata prigioniera di un bordello e si era ritrovata libera indossando vestiti maschili. Aveva risparmiato abbastanza per comprarsi una casa, che però era stata ridotta in cenere. Aveva avuto un uomo cui il corpo di Feiyan non bastava mai, e un attimo dopo aveva perso una gamba e il coraggio di toccarla.

Molti uomini la volevano, e lei desiderava provare la sensazione di correre, di essere pienamente nel suo corpo, libera e senza colpa. Voleva essere tranquilla, indifferente a tutto eccetto al proprio senso di serenità, e per questo doveva essere cosí concentrata sul presente da potersi fondere con i suoi movimenti. L'atto sessuale, consumato in fretta, affannosamente, ricreava per lei quella sensazione.

Non chiamava amanti quegli uomini. Erano suoi clienti. Serviva loro del cibo ed era pagata per preparare altro cibo. Serviva loro sesso e riceveva soldi e piacere. Aveva nascosto il barattolo, ma lasciava un dollaro nel cassettone perché Guifeng potesse procurarsi la sua dose di piacere, in modo che entrambi potessero vivere nel presente. Presto, però, Guifeng avrebbe avuto bisogno di piú soldi per mantenere il proprio senso di serenità, mentre a lei quel sesso bastava. Il senso di novità e di libertà era svanito, ormai.

Duofu la guardava in modo strano. La figlia, che cresceva tanto in fretta, sembrava sapere tutto, gli occhi non correvano in superficie ma si addentravano in profondità, costringendoti a fare altrettanto. Ogni sera annusava come un cane nella dispensa dopo che Feiyan l'andava a prendere dalla vicina. «Mamma, c'è puzza qui dentro. Non mi piace». Era il caso che Feiyan ricominciasse a usare il limone per coprire l'odore?

Poi la signora che teneva la bambina, la vicina della porta accanto con due figli suoi, prese da parte Feiyan un giorno che venne a prendere Duofu. «Non posso piú tenere tua figlia se continui a farlo» disse a denti stretti.

«A fare cosa?»

«Lo sai bene». Distolse lo sguardo, come se fosse imbarazzata per lei.

«Cosa ti aspetti che faccia per dare da mangiare a tutti,

rimborsare il prestito, pagare perché il mio uomo vada a fumare oppio?»

L'altra scosse il capo e sospirò.

Poi un giorno un cliente pretese qualcosa di piú per la stessa tariffa. Diede a Feiyan della puttana, e lei ribatté: «E allora? Io sarò una puttana, ma tu ce l'hai molle».

Feiyan iniziò a prendersela con Duofu. Prima era stata severa con lei, ma ora c'era cattiveria nella sua voce. Cominciò anche a urlare contro Guifeng quando tornava alle ore piú strane a prendere altri soldi per l'oppio. Smise di lasciargli un dollaro nel cassetto.

«Ti prego» le diceva, «un'ultima volta. Mi sentirò meglio. Troverò un lavoro».

Finiva per dargli un dollaro per poter tornare al lavoro, o perché lei e Duofu potessero riaddormentarsi, cosí il mattino dopo si sarebbe alzata per cucinare, vendere, servire, pulire e poi ricominciare da capo, tutto da sola e senza gioia. Stava perdendo anche il presente. Non solo non aveva nessun futuro cui aspirare, nessun passato meritevole di essere ricordato, ma stava perdendo l'unico momento rimasto cui affidarsi.

Tre settimane dopo il processo, Chang'er si presentò alla tavola calda. Non le era mai piaciuto quell'uomo. Non era stato certo per spirito di carità che li aveva lasciati andare sette anni prima, ma perché voleva che Guifeng si sentisse in debito con lui, perché Guifeng gli dovesse la vita, e anche lei. Il marito le aveva raccontato di Ah Fook, e lei sapeva che a Guifeng non dispiaceva di dovergli un favore, cosí il senso di colpa per essere sopravvissuto si sarebbe placato. Da dove venivano tutti quei sentimenti superflui? Se lei avesse accettato di essere inondata da quelle mille sfumature di emozioni, non sarebbe sopravvissuta.

Chang'er entrò nella tavola calda e si sedette, con gli occhi torvi e freddi come sempre.

Gli serví due vassoi con i sei piatti che aveva trascorso la mattina a preparare. «Offre la casa» disse.

«Dov'è Guifeng?» chiese quando Feiyan tornò con dell'altro tè. «O si fa chiamare ancora Ah Fook?»
«Alla fumeria d'oppio» rispose lei senza scomporsi. «Lo stai cercando?»
«Sí».
«Per che cosa?»
«Solo una chiacchierata» rispose.
Sapeva che doveva avere a che fare con il debito. Aveva sentito parlare del suo tong segreto, con la missione di uccidere gli uomini bianchi. Sarebbe stata favorevole se fosse stata convinta che quelle uccisioni li avrebbero resi liberi. Quando lei aveva ucciso, era stato diverso. Era legata su un letto traballante e si era liberata. Era scappata. Adesso dove sarebbe fuggita in caso di bisogno? Non a casa, perché non c'era piú una casa per lei in patria. Non in un altro punto del Paese, perché non sarebbe cambiato nulla. Tutta la nazione, grande com'era, stava cercando di liberarsi di loro. A cosa serviva uccidere uomini bianchi? Avrebbe solo esacerbato il loro odio e causato la morte di altri cinesi.
«Ha perso una gamba. Prende oppio. Non può fare quello che vuoi tu». Cercò di impietosirlo con gli occhi. «E abbiamo una figlia».
«Tutti abbiamo o abbiamo avuto un figlio». Chang'er si alzò e se ne andò.

Guifeng

Non si mosse quando socchiuse gli occhi e vide il volto di Chang'er sopra di sé. Un tempo non era stato tanto insensibile. Ora provava piú che altro indifferenza: non gli importava che la faccia appartenesse a Chang'er, al suo creditore, a un altro cliente o a uno sconosciuto, o perfino a Feiyan, che da qualche tempo non veniva piú a prenderlo. Aveva smesso di sgridarlo, anche, sostituendo alla collera il silenzio per mostrargli che aveva abbandonato ogni speranza, il che lo induceva a essere sempre piú impassibile.

Non provava il bisogno di dire o fare qualcosa, neppure di fronte a Chang'er e a tutto quello che rappresentava, come la morte prematura di Ah Fook, la rocambolesca fuga che Guifeng era riuscito a portare a termine con Feiyan, la passione straordinaria che un tempo si sentiva autorizzato a provare, il debito nei confronti di quell'uomo.

Chang'er si sedette accanto alla sua gamba mancante sulla branda. «Cosa pensi che direbbe Daoshi se ti vedesse qui?»

«Direbbe» rispose Guifeng con un sorriso, preso da un'ondata di nostalgia, «bravo, vedo che metti in pratica il wuwei».

Chang'er scoppiò a ridere dandosi una pacca sul ginocchio, un gesto che Guifeng ricordava dai loro primi giorni nella Sierra. Giorni in cui poteva ancora chiamare Chang'er «zio» e la morte non li aveva colpiti da vicino.

«Proprio cosí». Chang'er smise di ridere di colpo. «E sappiamo tutti dove porta la pratica del wuwei. Direi che è il momento di alzarsi e fare qualcosa».

«Non c'è niente da fare».

«Sí, invece. Hai un debito con me. È ora di pagarlo».

«Vedi anche tu che non ho niente. A meno che tu non voglia l'altra mia gamba». Guifeng si raddrizzò per prendere un'altra boccata dalla pipa.

«Chi la vuole, la tua gamba maledetta?» Chang'er gli strappò la pipa di mano: ne aveva abbastanza delle battute. I suoi occhi percorsero la fumeria, che non era ancora affollata nel primo pomeriggio. «Ascolta». Abbassò la voce. «Devi uccidere uno dei gweilo che hanno ammazzato il tuo amico e ferito te e gli altri due. Uccidine uno, e il tuo debito sarà pagato. Capito? Fallo non per me, ma per te stesso. Ritrova l'orgoglio. Non fare il povero drogato che se ne sta qui sdraiato a fumarsi i soldi guadagnati a fatica dalla sua donna».

Guifeng sapeva che sarebbe successo. A volte, nell'intontimento dell'oppio, aveva perfino sognato di farlo, puntare il fucile che non si era ancora sciolto nel fuoco contro gli uomini bianchi che in tribunale l'avevano guardato sprezzanti. A volte quando si svegliava pensava di averlo fatto – immaginava i proiettili già nei corpi di quegli assassini – prima di vedere la gamba vuota del pantalone sulla branda. «Come dovrei fare? Non riesco neanche a camminare».

«Ti serve solo un'arma. Ti avevo suggerito di procurarti un fucile. Mi hai ascoltato? Se ne avessi avuto uno con te, avresti potuto uccidere un paio di quei tizi nel bosco».

«Ce l'avevo, ma chi pensava che se la sarebbero presa con i lavoratori di un capo bianco?»

«Asino che non sei altro, pensavi che lavorare per un capo bianco ti avrebbe protetto? Tutte quelle morti nella Sierra allora non ti hanno insegnato niente, hai dovuto impararlo nel modo piú difficile, perdendo una gamba. Ma guardati!» Chang'er fissò Guifeng con disprezzo. «Ma non sono qui per insegnarti a essere uomo. Paghi il tuo debito, ne uccidi uno. Tutto qui».

Guifeng era capace di uccidere? Non solo nei sogni o col pensiero, ma nella realtà? Non ne era sicuro. In confronto, fumare oppio era piú semplice. Era piú facile essere indifferenti, non distinguere i criminali dalle vittime, la vigliaccheria dal coraggio. Ma adesso non spettava a lui scegliere. Doveva pagare un debito. «Come faccio a trovarli?»

«Eri in tribunale. Li hai visti in faccia». Chang'er estrasse dalla tasca della giacca un foglio di carta e lo aprí: c'erano scritti i nomi dei sette uomini e i luoghi che frequentavano. Jack Reed era diventato poliziotto, Guifeng l'aveva già saputo. Il proiettile rimosso dal corpo di Ah Ling era stato sparato dal suo fucile, ma apparentemente la città aveva deciso che un assassino di cinesi era piú adatto a far applicare la legge del poliziotto precedente, Jack Cross, che aveva arrestato i sette uomini. «Ha la reputazione di essere la pistola piú veloce della zona. Meglio che lo lasci perdere». Chang'er indicò il nome successivo, William O'Neill. «Lui frequenta il Buffalo Saloon, è un ubriacone e un bersaglio facile». Guardò Guifeng, fissandolo negli occhi. «Ti farà bene. Non ti risolleverai mai se continui a sprecare la tua vita fumando».

Chang'er non l'aveva perdonato, Guifeng lo sapeva, né mai l'avrebbe perdonato se non avesse ucciso un uomo bianco come gli era stato chiesto di fare. Solo allora il suo senso di colpa per non essere morto al posto di Ah Fook nell'incidente della nitroglicerina si sarebbe dissipato. Non era colpevole solo della morte di Ah Fook, ma anche di quella di Ah Ling. Tutte le morti causate dagli uomini bianchi erano colpa sua se non riusciva a uccidere un bianco. Perché Chang'er gli stava facendo questo? Incolparlo di tante morti senza un minimo di pietà? Ma perché mai Guifeng si aspettava ancora compassione dagli altri? Non era patetico avere ancora aspettative del genere?

«Puoi ridarmi la pipa?»

«Devi rischiare». Chang'er tenne la pipa fuori dalla sua portata. «Devi provarci. I gweilo pensano che non ci riuscirai. Noi, invece, siamo convinti che ci puoi riuscire».

«La pipa, per favore». Guifeng si protese.

«Prima di' che ci proverai».

«Ci proverò» rispose Guifeng. Forse si aspettava ancora compassione. Forse non gli importava di fare pena o no, gli bastava recuperare la pipa e andare dove l'azione e la non azione, la vendetta o il lasciar correre non facevano differenza. Prima, quel giorno, aveva implorato Feiyan di dargli un dollaro per poter andare alla fumeria. Adesso aveva bisogno che Chang'er gli ridesse la pipa per rifugiarsi dove il loro disprezzo non importava. Dove nulla importava. Dove un cane di paglia non sapeva neppure di essere un cane di paglia, e non doveva impegnarsi, né architettare un piano per uccidere un uomo bianco e pagare un vecchio debito, non con una gamba sola e un corpo che desiderava una sola cosa.

Chang'er scosse il capo e si alzò. I suoi occhi percorsero ancora una volta la fumeria, che si stava riempiendo di nuovo. Alcuni uomini erano appoggiati sui gomiti e fumavano; altri stavano addossati a una parete a occhi chiusi. Erano gli specchi di Guifeng, ma Guifeng guardandoli non vedeva sé stesso. Il suo corpo pietoso, spregevole e menomato non lo sentiva proprio; il vero Guifeng era rannicchiato al suo interno, sereno come un neonato.

«Ecco perché chiamano la Cina "il malato d'Asia". Ci hanno fatti drogare là, e ora ci drogano qui». Chang'er fece cadere la pipa sul cuscino unto, dove Guifeng avrebbe presto posato la testa e dimenticato.

Feiyan

A volte, quando Guifeng tornava per farsi dare dei soldi, le veniva voglia di dargli uno schiaffo. Altre volte voleva abbracciarlo, tenerlo stretto per aiutarlo a liberarsi di tutti i suoi dolori, ad affrontare le difficoltà e a restare lí con lei. Insieme, forse avrebbero potuto rendere di nuovo tollerabile il presente.

«Ti ha trovato Chang'er?» Cercò di parlare a bassa voce. Duofu dormiva nel letto grande con lei, da quando Guifeng aveva cominciato a passare la notte alla fumeria.

«Sí, mi ha trovato». Si diresse subito al cassettone.

«E...?»

«Niente, voleva solo sapere come va». Mentiva come un bambino. La schiena curva come se volesse rattrappirsi e tornare piccolo, come se questo gli togliesse ogni colpa costringendola a lasciarlo in pace.

«Chi ti ha chiesto di uccidere?» Feiyan sapeva che Guifeng non ne sarebbe stato capace. Se necessario, ci avrebbe pensato lei. Dopotutto l'aveva già fatto. Sarebbe stato solo un morto in piú a suo carico, un possibile fantasma che l'avrebbe tormentata. Ma Guifeng no, non poteva farlo. Non sapeva uccidere. Era troppo sensibile. Lo sapeva fin da quando erano bambini. Una volta, quando i ragazzini del villaggio avevano appiccato fuoco a un ratto, lui si era allontanato in silenzio, mentre gli altri, lei compresa, erano rimasti a guardare quell'esserino con le fiamme sulla schiena e avevano ascoltato i suoi orribili squittii. Aveva incrociato il suo sguardo quando se n'era andato e il dolore nei suoi occhi le aveva fatto provare il dolore del ratto che bruciava. Ma lei aveva continuato a guardare.

Non le dispiaceva uccidere l'uomo bianco che gli aveva sparato un proiettile in una gamba e aveva distrutto la loro famiglia. Lo avrebbe fatto se fosse stata sola. Ma c'era Duofu addormentata accanto a lei, la sua bambina di tre anni con lo stesso visetto dolce di quando era neonata. «Rispondimi». Feiyan si alzò dal letto.

Lui rimase curvo a frugare tra i cassetti. Feiyan non gli lasciava denaro da due settimane, ma lui continuava a cercare lí per prima cosa, per evitare di chiederglielo direttamente.

«Che cosa vuoi dire?» Continuò a evitare di guardarla.

«So tante cose, io. La gente parla, sai? Non si limita a mangiare. Parla».

«Già. Lo so anch'io che non si limita a mangiare». Ora le lanciò uno sguardo perfido. Poi, come decidendo che non ne valeva la pena, abbassò gli occhi e si rimise a cercare. «Mi ha solo chiesto come va».

«La vendetta è l'unica cosa che gli importa. Perché non può farlo lui? Ha due gambe e non ha famiglia».

«Non pensarci troppo. È una faccenda da uomini».

«Faccenda da uomini? Non è da uomini mantenere la famiglia invece di rovinarla? Come ti permetti proprio tu di dirmi che è una cosa da uomini?»

Duofu si svegliò. «Mamma» disse dal letto, con gli occhi imploranti e accusatori insieme. Sua figlia, la sua coscienza, nata dal suo corpo, le stava dicendo di smettere di urlare. Di credere per lei a un futuro che non contenesse diffidenza nei confronti del padre e delusione per la madre.

Guifeng adesso si era messo a rovesciare tutto il contenuto dei cassetti sul pavimento, uno dopo l'altro, e quando ebbe finito si appoggiò al cassettone e si coprí la faccia con le mani.

Feiyan si avvicinò al letto, infilò la mano sotto il materasso accanto al cuscino e prese un dollaro da un mucchietto. Lo porse a Guifeng. «Il denaro non cade dal cielo».

«Lo so». Lo prese senza guardarla e si diresse alla porta.
«Guardami». Lo seguí.
Guifeng non voltò il capo.
«Ti ho chiesto di guardarmi». Gli si avvicinò e gli prese il volto con entrambe le mani, con forza, per girarlo verso di sé. Aveva smesso di credere nell'indomani, proprio come lui, ma doveva rimediare, ritrovare la fiducia. Altrimenti la famiglia si sarebbe sgretolata come una casa bruciata, e ne sarebbero rimaste solo le ceneri.
«Smettila, donna!» Guifeng allontanò le mani di Feiyan dal suo volto con un gesto sgarbato e uscí dalla stanza zoppicando, trascinandosi dietro la gamba finta che lei gli aveva comprato.

Guifeng

Non voleva tornare a casa – sempre che la si potesse ancora chiamare casa – perché non voleva sorprendere un uomo nel suo letto, in quello che un tempo era stato il loro letto, un uomo che forniva il denaro per un'altra dose di oppio. Guifeng riusciva a considerare wuwei tutto ciò: lui non doveva fare nulla, che fossero gli altri ad agire. Che Feiyan si godesse il sesso senza sensi di colpa e gli desse i soldi per starsene alla larga. Che soluzione... Forse era addirittura un comportamento Tao. Tutti avevano ciò che desideravano. Solo che, a mano a mano che acceleravano la corsa verso l'inferno, volevano tutti di piú.
Come uccidere? Il fucile non ce l'aveva piú. L'altra arma che possedevano, comprata dopo avere ricostruito la casa, era una rivoltella che Feiyan teneva a portata di mano alla tavola calda. Guifeng non aveva soldi per comprarne un'altra. Non provava il benché minimo desiderio di uccidere qualcuno, neanche gli assassini bianchi. Lo infastidiva, perfino, l'odio che provava. Avrebbe preferito non sentire nulla.
Ma Chang'er si ripresentò l'indomani e il giorno successivo. Sembrava quasi amore, il suo, perché, nonostante la collera e il disprezzo, compiva lo sforzo di farlo vergogna-

re, a differenza di Feiyan, che gli dava i soldi e lo lasciava in pace. La quarta volta che Chang'er venne a trovarlo alla fumeria, gli gettò in faccia un bicchiere di acqua fredda. «Svegliati!» gli gridò. «Idiota che non sei altro. Se non riesci a essere uomo, perché allora non ti ammazzi?»

Guifeng si asciugò il volto con la manica, rendendosi conto che si era sbagliato: no, Chang'er non lo amava, neanche un po'. Per lui era solo un vigliacco, e la sua vita non valeva nulla a meno che non riuscisse a uccidere un uomo bianco. L'unico modo per redimersi era quell'atto, solo quello. «Mi serve un'arma» disse. «Trovami una pistola, lo uccido e sparisco. Non rimpiangi forse che sia stato Ah Fook a morire al posto mio, o almeno che non sia morto con lui? Lo farò per te, cosí il tuo desiderio sarà esaudito».

Chang'er indugiò a lungo su di lui con sguardo duro. «Stupido asino» sbottò infine e scosse il capo, ma nei suoi occhi non c'era traccia di diniego. «E va bene. Ti procurerò un'arma».

La notte successiva Guifeng uscí dal quartiere cinese e si recò a Front Street dove si trovava il Buffalo Saloon, il luogo frequentato da William O'Neill, il secondo uomo sulla lista di persone da uccidere di Chang'er. Quel pomeriggio Chang'er aveva dato a Guifeng una pistola e gli aveva fatto la predica: «Pensi che tuo padre sia morto per cause naturali. Invece no, è stato certamente ucciso da un gweilo. Queste morti non documentate sono state tutte causate da loro. Tu sei stato risparmiato per uno scopo piú importante, e non questa sciocchezza del wuwei, che ti fornisce un pretesto per fumarti i risparmi della tua famiglia: per vendicare te stesso, tuo padre, i tuoi compatrioti. Per dare un senso alla tua vita».

Chang'er dava quasi l'impressione che stesse facendo un favore a Guifeng. Lo aveva lasciato vivere sette anni perché Guifeng imparasse la lezione. E adesso lo incaricava dell'uccisione di quell'uomo perché potesse realizzare «uno scopo piú importante». Quello poteva, effettivamente, diventare un traguardo nella sua vita ormai priva di obiettivi. Avrebbe ucciso un uomo bianco per vendicare la morte di Ah Ling, quella di Ah Fook, per la propria gamba e la propria esistenza. Che un bianco pagasse per tutto. Era semplice. Lui stesso sarebbe morto di certo dopo l'omicidio, ma era già mezzo morto comunque. Agli occhi di tanta gente era già una nullità: non era utile a nessuno, non alla sua famiglia lí né certamente alla famiglia in Cina. Forse avrebbero finito per perdonarlo quando sarebbe morto per davvero, sollevato da tutte le responsabilità che non si era mai accollato. Forse uccidere e morire costituiva la sua unica possibilità.

La gamba artificiale di Guifeng faceva rumore a ogni passo lungo la strada buia e immersa nella nebbia, male illuminata dalle lampade a olio. Giunto sulla soglia del saloon, che aveva un cranio di bisonte inchiodato sull'architrave dell'ingresso, guardò dentro: tutti uomini bianchi, tutti identici.

«Ehi, ma non sei il cinese con una gamba sola che ha cercato di farci impiccare?»

Una mano gli calò all'improvviso sulla spalla. Guifeng si voltò e vide un omone bianco con un completo stropicciato troppo piccolo per lui. Era stato uno dei sette imputati in tribunale. Guifeng l'aveva notato perché era il piú grosso ma anche il meno minaccioso. C'era qualcosa di innocuo, di vagamente amichevole, nel suo volto. Ora lo guardava con una curiosità infantile, la mano sulla spalla di Guifeng simile a una grossa pagnotta e pesante come un sasso. «Cosa ci fai qui?»

«Sto solo... facendo una passeggiata». Guifeng si sottrasse alla sua presa.

«Qui, nel nostro locale? Attento a non perdere l'altra gamba». L'uomo ridacchiò.

Forse Guifeng poteva estrarre la pistola dalla tasca e puntargliela contro. Avrebbe premuto il grilletto e la cosa sarebbe finita lí. Ma si sentiva debole. L'arto fantasma gli doleva, e la gamba buona tremava di paura. Si trascinò nel quartiere cinese. Nel buio vellutato, rischiarato dalle lanterne, zoppicò fino alla casa che non considerava piú sua e alzò lo sguardo verso la luce solitaria alla finestra del piano di sopra.

L'idea gli venne dopo avere aspirato la prima boccata di fumo di oppio quella notte. Pensò agli esplosivi che avevano sbriciolato rocce cento volte piú dure delle ossa, e che erano responsabili della morte di centinaia di lavoratori cinesi della ferrovia. Compreso Ah Fook, il cui nome Guifeng aveva usato perfino durante il processo e il cui destino aveva ereditato. Guifeng riusciva a immaginare cos'avrebbe detto Chang'er: «Quanti dei nostri uomini sono stati uccisi da quegli incidenti con gli esplosivi? Come possono riposare in pace se i loro nemici non sono stati puniti? I gweilo sono tutti uguali: i ricchi si riempiono il portafoglio e costruiscono le loro ricche dimore sulle nostre vite, i poveri non possiedono niente di niente e ci incolpano per aver portato loro via il lavoro, quegli idioti, con i loro politici che li disprezzano ma dicono di esserne i portavoce: tutti costoro ci vogliono morti e meritano di morire».

Guifeng ricordava i sette uomini in tribunale, assassini a sangue freddo felici di vedere gli uomini cinesi morire bruciati o dissanguati, e i loro falsi testimoni, l'avvocato e la giuria, il pubblico che celebrava i loro crimini. Erano tutti uguali. Volevano tutti vedere i cinesi morti bruciati.

Non sarebbe stato facile procurarsi la nitroglicerina. Ma Chang'er poteva certamente trovare della polvere nera prima di sabato sera, quando la Caucasian League si sarebbe riunita di nuovo. Guifeng si sarebbe sobbarcato il compito di vendicarli tutti, di ucciderli tutti insieme.

Prima di perdere la lucidità, vide gli occhi sbarrati di Ah Fook come due pozzi profondi. Se vi avesse guardato dentro abbastanza a lungo prima di chiuderli con la mano, forse avrebbe visto il proprio destino. Se solo avesse potuto credere che lo faceva per coloro che amava: un'ultima azione, poi non azione per sempre.

Nella sua stanza d'albergo, Chang'er chiese a Guifeng di togliersi la giacca. Con cautela, come aveva maneggiato la nitroglicerina nella galleria della Sierra, fissò in vita a Guifeng una cintura di cotone grossa e pesante su cui erano cucite tasche di polvere nera, tutte collegate a una miccia. «Ricorda che siamo stati noi cinesi a inventare la polvere nera» stava dicendo Chang'er. «Ma abbiamo perso tempo a fabbricare fuochi d'artificio invece di pistole e cannoni. Per questo abbiamo perso le Guerre dell'oppio e ci siamo fatti bistrattare dai gweilo».

Quando due giorni prima Guifeng lo aveva cercato nella sala scommesse per svelargli il suo piano, la reazione di Chang'er era stata proprio quella che si aspettava. «Un'idea geniale!» Si era dato una pacca sul ginocchio. «Adesso hai capito. Non si tratta solo di quei sette uomini. Loro sono solo i cecchini della Caucasian League. Ma in realtà tutti i bianchi ci vogliono uccidere. Fallo. Ammazza tutti quelli che puoi».

Nel giro di un'ora Guifeng avrebbe acceso la miccia e sarebbe corso tra la folla davanti al municipio dove la Caucasian League si riuniva ogni sabato sera. Avrebbe corso piú forte che poteva, con la gamba buona e quella finta. Le schegge delle sue ossa sarebbero diventate frammenti di proiettili. I brandelli della sua carne si sarebbero appiccicati alle carni di coloro che odiavano i cinesi. Il colore della pelle non avrebbe piú avuto importanza: tutto sarebbe diventato parte di un nulla indistinguibile del quale cielo e terra si infischiavano.

Non ci sarebbe stato bisogno di piangere la sua scomparsa. Non ci sarebbe stato un funerale, né un corpo da seppellire. Sarebbe morto odiando, trasformandosi nel fuoco d'artificio piú assordante ed esplosivo. Che festa! Che cosa virile da fare, che morte da uomo. Feiyan sarebbe stata orgogliosa di lui, finalmente? Lui l'avrebbe perdonata? Sí. Non avrebbe provato piú niente.

Un'ultima esplosione, che avrebbe scavato gallerie nella carne umana. Non sarebbe piú stato un cane di paglia ripudiato, calpestato o bruciato da altri desiderosi di eliminarlo. Si sarebbe gettato lui stesso sul braciere e avrebbe acceso il fuoco da sé.

Lui e Chang'er si addentrarono nella notte. A ogni passo malfermo, Guifeng sentiva la bomba rudimentale che gli cozzava contro la gabbia toracica. Le stelle in cielo erano fredde come quelle sopra la Sierra. Guifeng avrebbe voluto andare sulle montagne un'ultima volta, sdraiarsi sul duro granito e guardare il firmamento senza nessun ostacolo tra i suoi occhi e quei puntini brillanti.

Avrebbe voluto che Daoshi fosse con lui, che gli dicesse – o che dicesse a entrambi – che era un'azione avventata. Era contro il Tao. Quell'impresa sanguinosa non poteva essere naturale. Com'era possibile che far esplodere dei corpi rappresentasse il corso naturale delle cose? Il corso naturale consiste nel vivere e lasciar vivere, non nel morire e nell'uccidere.

«Sei sicuro che vuoi andare fino in fondo?» gli chiese a un tratto Chang'er. I suoi occhi rivelavano un'ombra di pietà.

Ma Guifeng non voleva piú pietà. «Sí» rispose.

Continuarono a camminare, ora nella parte bianca della città. Uomini bianchi entravano in bar e saloon. Non erano poi tanto diversi da loro: ubriachi cinesi o bianchi, giocatori d'azzardo cinesi o bianchi. Tutti bevevano per dimenticare la propria vita o giocavano per simulare l'aspetto capriccioso dell'esistenza.

Guifeng udí l'assembramento davanti al municipio e le solite frasi trasportate dal vento: «... parassiti... mangiatori di ratti... sporchi pagani... se ne devono andare...»

La collera aveva piú dignità, piú yang. Chang'er aveva ragione. Il wuwei era un'idea ridicola quando eri oggetto di odio.

Chang'er lo condusse dietro un gruppetto di cespugli sempreverdi al limitare della piazza. Si tolse un pugnale dalla cintura. «Prendi questo, non si sa mai». Un regalo d'addio? Aveva ripreso la pistola che Guifeng non era riuscito a usare nel tentativo precedente.

Guifeng accettò il pugnale. «Proteggerai la mia famiglia?»

«Sí, hai la mia parola». Chang'er lo guardò negli occhi, come aspettandosi che dicesse qualcosa di piú.

Ma Guifeng tacque. Presto sarebbe morto. Tutti sarebbero morti presto o tardi, e non ci poteva fare nulla.

Si nascose dietro i cespugli, aspettando che la folla fosse al completo. Con la dinamite in cintura, era lui la bomba. Tutto quello che doveva fare era accendere la miccia e fermarsi in mezzo alla gente. Fenomenale. Anche se aveva sempre fallito in vita sua, sarebbe stato forte nel momento culminante. Anche se non aveva fatto il suo dovere nei confronti delle due famiglie, avrebbe almeno raggiunto uno scopo piú importante per i suoi connazionali. Aveva scelto la sconfitta troppo a lungo; ora sceglieva la collera. Era stanco di essere un uomo menomato. Avrebbe provato un ultimo scoppio di dolore e poi sarebbe finito tutto.

Un uomo si avvicinò e si fermò a pochi passi dal cespuglio dietro il quale era acquattato. Si abbassò la cerniera e cominciò a pisciare. Stava canticchiando una canzone, un motivetto che Guifeng aveva già sentito. Nel bosco, mentre il sangue gli sgorgava dalla ferita alla gamba, mentre si mordeva il labbro per impedirsi di gemere, uno degli assassini aveva pisciato e canticchiato una canzoncina che sembrava una ninnananna. Da quel momento Guifeng aveva perso tutto: prima una gamba, poi metà cervello, il cuore, la famiglia e ora, da un momento all'altro, avrebbe perso quel poco che gli restava. La canzone, il piscio, l'odore di ammoniaca che impregnava l'aria buia. Stringendo il pugnale che gli aveva dato Chang'er, Guifeng balzò fuori dal cespuglio scagliandosi contro l'uomo che svuotava la vescica. Lo pugnalò coprendogli la bocca perché non gridasse, e agí con tanta rapidità e scioltezza che gli parve di essere stato preparato, o predestinato, a compiere quel gesto. Quando l'uomo cadde, ne trascinò il corpo dietro al cespuglio. Si inginocchiò, guardando come incantato il volto del morto: perfino al buio si rese conto che non era uno dei sette uomini in tribunale.

L'assembramento continuava a crescere. Il nuovo oratore urlava cose come «tumore della California», «male del Paese». La folla gli faceva eco gridando come sempre: «I cinesi se ne devono andare!», la dose settimanale di odio, come se iniettandosela fossero riusciti ad amarsi di piú. Non la finivano mai, e Guifeng continuava a osservare il volto dell'uomo che aveva trasformato in cadavere. Non avrebbe piú avuto una vita da vivere. Non sarebbe tornato tra la calca, non avrebbe dato il proprio contributo agli slogan feroci, né avrebbe agito mosso da essi. Non avrebbe bruciato né ucciso. Avrebbe solo continuato a canticchiare quella ninnananna fino a rinascere pisciando tra le braccia di sua madre.

Guifeng aveva ucciso la persona sbagliata, un uomo che era stato un neonato. La canzoncina continuò a riecheggiargli in testa mentre guardava il morto con la patta aperta, il pene molle, afflosciato. Un bambino gigante la cui vita Guifeng aveva appena interrotto. Se solo quell'uomo avesse meritato di morire. Se solo quella fosse stata giustizia.

La cintura esplosiva che gli pesava sui fianchi, la miccia spenta, l'arto fantasma che gli pulsava, la gamba buona indolenzita, Guifeng sapeva di non poter portare a termine il progetto. Non poteva trasformare il suo corpo in una bomba che sarebbe esplosa e avrebbe ucciso. Il corpo che gli era stato dato da sua madre, il cui sangue gli scorreva dentro, e che aveva dato vita a due figlie. Quel corpo voleva vivere e lasciar vivere, non morire e togliere la vita.

9.
Ritrovarsi
1876-1882

Feiyan

Quando lui tornò a casa, puzzava di sangue e polvere nera. E si portava dietro un'anima morta aggrappata al petto. Parlò del debito, del delitto e cadde in ginocchio, pregandola di aiutarlo: «Legami al letto, chiudi a chiave la stanza. Voglio smettere».

Lei fece quello che le aveva chiesto. Lo mise nella stanzetta di sopra, chiuse la porta dall'esterno, gli portò acqua e cibo, pulí quando sporcava, sopportò i suoi insulti. Lo fece per una settimana intera, mentre continuava a mandare avanti la tavola calda di sotto, riducendo i piatti della metà, perché di piú non riusciva, e affidando Duofu alla vicina fino all'ora di metterla a dormire. Rimaneva seduta accanto al letto mentre lui si agitava e sudava freddo, dicendogli che presto si sarebbe sentito meglio.

Quando Guifeng si riprese e tornò da lei, Feiyan cercò di immaginare il loro futuro, ma c'era il fantasma di un uomo bianco tra loro. Bruciò incenso all'altare di Guanyu, di sotto: «Vogliamo ricominciare da capo. Non ci serve un fantasma, qui. Ti prego, fallo andare via». Ma Guifeng era assente e lento quando cercava di aiutarla in cucina, come se le mani dovessero opporsi di continuo a un grosso peso. Feiyan doveva gridare: «Ho bisogno del cavolo tritato, è urgente». «La minestra sta bollendo, non senti?» Sapeva che lui voleva tornare all'oppio, lo voleva piú di quanto volesse lei, piú di quanto volesse la loro figlia. Quella brama era la sofferenza e la vendetta dell'anima del morto. Sussurrava nella testa di Guifeng: «Lo voglio, lo voglio. Va' a prenderlo, presto. Non c'è futuro. Non sognare un futuro che non ti appartiene. Tutto quello che hai costruito brucerà. Tutto quello che ammassi crollerà».

Ma Feiyan non permetteva che quei bisbigli entrassero anche nella sua testa. Aveva una bambina che cresceva e doveva continuare a crescere. Doveva pensare al futuro anche se questo si riduceva solo al minuto successivo, all'ora che seguiva. Anche se il presente si sgretolava di continuo, lei doveva credere nel futuro. Anche quando era stata legata a un asino da suo padre e suo fratello e poi a un letto dall'ubriacone, ci aveva creduto. Altrimenti non avrebbe ucciso il vecchio. Non se ne pentiva, anche se spesso rimpiangeva che fosse stato necessario. Ma faceva quello che doveva per continuare a vivere.

Adesso anche Guifeng aveva ucciso, e anche lui voleva continuare a vivere. Ma il fantasma non glielo permetteva. Di notte la casa tratteneva il fiato. Sembrava aspettare che l'incendio successivo la consumasse, pareva che ogni trave fosse in attesa del fuoco per dissolversi in cenere.

Feiyan lo prese tra le braccia per strapparlo alla stretta del fantasma. Non sapeva quanto sarebbe durato, quel loro ritrovarsi.

Daoshi
1877

Chang'er gli aveva detto dove trovare Guifeng, alla tavola calda Duofu, chiamata col nome della nuova figlia e mandata avanti dalla nuova moglie. «Lí oppure nella fumeria». Chang'er gli aveva raccontato della sparatoria, dell'amputazione, del processo, dell'oppio. Daoshi si recò dapprima alla tavola calda, facile da trovare, luogo molto frequentato, con i tavoli anche all'aperto. Aveva appena terminato il proprio compito ufficiale: consegnare due dozzine di fucili Henry nascosti in casse di riso a Fong

Lee, l'uomo piú ricco e influente del quartiere cinese di Truckee, che stava reclutando una milizia privata per compiere ronde nella zona. I venditori bianchi di armi in California avevano boicottato i cinesi per anni, ma le Sei Associazioni erano riuscite a neutralizzare il boicottaggio incaricando dell'acquisto uomini bianchi.

All'interno della tavola calda Feiyan era riconoscibilissima: l'unica donna con una camicetta color litchi tra molti uomini dagli abiti dimessi. Era dietro il banco, dove i piatti venivano tenuti in caldo sui fornelli. Daoshi l'aveva vista solo una volta, vestita da uomo, la tesa del cappello calata sulla fronte. Era ancora slanciata e snella, ma ora esprimeva tutta la sua femminilità. Sembrava dominare gli uomini in pausa dopo la giornata di lavoro, unica donna, sicura e forte, tra tutti quegli scapoli soli. Lo stava guardando. Lui si avvicinò, la salutò e le chiese di Guifeng.

«Non si fa vedere da mesi». Non parve sorpresa dalla sua domanda. «È rimasto pulito due settimane, e poi ha ricominciato».

Gli preparò un piatto e lo fece sedere a un tavolo dove il quarto posto era libero. Quando gli altri tre commensali ebbero finito e se ne andarono, lo raggiunse con una ciotola e una brocca di vino di riso. Lo versò e gli mise davanti la scodella. «Guifeng mi ha detto che sei un daoshi, uno vero. Esorcizzalo. È posseduto. Sono sicura che te ne accorgerai anche tu quando lo troverai».

La fumeria nel seminterrato apparteneva a Fong Lee, che controllava il mondo del vizio nel quartiere cinese di Truckee. Era senza finestre, senz'aria e senza cielo. Se uno non vedeva il cielo per un po', probabilmente a un certo punto se lo dimenticava. Daoshi dovette cercare Guifeng in giro per la stanza, perché tutti gli uomini erano uguali, assomigliavano al padre di Daoshi: il modo in cui giacevano sulle brande, fumando a occhi chiusi, sonnecchiando come bambini nel corpo di vecchi.

Trovò Guifeng solo perché la protesi attirò la sua attenzione. Era appoggiata su una brandina accanto ai pantaloni con una gamba vuota. Si avvicinò e lo scrutò in volto. Vide per un istante il ragazzo agile e con gli occhi brillanti che a Daoshi era piaciuto perché gli ricordava sé stesso da giovane.

Ora Guifeng pareva vecchio e sembrava effettivamente posseduto. Il suo viso segnato, coperto di vesciche, sembrava emanare un'aura verde muffa, e lo stesso valeva per il suo corpo rattrappito, vestito di abiti stropicciati che avevano un gran bisogno di essere lavati. Perfino tra i fumi dell'alcol sembrava perseguitato dagli spiriti e malato.

Quando Daoshi era ancora Fuyao, oltre ai riti funerari aveva guardato il padre che effettuava esorcismi su persone malate che si credevano possedute da spiriti maligni. Chiedeva a suo padre di dirgli se avesse visto davvero quegli spiriti. Il padre rispondeva sempre la stessa cosa: non importava; ciò che importava era il rituale, e il fatto di crederci. Non importava se quei due occhi lo vedevano oppure no: a contare era quell'altro occhio, diceva indicandosi il centro della fronte. E non importava che aspetto avessero gli spiriti malvagi. Contava che Fuyao imparasse a memoria i versi e gli incantesimi, che praticasse i passi e le danze per condurre lo spirito, con la forza o con l'inganno, nel regno del cielo aperto dove poteva infine riposare e lasciare in pace i vivi.

Ma nonostante i versi e le danze, molti di coloro che suo padre aveva esorcizzato continuavano a stare male, alcuni erano perfino morti. Compresa la madre di Fuyao. Poi suo padre si era abbandonato all'oppio, posseduto dal proprio demone che nessuno poteva esorcizzare per lui. Da quello che sapeva Fuyao, né suo zio né il fratello maggiore ci avevano provato. Anzi, alimentavano la dipendenza del padre, sforzandosi di far credere agli altri che i loro rituali funzionavano ancora.

Daoshi aveva voglia di andarsene, di allontanarsi prima che Guifeng si svegliasse, proprio come aveva abbandonato il padre ventidue anni prima. Il passato si ripeteva. Ma c'era una cosa che doveva fare. Si sporse e diede un colpetto sulla spalla di Guifeng.

Lui aprí gli occhi e lo guardò senza sorpresa, come se si fosse aspettato di vederlo. «Ti stavo parlando proprio adesso» disse, strofinandosi gli occhi. «Mi stavi raccontando dei cani di paglia, e io stavo pensando, e va bene, sono fatto di paglia, e questo fumo mi aiuta a bruciare. Ti stavo dicendo che questo fuoco lento almeno me lo sono acceso da me». Si appoggiò su un gomito per rizzarsi a sedere, con un sorriso da drogato.

Quel mattino presto, sul treno che attraversava la Sierra, Daoshi aveva pensato ai giorni di lavoro alla ferrovia, al fatto che a volte si era sentito cosí vicino al cielo che l'orbita del Tao gli era apparsa nitida quanto il movimento del sole e della luna, e a volte, quando restava immobile, gli pareva quasi di avvertire il Tao che gli scorreva in corpo. In quei momenti non si era sentito un cane di paglia.

Si sedette sulla brandina. «Tua figlia Sixiang è qui, a Big City. Ti sta cercando».

«Che cosa?» Guifeng si tenne il sorriso appiccicato al volto come una foglia secca.

«C'è stata una carestia nel tuo villaggio. È stata venduta qui come mui tsai. Ci siamo conosciuti qualche mese fa e le ho detto che l'avrei aiutata a trovarti».

Guifeng si stese di nuovo sul lettino. Si voltò verso il muro, posandosi un braccio sugli occhi.

Daoshi aspettò, e cominciò a chiedersi se non fosse meglio alzarsi e andarsene, quando Guifeng disse alla parete: «Non ho una figlia, non ho una famiglia. Non ho neppure me stesso. Stai parlando con un cane di paglia che non ha una vita. Il sacrificio è stato compiuto». Tenne gli occhi coperti con il braccio in modo che il resto del mondo, sua figlia inclusa, potesse sfuggire al suo sguardo.

Daoshi non poteva fare quello che Feiyan gli aveva chiesto di fare. Come poteva isolare i dolori di una persona e trasformarli in nubi? Nessuno era in grado di farlo. Non c'era cura possibile. La vita aveva la tendenza a restare rigida e limitata, soprattutto in quel mondo dove la tua esistenza non era neppure considerata umana. Gli incantesimi vecchi di secoli che neanche conosceva bene non potevano risolvere le afflizioni, in quel luogo. Erano semplici parole, vuote come paglia.

Guifeng

La figlia che aveva invaso i suoi sogni con gli occhi infossati, pregando: «Io e la mamma possiamo avere un po' dei tuoi spaghetti di riso?» La figlia che aveva smesso di nutrire anni prima, ma la cui fame continuava a cogliere fin troppo bene. Come poteva ora diventare un padre per lei?

Cosa si aspettava Daoshi da lui? Da un fumatore d'oppio con una gamba sola, inutile? Se si fosse fatto saltare in aria con le tasche piene di polvere nera sarebbe già all'inferno, tormentato da molti fantasmi bianchi invece di uno solo. Cosa direbbe Daoshi? Lo aveva lasciato nella fumeria senza aggiungere altro, deluso da lui come tutti gli altri.

Cosa direbbe Laozi? Se il cielo e la terra erano indifferenti a tutti loro, bianchi o gialli che fossero, e se agli occhi dell'universo pietre e polvere erano uguali, l'inferno non era uguale al presente, con carne e ossa ancora intatte, anche se per poco?

Sapeva che si stava avvicinando alla fine di tutto. L'unica cosa che lo teneva ancora in vita era il desiderio di quella sensazione. Il vapore che gli riempiva i polmoni e si trasmetteva al resto del corpo, prima il tronco, poi gli arti, infine il collo e la testa, trasformandolo in un uomo cavo. Era completamente vuoto, calmo e immobile, nulla poteva danneggiarlo o causargli vergogna, non era stato inseguito, obbligato a uccidere, e il canto dell'uomo morto non continuava a risuonargli nelle orecchie.

Quando aveva chiesto a Feiyan di aiutarlo, dopo che era tornato zoppicando a casa quella notte, aveva deciso di uscire dall'inferno tornando alla vita, di ridare a lei il suo corpo che si era quasi trasformato in una bomba. Mentre lui cercava di aiutarla con la cena, uomini giovani e sani la osservavano, la corteggiavano quando pensavano che lui non sentisse, ma Guifeng aveva deciso di perdonarla quando aveva deciso di vivere. La perdonava per quello che lei aveva fatto e le chiedeva perdono.

Poi alla tavola calda giunse la notizia: era stato trovato il corpo di un bianco che galleggiava nel Truckee River, qualcuno che era stato visto piú di una settimana prima, pugnalato al cuore da dietro, un forestiero di passaggio.

Doveva essere stato Chang'er a prendersi la briga di tornare nei cespugli, spostare il corpo e gettarlo nel fiume. Quella notte era giunto a cavallo dove si nascondeva Guifeng, dopo che la Caucasian League aveva terminato il comizio, con le parole: «Cacciateli fuori», «Bruciate quei cinesi» che riecheggiavano ancora. Chang'er aveva osservato il corpo e, senza fare commenti sulla missione fallita di Guifeng, lo aveva tirato su e aiutato a salire a cavallo. Aveva stropicciato i piedi per terra per cancellare le loro impronte prima di salire in groppa anche lui. Erano andati nella sua stanza d'albergo. «Mi serve la cintura con la polvere. Sarà utile in futuro». Poi, quando Guifeng si era voltato per andarsene, aveva detto: «Adesso non mi devi piú niente. Vivi la tua vita. Non tornare alla fumeria».

Un uomo innocente di passaggio in città e diretto a nordovest, fermatosi per caso nei pressi dell'assembramento perché aveva dovuto urinare, che forse aveva una famiglia da qualche parte e aveva mandato loro denaro ogni mese. Guifeng l'aveva ucciso.

La notte dopo che il corpo dell'uomo era stato trovato, un giovane cinese, un servo adolescente che lavorava per una famiglia bianca, era stato linciato da una banda di bianchi nella parte bianca della città. I membri della lega avevano deciso che l'uomo bianco doveva essere stato ucciso da un cinese perché era stato visto per l'ultima volta alla manifestazione anticinese, e il primo cinese che avessero incrociato per strada ne avrebbe fatto le spese.

Quindi non una, ma due morti erano imputabili a Guifeng. Le due anime furibonde lo assalivano con gli artigli e i denti, esortandolo a non fingere piú di essere una brava persona. Lo tormentavano incitandolo a tornare alla fumeria, a riprendere a essere com'era davvero: cattivo, spregevole e incorreggibile. Una punizione che non poté fare a meno di accettare.

Dopo aver saputo dell'arrivo della figlia, Guifeng riprese a parlare con Daoshi nella sua testa, chiedendogli cosa si aspettasse da lui. Carestia, venduta, mui tsai. Cos'altro era successo a sua figlia Sixiang, il cui nome era stato scelto da lui? Ma non voleva sapere altro. Continuava a chiedere a Daoshi di ripetere la citazione di Laozi sul fatto che cielo e terra non vedevano differenze in niente. Era tutto uguale, e tutto sarebbe morto, alla fine. Con o senza sforzi. Con o senza sofferenza. Gli domandava anche se ciò che faceva era non agire, non azione, wuwei. Nella sua testa, Daoshi era piú paziente di quanto non fosse stato durante la sua breve visita che, d'altronde, forse era accaduta solo in sogno. Sua figlia poteva benissimo trovarsi ancora in Cina con la madre e la nonna, nel villaggio di Yunteng, dove bene o male tirava a campare. Era un sogno o no? Non lo sapeva.

Era nella fumeria quando scoppiò l'incendio. Un nuovo incendio nel nuovo anno, non molto diverso da quelli che c'erano stati prima. Quando era uscito incespicando, aveva visto lo stesso fuoco che divorava tutto con la sua bocca insaziabile, gli stessi sibili, cose che si scioglievano, lo stesso calore arancione, fumo nero e luce spietata. Poteva rimanere in strada e stare a guardare mentre tutto bruciava, riducendosi a cenere e braci. Ma qualcosa gli doleva nel cuore. Si diresse a casa, se ancora poteva chiamarla cosí.

Feiyan e Duofu erano una accanto all'altra e guardavano le travi carbonizzate che si sbriciolavano. Accanto a loro c'erano alcune sedie tratte in salvo, un paio di trapunte e cuscini. Quando Duofu lo vide, disse: «Baba» con voce incerta, come se anche lui fosse un oggetto tratto in salvo dalle rovine. Feiyan non lo guardò neppure, rifiutando di dire perfino: Dov'eri quando casa nostra è stata bruciata? Non meritava neppure la sua collera.

Stavolta non fu possibile ricostruire, sebbene il terreno

appartenesse a loro. La Caucasian League condusse un gruppo di cinquecento uomini e donne a Chinatown e abbatté quello che il fuoco non aveva distrutto. Poi mandarono una petizione alla contea del Nevada, chiedendo che tutto il quartiere cinese fosse spostato all'esterno dei confini della città di Truckee sull'altra sponda del fiume, in modo che quel luogo potesse «essere occupato al piú presto» come scrisse McGlashan sul *Truckee Republican* «da belle dimore o anche attività commerciali, che avrebbero migliorato notevolmente l'aspetto della città». Se Guifeng li avesse uccisi tutti, quella notte, il quartiere cinese sarebbe stato risparmiato? Aveva avuto zero possibilità di successo. Qualunque cosa avesse fatto. Uccidere o non uccidere non faceva alcuna differenza.

Quando una città veniva bruciata, la fumeria d'oppio era sempre il primo posto che risorgeva. Non ci voleva molto tempo per adattare a quello scopo una baracca costruita alla bell'e meglio con assi di recupero. Anche se Guifeng desiderava che tutto l'oppio alla sua portata finisse in fumo e si dissolvesse nell'aria per impedirgli di ricadere nel vizio, l'oppio era già lí. L'unica cosa su cui si poteva contare. Non importava quanto i bianchi ti minacciassero o ti infangassero, bruciassero e distruggessero la tua vita, l'oppio aveva il potere magico di risorgere dalle rovine e condurre il tuo naso a quella pallina seducente.

Restò il piú possibile alla larga dalla sua famiglia. Un paio di volte si fermò davanti alla nuova casa che Feiyan aveva ricostruito, stavolta con l'aiuto dei clienti o degli amanti. Guifeng non aveva contribuito in nessun modo alla sua costruzione, ma vi era attratto da un ultimo dollaro per un'ultima dose. Era un bene che non avesse la chiave.

Cercò di cavarsela come poteva. Per alcuni mesi lavorò come addetto alle fornaci, un lavoro che non richiedeva l'uso di due gambe funzionanti. Ma non riusciva a presentarsi puntuale, perché il bisogno di oppio lo prendeva a qualunque ora. A volte per qualche decina di centesimi lo chiamavano a pulire vasche da bagno, negozi di barbiere o latrine. Frugava tra i rifiuti per mangiare e dormiva in baracche o sotto le tende. Una volta, mentre frugava in un bidone fuori da uno spaccio alimentare, ne uscirono Feiyan e Duofu. Lui si voltò per nascondere il volto.

Quando era disperato, a volte chiedeva a Li Shu un dollaro o due. Li Shu non cucinava piú per il campo di taglialegna. Dopo quella farsa di processo, il loro vecchio capo Joseph Gray aveva deciso di vendere l'azienda a un altro magnate del legname e se n'era andato. Anche il nuovo capo apparteneva alla Caucasian League e, per principio, aveva sostituito tutti i lavoratori cinesi con uomini bianchi. Li Shu aveva trovato lavoro come cuoco in una pensione bianca. Nei giorni di riposo a volte invitava Guifeng ad andare a pescare con lui al fiume. Parlavano dei vecchi tempi nella Sierra: la cima, la galleria, le tempeste, il freddo. In retrospettiva, il freddo era diventato tollerabile e i dolori quasi piacevoli, perché loro erano sopravvissuti a tutto. Quelli erano giorni piú facili, in cui Guifeng era riuscito a svolgere i propri compiti e a vivere in modo onesto.

«Ti serve uno scopo» diceva Li Shu.

Guifeng restava zitto finché lui non diceva qualcosa d'altro.

A volte, nei momenti prima di perdere conoscenza nella fumeria, Guifeng parlava ancora a Daoshi. «Ho ucciso un uomo. Riesco ancora a sentire il motivo che stava canticchiando quando l'ho pugnalato al cuore. Una canzoncina semplice, da bambini. Stava solo pisciando».

Daoshi lo guardava benevolo.

«Cosa direbbe Laozi?» E Guifeng continuava. «Che siamo tutti cani di paglia? Uccidere ed essere uccisi non fa nessuna differenza agli occhi del cielo e della terra?»

«Già, cosa direbbe Laozi? Probabilmente qualcosa come: Lascia perdere. Quel che è stato è stato».

«È quello che sto facendo. Lascio perdere». A quel punto Guifeng si lasciava scivolare nell'oscurità dove i pensieri non riuscivano piú a raggiungerlo.

Sixiang
1882

La quercia nel cortile sul retro aveva perso di nuovo tutte le foglie. I nidi di scoiattolo, ora nudi e arruffati, sembravano grovigli di nodi. Se lo spirito di Ah Hong viveva lassú tra i vecchi rami contorti, la sua casa era un luogo misero e tetro. Sixiang spazzò via le ultime foglie per terra, tutte accartocciate e fragili.

Miss Moore e Miss Webb non l'avevano consolata quando il carro l'aveva ricondotta alla Missione. Si erano limitate a un freddo: «Bentornata». Sixiang poteva immaginare cosa avesse detto loro Mrs Turner, forse ripetendo quello che le avevano detto a loro volta fin da subito: «È molto difficile addomesticare i barbari».

Sixiang aveva perso il privilegio di seguire le lezioni di cinese e le ore di studio supplementari della Bibbia riservate alle future missionarie. Tra le lezioni del mattino e il cucito al pomeriggio le furono assegnate mansioni di pulizia alla Missione, oltretutto da sola, non in coppia con un'altra ragazza come spesso avveniva. Le altre la guardavano come un tempo avevano guardato Ah Hong: tacevano di colpo, o si coprivano a malapena la bocca per bisbigliare in segreto. Eppure Sixiang era stata una di loro. Non si era dimostrata amica di Ah Hong quando era stata lasciata in disparte. Allora aveva voluto essere al sicuro con il resto delle ragazze che avevano ancora una possibilità di essere purificate, ed essere apprezzata da Miss Moore e Miss Webb, che decidevano quali potevano essere salvate e quali no. Alla domanda quotidiana: «Quale macchia vi toglierà oggi dal cuore Dio?», Sixiang era quella su cui si posavano tutti gli sguardi, e la parola «sporcizia», con tutto il peso che portava con sé, era quella che ci si aspettava di sentire da lei.

«Vigliaccheria» diceva invece, giorno dopo giorno. «Spero che Dio mi aiuti a eliminarla».

Ma se Dio voleva impartire ai suoi fedeli una lezione con la tortura e la morte del figlio, cosa desiderava dimostrare con la morte di Qinglong? Che gli assassini potevano restare impuniti e perfino incolpare Qinglong della sua stessa morte, perché erano il popolo scelto da Dio? Che un omicidio era la storia tragica del sacrificio di una famiglia cristiana e della presenza corrotta di una ragazza pagana ex schiava?

Sixiang era colpevole non di ciò di cui la accusavano, ma di vigliaccheria. Era corsa via da Qinglong quando aveva avuto piú bisogno di lei. Lo aveva lasciato a soffrire e morire da solo.

Presto tornò la primavera. La quercia faceva cadere i suoi fiori filamentosi come vecchie lacrime. Un pomeriggio, mentre Sixiang stava spazzando via gli ultimi fiori caduti in cortile, Yizheng le si avvicinò. «Ti sposerai» le disse in inglese, con il tono autoritario di Miss Moore e Miss Webb. «Noi ti stiamo cercando un marito».

«Noi» era stato detto con orgoglio. Portava un abito occidentale e i capelli erano arricciati e crespi, ma nessuno le dava mai della «scimmia». Com'era stata furiosa Sixiang quando Qinglong l'aveva chiamata cosí. Se non l'avesse fatto, forse starebbe ancora tagliando i cespugli di sempreverde nel giardino dei Cole, scolpendo la groppa di un drago sul quale non sarebbe mai salito. Forse lei sarebbe rimasta dai Turner per finire i suoi due anni di «educazione domestica», come un bravo animaletto obbediente, cosí da tornare alla Missione con un giudizio positivo per essere mandata in Cina. Se Qinglong non l'avesse chiamata «scimmia», forse sarebbero sopravvissuti entrambi, nell'ignoranza o simulando ignoranza.

Quella notte, con la Missione immersa nel silenzio e nel buio, le ragazze che russavano o mormoravano parole di nostalgia o serravano nervose le mascelle, Sixiang si alzò per fare i bagagli. Il baule che aveva usato per andare dai Turner era stato consegnato a un'altra ragazza destinata all'«educazione domestica». Sixiang portava ancora con sé la foto, con gli angoli piegati, di suo padre, e le sei monete d'argento, ora ossidate, nella tasca interna che aveva cucito in tutta la sua biancheria. Mise le sue poche cose in un fagotto di tela, lasciando nella cesta sotto il letto le bambole bionde regalate dai donatori a Natale e la Bibbia e la croce ricevute da Miss Moore per il battesimo.

Scese in punta di piedi le scale e attraversò il salone. Poi aprí la porta d'ingresso e uscí. Fu facile. Non c'era serratura all'interno per impedire loro di fuggire, e d'altronde nessuna aveva mai osato farlo. Dove avrebbero potuto andare? Ma Sixiang doveva credere che ci fosse qualcosa per lei là fuori, doveva credere che avrebbe trovato suo padre e l'avrebbe portato a casa.

Il cielo notturno era limpido e sconfinato. Uno spicchio di luna sembrava una barca sottile, che navigava da sola nel mare blu scuro. Sixiang, con il fagotto sulle spalle, si diresse verso il banco dei pegni al centro del quartiere cinese. Le strade erano meno affollate, i negozi prossimi all'ora di chiusura. Abbassò lo sguardo dinanzi alle occhiate degli uomini e accelerò il passo quando qualcuno le fischiò dietro. Non sapeva se Daoshi abitasse ancora nella stanza sul retro del negozio. Erano passati cinque anni dall'ultima volta che l'aveva visto.

L'uomo che si occupava del negozio non era Daoshi, ma Sixiang entrò comunque quando questi volse le spalle alla porta per discutere con un cliente. Non aveva altra scelta se non scoprirlo, non aveva un posto dove andare eccetto la stanzetta dov'era stata con Daoshi durante le notti dei disordini, protetta dalla folla inferocita che pareva uscita dall'inferno. Allora si era sentita al sicuro, proprio come durante l'alluvione quando era tra le braccia di sua madre sotto la tela cerata, in una tinozza di legno che la proteggeva dai fantasmi affamati nell'acqua tumultuosa. O come quando era ancora piú piccola, stretta a sua madre durante l'incursione dei banditi a casa loro in cerca d'oro. I demoni prendevano molte forme e potevano scatenarsi in qualsiasi momento. Se solo avesse potuto tornare tra quelle braccia.

Si era quasi aspettata di vedere il paravento con le Quattro Grandi Bellezze, dietro al quale si era nascosta quando era una fuggitiva piú giovane, piú piccola, aggrappata a un sogno piú solido e concreto. Ora si sentiva soprattutto stanca, e desiderava solo sdraiarsi in un posto tranquillo e sicuro e dormire a lungo. Si nascose dietro uno scaffale finché il negoziante non si girò per accompagnare fuori il cliente. Poi si trovò davanti alla stessa porta che anni prima l'aveva protetta dal caos del mondo. Girò la maniglia e, come per magia, si aprí di nuovo.

Se la richiuse alle spalle e rimase ferma al buio. Lentamente, grazie alla fioca luce della lanterna che entrava dalla finestrella, riuscí a distinguere il letto dove una volta si era addormentata, il baule di legno che fungeva anche da tavola, la sedia accanto alla porta su cui si era seduto Daoshi e la sua tunica nera appesa al muro. La stessa stanza con poche cose. Ma colse anche qualcosa di diverso. Era l'odore, una miscela stantia di liquore, sudore e polvere. Non ricordava di averlo sentito, lí dentro.

Si sedette sul letto e cercò a tentoni la scatola di fiammiferi. Aspettò che il negozio chiudesse prima di accendere la lampada a olio. Bottiglie vuote erano disseminate sul baule. I braccioli della sedia erano coperti di vestiti. Il letto era disfatto, la trapunta stropicciata e sporca. La polvere si era posata su ogni superficie. Negli ultimi cinque anni, Sixiang era stata scrutata ogni giorno per verificare che fosse pulita. Aveva imparato a rifare il letto tanto bene che sembrava che nessuno vi avesse mai dormito, e a pulirsi il viso, la bocca e le unghie come se una sola traccia di sporco rivelasse un difetto morale. Immaginava già cos'avrebbero detto Miss Moore e Miss Webb di quella stanza, delle abitudini pagane e dei barbari.

I libri sul baule erano coperti di polvere anch'essi. Prese in mano quello con il disegno di Laozi al centro. Alla Missione, quando aveva ancora il permesso di frequentare le lezioni di cinese, aveva sperato di vedere di nuovo il libro per scoprire se adesso era in grado di leggerlo. Soffiò via la polvere e lo aprí alla prima pagina. «道可道, 非常道; 名可名, 非常名» lesse ad alta voce. Cos'era quella Via che non poteva essere detta né nominata?

Posò il libro e, sdraiandosi, appoggiò la testa sul cuscino, che aveva bisogno di essere lavato. Allora il suo corpo riconobbe una sensazione piú antica, domestica, un conforto e un affetto che ricordava dai tempi dell'infanzia. Era accaduto due morti fa, prima che i suoi occhi imparassero a restare sulla superficie delle cose e che il suo cuore fosse costretto a portarsi dentro molto piú di un desiderio.

Si mise addosso la trapunta e chiuse gli occhi. Il sonno calò su di lei come una goccia di linfa scura che la avviluppò con tanta forza da toglierle il bisogno di reagire.

Senza svegliarsi udí la porta aprirsi e chiudersi, poi qualche passo. Non ebbe bisogno di aprire gli occhi per sapere che era Daoshi. La stava osservando dall'alto con la sua solita aria meditabonda. Lei preferí tenere gli occhi chiusi e restare all'interno di quella resina densa di sonno. Sperava che Daoshi riuscisse a vedere con i suoi occhi da veggente tutto quello che le era accaduto negli ultimi cinque anni, cosí non avrebbe piú dovuto sopportarlo da sola, e al mattino, svegliandosi, non avrebbe dovuto dire nulla. Daoshi l'avrebbe saputo e le avrebbe parlato della Via che non poteva essere detta né nominata.

Daoshi

Era ubriaco quando tornò al negozio. C'era qualcosa di diverso, ma gli ci volle un attimo per capire cos'era: una strisciolina di luce proveniente da sotto la sua porta. Dentro, vide una ragazza che dormiva nel suo letto. Quella presenza gli diceva qualcosa. La riconobbe, come si riconosce qualcuno in sogno quando si sa chi è anche se ha un volto diverso. Quanto tempo era passato? Le palpebre della ragazza tremarono ma non si aprirono.

Il suo viso pareva morbido e pulito, a differenza delle lenzuola che avevano bisogno di essere lavate. Daoshi non si era preoccupato di fare il bucato. Il massimo che era riuscito a fare ultimamente era lavarsi la faccia al mattino, aprire il banco dei pegni e gestirlo. Il libro di Laozi era stato tolto dal solito posto sul baule, lo strato di polvere si era sollevato. Aveva visto lo sporco accumularsi sulla copertina e non aveva fatto nulla. Il wuwei. Non azione. Limitarsi a esistere, e lasciar stare il resto. Aveva pensato di mettersi a letto senza spogliarsi né accendere la lampada, e dormire per quel che restava della notte, con il piacevole intorpidimento che aveva alimentato fin dal tramonto. Ma nel suo letto si trovava la bambina che non era piú una bambina, con le palpebre che tremavano, la sofferenza tra le sopracciglia.

Si sedette sulla sedia. Circa cinque anni prima si era seduto proprio lí mentre Sixiang dormiva, una piccola persona decisa a trovare suo padre e a riportarlo a casa. Adesso Daoshi sapeva per certo che il suo sogno non si sarebbe realizzato.

Feiyan gli aveva chiesto di esorcizzare Guifeng, ma Daoshi se n'era andato senza salutarla. Non c'era nulla che potesse fare per il padre di Sixiang, perché come il padre di Daoshi era una causa persa. Quando era tornato da Truckee non era andato a trovare Sixiang alla Missione, perché non voleva raccontarle bugie e sapeva che lei lo avrebbe capito. Allora l'aveva lasciata in pace. Aveva saputo che non era male, la Missione. Aveva un progetto in cui prostituzione e schiavitú non erano contemplate. Era senz'altro meglio: non per niente si chiamava «salvataggio».

Ma la ragazza era tornata lí. Perché? Cosa le era successo alla Missione? Voleva ancora trovare suo padre e tornare a casa? Molto probabilmente i suoi erano morti o stavano lottando per non morire, proprio come lí da loro. Il Chinese Exclusion Act, la legge contro l'immigrazione di lavoratori cinesi, sarebbe stata approvata di lí a poco e le bande di bianchi erano piú che mai impazienti di compiere carneficine. Nel frattempo, i tong erano in guerra tra loro, ed eliminavano a suon di coltelli o asce i loro uomini forti. Gli altri fumavano o bevevano o soccombevano alle malattie. Che si trattasse di autodistruzione o autoconservazione, di amore oppure odio di sé, ciascuno sceglieva il proprio rimedio per riuscire ad accettare la fine.

Daoshi aveva consegnato fucili in cinque città diverse prima di smettere. I fucili non li avrebbero protetti. Avrebbero permesso di armare alcune milizie private e di tenere a bada le bande assetate di sangue per qualche tempo. Ma anche armati sarebbero stati in minoranza numerica, avrebbero continuato a essere considerati inferiori, insignificanti, e quelli non li avrebbero lasciati in pace. A Truckee i bianchi, poco dopo avere saputo dell'arrivo dei fucili, avevano formato un nuovo circolo, il 601: sei piedi sottoterra, zero processo, un proiettile. Avevano riempito il quartiere cinese di fiocchi rossi per mostrare che erano assetati di sangue. Poi, insieme alla famigerata Caucasian League, lo avevano raso al suolo bruciandolo.

Dopo i viaggi per la consegna delle armi, Daoshi aveva ritrovato il suo lavoro al banco dei pegni, solo che ora faceva il turno di giorno. Di notte andava nei postriboli, giocava a carte e a Fan-Tan, e beveva. All'inizio beveva solo di notte, ma poi aveva cominciato a tenere una bottiglia sotto il banco del negozio e ingollava di soppiatto un sorso o due quando pensava che nessuno lo vedesse. Ma il proprietario del banco dei pegni se n'era accorto. «Non svenirmi in negozio» aveva detto «e abbi pietà del tuo fegato».

Abbi pietà: a Daoshi sarebbe piaciuto. Ma in fin dei conti, il fegato era solo un mobile. Proprio come il cuore o la testa. Invecchiavano e si logoravano tutti. Un tempo aveva avuto certe idee sul Tao e talvolta riusciva a visualizzare un sentiero fra la terra sotto i piedi e il cielo sopra la testa. Un sentiero che andava al di là della limitatezza, ignoranza, pigrizia di quell'esistenza insignificante. Ma le visioni non lo avevano portato lontano. Aveva preso la scorciatoia dell'oblio.

Se Sixiang avesse aperto gli occhi in quel momento e avesse chiesto: Perché non mi hai aiutato come promesso?, lui cos'avrebbe detto? Non era dell'umore giusto per spiegarsi o giustificarsi. Anzi, si sentiva quasi irritato nei confronti della ragazza che gli impediva di posare la testa sul cuscino e chiudere gli occhi, come la notte precedente e quella prima. Perfino un tran-tran come quello, per quanto disgustoso e patetico, poteva essere fonte di conforto, qualcosa per cui vivere.

Ma provò anche un'altra cosa. Vergogna. Per lo stato della sua camera, il cui disordine corrispondeva al disordine interiore, sottolineato per contrasto dal viso pulito di Sixiang che dormiva. Era stato fiero di essere una persona ordinata, che teneva pulite le poche cose che aveva. Il minimo che potesse fare era onorare il cielo che tornava sempre sereno.

Spense la lampada a olio con un soffio e appoggiò la testa al muro. Era diventato la copia di suo padre che si bruciava la tunica danzando per i morti, come se lui stesso fosse caduto prigioniero delle fiamme dell'inferno. Guifeng insisteva nell'affermare di essere un cane di paglia, che bruciava lentamente in un fuoco acceso da lui, mentre il cielo e la terra stavano a guardare senza interesse. E va bene. Un passo nell'inferno. Bruciare lí o qui. Vita qui o morte lí. La frontiera era sottile come un respiro.

Sixiang

Aprí gli occhi alla prima luce azzurra che filtrava dalle tende lise. Daoshi dormiva sulla sedia accanto alla porta, la testa che ciondolava su una spalla, la bocca socchiusa, rughe profonde tra le sopracciglia. Si chiese se potesse ancora fidarsi di quell'uomo, il cui sonno pareva tanto turbato. Dubitava che fosse riuscito a vedere quello che le era successo la notte precedente, e ora non gliel'avrebbe detto.

Daoshi si svegliò sotto il suo sguardo e si raddrizzò sulla sedia.

«Adesso puoi aiutarmi a trovare mio padre?» Non si concesse alcuna esitazione. Tutto quello che era successo negli ultimi cinque anni non aveva cambiato nulla: la redenzione sarebbe stata completa se avesse ritrovato il suo vecchio sogno, se avesse trovato suo padre e l'avesse portato a casa. Qinglong si sarebbe ripreso. Ah Hong sarebbe resuscitata. Entrambi l'avrebbero aspettata miracolosamente sull'altra sponda del mare.

«E se non vuole tornare indietro con te, o non può farlo? Le cose cambiano, sai. Anche l'idea di casa cambia».

Sixiang lo sapeva, ma lei non aveva nessun'altra casa a parte quella che aveva conosciuto oltre l'oceano. Era ancora lí? Doveva crederlo. Altrimenti, cosa le restava? Qinglong non ce l'aveva, una casa. Era morto nel boschetto gelato. Lei doveva trovarla per poterne dare una anche a lui. Se la casa cambiava per gli altri, che restavano senza nulla a cui aggrapparsi, Sixiang doveva convincersi che la sua era rimasta dov'era, preparandosi a fare ritorno.

«Portami da lui». Fissò Daoshi finché questi non annuí.

10.
La danza
1882

Feiyan

La ragazza che entrò con Daoshi le parve vagamente familiare: zigomi prominenti, naso sottile, occhi a foglia di salice piangente. Una somiglianza che le provocò una stretta al cuore, ricordandole la patria di cui un tempo lei e Guifeng avevano parlato, prima di tutti gli incendi, le case bruciate e quelle ricostruite ogni volta piú piccole, piú spoglie, piú caute, mentre l'eco di quella patria si affievoliva.

Li fece sedere a un tavolo. «Perché sei qui?» Guardò Daoshi.

Daoshi lanciò un'occhiata alla ragazza, che stava scrutando Feiyan con occhi feroci. «Questa è Sixiang» disse, poi fece una pausa. «La figlia di Guifeng. Vorrebbe vederlo».

«Gli assomiglia». Feiyan versò il tè nella tazza di Sixiang, guardandola negli occhi, che avevano la stessa limpidezza di quelli di Guifeng da giovane, ma non l'amore che avevano trasmesso. Al suo posto vide qualcosa di simile all'odio. «Non lo troverai qui». Feiyan spostò lo sguardo su Daoshi. «Non abita piú qui».

Daoshi accettò quelle parole con saggezza. La sua espressione ti invogliava a dirgli delle cose, a sederti e sfogarti mentre lui ti guardava. Non giudicava, non dava consigli, perché non c'era nulla che tu potessi fare che non avessi già fatto. Poi se ne andava. Era come parlare a un pozzo, ma ti sentivi comunque piú leggero.

L'aveva fatta sentire cosí l'ultima volta che era venuto, cinque anni prima, e gli aveva chiesto di esorcizzare Guifeng, di liberarlo dallo spirito dell'uomo bianco. Ma Daoshi non l'aveva fatto. Forse sapeva quello che Feiyan sospettava, che Guifeng non poteva essere aiutato.

E ora ecco sua figlia, che Guifeng aveva smesso di mantenere da un pezzo ma che era sopravvissuta, aveva attraversato l'oceano ed era giunta lí. Non piú una bambina che aveva bisogno di essere nutrita, ma abbastanza grande da sposarsi e avere figli suoi. Cosa ci faceva lí? Voleva far sentire in colpa suo padre? Anche Feiyan aveva delle colpe? Dopotutto lei aveva insistito perché Guifeng si impegnasse di piú per la sua famiglia lí, il futuro insieme in quella nuova patria, la figlia Duofu che aveva attraversato due inferni e poteva contare su ben poche fortune.

Duofu era seduta sui talloni sulla sedia di un tavolo d'angolo e sgusciava arachidi, la sua mansione. Stava osservando Sixiang, come se avesse colto un legame di sangue tra loro. Sua figlia, il suo cuore, la causa delle pressioni che aveva esercitato su Guifeng perché rivedesse i suoi obblighi. Ma il passato non era svanito: era tornato a imporsi.

«Dove posso trovarlo?» chiese Daoshi.

«Al solito posto, penso».

La solita fumeria d'oppio. Il proprietario era un cliente di Feiyan. A volte permetteva a Guifeng di fumare a credito e poi si faceva ripagare da lei. «Il tuo uomo mi deve troppi soldi. Perderò il lavoro se continuo a lasciarlo fare».

«Non è piú il mio uomo, non sono affari miei».

Eppure lasciava che quel tizio se ne andasse dal locale senza pagare. La faceva sentire sporca, ma le evitava i sensi di colpa per non avere aiutato Guifeng. L'ultima volta che lo aveva visto stava prendendo una mela marcia da un bidone delle immondizie fuori dal negozio di alimentari. Per un po' non era riuscita a mangiare senza pensare che lui stava morendo di fame. Ma le collere vecchie e nuove si erano unite per scacciarlo dalla sua mente. Lo aveva lasciato andare via, e di conseguenza lei ora non era nessuno per quella ragazza.

Portò loro due ciotole di zuppa, del riso e due piatti con le varie specialità del giorno. «Offro io» disse, e se ne andò.

Sixiang

Quella donna aveva forse l'età di sua madre, ma non le assomigliava affatto. Piedi lunghi, gambe veloci e forti, collo dritto, passava agile e sicura tra i clienti di sesso maschile, versando il tè e scambiando una battuta. Controllava il proprio sorriso, la sua intensità. Aveva un atteggiamento che Sixiang non aveva mai visto in una donna, a suo agio tra tanti uomini, che sembravano rispettarla e adorarla insieme. Poteva solo immaginare cos'avrebbe pensato sua madre di lei, e come si sarebbe sentita gelosa e insicura. Mentre sua madre era stata abbandonata al di là del mare, ridotta a pelle e ossa e a malapena in grado di reggere il proprio peso per via dei piedi bendati, quella donna che stava nutrendo decine di uomini non doveva conoscere la fame. E sua figlia, la bambina ben pasciuta e ben vestita che osservava Sixiang da un angolo della tavola calda, non doveva conoscere la fame neppure lei, mentre alla sua età Sixiang aveva dovuto pescare in un fiume cosparso di cadaveri e dare la caccia ai vermi per quell'unica goccia di grasso.

Sua madre aveva dovuto vendere Sixiang per riempirsi la pancia. Quella donna, invece, sembrava in grado di sopravvivere a qualunque cosa, e avrebbe fatto in modo che anche sua figlia ci riuscisse. Non avrebbe permesso che le venisse tolta la bambina. Però si era presa il padre di Sixiang, il marito di sua madre, e poi lo aveva sbattuto fuori.

«Tuo padre ha vissuto momenti difficili» l'aveva avvertita Daoshi in treno. Le aveva parlato dell'incendio, degli spari, della perdita di una gamba, di un'altra donna e un'altra figlia. Quando il treno aveva cominciato a inerpicarsi sulle montagne, Daoshi aveva cambiato argomento e si era messo a raccontare della ferrovia. Di come suo padre e altri uomini cinesi avevano posato le rotaie dopo avere perforato la dura roccia, martellata dopo martellata, badilata dopo badilata. Le gallerie buie e fredde in cui entrava il treno rimandavano i loro riflessi sbiaditi.

«Odio Montagna d'Oro» aveva detto Sixiang dopo che il treno era uscito dalla galleria piú lunga. Fuori dal finestrino, le cime innevate mandavano bagliori oro e rame nel cielo occidentale, ma la loro bellezza non la toccava.

Solo cinque mesi prima, Sixiang aveva indicato quelle montagne dalle colline occidentali, dicendo a Qinglong che un giorno le avrebbe attraversate per trovare suo padre e riportarlo in Cina. Dove aveva trovato tanta sicurezza? Forse lo aveva detto solo per convincere sé stessa, e per indurre Qinglong a partecipare al progetto. Era un sogno che doveva continuare ad alimentare perché non avvizzisse. Adesso era di nuovo sola con quel sogno.

Il cibo della donna era buono. Non aveva fatto un vero pasto sostanzioso da quando era stata riportata alla Missione. Si sentiva in colpa ad apprezzare il pasto preparato da una donna che a sua madre non sarebbe piaciuta. Mangiò in fretta, come se ciò scusasse in qualche modo il tradimento. Quando lei e Daoshi ebbero finito e si alzarono per andarsene, la donna, che Daoshi chiamava Feiyan, li seguí fuori.

«Va' a cercarlo e portalo qui» disse a Daoshi. «Non è un posto per lei». Si rivolse a Sixiang. «Puoi restare qui con me». E prima che potesse ribattere, Feiyan la prese per mano.

«Vado con lui». Sixiang liberò la mano.

«Resta qui». Daoshi la guardò. «Tuo padre potrebbe non volere che tu lo veda là».

«Il solito posto» cui aveva alluso Feiyan era quello che sospettava Sixiang? Una fumeria d'oppio? Sapeva che ce n'erano molte nel quartiere cinese di San Francisco, e non sarebbe stata sorpresa se ce ne fosse stata una anche lí. Ce n'era una anche nel suo villaggio, Yunteng. Una volta aveva seguito gli altri bambini ed era salita su una roccia per guardare dalla finestra, e aveva visto il fumatore piú accanito del villaggio su un divanetto imbottito, che si tirava su a sedere per una boccata di fumo. Nel giro di qualche anno l'uomo si sarebbe fumato tutto ciò che possedeva la famiglia: prima i mobili, poi le porcellane, le trapunte, gli abiti. Durante la carestia aveva visto il suo corpo scheletrico lungo il fiume, con indosso solo la biancheria, e una foglia di palma che doveva coprirgli il volto mezza sollevata dal vento.

Forse il padre di Sixiang si era fumato anche lui i beni della famiglia, costringendo quella donna a buttarlo fuori? Ma non era possibile. Doveva essere ricca, se poteva nutrire tutti quegli uomini in buona salute che la circondavano e la guardavano con aria ammirata.

Feiyan non cercò piú di prenderla per mano, ma se era rimasta offesa dalla scortesia della ragazza non lo diede a vedere. La ricondusse alla tavola calda, dov'era seduta la bambina. «Duofu, questa è tua sorella» disse, e le lasciò sole.

Il modo in cui aveva detto «sorella» parve quasi casuale, come se non avesse nulla a che fare con il sangue e la famiglia. Ma la parola riuscí comunque ad ammorbidire qualcosa di denso e pesante che c'era nell'aria. Sixiang si sedette al tavolo di fronte alla bambina, la sua sorellastra, legata a lei da un padre assente per entrambe.

Si misero a sgusciare arachidi in silenzio. La bambina lanciava occhiate di soppiatto a Sixiang quando lei non guardava, e distoglieva lo sguardo appena veniva sorpresa. Quando ebbero finito con le arachidi, Feiyan portò un cesto di fagiolini da pulire, posandolo sul tavolo in mezzo a loro, e le ragazzine cominciarono subito. Sixiang aveva svolto quegli stessi compiti quando aveva l'età della bambina e aiutava sua madre a preparare da mangiare.

«Sorella» disse infine la bambina, «chi è la tua mamma?»

«È in Cina» rispose Sixiang.

«E il tuo papà. Dov'è?»

«Spero di vederlo presto» disse Sixiang dopo qualche secondo. Dov'è il tuo?, ebbe l'impulso di chiedere, ma si trattenne.

Tuttavia la bambina sembrava averle letto nel pensiero.

«La fumeria. Dove la gamba lo fa soffrire di meno. Quante gambe ha il tuo baba?»

Sixiang non sapeva come rispondere alla domanda; toccò con delicatezza la mano di Duofu.

«Il tuo baba ha tutt'e due le gambe?» insisté lei.

«Non lo so. Non l'ho mai incontrato».

«Mai?»

«Mai».

«Un giorno lo incontrerai?»

«Sí, lo spero».

Sixiang lanciò uno sguardo verso la porta del locale, con il cuore che le balzava in gola a ogni uomo che entrava. Ne scrutava i volti e le gambe. Feiyan portò loro uno spuntino di arachidi fritte e salate che aveva preparato. Dopo che le ebbero finite, Duofu andò di sopra a prendere un libro da mostrare a Sixiang. Aveva immagini e caratteri cinesi. «La mamma l'ha trovato nel negozio. Il mio papà sa leggere, ma non è qui. Sai leggere, tu?»

Era il *San Zi Jing*. Nel suo villaggio, Sixiang aveva visto il libro nelle mani del vicino di casa che dormiva su uno sgabello nel cortile di casa loro. Doveva imparare dei versi del libro per la scuola. Sixiang gliel'aveva sfilato dalle mani, ma non sapeva leggere. Il bambino si era svegliato, gliel'aveva strappato e le aveva rivolto un sorriso cattivo: «Non fingere di saper leggere. Capelli lunghi, testa vuota». Alla Missione, prima che fosse mandata nella famiglia bianca per i due anni di «educazione domestica», la studentessa universitaria di Guangzhou aveva usato la versione cinese della Bibbia per insegnare il cinese a lei e a un gruppo ristretto di ragazze, cominciando dai caratteri piú semplici per passare via via ai piú difficili. Sixiang si era impegnata molto, ancora convinta che quei caratteri serbassero la promessa di un futuro in cui tutto si sarebbe risolto. Le mancavano quelle ore pomeridiane in cui le cose sembravano ancora possibili.

«Un po'» disse a Duofu e lesse le prime righe, indicando ogni carattere mentre procedeva: «人之初, 性本善。性相近, 习相远».

«Cosa significa?»

«All'inizio della vita, la natura è buona. Siamo tutti simili, ma poi si formano le abitudini che ci rendono diversi».

«Quali abitudini?»

«Le persone mangiano cibi diversi, indossano abiti diversi, pregano divinità diverse».

«Io e te abbiamo le stesse abitudini?»

Sixiang ci rifletté un attimo. «Sí, credo di sí».

«Non siamo diverse».

«No».

Duofu ridacchiò. Anche Sixiang. Vide Feiyan che le guardava da dietro il banco con un sorriso. Un sorriso che avrebbe quasi potuto essere quello di sua madre.

Guifeng

Quando il volto di Daoshi gli apparve davanti, ebbe l'impressione che fossero passati solo pochi giorni dalla prima volta in cui si era presentato nella fumeria per dirgli di sua figlia.

Guifeng si era appena procurato la sua dose di oppio. Aveva frugato nelle tasche di un morto per trovare l'ultimo dollaro. Da alcuni anni viveva con i senzatetto ai margini del nuovo quartiere cinese, tra le pendici della montagna e il greto del fiume, in tende fabbricate con tela trovata qua e là e assi di legno usate, e si nutriva di scoiattoli, conigli, pesce se qualcuno lo pescava, oltre a cibo raccolto tra i rifiuti. Poco prima si era svegliato e aveva trovato morto il suo compagno di tenda che ultimamente sputava sangue quando tossiva. Guifeng era stato felice mentre sfilava l'ultimo dollaro dalla tasca dell'amico morto, ma poi aveva pianto per tutto il tragitto verso la fumeria, pulendosi la faccia e il naso con le maniche della camicia indurite dalla sporcizia. Il sole stava calando, e i suoi occhi erano pieni della sua luce sanguigna.

«C'è tua figlia. Adesso è con Feiyan a casa» disse Daoshi.

Cosa c'era nei suoi occhi? Pietà? Disprezzo? Era bravo a nascondere le emozioni. Wuwei, cani di paglia. Quante volte Guifeng aveva tratto conforto da quelle parole imparate da Daoshi, usandole per giustificare un nuovo giorno della sua esistenza, una nuova dose di oppio? Tanto piú che da tre anni e passa non infastidiva Feiyan e Duofu, non rubava loro denaro e non ne prosciugava la vita, come Feiyan lo aveva accusato di fare.

«Sono quasi alla fine. Questo cane di paglia» disse, dandosi un colpetto al torace magro «è agli sgoccioli».

«Non ancora. Hai ancora qualcosa da portare a termine». Daoshi gli tese una mano. «Tua figlia ha bisogno di vederti. Devi svegliarti».

Quando Guifeng ignorò quella mano, Daoshi gli prese il braccio e lo tirò su. Sembrava impaziente, quasi arrabbiato. Quella rara emotività sorprese Guifeng al punto da indurlo a obbedire. Lasciò che lo tirasse su dalla branda e fuori dalla fumeria. Era già buio. Gli alberi che si erano stagliati contro il sole al tramonto al suo arrivo ora erano tornati nell'oscurità.

Daoshi gli teneva forte il braccio. «Prima ti lavi». Lo stava conducendo ai bagni.

Il proprietario lanciò un'occhiataccia a Guifeng: «Ti avevo detto di non venire piú qui». Guifeng aveva pulito quelle vasche per qualche centesimo e a volte si era lavato nell'acqua sporca. Da quando aveva perso quel lavoro mesi prima non si era piú fatto un bagno, se non contava quelli rapidi al fiume, che ora, in primavera, avrebbe dovuto riscaldarsi un po'. Ricordava di avere visto ciuffi di crocus rosa-violaceo che spuntavano dal terreno gelato. Quante dosi fa era successo?

«È qui per farsi un bagno». Daoshi diede una moneta al proprietario.

Guifeng si tolse gli abiti sporchi e la gamba finta e si infilò in un angolino della vasca meno frequentata. L'acqua calda gli aprí i pori come se volesse riempirlo. Lui chiuse gli occhi e avvertí il contorno e il peso del proprio corpo, la cui vita aveva pensato di interrompere lungo il tragitto verso la fumeria per mettere fine a quel desiderio incessante. Mentre si strofinava via mesi di sporcizia, teneva gli occhi chiusi per non pensare, per lasciare che il corpo provasse quello che stava provando, annegare e galleggiare insieme, affondare e sentirsi leggero.

Daoshi fece ritorno con abiti nuovi. «Adesso il barbiere».

Un tempo Daoshi e Guifeng avevano compiuto quegli stessi gesti insieme, quando dal campo in montagna si recavano nel vecchio quartiere cinese per il fine settimana. Prima si immergevano nel bagno caldo, poi andavano dal barbiere, che con mano esperta radeva loro la fronte e lavava e intrecciava i capelli. Era stato bellissimo essere toccati e curati in quel modo dopo le fatiche dei giorni precedenti.

Ora lui sedeva sulla poltrona mentre Daoshi aspettava, chiacchierando col barbiere. Non era piú il vecchio barbiere, ma il suo apprendista di un tempo, che raccontava dell'ultimo incendio, di come il suo *shifu* era corso fuori con gli strumenti del mestiere tra le braccia e delle fiamme sulla schiena piú alte di lui. Tutto bruciato, meno il materiale che usava ora.

Guifeng voleva zittire la voce e cancellare l'immagine delle fiamme, anche se gli incendi non avevano mai smesso di divampare nella sua testa. Aveva già voglia di rimettersi a fumare per eliminare i detriti bruciati delle case e trasformare in nebbia le rovine coperte di ceneri. La nebbia, ecco cosa voleva avere in testa, non l'immagine di un fuoco alto sulla schiena di un uomo.

«Sta' fermo» disse il nuovo barbiere. «Se non fosse per Daoshi, mi farei pagare il doppio per dei capelli tanto sporchi».

Guifeng lanciò un'occhiata al suo riflesso nello specchio che il barbiere gli mise davanti e distolse subito lo sguardo. Un attimo bastava: volto scavato, giallognolo, labbra screpolate, naso rotto, pelle ruvida e invecchiata. La vecchia barba e la sporcizia avevano camuffato il suo volto nascondendolo agli altri e a sé. Adesso, quella era la faccia che sua figlia avrebbe visto per la prima volta. Voleva scappare. Correre piú in fretta che poteva con la gamba finta, lontano da Daoshi che stavolta intendeva costringerlo ad affrontarla e a vedere tutti i propri fallimenti negli occhi di lei.

Nel frattempo, però, in quel corpo ora leggero e pulito, provava un desiderio che non si era autorizzato a sentire da molto tempo. Era strano che esistesse ancora, come una pianta notturna che aspetta di sbocciare in segreto.

Si avviarono nell'oscurità. Il fiume buio scorreva paziente accanto a loro, rinnovandosi dopo avere assistito per un giorno intero a tutto quello che era successo sulle sue sponde. O era indifferente come il cielo e la terra? Percorsero l'isolato e si fermarono davanti alla casa che lui non aveva osato considerare propria.

Sixiang

Erano passate quasi due ore da quando Daoshi se n'era andato. I clienti della tavola calda si erano diradati, restava solo un tavolo dove due uomini centellinavano le ultime ciotole di vino. Feiyan stava pulendo la cucina. Non aveva smesso di lavorare e rivolgeva di tanto in tanto uno sguardo alla porta, un gesto che dava un po' di conforto a Sixiang, che si convinse di non essere la sola ad aspettare il loro ritorno. Quando Daoshi aveva detto: «Aspetta qui. Te lo vado a prendere», Sixiang si era fidata di lui, ma in un angolo della testa si annidava la paura che se ne fosse andato per non tornare, scaricandola lí come soluzione temporanea invece di darle il vero aiuto promesso. Sixiang trovava che anche lui avesse la tendenza a lavarsene le mani, proprio come suo padre.

Il ristorante era vuoto quando entrarono. Feiyan era china sul bancone e sorseggiava del vino, Sixiang stava leggendo un altro verso del *San Zi Jing* a Duofu. Daoshi entrò con un estraneo che Sixiang non avrebbe mai riconosciuto basandosi sulla fotografia che portava ancora con sé. Entrò zoppicando, magro da far paura, il viso segnato e rovinato. Sembrava reduce da una carestia, anche se portava abiti nuovi, le cui pieghe si vedevano ancora chiaramente.

Ma la giacca e i pantaloni ricordavano gli abiti rigidi che si mettevano ai morti prima di mostrarli ai loro cari. Quel pensiero era talmente estremo che Sixiang lo bloccò subito, e si costrinse ad alzarsi e a salutare con rispetto.

Quell'uomo, suo padre, lanciò prima un'occhiata a Feiyan e, come se si fosse sentito criticato, distolse subito lo sguardo. Poi si rivolse a Sixiang. La luce della lampada si sparpagliò nei suoi occhi, che parevano frammentati. Allora lei lo riconobbe, riconobbe i suoi occhi, quegli occhi che nella foto sospettava nascondessero qualcosa. Celavano quello sguardo fratturato che ora era puntato su di lei.

Le si avvicinò tendendo le mani, che invece di prendere le sue si arrestarono a mezz'aria prima di ricadere sul tavolo, come per sostenersi. «Sixiang» disse, chiamandola con il nome che le aveva dato lui.

Ma Sixiang non riuscí ad aprire la bocca per chiamarlo «padre». La sua idea di padre contrastava con la realtà di quell'uomo, che l'aveva obbligata a lasciare sua madre e sua nonna. Se lo avessero visto attraverso i suoi occhi in quel momento, avrebbero ancora pensato a lui come a un figlio e a un marito?

«Baba?» disse Duofu esitante, come se anche lei dovesse cercare un legame tra quell'uomo e l'altro che aveva conosciuto un tempo, o aveva creduto di conoscere.

«Duofu». Tese una mano incerta alla bambina, toccandole la testa, contento di distogliere lo sguardo da Sixiang.

Daoshi

Daoshi aveva già udito i terribili suoni dell'astinenza. Da suo padre almeno quattro o cinque volte, ogni volta per una settimana o due. Dov'era adesso suo padre? Fumava ancora? Soffriva ancora? «Se te ne vai adesso, non sognarti di tornare» erano state le sue ultime parole. E Daoshi aveva borbottato tra sé: «Non tornerò». Da allora non aveva mai scritto a casa. Non voleva essere un bravo figlio. Si era allontanato per cercare sé stesso, e quando era stato costretto ad ammettere di essere un vagabondo, si disse che non c'era modo di tornare indietro. Non poteva piú attraversare l'oceano. Perché aveva tradito il proprio dovere di figlio e ammesso la propria colpa. Se i ragionamenti alla base di quelle conclusioni sembravano inconsistenti, erano anche convincenti.

Se ne sarebbe andato il giorno successivo, per tornare alla sua vita inconcludente, senza colpa, a Big City, per stare tra i mobili, gli utensili, gli indumenti impegnati: gli oggetti freddi ai quali la gente voleva affezionarsi. Lui doveva solo comprare e vendere, attaccarci un cartellino per attribuire loro un valore arbitrario. Non aveva bisogno di sentire i suoni tormentosi prodotti da Guifeng.

Due sere prima, il bagno, gli abiti nuovi e il passaggio dal barbiere non avevano fatto miracoli. Un incontro doloroso. Nessun lampo di riconoscimento negli occhi di Sixiang né di Guifeng. Due sconosciuti che erano padre e figlia. Sixiang aveva rifiutato di chiamarlo «padre», una parola che avrebbe potuto accorciare le distanze o almeno segnalare una certa accettazione. Nonostante quello che Daoshi le aveva detto in treno, nonostante i suoi sforzi per prepararla, il suo sogno sembrava bruciarle davanti agli occhi. E Guifeng, Daoshi se n'era accorto, sembrava ancora piú stanco, come se preferisse compiere l'ultima corsa verso l'etere che restare lí.

Non se ne poteva andare. Non ancora. Sapeva che Guifeng sarebbe tornato subito alla fumeria, con un carico ulteriore di disperazione a motivarlo. E cosa ne sarebbe stato di Sixiang? Daoshi aveva fatto ciò che aveva promesso, portandola da suo padre. Aveva mantenuto la parola data, ma era abbastanza?

La terza mattina, dopo essersi svegliato sulla brandina nella dispensa che Feiyan aveva liberato per lui, uscí a fare una passeggiata lungo il fiume in piena. A sudovest si ergevano le montagne fredde e frastagliate. I milleduecento cinesi morti per costruire quella ferrovia potevano essere ancora lassú a infestare le gallerie e le pendici che tremavano ogni volta che passava un treno. Daoshi aveva eseguito riti per i morti su altari improvvisati per placarli, immaginando che si librassero dai pendii coperti di abeti, dalle cime innevate, e salissero verso il cielo aperto come fossero nubi. Aveva eseguito danze per confortare anche i vivi, che piangevano le persone scomparse e temevano per la propria esistenza. Aveva ripreso l'attività familiare che si era lasciato alle spalle, diventando un vero e proprio daoshi delle montagne.

Ma non aveva mai fatto un esorcismo. Certi pazienti di suo padre e suo zio, che questi sostenevano di avere curato, avevano continuato a soffrire e infine erano morti, e suo padre non si era mai liberato del suo demone. Daoshi aveva pensato che fosse tutto un trucco. Ma allora era troppo giovane, non conosceva la profondità del dolore e la tenacia della sofferenza. Da quando aveva lasciato casa sua per trovare la propria strada in quella terra, aveva sentito le lamentele prepotenti, assillanti, dei molti spettri affamati che vagavano tra i vivi, ciechi e senza piedi, e si attaccavano a vite già sofferenti, come se il dolore potesse essere riscattato da altro dolore.

Generazioni di daoshi avevano indossato le tuniche e i cappelli, avevano cantato e danzato per far sapere ai vivi e ai morti che soffrivano tutti, ma che sarebbero stati tutti curati. Conducevano gli spiriti tormentati in uno spazio vuoto dove la loro collera e angoscia sarebbero state neutralizzate dall'aria, e lasciavano credere ai vivi che la loro sofferenza se n'era andata, che erano stati curati e guariti. Era un'offerta di cure per i vivi e i morti. Era l'atto stesso della cura ad avere importanza, indipendentemente da ciò che poteva o non poteva fare.

Daoshi avrebbe avuto bisogno di una spada di legno di pesco con o senza un drago inciso su un lato e una tigre sull'altro, come quella che aveva usato suo padre. Gli serviva anche uno specchio di bronzo bagua, che suo padre teneva nell'altra mano. Doveva provarci.

La terza notte, Feiyan le chiese di venire di sopra nella stanza di suo padre. Sixiang divideva la stanza con Feiyan, Duofu occupava quella vicina, mentre Daoshi dormiva nella dispensa al piano terra che Feiyan aveva trasformato in camera da letto, un po' come quella sul retro del banco dei pegni. Negli ultimi due giorni Daoshi e Feiyan erano entrati e usciti dalla stanza di suo padre, e quando se ne andavano chiudevano a chiave da fuori. Per gran parte della notte precedente Sixiang aveva udito suo padre agitarsi, imprecare e gemere attraverso il muro. Si fece forza. Non poteva permettersi di avere pietà di lui. Se lo avesse fatto avrebbe perso qualcosa, qualcosa che le si annidava nel profondo e che non sapeva cosa fosse. Sapeva solo che se ne sarebbe andato se avesse permesso a sé stessa di compatirlo. Allora strinse i denti e canticchiò mentalmente per non sentire le urla terribili e le parolacce di suo padre. Di giorno restava di sotto, cucinava, puliva e aiutava Feiyan come poteva. Quando Feiyan le chiedeva di fare una pausa, portava Duofu fuori, al fiume. Sollevavano i sassi in cerca di granchi e gettavano pietre nell'acqua. Non parlavano del padre.

Di sera, mentre il locale si stava svuotando, Daoshi tornò con un involto lungo in mano. Disse qualcosa a Feiyan e andò di sopra. Feiyan aspettò che gli ultimi clienti se ne andassero e mise il cartello *Chiuso*. Dopo essere scomparsa di sopra per diversi minuti, gridò a Sixiang e Duofu di salire. «Duofu, va' in camera tua e chiudi la porta. Sixiang, vieni qui con me».

Suo padre si stava contorcendo a letto. Si strappava i capelli, singhiozzava e tremava. La gamba finta era caduta. La gamba vuota del pantalone si agitava come un pesce appena eviscerato.

La stanza era satura del fumo di incenso di legno di agar. Daoshi indossava la tunica nera e il cappello di seta nera. Teneva in mano un bastone di legno e uno specchio da fengshui.

Feiyan afferrò una mano di Guifeng e chiese a Sixiang

di prendergli l'altra. La ragazza obbedí, ma il padre si divincolò. Cercava di alzarsi dal letto e di raggiungere la porta zoppicando. «Perché mi fate questo?» gridava.

Daoshi e Feiyan lo presero per le braccia e lo rimisero a letto. «Sta' fermo» ordinò Daoshi. «Presto starai meglio».

Feiyan gli prese di nuovo la mano e chiese a Sixiang di fare lo stesso sull'altro lato del letto. Sixiang afferrò la mano scivolosa del padre, e stavolta la strinse al punto da avere perfino le mascelle contratte, quasi in una smorfia di odio.

L'incenso si addensò. Nubi grigie si formarono nella stanzetta. Daoshi aprí la finestra e a quel punto, agitando il bastone in una mano e lo specchio nell'altra, si mise a ballare. Non sembrava una vera danza. Pareva una farsa, uno spettacolo; aveva il volto incerto, privo di espressione, come quando, diversi anni prima, Sixiang si era voltata a cercare una risposta nei suoi occhi mentre la portavano alla Missione. Tenerci e non tenerci. Ecco cosa sembrava quella danza: uno spettacolo che doveva esprimere sollecitudine, ma senza convinzione. Sixiang distolse lo sguardo dai passi incerti di Daoshi, come se fosse imbarazzata. Non voleva neanche guardare suo padre, pur continuando a stringergli la mano destra, falangi che lottavano con altre falangi.

Ma quando alzò di nuovo lo sguardo, la situazione era cambiata. Sembrava che fosse emerso qualcosa dai passi di danza e dalla voce cantilenante di Daoshi, dai movimenti con lo specchio e il bastone. Sixiang avvertí una forza, una specie di strattone anche all'interno di suo padre. Sentí il sudore freddo scendere copioso dalla mano che stringeva, e le ossa dure e fragili che formicolavano sotto la pelle di Guifeng.

Daoshi salmodiava e danzava, con passi convulsi ma anche disciplinati, gli occhi lucidi e decisi. Stava invitando il potere sacro delle divinità ad aiutarlo a liberare il corpo di Guifeng dagli spiriti afflitti, a guidarli verso l'etere, fuori dalla finestra, cosicché l'equilibrio tra yin e yang venisse ristabilito e suo padre restasse in terra con loro.

Duofu era entrata di soppiatto e, nascosta dietro la schiena di sua madre, sbirciava Daoshi e il padre. Erano riuniti tutti e quattro per allontanare quei demoni. Sixiang colse quanto fosse straordinario quel momento e la preziosità della vita che le era stata affidata: suo padre, il cui sangue scorreva in lei e che spettava a lei tenere legato alla vita. Il dolore di lui era cosí vasto che sembrava contenere tutto quello di lei oltre a quello di sua madre, di sua nonna. E anche tutto il dolore di Qinglong, il suo strazio e orgoglio, il suo ordine che era una preghiera: «*Nei zau liu*». Sixiang era scappata via, per vigliaccheria o amore o entrambe le cose. Non importava. Il fatto era che era scappata mentre lui stava morendo.

Tenne stretta la mano di suo padre, che ora non si muoveva piú. Strinse la mano di Qinglong, che non ricambiò. Tenne la mano di sua madre finché non si sciolse dalla stretta mentre lei veniva trascinata sulla barca. Daoshi impugnava il bastone e lo specchio e continuava a ballare, come se la danza potesse salvare tutto quello che era andato perduto, tutto ciò che scivolava via, tutti coloro che conoscevano l'amarezza e la disperazione dell'amore ma vi si aggrappavano comunque perché non c'era nient'altro. Lascia vivere, lascia amare, sembravano proclamare i passi di danza di Daoshi, che si erano fatti piú sicuri. Continuava anche a salmodiare, rivolgendosi direttamente agli spiriti: «Andate a casa. Andate nel posto al quale appartenete, dove troverete la pace...»

Daoshi cantava e ballava con la fronte imperlata di sudore. Guifeng giaceva a letto esausto, la mano molle ancora in quella della figlia maggiore. Mentre avvertiva la propria energia esaurirsi, Sixiang vide gli spiriti sofferenti librarsi sopra di loro, solitari e tormentati, immobili o vaganti nell'aria densa di incenso. Ah Hong e Qinglong erano tra loro. Erano quelli piú tranquilli, che distingueva meglio. Spettri orfani che avrebbero potuto essere ancora vivi, se li avesse aiutati. Se fosse stata piú forte, piú buona, piú saggia.

Dondolavano uno accanto all'altro, vicino a lei, come se per loro non ci fosse nessun altro, solo lei. Non poteva abbandonarli di nuovo come aveva fatto un tempo. Non voleva che la lasciassero, che uscissero da lei. Le toccava farsene carico. Il loro dolore sarebbe stato il suo. Il loro peso sarebbe diventato il suo fardello.

Non avrebbe voltato pagina come aveva fatto suo padre. Perché coloro che non vedi piú meritano di restare nel tuo cuore, altrimenti si smarriscono. Se continui a custodirli come puoi, non hanno scelta e devono restare vivi.

Sixiang lasciò andare la mano di suo padre e, con Qinglong e Ah Hong sulle spalle, uscí dalla stanza.

Feiyan

Mentre Daoshi ballava, salmodiava, agitava il bastone e lo specchio, lei vide fantasmi affamati con le bocche di cenere, bocche di urla e membra nodose, che le sfrecciavano attorno. Aveva cercato di scappare da loro, o almeno di tenerli a distanza, con la sua voglia incrollabile di vivere, di non lasciarsi schiacciare. Aveva fatto quello che aveva dovuto: cucinare, servire, pulire, fare l'amore senza amore, mangiare sapendo che una persona amata stava morendo di fame, dormire per svegliarsi e affrontare le fatiche di un'altra giornata, e soprattutto ricostruire dopo l'ennesimo incendio. La cenere l'aveva seguita, da quella che aveva gettato in faccia al vecchio a quella che rischiava di soffocare lei. Il fantasma della montagna gridò ridendo: «Fammi vedere se riesci a correre piú veloce del tuo destino, adesso». Lo spirito della stanza continuava a ripetere, solitario e amareggiato: «Puttana una volta, puttana sempre».

Vide anche i fantasmi che si portava dietro Guifeng, quelli che lo avevano trascinato nella fumeria come se lo tenessero al guinzaglio: lo spettro dell'uomo bianco che diventava piú furioso e avido ogni giorno, e il cinese linciato che Guifeng aveva invitato dentro di sé, avendo bisogno di accrescere il proprio senso di colpa.

Daoshi stava recitando una formula: «Andate nel luogo a cui appartenete, dove troverete la pace». *Pace.* Che bella parola. Come sarebbe stato meraviglioso avere il cuore in pace. Niente piú pensieri agitati, trasformati in una pozione velenosa che aveva imparato ad assumere senza morire. Daoshi stava dicendo che c'era un luogo, un luogo migliore, dove potevano andare gli spiriti. Non era bene che stessero in quel mondo con i vivi che non li sapevano aiutare. Sarebbe stato meglio se fossero saliti nel cielo deserto dove tutti i dolori si dissolvevano.

Era quasi tentata di andare con loro. Ma no, non era ancora la sua ora. Doveva continuare a vivere, sapeva che non avrebbe mai scelto la morte al posto della vita. Non era fatta cosí, lei. Neanche nelle ore piú terribili si era augurata di essere morta. Voleva correre, lei. Alzarsi alle prime luci dell'alba e andare a correre lungo il fiume prima che si svegliassero tutti gli altri. Le sarebbe parso di tornare nel villaggio della sua infanzia lungo quell'altro fiume, quando, dopo avere portato a casa due secchi d'acqua sul bastone posato sulle spalle, arrivava di corsa fino alle pendici della montagna. Perché non l'aveva fatto, sebbene ci fosse un corso d'acqua proprio lí, vicino a casa? Avrebbe potuto rimettere ordine tra i suoi pensieri, che le creavano scompiglio e confusione dentro, regolandoli sul ritmo della corsa e del suo cuore.

Quello voleva fare quando Guifeng iniziò a sudare e smise di combattere, il volto tornato sereno, gli occhi chiusi. I fantasmi gli si sollevarono dal petto e scivolarono verso la finestra aperta, dove il vento e l'aria li chiamavano.

Ma i fantasmi di Feiyan rimasero. «Per favore, andatevene» disse a quello cinereo. «Non eri un ubriacone finché non lo sei diventato. Non eri crudele prima di essere avvelenato dalla disperazione. Per favore, va' a riposare».

Poi spostò lo sguardo sul fantasma della montagna. «Ti ho sentito gridare, conosco la tua collera. Ti ringrazio di avermi spinto a correre. Adesso calmati. Lascia andare il tuo dolore. Non devi piú soffrire».

«Tu, ragazza». Si rivolse al fantasma della camera. «Finalmente ti ho trovato un daoshi. Ti guiderà laddove non ci sono coltelli né omicidi, solo pace e calma. Va', ragazza. È giunto il tuo momento».

Feiyan li sentí sollevarsi leggeri, librarsi verso la finestra, uscire diretti alla dimora che li aspettava.

Poi si accorse degli spettri attorno a Sixiang, dei fantasmi che gravavano su di lei, non amareggiati o vendicativi ma tristi. Sixiang non li lasciava andare. Restava aggrappata a loro. Li implorava di restare, o cosí sembrava. Forse non pensava che avessero un posto migliore dove andare.

Per un momento temette che fossero gli spiriti della madre e nonna di Sixiang, ma erano molto piú giovani, dell'età della ragazza, un maschio e una femmina. Cosa poteva essere accaduto alla primogenita di Guifeng per accollarsi il peso di due morti? Basandosi su quello che aveva saputo da Daoshi, Sixiang non aveva sofferto molto in quella terra. Un anno come mui tsai, maltrattata, certo, ma non a lungo, poi cinque anni alla Missione, che a sentire Daoshi era un posto sicuro. Non assomigliava per niente al percorso di Feiyan. Quando aveva l'età di Sixiang, lei era stata picchiata e violentata e aveva dovuto uccidere un uomo, poi aveva continuato a essere picchiata e violentata, e aveva dovuto sopportarlo da sola, senza nessuno a cui rivolgersi. Sí, si era tenuta occupata, aveva lavorato, scopato, e non aveva mai smesso di muoversi per evitare di demoralizzarsi, di farsi schiacciare da tutto ciò che la opprimeva.

«Lasciali andare» disse Feiyan.

Ma Sixiang non le diede ascolto. Daoshi continuava a cantare e a danzare. Doveva avere colto anche lui la loro presenza. Ma Sixiang li teneva con sé. La ragazza si alzò e uscí dalla stanza con i suoi spiriti.

Daoshi

Aveva visitato diversi negozi ma tutto quello che era riuscito a trovare erano stati un bastone di quercia e uno specchio da fengshui fatto di legno e di vetro. Ma quando l'odore familiare dell'incenso del legno di agar si diffuse nella stanza, Daoshi, agitando il bastone che non era una spada e lo specchio che non era di bronzo, cominciò a danzare. Dapprima si mosse goffamente, sbagliando i movimenti, provando i passi come quando, bambino, aveva imitato suo fratello, come se si trattasse di un gioco. Guardò nello specchio e vide il corpo di Guifeng, scosso dagli spasmi, riflesso sulla superficie. Provò a guardarvi dentro, usando l'occhio interno sulla fronte, ma non vide spiriti inquieti sopra o sotto la pelle di Guifeng. Vide invece quello che aveva già intuito, la presenza forte dell'energia verde muffa. Era la stessa aura che aveva colto suo padre quando aveva danzato per esorcizzare i demoni altrui, la stessa che Daoshi riconosceva in sé quando beveva per dimenticare, notte dopo notte.

Ricordando, improvvisando, balbettò incantesimi in parte dimenticati. Invocò l'aiuto divino per dialogare, mercanteggiare e scendere a patti con gli spiriti ribelli. Promise loro un posto adeguato all'aria aperta dove i loro vincoli si sarebbero allentati una volta per tutte. Gli afflitti sarebbero stati liberati, staccandosi da quello che avevano a torto creduto loro.

Daoshi non aveva mai immaginato che avrebbe compiuto un esorcismo da quando se n'era andato di casa, invece ora lo stava facendo sul serio, sciorinava il passato con i passi malfermi e i versi esitanti tratti da ricordi che credeva cancellati.

Mentre ballava, pensò alla casa dove aveva deciso di non tornare ma alla quale sembrava invece fare ritorno. Stava realizzando il suo destino, facendo ciò che aveva lasciato. Doveva abbandonarsi con fiducia alle scelte del suo corpo, credersi capace di tramutarsi nella danza, nel desiderio, nell'aria, nel vasto spazio. Danzò e sentí che quella era la cosa giusta. Stava facendo quello che ci si aspettava da lui. Ballò finché non si sentí libero da ogni presa, mentre il vuoto gli riempiva il corpo.

Li detestava perché volevano salvarlo, ma solo per destinarlo ai propri fini. Per trasformarlo nel bravo marito, nel bravo padre che non era. Perché insistevano a tenerlo lí, un posto che non era il suo? E perché Daoshi si occupava di affari che non lo riguardavano mentre aveva scelto per sé una vita senza responsabilità? Perché non lo lasciavano in pace? Voleva scappare, ma era trattenuto da due paia di mani femminili, che pretendevano fosse piú di quanto era stato fino a quel momento: un esserino debole che aveva permesso ai demoni di possederlo. Provava dolore in ogni parte del corpo, una nausea pulsante dalla sommità del capo alle dita fantasma della gamba perduta.

Daoshi danzava, riempiva lo spazio dal soffitto al pavimento, tra il letto e la tavola trasformata in altare, dove bruciavano grandi quantità di incenso di legno di agar. Mentre la stanza si riempiva di fumo, a Guifeng parve di riconoscere i propri dolori sulla tunica di Daoshi, nei suoi passi frenetici, nella sua voce salmodiante. Daoshi stava seguendo i contorni dei dolori di Guifeng con il bastone e lo specchio. Lottava con loro. Guifeng non vedeva demoni a parte l'uomo bianco steso accanto a lui, la sua canzoncina infantile che gli usciva dalle labbra socchiuse trasformandosi in un lamento straziante. E il domestico adolescente sopra di lui, con il collo spezzato, gli occhi giovani addolorati e accusatori.

Chiuse gli occhi per non dover vedere. Udí Daoshi chiamare le ultime due anime, cercare di convincerle a uscire dalla finestra aperta, nella notte buia dove soffiava un vento freddo.

Guifeng espirò e prese coscienza del suo corpo, un incavo fragile fatto non di paglia, ma di carne e ossa. Era sdraiato sul letto, debole, tremante. Il corpo continuava a dolergli, ma proprio il dolore lo faceva restare immobile. Non sapeva se era stato liberato dai demoni, o se lui stesso era un demone costretto a rinascere.

I giorni successivi rimase nella stanza oscurata dalle tende. Feiyan veniva a controllare, a cambiare il vaso da notte, aggiungeva acqua alla brocca, lasciava una ciotola di congee, l'unico cibo che riusciva a mangiare. Fingeva di dormire quando lei si avvicinava. Non riusciva ancora ad affrontare il suo viso, il suo giudizio o, peggio ancora, il suo perdono.

Il settimo giorno si svegliò e vide il sole che entrava da un angolo della tenda. La luce era dritta, piatta, non curva e volubile come i giorni precedenti. Ripensò allo spicchio di luce nella soffitta sopra il negozio del fotografo, dove lui e Feiyan avevano finalmente permesso ai loro corpi di incontrarsi.

Si alzò dal letto, scese le scale e li vide tutti. La sua famiglia. Feiyan e Sixiang stavano preparando la colazione, Duofu apparecchiava, Daoshi faceva il tè. Daoshi alzò lo sguardo e disse: «'giorno».

Guifeng rispose e, andando verso di loro, gli parve di tornare a quel mattino di anni prima, dopo la notte di fuoco e sangue, quando era uscito incespicando dal bosco e dalle sue ombre scure per trovarsi nella radura.

11.
Due pesci
1882-1885

Sixiang

Una fontana si è seccata. Due pesci sono prigionieri sulla terraferma. Fanno delle bolle per bagnarsi a vicenda. Si nutrono ciascuno della saliva dell'altro. È meglio che si dimentichino l'uno dell'altro in fiumi e laghi.

Sixiang aveva letto quella storia nello *Zhuangzi*, uno dei due libri di Daoshi. Tenendo in braccio la piccola orfana Minnie, si chiese se la madre della bambina fosse in un lago, ora, e cercasse di dimenticarla per non essere afflitta da ciò che non si poteva cambiare. Ma qualunque cosa fosse che non si poteva cambiare, la bambina non avrebbe dimenticato, né poteva allontanarsi a nuoto dalla secca. Aprí la piccola bocca vuota, non molto piú grande di quella di un pesce, e pianse, gli occhi blu scuro iniettati di sangue, il faccino rosso che tremava, mentre il resto del corpo stretto dalle bende non si poteva muovere.

Ada, la proprietaria della pensione, era una donna robusta con i capelli biondo chiaro e le spalle forti. Disse che aveva cercato di dare alla bambina latte di mucca e poi briciole di pane imbevute di latte, ma Minnie aveva risputato entrambi. «Che idea» disse Ada, «lasciare una bambina davanti a una pensione, con tutto quell'andirivieni di vagabondi!» Era stato Li Shu, il cuoco e il primo ad alzarsi, a udire i vagiti fuori dal cancello e a svegliare Ada. «Gli ho detto: "Non darlo a me". Non ho tempo di occuparmi di un neonato. Questa è una pensione, non un orfanotrofio. Ma a chi altri avrebbero affidato un'orfana se non a una donna? E indovina un po'? Da allora non ho avuto una notte tranquilla. Ho bisogno di dormire, e non posso permettere che i miei clienti pensino che non sia io a comandare, con quella bambina urlante che mi porto dietro tutto il giorno. Trova tu un modo di nutrirla». Ada sollevò le mani in aria, e Sixiang capí che era stata assunta.

La sera prima, Li Shu era venuto alla tavola calda di Feiyan a parlare del lavoro: cercavano una persona che facesse da balia e domestica nella pensione dove lui cucinava da cinque anni; cinquanta centesimi al giorno, vitto e alloggio inclusi. Sixiang aveva cercato senza successo di trovare un lavoro nel quartiere cinese, e anche se Feiyan le aveva detto che poteva aiutarla al ristorante, Sixiang sapeva che c'era già Duofu ad aiutarla e che non c'era alcun bisogno di lei. E poi voleva guadagnare. Aveva architettato un nuovo piano per sostituire quello vecchio e irrealizzabile, e per metterlo in pratica le servivano dei soldi. Non avrebbe dimenticato in fiumi e laghi, lei. Perché bisognava morire insieme o dimenticare ognuno per conto proprio? Perché un pesce non poteva raggiungere l'altro a nuoto?

Ora nella cucina della pensione, con Minnie legata in vita, Sixiang cuoceva a fuoco lento il congee per farlo diventare liquido, perché era quello che davano alle bambine piú piccole alla Missione. Finalmente Minnie si era addormentata succhiando un canovaccio imbevuto in acqua zuccherata. Portarla sulla schiena le ricordava quando aveva fatto la stessa cosa con Meimei e il minore dei Chen quando lei stessa era ancora una bambina. Ora il peso della neonata per il suo corpo adulto era lieve, morbido, fiducioso. Le piaceva, quasi, tenere quel fagottino caldo e vivo cosí vicino alla pelle. Quando il congee fu pronto, intinse un angolo del canovaccio nella ciotola, soffiò per raffreddarlo e lo offrí a Minnie. Minnie lo toccò con le labbra, cauta, e parve per un attimo triste, ma poi lo prese.

La pensione era un edificio di mattoni a tre piani non tanto diverso dalla Missione; era solo piú chiassosa e puzzolente, e occupata soprattutto da bianchi adulti. Con Minnie addormentata sul petto, Ada gliela fece visitare. «I neonati non fanno che dormire. Non perdere troppo tempo con lei. Il tuo primo lavoro è tenere pulito questo posto». Indicò il salotto con la carta da parati color cremisi, la sala da pranzo con due tavoli di legno lunghi come quello della Missione, il grande dormitorio con tante brandine, le camere da letto piccole, le scale, il corridoio coperto di tappeti lisi e sgargianti, con altre stanze sui due lati.

Mentre camminavano lungo il corridoio, due uomini bianchi con la bombetta e camicie di lino bianco sporco uscirono da una stanza. Si toccarono il cappello per salutare Ada e si spostarono per lasciarla passare, ma alla volta di Sixiang uno le si parò davanti all'improvviso. «Ehi, cagna cinese». Sogghignò.

Quella notte, stesa a letto in una stanza grande quanto un guardaroba accanto a quella di Ada, con Millie nell'incavo del braccio che succhiava un panno con lo zucchero, Sixiang si disse che doveva comprarsi un paio di stivali e portare con sé un coltello, proprio come aveva fatto Qinglong. Immaginava di estrarre il coltello e di puntarlo contro la faccia dell'uomo di poco prima. Attento a come parli, avrebbe detto, precedendo Ada. Poi immaginò di puntare il coltello contro il delinquente con il pennello e la boccetta d'inchiostro rubati che aveva imbrattato il viso di Ah Hong. Immaginava di sfoderarlo come aveva fatto Qinglong davanti a Jason e ai suoi amici. Se l'avesse avuto, quel giorno non sarebbe scappata. Avrebbe combattuto a fianco di Qinglong. O no?

Due settimane prima, Daoshi aveva danzato per scacciare gli spiriti. Sixiang si era eclissata con i suoi fantasmi perché non intendeva lasciarli andare. Senza di loro, chi altri aveva? Rivide il proprio sogno fallito e provò a sostituire suo padre con i due spettri. Perché non portarsi a casa i due morti al posto di un vivo?

Non lo chiamava «padre» perché non voleva pensare agli occhi spenti di sua madre, come quelli del pesce morto sul pavimento della loro casa inondata. Sua madre era stata abbandonata ma non dimenticata. Sixiang avrebbe continuato a portarla con sé come un sostegno, proprio come gli spettri, coltivandone il ricordo. Perché gli esseri fatti di carne sanguinano quando sono pugnalati con un coltello, o muoiono con un cappio al collo ricavato da un lenzuolo, o cadono a terra quando hanno la pancia vuota. Erano piú al sicuro, e piú duraturi, se conservavano le proprie sembianze ma sotto forma di nubi sospese a mezz'aria.

Quando Sixiang strinse la mano di suo padre quella notte mentre Daoshi ballava, le era sembrato di vederlo sul fondo di un buco nero. Quei momenti di debolezza del padre erano anche quelli in cui si era sentita piú vicina a lui, nonostante la consapevolezza di non poterlo piú portare a casa.

Ma dopo che si fu ripreso, Guifeng la evitò, non facendo nessuno sforzo per farsi perdonare o per scusarsi. Invece riversò tutta la sua nuova vitalità su Feiyan, aggrappandosi a lei come se fosse il nuovo oppio. Ma si vedeva che stava meglio. Aveva quasi un bell'aspetto, simile alla foto che Sixiang non portava piú con sé. Il suo amore per Feiyan era tanto evidente che l'aveva fatta sentire piccola e trascurata.

Sixiang aveva fatto una passeggiata con Daoshi lungo il fiume quando i momenti peggiori di suo padre sembravano essere passati. E adesso?, voleva chiedergli, ma si trattenne. Doveva capirlo da sé. Il fiume, anche se con piú rocce, le ricordava quello che attraversava il suo villaggio. Era libero dai cadaveri, ora?

«Cosa sta succedendo nel Guangdong? È finita la carestia?» chiese a Daoshi. Alla Missione aveva rivolto la stessa domanda alla sua tutrice, che aveva risposto che c'erano sempre carestie da qualche parte in campagna.

«Immagino di sí. Non dura mai per sempre» disse Daoshi.

«Perché non sei mai tornato là?»

«Perché dovrei tornare?»

«Dalla tua famiglia. Non hai una famiglia?»

«È passato molto tempo. Non so se ho ancora una famiglia oppure no».

«Tutto qui? Dici a te stesso che se ne sono andati cosí non devi pensarci piú?»

Daoshi non rispose. Guardava il fiume.

Fiume qui, fiume là. Scorrevano e si increspavano mentre le famiglie che vivevano sulle rive morivano trasformandosi in fango.

Quella notte, Sixiang lesse il brano «Due pesci» sullo *Zhuangzi*. Stava leggendo i due libri taoisti di Daoshi e il suo cinese migliorava. Chiese a Daoshi perché era meglio dimenticare in fiumi e laghi. «Perché no?» le rispose lui. «Quando il ricordo porta solo dolore, perché non liberare l'altro?»

Non era sorpresa dalla sua risposta, perché per lui dimenticare doveva essere facile. Poteva lasciarsi alle spalle le persone, scordarsele ed essere libero.

Prima, quel mattino, Daoshi l'aveva accompagnata lungo il ponte fino alla pensione. «Non torni a Big City, vero?» gli chiese.

Feiyan e suo padre gli avevano chiesto entrambi di restare. Feiyan aveva trasformato la dispensa in una vera camera da letto, togliendo roba, sostituendo il paglericcio con un letto di legno, aggiungendo un tavolino e dei cuscini per la sedia. Ma Daoshi non aveva detto se sarebbe rimasto.

«E se ci torno?»

«Mi troverai di nuovo nella stanzetta del banco dei pegni». Sixiang aveva voluto fare una battuta, ma la sua voce era parsa seria perfino a lei.

Adesso, sdraiata al buio in quella pensione per bianchi, con in braccio un'orfana bianca appena abbandonata da sua madre, Sixiang sentiva già la mancanza della tavola calda di Feiyan dall'altra parte del ponte. Era cosí che la considerava: non la casa di suo padre, ma un locale mandato avanti da Feiyan dai piedi saldi, grazie alla forza unificatrice di Daoshi. Se se ne fosse andato lui, tutto si sarebbe disgregato di nuovo: lei sarebbe stata la persona di troppo, la straniera; suo padre avrebbe smesso di amare Feiyan e sarebbe tornato alla fumeria; e Duofu, crescendo, sarebbe diventata la ragazza solitaria, dagli occhi tristi, che in parte era già.

Sixiang sentiva la mancanza di tutti loro, anche se mangiare insieme e condividere il cibo a tavola le ricordava gli assenti. Quelle persone affamate che forse stavano risparmiando ancora gli ultimi chicchi di riso, raccoglievano semi di bambú o bollivano l'erba per rimandare l'ultimo respiro. Poi pensava ai due che non potevano piú mangiare, che le stavano appollaiati sulle spalle come due tortore che tubavano. Era difficile vederli solo come nubi.

Sarebbe stato piú facile dimenticare, mangiare e bere e ricominciare da zero in fiumi e laghi, scordando quelli che erano rimasti arenati sulla terraferma. Ma lei non l'avrebbe fatto.

Daoshi

Sulla riva del fiume, Sixiang gli diede del vigliacco. Lui non rispose, perché sapeva di essere forse l'unica persona al mondo che la ragazza poteva rimproverare apertamente. Non sua madre e sua nonna, che l'avevano venduta, benché in circostanze estreme; non suo padre, che l'aveva abbandonata e che continuava a deluderla; non Feiyan, che le aveva portato via suo padre. Sixiang non poteva prendersela con loro perché erano troppo lontani, irrecuperabili, o perché non dovevano rispondere a lei del proprio comportamento.

Daoshi se ne rese conto e non replicò. Cosa poteva fare, dopotutto? Non certo sostituire suo padre e accompagnarla in Cina per realizzare il suo vecchio sogno, che un solo alito di dubbio – lo sapeva anche lei – avrebbe potuto dissipare.

Ciò che poteva fare, invece, era trovare un lavoro per il padre e per la figlia. Un lavoro era qualcosa di concreto: ti dava da mangiare, ti teneva occupato, ti stancava e scacciava la disperazione dalla mente. Daoshi andò da Fong Lee, al quale aveva lasciato il carico di armi anni prima. Anche se i fucili non li avevano aiutati a salvare il vecchio quartiere cinese, Fong Lee era ancora l'uomo piú ricco della nuova Chinatown.

«Mi farebbe comodo un soldato in piú. È in forma? Sa tirare calci?»

«Ha perso una gamba quando gli hanno sparato a Trout Creek nel '76. Ah Fook, ne avrai sentito parlare». Chang'er aveva detto a Daoshi del curioso pseudonimo che Guifeng aveva deciso di usare quando si era stabilito a Truckee.

«Ho sentito che si droga».

«È stato effettivamente un tuo fedele cliente» ammise Daoshi, e rise per mostrarsi affabile. «Ma ha smesso da poco, ha deciso di voltare pagina».

Fong Lee lanciò a Daoshi un'occhiata comprensiva. «Può lavorare nella mia fabbrica di sigari. Ho già quattro operai e mi bastano, lo faccio per te».

«Anche sua figlia sta cercando lavoro. Ha sedici anni. Puoi assumere anche lei?»

«Le ragazze portano solo guai. Non voglio che i miei operai abbiano pensieri proibiti mentre sono al lavoro».

Quella sera, quando Li Shu si presentò alla tavola calda con la proposta di un lavoro, a Daoshi non sfuggí che Sixiang guardava lui, non suo padre, per avere un consiglio. E a guardarlo erano insieme la giovane adulta che era e la bambina di un tempo, che si voltava a cercarlo con gli occhi mentre la conducevano alla Missione. Entrambe si fidavano di lui e lo sfidavano a guadagnarsi quella fiducia. Allora era persuaso che, sebbene la Missione non fosse la soluzione migliore, era la migliore a disposizione in quel momento. Ma Sixiang era tornata, piú grande, piú triste, portandosi dietro un fardello pesante, tremendo. Una ragazza schiacciata da un peso, che una volta aveva portato un bambino sulla schiena e ora stava dritta come se tenesse in equilibrio qualcosa di invisibile sulle spalle.

«Cosa ne pensi?» le chiese di rimando Daoshi.

«Lo farò».

«Sei sicura di voler lavorare per una bianca?»

«Ci proverò» rispose lei con occhi di acciaio.

Quella notte, dopo essere andato a bere con Li Shu, sdraiato a letto in quella che Feiyan aveva cominciato a chiamare «la stanza di Daoshi», si disse che era arrivato il momento di andarsene. Aveva fatto tutto ciò che poteva per Sixiang e Guifeng. Era ora di tornare alla sua vecchia vita. Sperava qualcosa dall'esistenza di un tempo? Forse no. O forse era la domanda a essere sbagliata. Forse sperare in qualcosa era un'illusione. Si trattava solo di un altro giorno, il sole che si spostava in cielo a un ritmo prevedibile, e lui che si muoveva tra le ombre mobili prodotte dal sole. Una vita come quella era chiaramente wuwei. O almeno era quel che si era detto quando aveva iniziato a bere troppo, e si svegliava con i postumi della sbronza, irritato dal fatto di trovarsi nel bel mezzo di un nuovo giorno.

Il mattino successivo, quando accompagnò Sixiang alla pensione dove avrebbe iniziato il nuovo lavoro, lei gli chiese se intendesse andarsene. «Mi troverai di nuovo nella stanzetta del banco dei pegni» gli disse. E lui sentí di nuovo lo sgocciolio dell'acqua in testa a rimescolare qualcosa che vi si era addensato, qualcosa che voleva chiarirsi.

Quando tornò alla tavola calda, un giovane stava parlando a Feiyan sulla porta. Guardò la crocchia sul capo di Daoshi e fece un inchino: «Potete esorcizzare mio zio, per favore? È malato, straparla giorno e notte». Senza esitare, Daoshi andò nella sua stanza, indossò la tunica e il cappello, prese il bastone, lo specchio, l'incenso che gli restava e se ne andò con il giovane. Sentí la chiarezza allargarsi nella sua mente. Improvvisò di piú rispetto ai passi di danza e alle formule usati durante l'esorcismo di Guifeng. Doveva renderlo credibile e crederci lui stesso. Ci riuscí di nuovo. E anche stavolta gli parve la cosa giusta.

Nei giorni successivi altre persone si rivolsero a lui per un bambino o un padre malato, uno zio ferito, un fratello drogato. Arrivavano alla tavola calda e chiedevano di lui, e quando lo vedevano la loro espressione non lasciava trasparire dubbi.

Allora lui si batteva con demoni che sarebbero certamente tornati, perché le condizioni non cambiavano e il sollievo era inevitabilmente temporaneo. Per un po' i pazienti smettevano di combattere. Restavano immobili. Si sentivano meglio, non perché Daoshi fosse capace di scacciare davvero i demoni, ma perché per loro era cosí. Sentivano che qualcuno si era occupato di loro, che le loro vite, considerate tanto insignificanti in quel Paese, meritavano di essere salvate. Allora Daoshi ballava e cantava, con le lusinghe o con la forza strappava l'energia negativa da coloro che soffrivano, dicendogli che ormai stavano bene, che quell'afflizione non li avrebbe tormentati mai piú.

Come pagamento accettava ciò che avevano da offrire. Se erano cibo o oggetti per la casa – un mazzo di cipollotti, una fetta di zucca, qualche pomodoro, una lampada a olio, un pezzo di sapone – li dava a Feiyan, la prima persona che aveva creduto nelle sue capacità di esorcista.

Lui ci credeva almeno a metà, quando eseguiva i rituali che gli avevano insegnato suo padre, suo zio e il fratello maggiore. E lo stesso valeva per suo nonno, il bisnonno e il trisnonno. Tutti avevano avuto dei dubbi come lui, ma avevano ugualmente imparato a infondere convinzione nei loro passi di danza. Mentre ballava, Daoshi riusciva quasi a sentire i canti degli antenati che si univano ai suoi.

Guifeng

La fabbrica di sigari si trovava proprio sopra la fumeria, e zaffate di fumo filtravano tra le assi del pavimento. Era semplicemente una stanzetta con un tavolo malandato, dove Guifeng e altri quattro uomini arrotolavano sigari. Ciascuno di loro era menomato come lui: uno era caduto da una piattaforma mentre segava un abete; un altro era rimasto schiacciato da un ramo piú grosso di tre uomini messi assieme; uno era rimasto ustionato in un incendio; e l'ultimo era stato picchiato quasi a morte. Erano la feccia della forza lavoro del quartiere cinese, non piú capaci di svolgere i compiti virili e meglio retribuiti dell'industria del legno, ma ancora in grado di usare la testa e le mani.

Erano il progetto caritativo di Fong Lee, anche se erano pagati cosí poco che a loro non pareva un gesto di carità. Si lamentavano della paga misera, ma mai ad alta voce. Sfruttamento, ecco cos'era: ma del resto, che alternativa avevano?

Erano tutti scapoli eccetto Guifeng. Due riuscivano ancora a mandare denaro a casa, gli altri due invece avevano smesso di fare il loro dovere. Uno era un ubriacone, un altro giocava d'azzardo, e gli altri due si recavano nella fumeria nello scantinato, portando di sopra altro odore di oppio attaccato alla pelle e agli indumenti. Erano tutti persi in qualche modo, ma non persi quanto lo era stato Guifeng a un certo punto, né avevano bisogno di essere salvati come lo era stato lui.

Quel mattino, dopo essere uscito dalla stanza illuminata da uno spicchio di sole, dopo la colazione con la famiglia allargata, seguí Feiyan di sopra per pulire la stanza. Tolsero il lenzuolo lurido e ne misero uno pulito sul materasso, stendendolo e lisciandolo insieme. Poi Feiyan tirò la tenda e spalancò la finestra. La stanza fu inondata di sole. Lui le andò accanto e sentí il sole negli occhi, sulla fronte, sui palmi delle mani. Alzò le mani e le toccò le braccia.

«Guardami» disse, fissandola finché lei non incrociò il suo sguardo.

Un passo per volta, non poteva fare di piú. Tutto l'amore fragile che riusciva a racimolare, e non era poco, lo dava a Feiyan. Ogni giorno, sopportava la prova dell'odore di oppio che entrava dal pavimento o si librava dai pori dei colleghi. Portava il denaro a Feiyan, le consegnava i due quarti di dollaro come se fossero il prezzo della sua redenzione.

Aveva accettato volentieri il lavoro, volendo rendersi utile alla famiglia e dimostrarsi meritevole dell'amore di Feiyan quando erano soli di notte. Viveva per i loro momenti insieme, lasciava che quel desiderio lo guidasse mentre arrotolava sigari tutto il giorno, come se arrotolasse i minuti. Il fatto che lei lo volesse ancora confermava che valeva la pena di vivere un altro giorno.

Aveva accettato di buon grado il lavoro anche perché non voleva trovarsi davanti Sixiang tutto il giorno. Non che non volesse vederla: la guardava di soppiatto, come quando la figlia cucinava con Feiyan o chiacchierava con Daoshi o insegnava a Duofu parole del *San Zi Jing*. Pensava a come farsi perdonare, ma non trovando risposte distoglieva lo sguardo. Non poteva fare come con Feiyan, guardarla negli occhi e chiederle di guardare nei suoi. C'erano troppi anni e troppa distanza tra lui e la figlia perché potesse funzionare.

Daoshi gli aveva fatto un breve riassunto della vita di Sixiang. Riempire i vuoti con i dettagli avrebbe richiesto informazioni che forse lui non desiderava avere. Allora evitava di fare domande. Si limitava a piccoli gesti e commenti poco impegnativi. Come quando notò che a Sixiang piaceva lo spezzatino di manzo e rape fatto da Feiyan ma era troppo educata per riservirsi, e si era alzato e gliene aveva versato un altro mestolo nella ciotola. «È anche il mio preferito» disse, ma evitò di aggiungere che sua madre, la nonna di Sixiang, lo aveva preparato nello stesso modo. Voleva stabilire un legame con sua figlia, ma i vincoli fragili che poteva formare con lei sembravano sottolineare tutti il suo passato imperdonabile.

Un giorno, tornando dal lavoro, vide Sixiang con un pennello, una boccetta di inchiostro e un foglio di carta di riso disposti sul tavolo davanti a sé. Indicò due caratteri sul foglio, 云腾, e gli chiese: «Si scrive cosí il nome del nostro villaggio?»

Lui rispose di sí.

Sixiang tracciò qualche altro carattere. «È cosí che si scrive il nome di mia nonna?»

Rispose nuovamente di sí.

«E il nome di mia madre?» Sixiang lo guardò negli occhi. «Puoi scriverlo per me?»

Guifeng prese il pennello, lo intinse nell'inchiostro e lo mosse lentamente verso il foglio. Nelle sue lettere a casa di un tempo aveva scritto il nome di sua madre sulla busta, e all'interno della lettera si era rivolto alle due donne solo come «madre e moglie», senza usare i nomi. Si rese conto di non avere mai scritto il nome completo di sua moglie prima di allora, né ci aveva mai pensato, e ora lo aveva dimenticato, ricordava solo il diminutivo, Ah Yu. Non poteva certo dire a sua figlia di avere dimenticato il nome completo di sua madre, la prima moglie, la piú importante. Allora scrisse il suo diminutivo, 阿玉.

Sixiang doveva avere notato la sua esitazione e capito quel che significava. Riprese il foglio, osservò i due caratteri. «La riceverà?» chiese, senza guardarlo.

Lui non rispose né le chiese cos'avrebbe scritto nella lettera. Daoshi gli aveva detto che Sixiang ne aveva già inviata una a casa, tempo prima, ma non aveva avuto risposta. Quelle informazioni bastavano a Guifeng. La figlia non avrebbe dimenticato il luogo da cui veniva, né il nome che le aveva dato, il desiderio che le aveva attribuito senza ben sapere cosa significasse. Coltivava forse la speranza presciente che la figlia facesse quello che a lui non riusciva?

Poi, quando Li Shu venne a parlare loro del lavoro dall'altra parte del ponte nel mondo dei bianchi, Sixiang guardò Daoshi per avere un consiglio. Non le era neanche venuto in mente di chiedere a Guifeng. Forse perché pensava che i consigli fosse piú bravo a riceverli che a impartirli? Ma probabilmente era meglio cosí. La figlia che aveva abbandonato si era trovata un nuovo padre, molto piú bravo di lui, oltretutto.

«Come va con il tuo capo?» le chiese quando tornò dal lavoro la domenica.

«Ada non è male» disse Sixiang. «Dice tante parolacce. Non ho mai sentito una donna bianca imprecare tanto. *Goddamn it*» disse in inglese, con voce piú forte e profonda, e risero entrambi.

Poi parlò della piccola Minnie che le era stata affidata. «È dolce» disse. Aveva un viso maturo, calmo. Sua figlia, della quale non si era mai occupato un solo giorno, adesso era adulta, non ne era piú responsabile, e si sentí sollevato.

Aveva ripreso a correre. Al mattino presto, prima che i molti impegni del nuovo giorno la oberassero, prima che gli altri membri della famiglia si svegliassero, usciva e correva lungo il fiume. Quella era casa sua. Non se ne sarebbe andata. Aveva una famiglia, lí. Non avrebbe permesso che venisse distrutta di nuovo. Quei pensieri si fondevano con il ritmo della sua corsa, i battiti regolari del cuore, l'aria limpida e frizzante che respirava.

Guifeng era tornato da lei. Quando facevano l'amore ripensava ai tempi della loro giovinezza in montagna, tra la terra disseminata di radici e il cielo con le nubi che correvano, circondati dalla luce verde degli alberi. Ma il loro amplesso ora aveva anche qualcosa di nuovo. La dolcezza dovuta all'importanza che gli davano, alla consapevolezza di quanto fosse prezioso senza sapere quando sarebbe finito. Questo la induceva a perdonare tutto, perfino gli incendi, perfino la sua gamba perduta, e tutte le cose bruciate e perse che un tempo Feiyan considerava sue. Quando lo teneva tra le braccia, non stringeva solo il suo corpo. Accoglieva nel suo abbraccio anche tutte le perdite e il dolore di Guifeng.

Aveva ricominciato a risparmiare. Con i soldi che guadagnava alla tavola calda e la paga di Guifeng sperava di comprare di nuovo un terreno, stavolta per costruire una vera fattoria. La terra era fertile lungo il Truckee River. Nel cortile sul retro la lattuga che aveva seminato meno di una settimana prima stava già crescendo. Le patate che aveva tagliato e piantato con l'occhio verso l'alto avevano messo foglie robuste che spuntavano dal terreno. I fagiolini fiorivano sui graticci. I cipollotti ingrossavano, i peperoni rossi e arancioni maturavano. Crescevano e assorbivano sole e pioggia.

Non doveva avere timori. Anche se il Paese aveva appena votato una legge per escluderli, Duofu era nata lí. E ogni anno che passava li abituava maggiormente ai climi e alle stagioni di quella terra, alla sua polvere, all'acqua e al vento, che non facevano distinzioni quanto al colore della pelle.

Voleva essere una madre migliore per Duofu, il che, con il ritorno di Guifeng, non era poi tanto difficile. Voleva anche essere una brava matrigna per Sixiang, farsi perdonare includendola nella famiglia. «Aiutami alla tavola calda. Due mani in piú mi farebbero comodo. Non c'è bisogno che tu vada a lavorare fuori» aveva detto a Sixiang quando si era messa a cercare lavoro, e gliel'aveva ripetuto quando era arrivato Li Shu per parlare dell'opportunità dall'altra parte del fiume. «È pericoloso. Non devi lavorare per i bianchi».

Ma la ragazza non le aveva dato ascolto. Aveva guardato Daoshi e detto che avrebbe accettato il lavoro. Non aveva cercato i consigli di Feiyan o di Guifeng. Non li considerava suoi genitori.

Una volta alla settimana, la domenica, Sixiang veniva da loro nel suo giorno di riposo. Una ragazza tranquilla con i suoi fantasmi. Non solo aveva i lineamenti del padre, ma gli somigliava anche dentro. Entrambi incameravano troppo e se lo tenevano dentro. Ma la ragazza aveva qualcosa di piú. Era ostinata. Forse perché non aveva avuto una madre da quando aveva l'età di Duofu. Se non accettava Feiyan come madre di rimpiazzo, sperava almeno che si sentisse a casa con loro. Una casa che sostituiva quella in patria.

Sixiang

Minnie adesso riusciva a mangiare il congee con un po' di maiale a dadini e spinaci che la cottura aveva reso semiliquidi. Quando non aveva troppe pulizie da fare, si fissava la bambina sulla schiena, con il suo corpicino caldo e solido che la ancorava a terra. Quando aveva Minnie, poi, i clienti di solito la lasciavano in pace. Se qualcuno la inceneriva ancora con lo sguardo, evitavano di insultarla e infastidirla, come se la presenza della bambina bianca fosse un monito a comportarsi bene. Quando il lavoro era molto e la obbligava a stare china, come il bucato o la pulizia delle stanze, Sixiang posava la piccola al centro del loro letto in modo che non rotolasse giú, oppure la affidava a Ada.

Ada non amava essere vista con una neonata quando lavorava alla pensione. «Sembro una serva o una casalinga» disse. «Non sono né l'una né l'altra». Ma era evidente che la bambina le piaceva. Aveva già presentato domanda per ottenere la custodia legale, e ogni sera, dopo che la piccola aveva mangiato e fatto il bagnetto prima di dormire, la riempiva di baci. «Mi ritrovo con una neonata a quarantotto anni» diceva, ma a occuparsene era Sixiang.

Quando erano sole, Sixiang parlava a Minnie in cantonese, proprio come aveva fatto con Meimei, usando il linguaggio infantile che le veniva spontaneo, forse perché era cosí che le aveva parlato sua madre quando era piccola. All'inizio, la pelle chiara e i capelli biondi di Minnie avevano spinto Sixiang a parlare in inglese, ma non era durato. Con la stessa rapidità con cui la neonata si era affezionata a Sixiang, l'inglese esitante, formale della ragazza aveva lasciato il posto all'ondulazione fluida del cantonese. E Minnie la capiva. Guardava Sixiang negli occhi e rispondeva nella sua lingua di neonata.

Una volta, mentre Sixiang stava pulendo il salone vuoto e diceva qualcosa in cantonese a Minnie per farla addormentare, era entrata Ada. «Non parlarle in quella lingua incomprensibile. Non ha bisogno di conoscerla. Altrimenti non saprà piú chi è. Non mi va di dover proteggere un'altra cinese in questo posto».

«Non ho bisogno della tua protezione» aveva ribattuto Sixiang, anche se non cercava motivi di conflitto con il suo capo.

«Allora non l'avrai» aveva risposto Ada.

Un giorno, diverse settimane dopo, mentre Sixiang stava pulendo una stanza per un nuovo ospite, apparve un uomo sulla porta. «Puoi aiutarmi?» Indicò la stanza accanto. «Ho rovesciato qualcosa».

L'uomo indossava un completo a tre pezzi, la cravatta

e portava un pizzetto che sottolineava il pallore della carnagione.

«Arrivo subito» disse Sixiang. Quando l'uomo scomparve, lei si chinò ed estrasse il coltello dal fodero che portava fissato allo stivale. Aveva comprato un paio di stivali e un coltello con la paga della prima settimana, e da allora aveva indossato gli stivali e portato il coltello ogni volta che si trovava su quella sponda del fiume. Quando entrò nella stanza dell'uomo, strinse l'impugnatura, nascondendo la lama nella manica.

C'era effettivamente del latte rovesciato sul pavimento. Quando si chinò con lo straccio in mano, si assicurò di non voltare le spalle all'uomo. Ma lui non chiuse la porta né le saltò addosso. Non dovette usare il coltello.

La domenica sera, alla tavola calda di Feiyan, dopo che erano state fatte le pulizie e il resto della famiglia era di sopra a letto, Sixiang restava da sola con Daoshi al piano terra, con i libri, l'inchiostro e la carta di riso sul tavolo tra di loro. Aveva molte domande per Daoshi: quanto sarebbe costato comprare un biglietto per la nave? Quanto mantenere una famiglia di tre persone? Quanto comprare un pezzo di terra? Quanto ingaggiare un bracciante? Poteva diventare un'insegnante o una scrivana adesso che sapeva leggere e scrivere? O per quelle mansioni si continuava a preferire un uomo? Cosa poteva fare una donna per guadagnarsi da vivere e mantenere una famiglia in Cina? A parte il costo del biglietto, le risposte di Daoshi tendevano a essere vaghe. Non viveva piú laggiú da quasi trent'anni, le ricordò. Le cose erano cambiate. Tutto cambiava, in Cina e lí da loro.

Sí, le cose cambiavano. Il padre nella foto che Sixiang non portava piú con sé prima ricordava il nome completo della madre e le voleva abbastanza bene da avere spedito a casa quella fotografia. Ma suo padre era inciampato e caduto in un buco a Montagna d'Oro, e al suo posto era uscito quell'uomo con il suo nuovo amore, quella donna che camminava con i piedi grandi che a sua madre mancavano, che teneva una rivoltella sotto il bancone e la portava di sopra con sé ogni sera. Sixiang poteva accettare quell'uomo trasformato come marito di Feiyan e padre di Duofu, ma non come padre né come marito per sua madre. Il fatto che si fosse dimenticato il nome completo della madre non faceva che cancellare un po' di piú il viso materno che si stava già sbiadendo nella sua memoria, e di lei la ragazza non aveva una foto.

Aveva chiesto a Daoshi, non a suo padre, di leggere la lettera e di correggere gli errori. Continuava a imparare il cinese da lui, leggendo gli scritti di Laozi e Zhuangzi. «道可道, 非常道; 名可名, 非常名». Quale strada doveva seguire? Quella che l'avrebbe condotta dove lei sentiva di appartenere? La risposta fornita dai libri era vaga come quella di Daoshi. Parlava del corso naturale delle cose. Ma il corso piú naturale che veniva in mente a Sixiang era racchiuso nelle parole di sua madre prima della partenza: «Trova tuo padre e portalo a casa». Adesso che aveva trovato suo padre e sapeva di non poterlo portare a casa, poteva eseguire solo una parte della sua missione: tornare a casa lei stessa.

Una domenica sera, Daoshi le disse di avere raccolto informazioni sul suo villaggio, Yunteng. Erano morti in molti durante la carestia, e parecchi tra coloro che se n'erano andati non avevano fatto ritorno. Un uomo del villaggio si era informato sulla famiglia di Sixiang per conto di Daoshi quando aveva scritto a casa. La risposta era appena arrivata, ma non forniva molti dettagli: la nonna e la madre di Sixiang non vivevano piú lí; nessuno sapeva dov'erano.

«Non sono morte?» chiese Sixiang.

«No, la famiglia di quell'uomo non lo sa, pensa di no. Potrebbero essersi trasferite in un altro villaggio, forse quello di origine di tua madre».

Sixiang ricordava vagamente di essere andata a trovare l'altra nonna con sua madre in un villaggio quando era piccola, ma dopo che la nonna materna era morta, non ci erano piú andate. «Dov'è il villaggio natale di mia madre?» chiese a Daoshi, come se lui potesse saperlo, come se fosse ancora l'indovino che lei aveva creduto sapesse tutto.

Non voleva piú chiedere a suo padre. Daoshi disse che gliel'avrebbe chiesto lui, ma la risposta era quella che si era aspettata. Suo padre non lo sapeva.

Sixiang aveva sentito la madre parlare del suo villaggio? Non aveva mai pensato che venisse da un altro posto. Anche lei era stata venduta, si era dovuta spostare da un paese che chiamava casa a un luogo sconosciuto chiamato Yunteng. Aveva creduto che casa sua fosse dove si trovava sua madre, ma aveva scoperto che sua madre non aveva una casa. Era una vagabonda come lei, ma senza i suoi piedi grandi, senza gli stivali di cuoio e senza il coltello che non avrebbe esitato a sfoderare.

Non dovette estrarre di nuovo il coltello fino alla primavera successiva, dopo che Minnie ebbe cominciato a muovere passi esitanti. Era un sabato sera, poche ore dopo la cena. Aveva dato da mangiare a Minnie, l'aveva lavata e l'aveva affidata a Ada, e stava pulendo il pavimento, l'ultimo suo compito del giorno. Il salotto era vuoto. I clienti si erano ritirati nelle loro stanze o erano ancora fuori per approfittare del fine settimana. Sixiang aveva quasi finito quando entrò barcollando un omone ubriaco con il collo largo come la testa. «Ehi, ragazza celestiale, perché sei qui da sola?» Avanzò verso di lei e, quando Sixiang fece un passo indietro, le afferrò le braccia e la spinse contro il muro con la carta da parati cremisi. Poi avvicinò il faccione puzzolente al suo, chiudendole la bocca con la sua. Sixiang, prigioniera in quel modo e con le braccia bloccate, non poteva gridare né muoversi, e tanto meno afferrare il coltello.

Provò un sollievo indicibile quando udí Ada imprecare e Minnie gridare dall'ingresso del salotto. L'uomo si voltò a guardare, allentando per un attimo la presa, e Sixiang gli diede una ginocchiata nell'inguine con tutta la forza che aveva. L'uomo barcollò all'indietro. Lei si prese il coltello alla caviglia e, senza pensarci due volte, lo ferí a una gamba.

L'uomo, lanciando grida stridule e imprecando, si gettò contro Sixiang. Le prese il braccio cercando di strapparle il coltello gocciolante. Il braccio di Sixiang era sul punto di spezzarsi, ma Ada afferrò una paletta dal camino e gli diede una gran botta in testa. «Brutto bastardo» gridò. «Se dai fastidio alla mia domestica te la vedrai con me!» L'uomo rovesciò indietro gli occhi e le gambe gli cedettero. Si accasciò al suolo.

Sixiang guardò la mano che stringeva ancora il coltello: il sangue rosso e appiccicoso le era colato sulle dita. Si sentiva svenire, le budella le si rivoltavano, ma a sovrastare il battito furioso nel petto un pensiero si affermava con forza: c'era riuscita, stavolta non era scappata.

Quella notte, con Minnie addormentata tra le braccia, parlò a Qinglong. Ce l'ho fatta, mi sono battuta, cercò di dirgli, come se una coltellata nella gamba a un bianco malintenzionato potesse riportarlo in vita. Ma naturalmente era impossibile. Tremò di nuovo, pensando al sangue appiccicoso sulle dita e alla sensazione del coltello che entrava nella carne dell'uomo e si fermava solo quando incontrava l'osso. Anche se era stato portato in prigione per averla aggredita, grazie alla testimonianza di Ada, Sixiang temeva che fosse scarcerato, entrasse in camera sua con un'ascia e le tagliasse una gamba come avevano fatto con suo padre. Oppure l'avrebbe violentata e sventrata, come Jason e i suoi amici avrebbero fatto se non fosse scappata. Era stato per pietà che Qinglong le aveva chiesto di andarsene, perché se fosse rimasta non si sarebbero salvati comunque. Ma non l'avrebbe mai saputo per certo. Non sarebbe mai riuscita a dimenticarlo.

Guifeng

Li Shu stava raccontando cos'era successo alla pensione. Come Sixiang aveva preso a coltellate quell'omone che si era messo a urlare. Li Shu si pavoneggiava, pieno di orgoglio per la «nostra ragazza».

Sixiang fece un sorrisetto tirato. Non tornarci piú, voleva dirle Guifeng, è pericoloso. Ma si fermò, sapendo che non poteva ancora prendersi cura di sua figlia in quel modo. Che diritto aveva di dirle cosa fare?

Qualche mese prima, Daoshi gli aveva chiesto del villaggio della madre di Sixiang, essendosi assunto il compito di indagare sulla famiglia che Guifeng aveva lasciato in patria. Ma i suoi ricordi non erano affidabili. Si chiamava Longhu? O Longwan? Un villaggio a monte del fiume, piú povero del suo. Ricordava solo quello. «Sixiang sta ancora cercando?»

«Sí» aveva risposto Daoshi.

«Dimmi cosa devo fare».

«Se lo sapessi...»

Piú tardi, dopo che Li Shu ebbe raccontato delle coltellate, Guifeng rimase al piano inferiore dopo cena. Quando Daoshi si recò in cucina per scaldare altra acqua per il tè, Guifeng si avvicinò al tavolo dove la figlia si stava esercitando a scrivere. «Sixiang, licenziati» disse. «È pericoloso».

Sixiang lo guardò. «Sto bene. Mi so proteggere».

«Se è una questione di soldi, ce ne sono in abbondanza» disse. «Stiamo lavorando tutti. Puoi aiutare Feiyan. Vuole che tu le dia una mano nel locale».

«Voglio guadagnarmi da vivere da sola. Sto risparmiando per tornare a casa» disse, distogliendo lo sguardo.

L'altra figlia, Duofu, continuava a guardarlo con diffidenza, come se in qualunque momento potesse lasciarle di nuovo. Lo osservava quando Guifeng sentiva la debolezza diffondersi dalla spina dorsale e la brama dell'oppio incunearsi sotto la pelle. Fingeva di stare bene, ma nel profondo voleva smettere di battersi. Voleva arrendersi, tornare a essere un cane di paglia inutile ed essere lasciato in pace, senza sguardi che cercassero di sorprendere la sua fragilità o che volessero conferme della sua forza.

Il fumo di oppio entrava tra le assi del pavimento mentre teneva occupate le dita arrotolando i sigari, mentre i suoi colleghi chiacchieravano e scherzavano per combattere la noia. Un giorno facevano battute sulle donne del quartiere cinese, senza dimenticarne nessuna, passando dalle prostitute che avevano frequentato alle poche mogli. «La tua signora è piú bella delle puttane» disse uno, e gli altri risero. In passato un commento del genere gli avrebbe fruttato un pugno in faccia, ma non erano piú nel passato. Guifeng si limitò a scuotere il capo, continuando ad arrotolare sigari.

Forse non servivano neppure le prese in giro dei colleghi perché il dubbio e la gelosia tornassero a insinuarsi nel suo cuore. Piú Guifeng dava amore a Feiyan, piú aveva l'impressione che lei non lo ricambiasse a sufficienza. Quegli uomini dalle gambe forti con cui sospettava che fosse stata continuavano a frequentare la tavola calda. Lui non gliel'aveva mai chiesto apertamente. Aveva alluso al fatto che sapeva, per manipolarla allo scopo di ottenere denaro per l'oppio, per ferirla come lei aveva ferito lui e per farle ancora piú male riducendosi come si era ridotto. Ma adesso doveva credere che con il nuovo inizio si voltasse pagina, e che le azioni di entrambi si annullassero tra loro. Dovevano solo aggrapparsi al presente guardandosi negli occhi. Vedersi, scoprirsi, fare l'amore di notte: solo quello importava.

La gelosia e i dubbi, si disse, erano i residui dei demoni, cosí come il desiderio di fumare e la sensazione di fallimento come padre, come marito e come figlio. Gli spiriti che Daoshi aveva scacciato con la danza non volevano lasciarlo libero. Ogni giorno quei residui continuavano a richiamarli indietro.

Quella lotta era la sua vita, ormai. Guifeng ora doveva ripetere la danza di Daoshi da solo. Rappresentava la battaglia tra le due forze dentro di lui che si stringevano in un abbraccio violento. In quel tira e molla continuo, tra sfinimento e tregue temporanee, doveva imparare a trarre un respiro e a diventare piú forte in previsione delle prossime sfide.

Guifeng pareva soffrire mentre Li Shu raccontava nei dettagli l'accoltellamento, inorgoglito come se l'autore fosse lui. Anche Daoshi aveva delle ombre negli occhi. Entrambi sembravano prendere atto della loro incapacità di proteggere la ragazza dalle disgrazie.

Ma non vedevano che Sixiang era forte? Stava imparando che genere di persona poteva diventare, a fidarsi di quella nuova persona apprezzando la libertà che ne scaturiva. Stava trovando la sua vera identità, cosicché in situazioni come quella non aveva bisogno di pensare, ma solo di agire.

Anche Feiyan doveva trovare la propria identità. E per questo doveva correre, perché correndo capiva. Imparava a conoscersi. Durante i cinque anni al Red Peony, aveva quasi perso la capacità di pensare alla corsa, il che significava che era stata sul punto di perdersi. Allora aveva dovuto scappare, anche a costo di morire.

Ma per quanto realizzassi te stesso, non potevi mai essere al sicuro in quella terra. Né prima né dopo essere stato cacciato su quella sponda del fiume, né prima né dopo l'approvazione del Chinese Exclusion Act. Feiyan era stata attenta. Aveva saputo delle spedizioni punitive lungo la costa occidentale, in tutti i luoghi dove si erano insediati i cinesi. Truckee non sarebbe stata risparmiata solo perché vi erano già accaduti altri fatti di sangue. Finché i bianchi avessero continuato a essere furiosi, avrebbero avuto bisogno di sfogarsi con qualcuno. Finché avessero continuato a soffrire, avrebbero dovuto far soffrire gli altri per non sentire il proprio dolore. Era quella la loro dipendenza. Ma quando sarebbe diventato banale – quando uccidere uomini cinesi e stuprare donne cinesi sarebbe diventato normale come cacciare i cervi o mandare al macello le mucche – non ci sarebbe piú stato un futuro per i cinesi in quella terra.

Allora dovevi combattere ogni volta che ti trovavi in un vicolo cieco. Dovevi accoltellare a sangue, cosí avrebbero aperto gli occhi e visto che non eri una preda inerme. Feiyan avrebbe quasi voluto averlo pugnalato lei quell'uomo. Durante il racconto di Li Shu le era tornato in mente il ciccione bianco che le si era seduto sul petto al Red Peony, e la insultava soffocandola. Feiyan rimpiangeva di non avere avuto un coltello. Allora il suo corpo sarebbe rimasto pulito e fiero e avrebbe avuto il posto che le spettava nel mondo.

Portò un boccale di vino di riso e le ciotole in tavola, una anche per Sixiang, che non aveva mai bevuto alcol prima. Feiyan voleva fare festa, perché Sixiang era cresciuta e doveva prenderne atto. Si era protetta, aveva agito nel modo giusto. Le versò il vino nella scodella. «Hai fatto la cosa giusta» disse.

La ragazza la fissò per capire se parlava sul serio.

«Salute». Feiyan sollevò la propria ciotola.

Ma Feiyan non ne era sicura. Sarebbe stata la cosa giusta se l'avesse fatta lei, ma per Sixiang, la figlia di suo marito che insisteva per portarsi appresso i suoi fantasmi, forse non lo era. I suoi occhi recavano ancora tracce di panico e confusione, come se stesse rivedendo l'atto che il suo corpo aveva compiuto cogliendola di sorpresa, anche se doveva essersi preparata, giacché si portava il coltello nello stivale da mesi. Ma giusto o no, non sarebbe finita lí. Ci sarebbero stati altri pericoli, altri mali quando la ragazza sarebbe tornata nel mondo degli uomini bianchi il mattino dopo.

Sixiang aveva bisogno di qualcuno, un giovanotto in carne e ossa che potesse tenerla stretta e insegnarle ad amare quello che c'era lí. Allora avrebbe rinunciato ai fantasmi e al sogno di tornare in una casa che non esisteva piú. Sarebbe rimasta lí con loro, su quel lato del fiume, diventando davvero parte della famiglia.

Uno dei clienti abituali della tavola calda, un ragazzo nato in California come Duofu, aveva preso l'abitudine di venire a consumare una colazione tardiva e la cena ogni domenica quando c'era Sixiang. La seguiva con gli occhi mentre lei aiutava a servire in tavola, e Feiyan aveva l'impressione che la ragazza avesse ricambiato gli sguardi. E perché mai non avrebbe dovuto? Era un bel ragazzo che sarebbe piaciuto anche a Feiyan se avesse avuto l'età di Sixiang. Non vecchio, non un ubriacone o un giocatore, esattamente l'opposto di quello che aveva dovuto subire Feiyan.

«Ho capito che ti piace la mia figliastra» gli disse Feiyan una sera quando venne a mangiare durante la settimana.

«È vero». Il ragazzo arrossí.

«Cos'hai da offrirle?»

«Sto risparmiando per aprire un negozio».

«Che tipo di negozio?»

«Un negozio di tè. Mio zio è importatore di tè».

«Quando avrai abbastanza soldi?»

«Tra un paio d'anni».

Feiyan riferí a Sixiang quella conversazione la domenica successiva quando erano in cucina insieme.

Ma Sixiang scosse il capo. «Non mi voglio sposare» disse senza guardarla.

Perché? Aveva diciassette anni. Non voleva vivere con un ragazzo, preferiva continuare a vivere con i morti. Feiyan non aveva mai fatto una cosa del genere. Non aveva mai voluto stare in compagnia dei fantasmi se poteva evitarlo, mentre Sixiang si ostinava a portarseli dietro, a lasciare che gli spettri perduti fossero il fardello della sua giovinezza. Ma forse era un modo per proteggersi: i morti non si sarebbero smarriti e non sarebbero morti di nuovo, come poteva accadere invece ai vivi. Mentre Feiyan doveva farsi carico dei vivi, tenerli al sicuro con una pistola carica sempre a portata di mano e il desiderio di fare di quel luogo la sua casa, un desiderio che doveva rinnovare ogni mattino, a ogni passo di corsa lungo la sponda fangosa del fiume.

Feiyan chiese a Daoshi di fare ragionare la ragazza. «Ascolta solo te».

Daoshi le parlò e tornò a dire a Feiyan quello che già sapeva: Sixiang stava ancora risparmiando i soldi per tornare a casa.

Limitarsi alla casa che avevi in testa era anche meno pericoloso. A differenza di Sixiang, l'unica casa che Duofu conosceva era quella lí, con il suo nome sulla trave, ed era già stata bruciata due volte. Duofu aveva ancora gli incubi e si svegliava urlando: «Al fuoco, al fuoco» rizzandosi a sedere sul letto, e scrutava il buio cercando di distinguere le familiari lingue rosse che lambivano ogni cosa riducendola in cenere. Ma Sixiang non la considerava casa sua. Si portava dietro la sua casa fantasma insieme agli spettri, perché almeno non sarebbe bruciata.

Quella casa che li aveva protetti, che aveva accumulato il calore del sole e poteva essere toccata con i piedi e le mani, era l'unica casa che avevano. Quella casa aveva molto da dare. Ma nei sogni di Duofu, continuava a bruciare. E negli occhi talvolta distanti di Guifeng, la casa non era sufficiente. Stava già desiderando qualcosa che non c'era, diffidando di quel presente con lei sdraiata accanto, e con la casa ancora in piedi, e con un altro giorno trascorso senza tragedie. A volte, mentre facevano l'amore, Feiyan aveva l'impressione che stringessero la mancanza di fiducia in mezzo a loro, mentre dalla stanza accanto le urla occasionali di Duofu squarciavano il buio: «Al fuoco! Al fuoco!»

Cosa pensava Daoshi di quella casa? Sembrava che fosse lui a tenere insieme quella famiglia allargata, a mantenere a una distanza accettabile gli spettri di Guifeng, a compensare la presenza assente di Sixiang con il suo distacco presente. Continuava a fare esorcismi, continuava ad avere i suoi piaceri e le sue discipline. Sembrava avere capito tutto, ma anche lui a volte pareva smarrito.

Solo lei, Feiyan, si sentiva trattenuta a terra da quella casa, destinata a ospitare lei, lei nella sua interezza, e tutta la famiglia. Una casa che aspettava il suo ritorno ogni mattina dopo la corsa. Correva via all'alba per poter tornare correndo tra le sue braccia quando il sole dissipava l'oscurità.

Daoshi
1885

Primi di dicembre. Notte fonda. Udirono i rumori e si misero in ascolto: le urla, lo scalpiccio, le stesse tre parole, «Via i cinesi!», gridate all'unisono come lo stridio del metallo.

Otto anni prima, Sixiang aveva chiesto a Daoshi cosa urlavano, mentre lui rivolgeva al suolo una spada spuntata nella stanza di quell'altra città. Adesso invece capiva.

Daoshi si guardò attorno nella tavola calda. Poteva andare in cucina e prendere la mannaia per la carne o il coltello da pesce. Avrebbe voluto avere un fucile, averne tenuto uno per sé quando aveva compiuto quei cinque viaggi, anni prima, per consegnare armi. O avrebbe potuto comprarne uno dopo che, in settembre, si era saputo dell'uccisione di ventotto cinesi a Rock Springs, Wyoming, o in novembre settecento cinesi erano stati cacciati dalle loro case a Tacoma, nello Stato di Washington. Anche a Truckee la situazione stava diventando inquietante. Il direttore del giornale, avvocato e leader della Caucasian League, Charles McGlashan, stava divulgando una nuova strategia: niente piú incendi, diceva, niente piú sparatorie sanguinose che sarebbero finite in prima pagina e avrebbero scatenato processi. Anche se alla fine nessun uomo bianco sarebbe stato condannato, non avevano bisogno di altra attenzione negativa da parte del pubblico se potevano evitarlo. Stavolta i «cittadini della classe superiore», come scrisse sul *Truckee Republican*, avrebbero diretto la campagna di espulsione dei cinesi. Avrebbero mandato via legalmente i cinesi boicottando tutte le loro aziende e prodotti, e tutti i datori di lavoro bianchi che assumevano lavoratori cinesi. Li avrebbero paralizzati. Il fuoco era stato disastroso. Ora era arrivato il momento del ghiaccio.

Ma le urla e i passi pesanti sembravano gli stessi delle vecchie bande senza volto con la stessa collera pronta a incendiarsi. Daoshi era stato uno sciocco a non premunirsi. Non aveva creduto nelle armi a fuoco, perché gli uomini bianchi, superiori in numero ai cinesi, avrebbero sempre avuto piú fucili di loro. Ma ora si ritrovava di nuovo con Sixiang, disarmato e inerme come lo era stato otto anni prima.

Era la notte del fine settimana che passavano insieme, e tutto era andato come al solito. Da tre anni e mezzo a quella parte avevano fatto le stesse cose: si erano seduti a un tavolo del ristorante dopo che il resto della famiglia era andato a dormire di sopra. Sixiang imparava il cinese con lui dalle opere di Laozi e Zhuangzi. Le parole nei due libri continuavano a cambiare, a mutare significato, e mentre Sixiang le imparava Daoshi le disimparava e le imparava di nuovo. Invece di essere lui a insegnarle, aveva l'impressione che insegnassero l'uno all'altra e che imparassero insieme. Durante la settimana andava a trovare i malati e faceva esorcismi, e anche riti per i morti se necessario. Quando era libero aiutava Feiyan alla tavola calda e insegnava a Duofu il cinese e il poco inglese che conosceva. Di sera stava con la famiglia o usciva a bere vino o tè, e di tanto in tanto si recava nei bordelli. Se beveva, stava attento a non esagerare. Era soddisfatto, ma a volte si sorprendeva a contare i giorni che mancavano al fine settimana e al ritorno di Sixiang.

Se Sixiang bambina aveva nascosto il viso tra le braccia di Daoshi, ora la ragazza si chinò ed estrasse il coltello dallo stivale. Lo aveva usato due anni e mezzo prima per accoltellare un uomo bianco a una gamba. Daoshi allora le aveva chiesto di non tornare alla pensione. Ma lei aveva detto che doveva lavorare e risparmiare per fare ritorno a casa. Anche dopo avere saputo che sua madre e sua nonna avevano lasciato il villaggio, era rimasta aggrappata al suo sogno, rifiutando di abbandonarlo o di accettare, invece, l'amore di un ragazzo. «Non intendo sposare qualcuno qui e dimenticare da dove vengo».

Allora continuava a risparmiare. «Quanti soldi servono?» continuava a chiedergli. «Piú di quelli che hai» rispondeva lui, come per farla restare piú a lungo, anche se non si poteva dire che lí da loro ci fosse un futuro su cui contare. Lo aveva appurato piú e piú volte.

La banda contava centinaia di uomini. Perché siamo ancora qui?, sembrava chiedergli Sixiang con gli occhi. Perché permettiamo loro di umiliarci di continuo?

Feiyan scese con la rivoltella in mano. Lei non aveva bisogno di chiedersi perché restavano. Quella era casa sua. Le apparteneva, e non avrebbe permesso che gliela portassero via. Se l'avessero bruciata un'altra volta, l'avrebbe ricostruita di nuovo. Non c'era vergogna sul suo viso: paura, sí, ma non vergogna. Paura e furore. «Quei maledetti demoni» disse. «Ci servono altre armi».

Duofu scese nascondendosi dietro di lei, seguita da Guifeng che zoppicava, ma neanche sul suo viso c'era vergogna. Avevano messo al mondo una figlia, lí, avevano deciso di considerarla casa loro. «Dammi la rivoltella» disse Guifeng a Feiyan. «Porta di sopra Sixiang e Duofu». Sixiang e Feiyan si guardarono. «Per favore, fatelo per Duofu». Guifeng le fissò entrambe.

Feiyan gli diede la rivoltella, prese un coltello in cucina e salí con Duofu. Sixiang le seguí. Guifeng barricò la porta con un tavolo lungo e spense tutte le lampade a olio. Aspettarono al buio.

E Daoshi? Anche lui aveva rivendicato un posto in quella terra per il quale si sarebbe battuto fino alla fine? Aveva girovagato, fino a quando quella famiglia non gli aveva offerto una casa. Una casa che aveva dato serenità al suo cuore. Per quello, piú che per qualsiasi altra cosa, valeva la pena di combattere.

Guifeng

In attesa con Daoshi nel locale buio, aspettando che la banda facesse la sua mossa – incendiare la casa o sfondare la porta – Guifeng decise di colpire con i sei proiettili sei uomini diversi. Poi, se fosse stato ancora vivo, avrebbe usato il coltello preso in cucina per continuare a battersi. Non c'erano alternative, e provava soddisfazione per quell'obiettivo semplice e autentico, niente enigmi, nessuna battaglia da combattere con sé stesso. Aveva messo radici in quel posto negli ultimi tre anni e mezzo, a ogni pasto che consumava con la famiglia, ogni volta che faceva l'amore con Feiyan, a ogni parola che insegnava a Duofu, a ogni conversazione con Daoshi, a ogni domenica trascorsa con Sixiang tra loro. Ogni gesto di affetto che aveva dato e ricevuto aveva rafforzato la sua connessione con il luogo che occupavano, quella valle verde lungo il fiume, quell'acqua limpida che scorreva accanto a casa loro. Quelle radici erano preziose perché sapeva che potevano essere strappate facilmente.

Guifeng aveva fatto tutto il possibile. Per tutto il mese di novembre si era recato con Daoshi e Fong Lee dall'altra parte del ponte, dove avrebbe preferito non mettere piede. Parlava inglese meglio di loro e tradusse le loro parole a un dozzina di imprenditori bianchi: «I nostri due mondi possono coesistere, uno accanto all'altro. Voi ci date lavoro. Noi lavoriamo e con lo stipendio compriamo nei vostri negozi. Voi comprate prodotti dalle nostre fabbriche, di buona qualità e meno costosi, come i sigari. Li vendete a un prezzo superiore e ci guadagnate. Ci guadagniamo tutti, no? Il boicottaggio non torna utile a nessuno».

Alcuni li ascoltarono: tre proprietari di negozi smisero di fare pubblicità sul *Truckee Republican*. Ma la maggior parte non lo fece, compreso uno che spiegò loro: «Capisco, ma qui le cose non funzionano cosí. È una questione di principio e di comunità. Dobbiamo proteggere quelli come noi».

Fong Lee incollò sulla bacheca del quartiere cinese l'elenco di tutti i negozi bianchi entrati nel comitato di boicottaggio della Caucasian League, dove nessun cinese avrebbe piú dovuto comprare. Era il loro boicottaggio contro i bianchi. Ma intanto il comitato faceva visita a chiunque avesse assunto cinesi e a ogni mercante bianco che comprava prodotti cinesi, in nome del principio della comunità, minacciando boicottaggi e il disonore pubblico. Come scrisse McGlashan nel suo giornale:

Lasciate che le nostre madri, mogli e sorelle si ritraggano quando li incrociano per strada. Lasciate che insegnino ai bambini a disprezzare il cinese e chi lo difende. Lasciate che le piccole dita li indichino e che le prime parole sulle loro labbra infantili siano: «Vergogna a te, che ami la Cina».

Sempre piú lavoratori cinesi furono licenziati. Venivano alla tavola calda per il loro ultimo pasto prima di partire. Alcuni tornavano in patria con regali comprati di corsa, pochi soldi in tasca, ma almeno un corpo sano in grado di lavorare. Molti dovevano restare, perché casa loro non si trovava piú dall'altra parte dell'oceano. Come Guifeng, non avevano piú un posto dove stare in Cina, e l'unica casa che avevano era in questo Paese che aveva provato in ogni modo a scacciarli. Non avevano scelta, ma dovevano trovare un altro buco dove stendere lo stuoino e cercare di sopravvivere.

Ma dove sarebbero stati al sicuro da spedizioni punitive come quelle, costretti ad acquattarsi in una casa buia in attesa che passasse o a combattere fino alla fine? E se la fine era quella, pazienza.

Le grida sguaiate e i passi pesanti passarono davanti alla loro porta ma non si fermarono. Non si trasformarono in calci, colpi, spari o fiamme. Uomini e donne tirarono dritto, urlando i loro slogan in strade e vicoli, dentro stanze buie, lasciando che la luce delle torce guizzasse sui vetri delle finestre, il loro rancore che si diffondeva nella fredda aria del fiume, e se ne andarono.

Guifeng non riuscí a riprendere sonno. Rimase al piano inferiore con Daoshi. Voleva parlare, capire. Indagare il Tao e il wuwei, cercare qualcosa che potesse indicare la via da seguire, o almeno gettare un po' di luce sulla situazione presente. Riaccesero la lampada a olio, presero una bottiglia di vino da dietro il bancone, bevvero e parlarono.

Guifeng voleva avere la visione globale. Quel luogo, o la Cina, il mondo intero, l'universo, visto con gli occhi del cielo e della terra. Che cosa si vede? Una dinastia che ne rovescia un'altra. Una razza che ne espelle un'altra.

Una tribú che guerreggia con un'altra. Un tong che ne combatte un altro. Un essere umano e il suo avversario. Occhio per occhio, dente per dente. Questa è la verità della storia dell'umanità. Se non uccidi, verrai ucciso. Da questo nasce l'impulso di uccidere. Ti unisci ad altri per ucciderne ancora di piú. I nemici si alleano per uccidervi a loro volta. Un gruppo vince, e cominciano a uccidersi all'interno della banda. Non riescono a evitarlo. Hanno desideri, preoccupazioni, paure, uccidono, provano rimorso, vogliono qualcosa di piú per placare il rimorso, e si ricomincia.

«Dov'è il Tao in un mondo del genere?» chiese Guifeng.

«Forse è per questo che la gente continua a tornare a Laozi, per cercare una risposta a questa domanda. Perché il Tao è irraggiungibile; continua a sfuggirci».

«Oppure tutto si riduce alla sopravvivenza? Fare tutto il necessario per rimanere vivi?»

«Sembra proprio cosí. Ma le cose cambiano. Bisognerà aspettare che passi».

«Aspettare che passi non è wuwei, vero? Significa arrendersi ai bulli. Arrendersi non è wuwei, non è non azione; è un esercizio di paura, un'azione di sottomissione».

«Davvero? Ma neanche rispondere agli attacchi combattendo a prezzo della vita è wuwei».

«Siamo gli Hakka che sono stati sconfitti a Guangdong dai Punti. Lo si potrebbe chiamare karma».

«Solo che gli Hakka sono dei bersagli anche qui. Per i bianchi siamo tutti uguali, proprio come le tribú indigene ai loro occhi, tutti destinati a perdere».

«Allora dovremmo accettare di perdere anzitempo, o dobbiamo combattere il piú a lungo possibile? Qual è la cosa giusta da fare? Cos'è il Tao qui? Cosa direbbe un saggio? Che genere di non azione sarebbe indicata? O quale azione?»

Parlarono finché non furono ubriachi, finché non riuscirono piú a capire le loro stesse domande.

Daoshi

Il mattino dopo sulla bacheca del quartiere cinese era inchiodato un manifesto scritto in grassetto, tutto a lettere maiuscole:

DELIBERA: NON SOLO L'UOMO CHE LAVORA, MA TUTTA LA COMUNITÀ ESIGE CHE OGNI INDIVIDUO, FABBRICA E ATTIVITÀ COMMERCIALE LICENZI I DIPENDENTI CINESI ENTRO IL 1° GENNAIO 1886, E RIFIUTI DA QUEL MOMENTO IN POI DI OFFRIRE LORO UN QUALUNQUE TIPO DI LAVORO.

Una guerra razziale. Ancora una volta, non erano operai bianchi contro operai cinesi, ma il Paese contro i cinesi presenti nel Paese. Cinquanta milioni contro diecimila. E di nuovo erano i cinesi a difendere i cinesi.

Daoshi era giunto a Montagna d'Oro perché si trovava all'altro capo del mondo, il luogo piú lontano che un ragazzo come lui potesse concepire, dove il sole tramontava mentre sorgeva in Cina il giorno successivo. Dodici ore di ritardo. Fare un passo indietro per vedere il mondo intero, con il movimento rallentato e in versione panoramica. Era giunto in quella terra lontana per trovare sé stesso, invece si era trovato coinvolto in una guerra contro di lui e quelli come lui: tasse per i minatori, disordini, ordinanze, linciaggi, massacri, leggi e ora questo nuovo «Metodo Truckee» per farli morire di fame.

La notte precedente, dopo che la manifestazione era finita, lui e Guifeng avevano bevuto e parlato del Tao, o meglio del Tao per restare vivi. Daoshi aveva cercato di convincersi che la vita non dovesse limitarsi allo squallore della mera sopravvivenza. Poteva levare gli occhi al cielo, serbarne un pezzetto nel suo petto e lasciarlo espandere. Poteva immaginare come sarebbe stato guardare giú da lassú. Ci aveva provato. Ma la verità era che vedeva sé stesso e quella famiglia che aveva formato e a cui voleva bene nascosta in una casa buia, con il fiato sospeso.

Si recò da Fong Lee e comprò una rivoltella. Le armi,

secondo Laozi, sono strumenti maligni che dovrebbero essere detestati dai seguaci del Tao; ma se bisognava usare un'arma, andava usata con calma.

La notte precedente, prima che gli uomini bianchi si aggirassero per le strade con le torce tra le urla, Daoshi e Sixiang avevano parlato di nuovo della storia della farfalla di Zhuangzi, una delle preferite della ragazza. Zhuangzi sogna di essere una farfalla, ma quando si sveglia non sa se ha sognato di essere una farfalla o se era una farfalla che sognava di essere Zhuangzi. Daoshi aveva letto quella storia come una parabola della non distinzione, della mancanza di confine tra *io* e *tu*, il sognatore e il sognato. C'erano stati momenti in cui aveva avvertito quell'abbattimento di frontiere, quella fusione. Come anni prima, quando Sixiang aveva aperto la mano per scoprire davanti ai suoi occhi la foto di suo padre, vite diverse – lui da giovane, Guifeng, Sixiang, poi lui piú vecchio – che sembravano convergere e unirsi tutte per un istante.

«E i vivi e i morti?» chiese Sixiang. «Non c'è differenza neanche tra loro? I morti possono essere la farfalla, e i vivi Zhuangzi?»

Daoshi capiva che quella ragazza si portava dietro qualcosa. Anni prima, quando aveva danzato per esorcizzare suo padre, lei era uscita dalla stanza prima della fine del rito. All'inizio aveva pensato che provasse troppa rabbia nei confronti di Guifeng, ma si trattava di qualcosa di piú terribile e lugubre.

Nel corso degli ultimi anni, Daoshi aveva ballato e cantato tante volte, nel fumo dell'incenso, per dare conforto senza promettere risultati. Quando gli chiedevano: «Sei davvero in grado di curare la gente?», rispondeva: «Proviamoci». Provarci era l'unica cosa che poteva, e voleva, garantire. Prima della cerimonia faceva delle domande ai malati chiedendo loro come si sentivano, o cosa pensavano che li facesse stare male. Mentre parlavano dei propri dolori e si lamentavano, si sentivano già meno gravati, piú aiutati, piú amati. Quando Daoshi cominciava a ballare, credevano che concentrasse i loro mali in un demone tangibile e che lo strappasse loro di dosso definitivamente.

«Parlami. Chi è il tuo morto?» domandò a Sixiang.

Lei incrociò il suo sguardo per un attimo, come chiedendosi da dove cominciare, ma poi scosse il capo e guardò altrove. Non era ancora pronta a raccontarglielo, se parlarne significava liberarsene.

La sua padrona alla pensione apparteneva ora all'ultima dozzina di imprenditori bianchi che rifiutavano di licenziare i lavoratori cinesi. E Sixiang rifiutava di dare le dimissioni. Ora, con la scadenza del primo gennaio che si avvicinava, le cose si stavano facendo piú pericolose.

Nell'ultima settimana, Daoshi e Fong Lee avevano scritto alle Sei Associazioni a Big City, chiedendo loro di fare pressione sul governatore della California per mettere fine al Metodo Truckee, che se lasciato libero si sarebbe espanso. Ma, prevedibilmente, il governatore Stoneman reagí incolpando i cinesi di «avere precluso alla razza caucasica molti sbocchi professionali» e disse loro esplicitamente che non poteva «impedire gli assembramenti di cittadini».

Adesso Daoshi aveva un'arma. Sixiang, che lavorava ancora per la «razza caucasica», ne avrebbe avuto piú bisogno di lui. Ma era una buona idea dargliela?

Quando tornò per il fine settimana, si inoltrarono nel bosco alle pendici della collina. Le mostrò come usarla. «Se devi usarla, mantieni la calma».

«Magari l'avessi avuta allora» disse Sixiang.

«Allora quando?»

«Quando ero debole». Non volle aggiungere altro.

Daoshi non riusciva a decidere se fosse una buona idea darle la pistola. Continuava a fare dei sogni. In uno, l'arma finiva nelle mani di un aggressore; in un altro, mancavano i proiettili, oppure non sparava quando Sixiang ne aveva bisogno, o faceva cilecca ferendo lei, invece. Non c'era tempo per sognare le farfalle o chiedersi chi sognava e chi fosse sognato. In quel mondo era tutto reale. In quel mondo, o ti davano la caccia o puntavi una pistola contro il cacciatore.

Sixiang

L'ultimo giorno dell'anno solare. I bianchi stavano festeggiando. Un treno proveniente dalla costa orientale con otto vagoni speciali riservati a sigarai bianchi stava attraversando Truckee diretto a San Francisco, per sostituire gli operai cinesi. Quando il treno si riforní di combustibile alla stazione ferroviaria di Truckee, la campana della chiesa suonò. Un corteo di bianchi con i loro figli, capeggiati dalla banda della città con pifferi e tamburi, marciò avanti e indietro lungo la banchina, e sulla facciata della stazione erano appesi striscioni e manifesti con messaggi a caratteri cubitali:

ABBASSO I COOLIE
NIENTE CINESI ALLA LAVANDERIA DI TRUCKEE
QUANDO IL GALLO CANTA, IL CINESE SE NE VA

Alcuni striscioni avevano anche delle immagini: un gallo disegnato in modo approssimativo: un uomo con i denti sporgenti e il codino stretto nella mano di un uomo bianco a mo' di frusta; una scatola di sigari sopra una torcia che bruciava.

Sixiang vedeva tutto questo da una finestra del secondo piano della pensione, che era quasi vuota, essendo tutti fuori a festeggiare.

Da quando il vento era diventato freddo e le foglie dei pioppi avevano cominciato a cadere, Ada riceveva le visite del comitato di boicottaggio. «Pensate a tutta la comunità di Truckee, non solo al vostro guadagno» le dicevano.

«Non potete dirmi chi assumere e chi non assumere» ribatteva lei.

«Pensate ai vostri fratelli e sorelle bianchi, ai vostri concittadini. I cinesi ci stanno dissanguando».

Il padre di Sixiang aveva perso il lavoro: la fabbrica di sigari aveva chiuso perché nessun negozio bianco comprava piú i sigari confezionati dai cinesi. La tavola calda di Feiyan si era svuotata nelle ultime domeniche in cui Sixiang ci era tornata, a mano a mano che i taglialegna, conduttori di carri, addetti alle pulizie, cuochi e lavandai erano stati licenziati dai padroni bianchi e se n'erano andati.

I bianchi avevano in programma una festa ancora piú grandiosa per il primo gennaio. Secondo loro, l'anno nuovo sarebbe stato senza cinesi, il loro paradiso sarebbe stato ripristinato e avrebbero potuto vivere felici e contenti.

Eppure Sixiang era ancora lí, non aveva ancora lasciato quel Paese che moriva dalla voglia di buttarla fuori. Perché?, si chiese. Perché la casa dove aveva sperato di tornare non esisteva piú. E ogni volta che pensava che fosse finalmente giunto il tempo di partire, esitava. Quando aveva messo da parte abbastanza soldi per il biglietto della nave si era detta che doveva risparmiare ancora per una casa se quella vecchia non esisteva piú o non era piú loro. Doveva anche comprare un paio di mu di terra e tutto il necessario per coltivarli, giacché non sarebbe stato facile per lei, una donna, trovare lavoro laggiú. Allora continuava a restare, convincendosi che le serviva altro denaro. Una volta che fosse andata in Cina era certa di una cosa: non sarebbe potuta tornare indietro. L'Exclusion Act votato nel 1882 impediva ai lavoratori cinesi di entrare nel Paese; e anche prima di allora, come le aveva detto Daoshi, il Page Act votato dieci anni prima aveva impedito l'ingresso a tutte le donne cinesi. L'unico modo per tornare sarebbe stato quello che aveva usato la prima volta: con documenti falsi e un nome falso.

Quando fosse partita, sarebbe stato per sempre. Non l'avrebbe vista mai piú, quella famiglia di cui aveva fatto parte ogni fine settimana, in quella casa che aveva sentito un po' sua, senza Ada che la sgridava o gli ospiti che la infastidivano, con Feiyan salda sui piedi che era stata buona con lei, e con suo padre i cui occhi erano gentili quando non sfuggivano ai suoi. Con Duofu, che cresceva tanto in fretta e la chiamava sorella. E con Daoshi.

Ma anche se restava, quanto tempo sarebbe potuta rimanere, lei e la sua nuova famiglia, con i bianchi che facevano di tutto per cacciarli via?

A Sixiang furono accordati la sera dell'ultimo dell'anno e tutto il primo gennaio, il che poteva significare che non sarebbe piú tornata. Minnie, alla quale non piacevano le partenze, fu piú insistente del solito. «*Nei mau zau, nei mau zau*» sussurrò a Sixiang in cantonese, la lingua che parlavano in privato, soprattutto di notte quando Minnie si rifugiava tra le sue braccia. In quei momenti Sixiang non si sentiva tanto una bambinaia per Minnie, quanto una madre. La bambina le sarebbe mancata, e Sixiang sarebbe mancata a lei. «*Nei mau zau*» diceva Minnie ogni volta che Sixiang se ne andava per il fine settimana. Non andare. Il contrario di quello che Qinglong le aveva detto quel giorno, quando le aveva chiesto di andarsene.

Sixiang, tenendo Minnie per mano, raggiunse Ada in salotto. Sulla parete cremisi vicino alla porta era appiccicato un disegno grossolano di una donna senza vestiti, coperta di catrame e di piume. Le parole *Amante della Cina* erano scritte in rosso sopra il disegno. Un gruppo di ospiti, appena tornati dal corteo, lo guardava ridendo.

Ada si fece largo tra i pensionanti e arrivò davanti al muro. Si mise in punta di piedi per afferrare il disegno, lo strappò e lo fece a pezzi. Guardando il gruppetto ilare, si mise le mani sui fianchi e urlò: «Nessuno può dirmi cosa fare!»

Poi vide Sixiang dietro il gruppo, in attesa di affidarle Minnie. «E tu, sciocca, non fissarmi» gridò a Sixiang. «Non ti ho ancora licenziata. Prima tirerò una rivoltellata all'autore di questa roba!»

Li Shu, che era venuto in salotto per accompagnare a casa Sixiang, scosse il capo per indurla a calmarsi, poi indicò con il mento la porta. Sixiang affidò Minnie, che tirava sul col naso, a Ada senza dire una parola e uscí.

«Ormai ci siamo» disse Li Shu dopo che furono usciti dalla pensione. «Stavolta ci vogliono mandare via per davvero».

Le strade erano affollate di bianchi, molti dei quali parevano allegri senza motivo. Quando Sixiang e Li Shu si diressero verso il ponte, passarono davanti a un saloon con un cappio appeso al tendone. In fondo vi era legato un codino con qualcosa di rosso. Era un nastro rosso che sembrava sangue. Sixiang riusciva quasi a vederci anche una testa. La testa di Ah Hong sotto la quercia, piegata su un lato come se riflettesse. E l'uomo con gli occhi e la bocca aperta strangolato con la propria coda, che Daoshi aveva cercato di nasconderle dopo i disordini notturni.

Li Shu imprecò. Accelerarono verso il ponte.

«Ehi, cinese con la tua puttanella, vuoi un taglio di capelli gratis?»

Sixiang si voltò e vide tre uomini, uno con un coltello in mano, tutti vestiti con giubbe da lavoro fruste, a differenza dei tre uomini, anni prima, che indossavano cappotti di lana fatti su misura e guanti di pelle. Ma gli occhi erano uguali. «Corriamo» disse Li Shu, affrettando il passo.

Ma scappare non era la soluzione. Non lo era mai stata. Sixiang sentiva che li seguivano da vicino, ridendo e scherzando tra loro, come avevano fatto Jason e i suoi amici quel giorno d'inverno nel bosco.

Sixiang infilò la mano sotto il cappotto e tolse la rivoltella dal fodero in vita. La portava da quando Daoshi le aveva insegnato a usarla due settimane prima. Si voltò, puntandola contro gli uomini, il dito sul grilletto. Tremava. «Se devi usarla, mantieni la calma» le aveva detto Daoshi.

Gli uomini si fermarono, le facce ridenti si bloccarono, le bocche rimasero aperte.

Sixiang fece un respiro per costringere le braccia a restare immobili. Puntò la pistola a terra a pochi centimetri dall'uomo col coltello e tirò. I tre sussultarono e scapparono.

Sixiang fece un altro respiro. La rivoltella era calda e fumante nelle sue mani. Le pulsava la testa, ma era calma.

Quella notte, Sixiang restò sveglia con Duofu nella loro stanza. Non era rimasta alzata con Daoshi al piano di sotto. Aveva detto di essere stanca ed era salita a sdraiarsi per poter riflettere. Li Shu, come l'ultima volta dopo l'accoltellamento, aveva raccontato alla famiglia cos'aveva fatto Sixiang appena erano entrati nella tavola calda, e Daoshi l'aveva guardata con un'espressione strana, sollevata e grave insieme.

Quello che era successo quel giorno era stato diverso dall'altra volta. Stavolta Sixiang tremava, ma era rimasta tranquilla. Aveva estratto la pistola e l'aveva usata con calma per proteggere sé stessa e Li Shu. Aveva sparato sul marciapiede proprio davanti ai piedi dell'uomo col coltello. Non aveva fatto del male a nessuno di loro, ne aveva solo ucciso l'ego per qualche istante.

Aveva sempre con sé Qinglong e Ah Hong, Qinglong come amante e Ah Hong come sorella maggiore; aveva parlato con loro, fatto loro compagnia per dimostrare che non li aveva dimenticati. Era riuscita finalmente a dimostrare loro che era diventata coraggiosa? Volevano ancora che continuasse a portarseli dietro, obbligandoli ad assistere alla crudeltà del mondo? O volevano chiudere gli occhi e riposare?

Sixiang si alzò, si strinse una coperta addosso e in punta di piedi uscí dalla stanza e scese le scale. Giunta davanti alla stanza di Daoshi, girò la maniglia. Stava dormendo. Si avvicinò al suo letto e lo guardò, come doveva averla guardata lui quella notte nella stanzetta sul retro del banco dei pegni, che non era poi tanto diversa da quella. Una stanza che galleggiava nell'aria buia e fredda dove tutto sarebbe finito, un giorno. Nello spicchio di luna che entrava dalla finestra, Daoshi era accigliato, come se stesse soffrendo.

Sixiang si inginocchiò e gli toccò la fronte per lisciarla. Lui aprí gli occhi e, sbattendo le palpebre per scacciare il sonno, disse il suo nome con la solita voce pacata. Le prese la mano e la coprí con la sua.

«Puoi guidare Qinglong e Ah Hong dove devono andare?» Non era riuscita a parlargliene in passato, perché ogni volta che aveva voluto farlo per sentirsi piú leggera aveva anche temuto di perderli. Ma ora era arrivato il momento che se ne andassero. Non dovevano esserci balli, lotte, tentativi di persuasione, disse a Daoshi, perché non erano suoi nemici. Erano amici. Gli raccontò del corpo nudo di Ah Hong che dondolava nell'aria del mattino e di Qinglong che giaceva sulle foglie coperte di ghiaccio. Erano stanchi di stare in quel mondo. Dovevano essere guidati con dolcezza verso il cielo. Riposare ed essere liberi.

Daoshi annuí mentre lei parlava. Poi si alzò e si avvicinò alla finestra. La aprí e l'aria della notte entrò con una folata. Aria fredda e pulita. Il cielo era buio, privo di frontiere.

Mentre Daoshi recitava un verso, Sixiang disse: «*Nei zau liu*», prima ad Ah Hong e poi a Qinglong, le ultime parole che le aveva detto lui. Li stava liberando in fiumi e laghi.

12.
Verso la terra degli esseri perduti
1886

Daoshi

Doveva essere mezzanotte circa quando Sixiang entrò nella sua stanza, tra l'ultima ora dell'ultimo anno solare e la prima di quello nuovo. Lui stava sognando qualcosa, un sogno in cui Sixiang correva lungo le poche strade del quartiere cinese, buie e vuote. Aveva in mano la pistola che le aveva dato lui. L'arma era ormai senza proiettili, ma lei la stringeva ancora. Tre uomini bianchi la inseguivano, con gli stivali che battevano sulla strada lastricata. Ma lui dov'era? Non era lí ad aiutarla a scappare né a fermare gli inseguitori. Le aveva dato l'arma, che lei aveva usato prima quel giorno e che, per il momento, sembrava l'avesse salvata. Ma la caccia non era ancora finita. Continuava.

Aprí gli occhi. Lei era lí accanto al suo letto, avvolta in una coperta, e gli stava toccando la fronte. Prese la mano della ragazza nella sua e ascoltò. Sixiang gli parlò di coloro che si portava dietro, il peso invisibile che aveva finalmente deciso di eliminare.

Aveva assistito alla morte di due persone perché Daoshi aveva deciso di «salvarla» affidandola ai bianchi, e perché non se n'era occupato abbastanza. Ma lei continuava a fidarsi di lui. Nonostante quello che le aveva fatto subire, continuava a credere che fosse una persona degna di fiducia.

Si alzò, si mise una coperta sulle spalle e si avvicinò alla finestra. L'aria fredda si infilò dentro come se fosse stata in attesa.

Quel momento parve un sogno dentro un sogno. Lí Sixiang non era in pericolo, non era inseguita stringendo la pistola inservibile che lui le aveva dato, e Daoshi non stava facendo quel sogno inutile, in cui la guardava ma non riusciva a proteggerla. In quel sogno lei era lí con lui, liberava i fantasmi che si era portata dietro per quattro anni, piú del periodo di lutto che un figlio osservava per la morte dei genitori.

Daoshi non aveva bisogno di danzare o di lottare per allontanare gli spiriti, come aveva fatto tante volte in quella località lungo il fiume. A volte si era sentito fiacco dopo tante battaglie, aveva avuto la tentazione di soccombere a quelle presenze verdognole e stantie o aveva avuto voglia di rinunciare. Ma quella notte bastava aprire la finestra e permettere all'aria, di un blu intenso, di chiamarle a sé.

Niente farfalle in quel sogno, solo esseri invisibili che spiccavano il volo. Una finestra separava e connetteva le esistenze visibili e invisibili, i sognatori e i sognati, coloro che restavano e quelli che venivano liberati.

Daoshi lasciò che l'aria fredda gli riempisse i polmoni e cantò un verso che parlava di vuoto e di sollievo. Sixiang gli si affiancò davanti alla finestra. «*Nei zau liu*» disse all'aria, e guardò fuori nella notte.

Uno spicchio sottile si stava sollevando a est, sciorinando un pizzo dorato sul fiume. Sopra il corso d'acqua, la Sierra coperta di neve e le sue foreste buie si stavano rischiarando un poco. La terra era grande e bella, con tanti posti dove andare, ma quale avrebbe voluto accoglierli? Dove potevano essere liberi e al sicuro?

«Vuoi ancora tornare in Cina?» chiese Daoshi.

«Sí». Si voltò a guardarlo.

«Vengo con te».

Tutte le strade dritte e contorte che aveva imboccato, incespicando, arrancando, lo avevano condotto lí, all'inizio di una via nuova che non aveva neppure immaginato fino a quel momento. Ed era quella giusta. Sarebbe andato con lei, che aveva un sogno forte e grande abbastanza da includere anche il suo. Sarebbero tornati insieme, in una casa che forse era scomparsa da tempo, ma in qualche modo l'avrebbero trovata.

Feiyan

4 febbraio 1886, la prima mattina del nuovo anno lunare, il ventiduesimo per lei a Montagna d'Oro. Uscí di casa e guardò il cielo. Nubi grigie si sparpagliavano come pezzi di carbone ancora da bruciare nel sole che sorgeva.

Ci aveva provato e fino a quel momento c'era riuscita. La sera precedente, tutti gli abitanti del quartiere cinese che non se n'erano ancora andati erano venuti alla sua cena per festeggiare il nuovo anno. Avevano portato quello che erano riusciti a trovare: un sacco di riso, l'ultimo pollo o anatra o oca, un coniglio che avevano catturato o un cervo cui avevano sparato, le ultime patate o cavoli o carote che avevano tenuto da parte. Lei e la sua famiglia avevano trascorso tutto il giorno a cucinare, e dopo il tramonto quella settantina di persone, meno di un decimo della vecchia popolazione del quartiere cinese, era venuta per l'ultimo pasto insieme. Aveva spostato i tavoli per fare lunghe tavolate e assicurarsi che avessero tutti un posto, un piatto e una scodella di vino davanti.

La tavola calda Duofu era l'unico ristorante rimasto a Chinatown. Durante le ultime cinque settimane, gli altri proprietari avevano chiuso uno dopo l'altro e se n'erano andati da Truckee. Ma questo non significava che Feiyan avesse piú clienti senza la competizione. C'era ben poca gente in giro, e quei pochi non potevano permettersi di mangiare fuori, senza contare che lei aveva poca materia prima da cucinare. L'unico negozio ancora aperto nelle ultime due settimane apparteneva al suo vicino, che aveva potuto rifornirsi solo grazie a un uomo bianco ingaggiato in segreto per comprare carne nei negozi bianchi oltre il fiume. Ma l'uomo se n'era andato, catturato dalla Caucasian League o dal 601 o dal comitato di boicottaggio, denudato, coperto di catrame e di piume, e cacciato dalla città. Oltre alla scarsità di carne, anche le verdure erano ormai poche e i barattoli di riso erano quasi vuoti.

Allora aveva avuto l'idea di riunire le risorse di ciascuno per un ultimo pasto insieme. Nonostante tutto, non tollerava che la Festa di primavera non fosse celebrata. Avrebbero mangiato, bevuto e parlato, anche se era l'ultima volta.

E andò cosí. Alcuni parlarono della Cina, dove sarebbero tornati definitivamente. Erano andati al cimitero sulla montagna sepolto nella neve, avevano riesumato le ossa dei loro morti e le avevano trasferite nelle urne per il viaggio. Levarono le scodelle di vino per brindare a Daoshi, che li aveva aiutati al cimitero, celebrando riti per la riesumazione. Nel corso dell'ultimo mese Daoshi aveva ricevuto ben poche richieste per esorcizzare i vivi, forse perché quando hai il pericolo di fronte perfino i tuoi demoni ti lasciano in pace. Invece era stato molto occupato con i morti: aveva chiesto loro il permesso di riesumarne le ossa e aveva pregato perché il loro viaggio oltreoceano si svolgesse nel migliore dei modi.

Anche Daoshi e Sixiang sarebbero tornati in Cina. Sixiang aveva dato le dimissioni alla pensione il giorno dopo l'incidente con la rivoltella. Progettavano di partire quando la presenza di Daoshi non sarebbe piú stata necessaria lí. Come Daoshi, anche Feiyan avrebbe cucinato e servito da mangiare finché non ci fosse piú stato neanche un cliente. Erano gli ultimi a resistere, ma ormai si prospettava la fine.

Se Feiyan avesse potuto, avrebbe trasferito la famiglia in Cina tutta insieme. Però casa sua non era laggiú, ma in altri posti sconosciuti.

Aveva sentito parlare di un luogo chiamato New York. Per arrivarci dovevi attraversare in treno tutto il Paese per arrivare sulla sponda di un altro mare, dove c'era un altro quartiere cinese, piú piccolo ma che cresceva in fretta. Alla festa della sera precedente qualcuno aveva parlato del leggendario Ah Ken, il fondatore di Chinatown a New York, che aveva fatto fortuna vendendo sigari da tre centesimi, e poi aveva aperto una pensione per cinesi e li aveva assunti nella sua fabbrica di sigari. Era cosí che il quartiere era cresciuto da dodici a migliaia di abitanti. Parlavano della statua gigante di una dea bianca che svettava nel porto per dare il benvenuto agli immigrati. «Certo non dà il benvenuto a noi» dicevano, «solo ai bianchi. Ma noi ci sapremo far accettare, ecco». Ridevano ed esultavano.

«Mi piacerà New York?» chiese Duofu quando Feiyan la mise a letto alla fine della festa.

«Ma certo» rispose Feiyan. «Sarà un posto migliore di questo». Era l'ultimo dell'anno, e Feiyan non aveva smesso di credere che i desideri si realizzassero. Aveva chiamato sua figlia Duofu, e nonostante tutto era stata fortunata. Soprattutto in quegli ultimi anni, in cui erano stati insieme e si erano voluti bene a vicenda.

Ora correva lungo la riva del fiume che aveva imparato a conoscere tanto bene: la grossa roccia a forma di tartaruga, i due pioppi tremuli le cui foglie fremevano come monete luccicanti in primavera, i fiori dell'uva spina, simili a lanterne rosse d'estate, e gli steli argentei dell'artemisia iridata tutto l'anno. Le sue scarpe avevano toccato ogni pezzetto di terra correndo, e aveva assistito a molte albe mentre tornava di corsa verso quella che era stata casa sua.

Aveva preparato i bagagli, ma non potevano portarsi dietro tutto. Se cercava di immaginare di cos'avrebbero avuto bisogno nel quartiere cinese di quella città lontana, avrebbe voluto prendere anche i pilastri e le travi che aveva visto montare, e ogni finestra e porta che aveva aperto e chiuso.

Si sentiva stanca ripensando a tutti i luoghi da cui era dovuta scappare. «Corri, corri. Vediamo se riesci a correre piú veloce del tuo destino» l'aveva provocata un tempo il fantasma della montagna. E Feiyan aveva obbedito. Aveva corso verso l'ignoto per battere il destino, ma ci sarebbe mai riuscita? Oppure il suo destino era proprio correre?

Le nubi simili a pezzi di carbone ora ardevano, rosse, a est. Il cielo sembrava un fornello immenso. Che cosa vi si cucinava? Feiyan non riusciva a vederlo, ma doveva credere che fosse cibo. Doveva credere che, finché ci fosse stato un fornello, ci sarebbe stato del cibo da cuocere. E finché continuava a correre, ci sarebbe stata una casa a darle il benvenuto.

Guifeng

Secondo giorno del nuovo anno lunare. Un pomeriggio freddo, ventoso. La famiglia era alla stazione, si stavano salutando tutti. Presto lui, Feiyan e Duofu sarebbero saliti a bordo del treno diretto a est, mentre Sixiang e Daoshi avrebbero preso poco dopo il convoglio che andava a ovest.

Sixiang abbracciò Duofu e Feiyan, ma esitò davanti a lui. Guifeng sapeva che le parole non bastavano, ma non ci sarebbe stata un'altra occasione di pronunciarle. «Mi dispiace per quello che ho fatto a te e a tua madre» disse senza nessuna speranza di perdono.

In Cina, il secondo giorno dell'anno nuovo è quello in cui la moglie porta il marito e i figli nel suo villaggio natale per fare visita alla sua famiglia. Con Daoshi accanto e con il sogno piú ostinato che Guifeng avesse mai visto, era sicuro che Sixiang sarebbe riuscita in un modo o nell'altro a ritrovare sua madre, mentre lui non sapeva dove sarebbe terminato il suo viaggio.

Daoshi abbracciò Duofu e poi, con le mani giunte davanti al petto, si inchinò dinanzi a Feiyan e Guifeng come aveva fatto anni prima quando li aveva visti partire dal quartiere cinese di San Francisco, Feiyan vestita da uomo e Guifeng ancora giovane, ancora ignaro del dolore. Allora Guifeng non sapeva cosa li aspettava, ma erano riusciti a oltrepassare ogni pericolo. Doveva credere che fossero in grado di farlo un'altra volta.

Era rimasto sorpreso solo per un istante, quando Daoshi aveva detto loro che sarebbe tornato in Cina con Sixiang. Il suo vecchio amico, che non aveva quasi mai parlato della sua famiglia in Cina né espresso il desiderio di rivederla, aveva deciso di farvi ritorno con Sixiang. Ma del resto quello sembrava proprio il corso naturale delle cose. Aiutando Sixiang a seguire la sua strada, Daoshi seguiva la propria. Era il suo wuwei.

Come potevano essere cani di paglia? Erano di carne e ossa, e tanto vivi in quelle ultime settimane, che sarebbero state le ultime tutti insieme. Avevano parlato a bassa voce guardandosi negli occhi, cercando di imprimersi bene nella memoria quei suoni e quelle immagini. Poi avevano festeggiato l'arrivo del nuovo anno con trasporto. Avevano mangiato come se non ci fosse un domani, avevano bevuto e fatto festa. A mezzanotte erano usciti tutti dal locale e avevano fatto scoppiare petardi per spaventare i demoni, e acceso fuochi d'artificio per attirare la fortuna. Come erano state belle le scintille rosse e dorate che avevano illuminato il cielo e il fiume, anche se solo per qualche istante. Se erano cani di paglia, apprezzavano quei momenti di allegria, perché sapevano che erano transitori.

Quando il treno partí e Guifeng si sporse dal finestrino per salutarli un'ultima volta, vide Sixiang che correva accanto al convoglio. Gli tese una mano e lo chiamò: «Padre, padre».

Padre. La prima, ultima e unica volta in cui l'aveva chiamato cosí. Ma era piú che sufficiente.

Padre. Certi giorni aveva avuto l'impressione che i fantasmi famelici che si portava dentro non si sarebbero mai placati, a meno che non fosse tornato nella fumeria per perdersi di nuovo nel torpore. Si avviava verso casa con la sensazione che tutto si stesse disgregando, anche se all'esterno sembrava tutto uguale. Finché non arrivava in casa e non vedeva la sua famiglia: Feiyan che mandava avanti la tavola calda ed era la loro colonna portante, Daoshi e Duofu che la aiutavano. E la domenica c'era Sixiang, che tornava a casa, piú vecchia di una settimana, con i lineamenti piú definiti, i passi piú sicuri, sempre meno la figlia che aveva abbandonato, sempre piú una persona coraggiosa e indipendente. Tutto questo gli permetteva di tirare avanti, gli dava il coraggio di continuare la danza che Daoshi aveva fatto per lui. E nulla di tutto questo sarebbe potuto succedere se Sixiang non fosse entrata nella sua vita. Si era sentito fortunato a essere suo padre.

Feiyan posò una mano sulla sua. Lui la prese. Il sole stava tramontando, accecandoli.

Duofu, seduta accanto a Feiyan dall'altra parte, aveva pianto in silenzio sulla banchina quando Sixiang e Daoshi avevano detto loro addio. Adesso cercava di trattenere le lacrime, asciugandosi il viso quando pensava che nessuno la vedesse. Era cresciuta di mezza testa quell'anno, non si considerava piú una bambina e si comportava di conseguenza. Seduti di fronte a loro c'erano i vicini: il proprietario dello spaccio, la moglie e i loro due figli. La moglie diede a Duofu e ai suoi figli un pezzetto di zenzero candito. Duofu ringraziò. Se lo ficcò in bocca e chiuse gli occhi per concentrarsi sulla sua dolcezza.

Il treno si mosse lungo il fiume gelato per un po' prima di entrare nel deserto coperto di neve. Il tramonto infiammato era stato cancellato da nubi color inchiostro che si muovevano rapide in cielo, come se anche loro stessero migrando. Feiyan estrasse un involto dal paniere e divise tra le due famiglie le tortine di riso che aveva preparato. Stavano parlando di New York, del suo quartiere cinese. Sarebbe stato difficile aprirvi una tavola calda o un negozio di alimentari? Che competizione ci sarebbe stata tra i cinesi? Come si sarebbero comportati i bianchi? Ci sarebbero state espulsioni? Incendi? Boicottaggi? Ma guardarono i figli e decisero di non preoccuparsi troppo. Non aveva senso agitarsi prima del tempo.

Quando scese la notte, Duofu posò la testa sulla spalla di Feiyan e chiuse gli occhi. Feiyan abbracciò Duofu con un lungo sospiro e chiuse gli occhi anche lei. L'unica lampada a olio appesa al soffitto proiettava i riflessi dei passeggeri sul finestrino. Guifeng individuò i visi di Feiyan e Duofu addormentate, ora piú sereni, che dondolavano con il treno. Vide anche la sua faccia e la scrutò come per capire chi fosse. Poi avvicinò gli occhi al vetro per guardare la notte, fuori.

Sixiang

Rimasero davanti al parapetto, vento e sale sul volto. La nave era salpata dalla costa tra i voli dei gabbiani. Montagna d'Oro stava rimpicciolendo per somigliare ancora una volta al dorso di una balena, e presto rimasero solo il cielo e il mare. Sixiang sapeva che anche la terra a cui stava facendo ritorno era piena di buchi, una terra porosa in cui le cose crescevano in fretta sotto il sole e la pioggia generosi, ma le carestie se le mangiavano.

Lanciò uno sguardo a Daoshi. Un ciuffo di capelli gli era sfuggito dalla crocchia, era stato carpito dal vento e luccicava.

La sera in cui le aveva detto che sarebbe partito con lei, Sixiang aveva annuito perché non c'erano parole per esprimere ciò che provava. Gli aveva premuto il viso sul petto e lo aveva abbracciato. L'aveva stretto forte, come se si trattasse di una casa che aveva finalmente trovato e non intendeva lasciar andare.

Perdonava suo padre. Perché ora capiva il suo amore per Feiyan. Lo perdonava anche da parte di sua madre, perché sapeva che anche lei avrebbe capito, se avesse mai provato quel tipo di amore. Mentre il treno se lo portava via, Sixiang gli era corsa dietro chiamandolo «padre». Aveva trovato suo padre, alla fine.

Giorno e notte, la nave avanzava ripercorrendo a ritroso il tragitto di dieci anni prima, durante il quale Ah Hong era salita sulla sua cuccetta per sdraiarsi accanto a lei e il corpicino di Ah Fang era stato buttato nelle acque profonde. Quando un giorno, sul ponte, Sixiang indicò una famiglia di balene che giocavano all'orizzonte per mostrarle a Daoshi, pensò che una di loro potesse essere Ah Fang, rinata come balena e finalmente in una casa tutta sua.

Nella terra, ormai lontana, che Sixiang e Daoshi si erano lasciati alle spalle, l'altra sua famiglia doveva essere già arrivata a New York. Sperava che potessero costruire al piú presto una nuova casa e appendere l'insegna *Tavola calda Duofu* sulla trave dell'ingresso. Duofu, che assomigliava sempre piú a Feiyan, avrebbe lavorato al fianco della madre dai piedi forti. Il padre avrebbe lavorato nella fabbrica di sigari di Ah Ken, e quando sarebbe tornato a casa la sera, i suoi occhi tristi si sarebbero illuminati vedendo la sua famiglia. Sixiang sperava anche che ci fosse un fiume nei dintorni, lungo il quale Feiyan potesse correre all'alba, un fiume per ricordare loro tutti gli altri fiumi accanto ai quali avevano vissuto.

E in ciò che restava di Truckee, a ovest, Minnie doveva ormai avere una nuova bambinaia e il cantonese che aveva imparato da Sixiang lo avrebbe dimenticato presto. Ma se un giorno si fosse trovata in un luogo dove continuavano a vivere dei cinesi, e l'avesse sentito parlare, forse frugando nella memoria avrebbe trovato qualcuna di quelle parole lontane che un tempo le erano state rivolte con amore.

Piú a ovest, sull'altro versante della Sierra dove la primavera era già arrivata, i corpi di Qinglong e Ah Hong giacevano sottoterra, pressati nel suolo scuro che stava cominciando a scaldarsi di nuovo. Tra non molto, la loro luce sarebbe spuntata dal terreno e avrebbe attraversato l'erba verde per arrivare all'aria fresca, manifestandosi.

Ringraziamenti

Grazie a Caroline Eisenmann e Megha Majumdar, per aver creduto nel libro prima ancora che esistesse; a Kendall Storey, per averlo migliorato; a Wah-Ming Chang, Megan Fishmann e Rachel Fershleiser, per avere contribuito a farlo nascere.

Sono riconoscente per i molti libri sui cinesi in America nel XIX secolo ai quali mi sono ispirata, in particolare *Ghosts of Gold Mountain* di Gordon H. Chang, *Driving Out* di Jean Pfaelzer, *Unsubmissive Women* di Benson Tong, *The Children of Chinatown* di Wendy Rouse Jorae, *The White Devil's Daughters* di Julia Flynn Siler e *Chinese in the Woods* di Sue Fawn Chung. Il capitolo 5 prende in prestito dettagli dalle biografie di Sing Kum e Tien Fuh Wu.

Grazie a Shawn Flanagan, Rachel M. Hanson, Michael Nelson, Laurie Stein, Brian Castleberry, Ian Case, Mary Alice Mills, Jess Camara, Kevin Stemp, Tsung-Hui Yang, He Jiawei, Paul B. Roth, Lisa Russ Spaar, Emily Pittinos, Amy Foley, Yune Tran, Peggy Reid, Fumiko Yasuhara e Akio Yasuhara per il loro affetto e sostegno.

Grazie a mia madre, a mio padre, a mia sorella e al mio trisnonno, che c'era; e a Mike e Mira, di tutto cuore.

Indice

Questo libro è stampato col sole

Fabbricato da Grafica Veneta S.p.A. con un processo di stampa e rilegatura
certificato 100% carbon neutral in accordo con PAS 2060 BSI

Finito di stampare
nel mese di gennaio 2024
per conto di Neri Pozza Editore, Vicenza
da Grafica Veneta spa di Trebaseleghe (Padova)
Printed in Italy